中公文庫

散　　華

紫式部の生涯（上）

杉本苑子

中央公論新社

目次

下巻目次

散華

紫式部の生涯　上

峠路の賊

一

朝涼（あさすず）のうちに出たのに、子供づれの足ははかどらない。日岡（ひのおか）の峠にかかるころには、もう晩夏の日ざしがじりじり頭上を灼（や）きはじめた。

「暑くなりそうですねえ、今日も……」

喘（あえ）いで言うのは、中年肥りしてきた乳母である。

「やはりご本邸からお借りしてでも、牛車（くるま）でお出ましなされればようございました。春や秋とちがって、野遊びの季節ではありませんもの」

「遊びじゃないわ。お墓参りよ」

乳母の愚痴（ぐち）を、やんわり周防（すおう）は封じた。彼女は十七歳――。坂道も、日ざしの強さも、まだまだ一向に苦にならない。

まして子供たちは二人とも、元気いっぱいだった。小市君（こいちぎみ）と呼ばれている女の子は七ツ、その弟の薬師麿（やくしまろ）は五ツだが、

「あぶない、あぶない。ころびますよ」

乳母の制止もきかずに、藪へ踏み込もうとしたりする。二人ながら周防の兄の子……。幼い姪と甥たちである。

もっとも、峠路といっても京から大津へぬける東海道だ。道幅は広く、よく踏みかためてもある一本道だし、旅人の往来ははげしい。手を離したところで、おいそれと迷子になる気づかいはなかった。

「それに、小市ちゃんはしっかりしているからねえ。七ツとはとても思えない。たのもしいところのある子だわ」

寸評を、周防は口にした。

「そうなんです。お姉上の大市君が、あの通りご病気がちな、引っ込み思案なご気性でしょう? 播磨の国府にいらしたころも、亡くなられた母君にかわって、まだ赤ちゃんだった弟御のおむつを、たどたどしい手つきながら替えてやろうなどとあそばしたのは、小市さまでございましたよ」

「今からもう、どことなく、おとなびた感じの子よねえ小市ちゃんは……。母上に、早く別れたからかしらねえ」

「母無し子になられたのは、ご姉弟三人ながら同じなのですから、やはり持って生まれたご気質ではございますまいか」

「大市ちゃん、いまごろ淋しがっていないかな」

置いて来てしまった姉むすめの心情を周防は思いやったが、

「おなかをこわして臥せっておられる有様では、外出などとてもご無理でございますよ」

馴れているのか、乳母は気にもとめない口ぶりで笑った。

「それにもともと、出歩くのはお好きでないのです。国府の官舎でも、賑やかなあの飾磨の市立ちの日ですら、お留守番なさるのはいつでも大市君ときまっていましたもの……」

「おかしな子ね。市の日に生まれたために、大市君と名づけられたくせに、ねえ」

と、周防も笑った。

「小市ちゃんの名も、飾磨の市にあやかってつけたの？」

「いいえ、お妹君のほうは姉上の名が大市なので、あっさり、小市となさっただけらしゅうございますよ」

子供らの父の藤原為時は、権少掾に任ぜられて播磨の国府に下り、ながいこと都にいなかった。

許婚者があとを追って来、結婚も播磨でしたのだが、このほど、ようやく任はてて帰洛したときは、子づれのやもめになりさがっていた。大市、小市、薬師麿の三人を生んだあと、最後の産をこじらせて妻は播磨で亡くなったのである。

「安心なさいな兄さま、子供たちはわたしが育ててあげますからね」

周防の言葉に、

「何を言うんだお前、若い身そらで……」

たださえ話下手（べた）な、学者肌の為時は、どぎまぎ口ごもった。

「薬師麿には乳母が附いて来ているよ。花なら、これから開こうという娘ざかりのお前に、辛気（しんき）くさい子育てなどさせられるものか」

「開く前にしぼんでしまったの。わたしという花はね」

できるだけ、ふだんは袖口の中へ隠している左手を、わざと兄の鼻先へ周防は突き出して、ひらひら振ってみせた。

少女のころ、母方の従姉（いとこ）に当るさる内親王の御所へ周防は勤めにあがった。ほんの、お身の回りの小間用（こまよう）を弁じる童女にすぎない。

内親王のおん名は庄子（まさこ）——。周防の伯母の一人が、醍醐帝の皇子代明（よあきら）親王の妃となって生んだお子で、のち、村上天皇の後宮に入り、麗景殿（れいけいでん）ノ女御（にょご）と呼ばれたひとである。

「かわいい子だこと」

と、血つづきの親しみから女御は目をかけてくれたし、父の藤原雅正（まさただ）が従五位下周防守（かみ）だった縁にちなんで、『周防』と名づけてもくれたのだが、朋輩（ほうばい）の粗相（そそう）から左手に熱湯を浴びるという思わぬ災難に遭（あ）って、勤めをやめた。

事故の直後、あわてて布でしばったため、かえって治癒を遅らせ、周防の左手は小指、薬指、中指の三本が離れなくなったばかりか、手の甲から手首にかけて醜いひきつれの痕（あと）をのこす結果になってしまったのだ。

「一時は子供ごころに、尼になろうとさえ思い詰めたわたしですもの、開かぬ花で終る覚悟は、とうにできているのよ兄さま」

「そんな、お前……。たかが片手の、それも指三本のことじゃないか」

十年近い留守のまに、すっかり年ごろの、美しい娘に変貌した妹から、為時はつらそうに目をそらした。

「嫌なのよ、わたし。なまじ情（じょう）が移ったあとでこの火傷（やけど）の痕を見つけられ、男に逃げられるなんて……。そんなみじめを味わうくらいなら、さばさばとはじめから独りで生きるわ。兄さまがたの厄介者になるわけだけど、よくって？」

「そりゃあ、かまわんさ。さして頼りにはならん兄貴どもだがね」

「わたし、本心はうれしいの。ものごころついたかつかないうちに母親に死なれた可哀そうな姪や甥を、手塩にかけて育てるなんて、やり甲斐のある仕事だと思わない？」

「まあ、そう言ってくれれば、わしとしては気が楽なのだ。奉公人はしょせん、他人だし、あの子らを継母（ままはは）の手にゆだねるのも逡（ため）らわれるしなあ。叔母のお前に面倒をみてもらえれば、これに越す安堵はないよ」

「お礼はわたしこそ言いたいわ。生きてゆく張り合いができたんですもの」

乳母の告げ口によれば、妻の歿後、播磨の任地で為時は新しく通う相手を持ったらしい。

「上司にあたる播磨介どののお妹ぎみでね、わたしらこっそり、介ノ御とお呼びしてましたよ」

「どんな女？　美人？」

「さあ、殿がひた隠しになさっていたので、お顔だちまではぞんじませんけど、京へおもどりあそばす前の年に、どうやら介ノ御の腹に姫さまが誕生なさった模様でございます」

律儀な日ごろの性格からすれば、子までなした女を播磨に置きざりにして帰って来ることなど為時にはできまい。上司の妹ともなれば、なおさらである。

（一緒に伴ってか、それともひと足おくれてか、どちらにせよ介ノ御やその生みの子を、兄さまは上洛させたにきまっている）

と周防は見ていた。

（時おり夜になると出かけてゆくのも、介ノ御のところにちがいあるまい）

そう推量して牛飼に訊くと、強いて口止めされてもいないのか、

「四条油小路でございます」

すらすら、母子の居場所をしゃべってしまった。以来、周防は、

「兄さま、隠しだてはご無用よ。何もかも承知してるのですからね。胸張って、油小路へお出かけあそばせ」

照れる為時を送り出すことにしたが、今年三十という兄の、男ざかりの生理からすれば通う女の一人二人、いないほうがかえって不自然とも思えた。

本邸は一条京極の、賀茂川べりにあるけれども、そこへ介ノ御母子を迎え入れようとせず、あからさまにはその存在すらあかさずに、表向きどこまでも、やもめぐらしをつづけ通している為時の態度に、むしろ三人の母無し子たちへの愛と気づかいを周防は感じる。

（いいわよ。兄さまが油小路へ出かける分だけ、余計にわたしがお前たちを可愛がってあげるからね）

若い叔母の、この思いが通じるのか、大市も小市も薬師麿も、そろって周防にすぐ、なついた。元来が子供好きなのか、周防も彼らがいとしくてたまらない。

「やい、播磨生まれの田舎っぺ。清水(きよみず)の観音さまさえおがんだことのないおのぼりさん。どこでも見物したければ言いなさい。花の都のすみずみまで案内してあげるからね」

からかうと、腕白坊主の薬師麿などむきになって、

「周防叔母さま、知らないからそんなこと言うんだよ。播磨の志深(しじみ)の薬師さまなんて、すごくでっかい御堂(みどう)だぞ」

くってかかる。

「御堂ばかり大きくたって、霊験あらたかでなくっちゃあ駄目よ」

「あらたかさ。母さまが子をみごもったとき、『上の二人が女なので、今度は男の子をお

授けください』って願掛けしたら、ちゃんとおれが生まれたんだものね」

「それで薬師麿って名前がついたのね？」

「そうだよ」

そこまで願いを聞きとどけながら、なぜ子らの母を、死の手から救ってやらなかったのかと、心の中で薬師如来を周防は責める。さすがにしかし、口に出してそれを言うのは憚(はばか)られた。

せがまれるまま、あちこち子供たちをつれて周防は洛中の名所を見せて廻ったが、よろこんでついてくるのはいつの場合も小市であった。病弱な姉むすめの大市は、ほとんど誘いを断(ことわ)ったし、薬師麿はそのときどきの気分次第で、

「いやだい。お庭で蟬捕りしてるほうがいいや」

にべもなくはねつけるかと思うと、たとえば今日の墓参りのようにお弁当に釣られて、幼童には面白くもないはずの外出を、

「行こう行こう」

前の晩から待ち遠しがったりする。

——目的地は日岡の先の、栗栖野(くるすの)と呼ばれているあたりであった。

ここに為時や周防には母方の曾祖母に当る女性の墓がある。先祖にゆかりの深い寺や社(やしろ)も鎮(しず)っている。それらに詣で、道すがら摘み溜めた野の花を供えて、木蔭での昼餉(ひるげ)を

楽しもうという計画なのだが、

「何でしょうお乳母どの、あの人だかりは……」

行く手の峠路に目を据えて、周防は不審げに立ちどまってしまった。

二

「喧嘩かしら……」

「旅人が集まって騒いでますね」

「小さい人をつれてるし、もし撲(なぐ)り合いや斬り合いだったら近づかないほうがいいと思うけど……」

「見て来ましょう」

人立ちのうしろへ寄って行った乳母は、すぐ引き返してきて、

「死人(しびと)ですよ周防さま」

眉をひそめた。

「まだ若い男です。どうしたわけか褌(たふさぎ)ひとつの素裸で、道のまん中に仰向けざまにころがっていますよ」

「まあ、気味がわるい」

「もっともこの節、行き倒れなど珍しくもありませんがね。どうなさいます？」

「亡骸なら物騒なこともないでしょう。そっと片脇を通りすぎてしまいましょうよ」

「そうですね。さあ坊ちゃま、わたくしの背におんぶあそばせ。小市君は周防叔母さまのお手にしっかりつかまって、急いで通り抜けるのですよ」

　行きかけたとき、彼らと同じ粟田口の方角から馬にまたがった虎髭いかめしい武者が、五、六人もの郎党を従えて登って来た。

「好都合ですわ周防さま、あのお侍たちにくっついてまいりましょう」

「そうね。そのほうが心丈夫ね」

　ところが人垣に近づいて、死人を目撃したとたん、侍は手綱を繰ってピタッと馬をとめてしまった。鞍からおり、郎党の一人に持たせていた弓を取って、背の胡籙をまさぐる。一瞬たりとも死人から目を離そうとしない。

　なるほど乳母が言う通り、せいぜい十六か七にしか見えない色白の小冠者であった。裸体なのは解せないし、身体に切り傷や打撲のあとがないのも不思議である。ふつう行き倒れといえば老いさらばえて垢まみれか、痩せこけて肋骨を浮かせた病人ときまっているのに、小冠者の肉付きは良く、肌もすべっこくなめらかに見える。

（心の臓に持病でもあって、急に故障を起こしたのかしら……）

周防はいぶかったが、死人以上に不可解なのは髭武者の素振りだった。雁股の矢を抜いて弦につがえ、弓を引き絞りながらそろりそろり、亡骸から三間も距たった道の端を摺り足で通って行く。

　主人がこの用心深さだから従者どももおっかなびっくり、首をちぢめてあとにしたがう。主従七人に馬一頭、ようやく屍体のかたわらを通過し、二、三十間も行きすぎたあたりでそそくさ馬上に移ると、そのまま振り向きもせず大津をさして駆けくだって行ってしまった。

「なんだ、ありゃあ」

「こんな小僧ッ子の死骸一つにおじけづいて……虎髭が泣くわな」

どっと沸き上ったのはヤジ馬の嘲笑である。周防も呆れて、

「世間には、臆病な侍もいるものねえ」

「見かけ倒しとはこのことでございますね」

乳母ともども、譏り口を交しながら行きすぎかけたとき、また一人、今度は逆方向の大津側から侍が登って来た。

やはり馬に乗っている。飼い肥らせたなかなかの逸物だ。小ざっぱりした水干袴を身につけ、これも弓、胡籙で武装して、腰には太刀を横たえていた。

ただし、供はつれていない。単騎、身軽な旅をつづけて来たのだろう、散りかけた人だかりに気づいて、

「なんだ、そこに寝てるのは……酔っぱらいか？」

と近づいた。

「なあに、行き倒れでさあ」

「死人かあ、でも、病死とも思えんじゃないか」

不用意に馬上から、弓筈（ゆはず）で屍体をつつこうとしたその、瞬間だった。死人の腕が伸び、やにわに弓をひっ摑（つか）んだ。

「わッ」

驚いて手許へたぐろうとする力を巧みに利用し、若者は突っ立ちざま握りこぶしの一撃を侍の下腹に見舞った。

悶絶し、馬から落ちたところへ飛びかかって、たちまち衣類を剝（は）ぐ。太刀を奪う。弓矢一式すべてを片腕に掻い込むが早いか、ひらっと鞍上（あんじょう）に躍りあがり、そのまま馬腹（ばふく）を蹴って大津の方角へ駆け去ってしまったのである。

「盗賊だッ」

「死んだふりをして、獲物を待ち受けておったのじゃ」

と、あとでの、ヤジ馬のさわぎといったらなかった。

身ぐるみ剝がれて気を失っている侍に、水を浴びせて蘇生させるあいだも、

「この阿呆（あほう）どのにひきかえて、先刻の虎髭武者はさすがなものよ」

「まったくだ。ひと目で賊の虚死を見破ったのだからな」

その用心堅固ぶりを嗤ったのも忘れて、ガヤガヤしきりに喚き合う。

「ありゃ袴垂れではあるまいか」

と言い出す者もあった。

「袴垂れとは何じゃ？」

「知らないか？　近ごろ都に出没する賊徒の張本よ」

「まさか、あんな嘴の黄いろい小冠者が、盗人の頭などではなかろう」

「でも、あまりと言えば手ぎわがあざやかだった。またたくまにこの阿呆どのを料理してのけたものな」

聞きすてて、周防たちの一行は小走りに渦中から抜け出した。

「おお、こわい。まだ膝ががくがく慄えててよお乳母どの」

「わたしもですよ。ひる日中、人の行き来が織るような街道ばたで、まさか侍を狙っての引き剝ぎが現れるとは、思いもしませんでした」

「油断も隙もならない世の中ね。小市ちゃんも、びっくりしたでしょ」

「ええ」

「歩けて？」

「だいじょうぶ。歩けるわ」

答える声は、周防や乳母よりはるかに落ちついて、顔色もふだんと変らない。

小市よりさらに幼いだけに、事態がよく呑みこめないのだろう、薬師麿はこれも乳母の背におぶさったまま、けろりとした表情だった。

「子供たちのほうが胆が据わっているわね」

そう言う周防も十七歳相応に、いつまで一つ事にこだわってなどいなかった。

「さあ、もうじきよ。ここは花山の里——。いま少し南へさがると西野、栗栖野など気持のよい野原が打ち展けてね、里の名も小野と変るの。そのあたり一帯が、我が家のご先祖にゆかりの深い小野郷なのよ」

指さして説明するころには、日岡峠での衝撃などすっかり薄らいでしまっていた。かいがいしく小袿を壺折り、塗り笠のぐるりに彼女は苧麻の布を垂れて、若草色の染め色越しに若々しい横顔を覗かせている。

彩りはそれよりはるかに地味ながら乳母も似たような外出風俗だし、小さな小市までが小さいなりに、大人たちと同じ徒歩あるきの装束に身を固めているのが愛らしかった。

牛車は古びたのが一輛、一条京極の屋敷にあるが、周防たちはいま、粟田の山荘に滞在していた。今日も、粟田の別邸から歩き出したのだが、牛車はおろか手舁きの網代輿すら山荘にはない。よしんばあったところで人ずくなな山ぐらしでは、舁き手の男どもを調達するのもむずかしかった。

「粟田口からなら、歩いたってさほどの道のりではないわよお乳母どの」

「気保養がてら、では、お歩いで参りましょうね小市君さま、播磨の国府にお住まいのころは、志深の薬師へも飾磨の市へも、車になどめったに乗っては行きませんでしたものね」

そう、相談がまとまって、朝はやく粟田の山荘をあとにしたのである。

この乳母は、もと国衙に附属する御厨の預り人の妻だった。夫に死なれ、乳飲み児をかかえて困っていたのを為時が哀れんで、さいわい末子の薬師麿が誕生した折りでもあり、赤児ぐるみ傭い入れてやったのである。

薬師麿には乳兄弟に当る赤ン坊は、しかし間もなく死に、乳母の執着は、生まれ落ちるとすぐ母を亡くした主家の若との——薬師麿一人に集中することとなった。

乳母には、でも年かさの男の子がまだ他にいた。母親より先に為時の部下となり、

「弱年ながら、よく働く下部……」

と目をかけられていた少年である。

この倅の仲立ちで、母親の奉公も実現したわけだが、任期を終えて為時一家が官舎を引き払うさい、

「ぜひ、お供させてください」

少年は願って出た。

「愛ざかりに達せられた薬師麿さま……。もう今さらお別れ申すにしのびませぬ。わたくしも、どうぞ一緒に……」

と乳母までが望んだのは、息子と離ればなれになりたくないとの思いもあったのかもしれない。

為時にしても、忠実な使用人がついて来てくれるのはありがたかったから、願い通り母子を伴って上洛した。

周防と同じく、少年はことし十七歳——。つい先ごろ元服し、亡父の職名を姓にして御厨ノ高志と名乗った。烏帽子親も名付け親も、為時が引き受けてやったのだが、母に似た小肥りの童顔は男姿になっても変らない。

いま一条京極の本邸にいるけれど、庭掃除や草刈りはもとより薪割り水汲み、賀茂川べりでの濯ぎ物まで小まめに引き受けて、男手の足りない昨今、高志は屋敷の者たちに重宝がられている。

倅の元服以来、『御厨ノ乳母どの』などと呼ぶ者もいて、播磨在国当時からの古顔でもあり、近ごろは母親の乳母までが、いっぱし年下の婢女あたりに睨みをきかせているらしい。年はようやく三十なかば……。肥満のしすぎが難といえばいえるもののまだ気が若く、視力も十代の周防に負けない乳母なのである。

「あんなところにお寺の屋根が見えますよ。わたくしどもがこれからお参りするのはあすこですか周防さま」

　右手の山の中腹をまぶしげにふり仰いだ。

三

「ちがうちがう。あれは元慶寺……。里の名を取って、花山寺ともいう天台の名刹よ」

「眺めのよいところに建っていますねえ」

「小市ちゃん、答えられる？」

　幼い姪へ、周防は急に質問の矛先を向けた。

「あなた、姉の大市ちゃんと競争で、古今集の暗誦を始めたそうじゃないの。僧正遍昭どのが五節の舞姫のことを詠んだ歌、試しに言ってごらん」

　打てば響くすばやさで、小市は応じた。

「天津風雲の通ひ路吹きとぢよ、乙女の姿しばしとどめん」

　だからといって得意そうな表情をするわけではないし、

「なんとまあ、お偉いこと！　小市君はほんとうに賢いお子ですねえ」

　大仰な乳母の讃辞をよろこぶ風もない。それより、なぜ唐突に遍昭の名を持ち出した叔母なのか、そのわけを知りたげな顔つきだった。

「元慶寺はね、遍昭僧正が開基なさった寺なのよ。僧正は仁明帝にお仕えしていた廷臣だけど、みかどの崩御を悲しんで出家して、あのお寺を草創されたんですって」

　このまにも、ひと足ごとに視界はひらけて、ゆるやかな起伏を持つ夏草の野が行く手いちめんに拡がりはじめた。

「栗栖野(くるすの)だね叔母さま」

　薬師麿がさけんだ。負(お)われていた乳母の背から、もがいてすべりおりると、

「お墓はどこ？　ご先祖さまの……」

　野道をいっさんに走り出そうとする。

「まだまだ、その前にお花を摘むのよ。左に土手が見えるでしょう。川が流れているからね、河原におりて撫子(なでしこ)の束を作りましょう。きっと咲いているはずよ」

　周防の予測ははずれなかった。ほんのわずか盛りを過ぎてはいたが、撫子は小石のあいだに点々と深紅(しんく)のいろどりを綴(つづ)っていた。

「きれい！」

　はじめて少女らしい輝きが、小市の眸(ひとみ)に宿った。弟の手を曳いて土手の斜面を駆けおりるあとから、周防がつづき、

「待ってくださいよ」

　呼吸を弾ませて乳母が追った。

「どう？　気持のよい野原でしょう」

流れに手を浸しながら周防は言った。

「ここは帝をはじめ、都の貴紳たちが鳥や獣を狩りにくる昔ながらの狩り場なのよ」

山科盆地の、ほぼ中央――。

山科川とその支流にはさまれた台地である。初秋の気配を感じさせる爽かな風が吹き抜け、日ざしは強いのに笠の下は涼しい。野路にもどっても、草いきれに悩まされる憂いはなかった。

「これがわたしの曾お祖母さまのお墓……」

やがて周防が立ちどまったのは、石塔を頂きに据えた古塚の前だった。空濠に囲まれた差し渡し十尺ほどの円墳である。

「宮道列子とおっしゃるの。小市ちゃんや薬師麿の曾々お祖母さまというわけね」

濠には細い木橋が架かっている。四人は手をつなぎ合ってそこを渡り、塚の裾に、摘み溜めた撫子の束を供えて礼拝した。

「なぜここに、曾々お祖母さまのお墓があるの？」

「それはね小市ちゃん、この宇治郡小野郷一帯が、列子さまの父君宮道弥益というかたの支配地だったからよ。弥益どのの家は、山科の大領を勤めた豪家だけど、ある日、門口にりっぱな狩装束をつけた公達が駆けこんで来たの。鷹狩りのさなか、野中で夕立に遇ったのね」

従者を数名つれている。卑しからざる人品と見て弥益は公達を奥へ招じ、手厚くもてなしたが、暗くなっても雷雨はやまない。

「お泊まりなさいませ。賤が伏屋をお厭いなければ……」

そしてその夜、公達の仮寝に添い臥したのが弥益の娘の列子であった。

……あくる朝、なごりを惜しみながら去って行った男の名は、藤原高藤。閑院ノ右大臣冬嗣の孫、内舎人良門の息男である。

列子のおもかげが忘れられなかったが、出かける機会が作れぬまま三月たち四月たち、半年近い歳月がむなしく流れてしまった。

やっと鷹狩りを口実に屋敷を出、再度、あの野中の家を訪ねると、大領の娘はみごもっていた。一夜の契りで、高藤の子を宿したのだ。浅からぬ縁というべきだろう。

「もう、こうなっては捨てておけないので、高藤どのは父君の許しを得て列子さまを迎え取り、北ノ方となさったのよ小市ちゃん」

「お生まれになった嬰児さまは？」

「玉のような女の子……。成人なさるにつれて、お母さままさりの美しさとなられたので、胤子と名づけたこの姫君を高藤公は宇多天皇に奉ったの」

「お后になられたのね」

「そう。やがて皇子ご誕生――。のちの醍醐帝よ。ですから高藤公はみかどの外祖父とあがめられ、内大臣に任ぜられて、亡くなられたあとは贈太政大臣の恩命を蒙ったし、列子さまは国母の母君、山科の大領はその実父ということで四位の修理大夫にまで出世しました。どう？　おもしろいお話でしょう」

「まるで、作り物語みたい……」

撫子の群落を見つけたときより、さらにいっそう小市の両眼は輝いた。七歳の少女とは思えぬ手ごたえの確かさに、周防も満足しながら、

「作り物語のようだけど、ほんとにあったことなのよ」

子供らをうながしてもとの野路へ出た。

「この道をいま少し南へくだると、勧修寺という大きなお寺が現れます。醍醐天皇がおん母藤原胤子亡きあと、その冥福のため山科大領の旧宅を改めて、寺となさったの」

「では高藤公が雨やどりした宮道弥益の住居は、そこにあったのね」

「氷室池という名のすばらしい大池が、当時のなごりをとどめてるわ。岸に柳が植えられて、すずしい木蔭をつくっているから、早くお寺へ行ってお弁当を開きましょう」

「うれしいな。おれ、おなかぺこぺこ……」

薬師麿の催促を、

「下司なことをおっしゃるものではありませんよ」

笑いながらたしなめる乳母も、じつはだいぶ前からぐうぐう胃の腑を鳴らしている。歩き廻って、だれもの腹もすききっていた。

寺に着き、大池いっぱいに咲き誇っている水蓮の浮き花を目にしたとたん、だから思わず歓声があがった。柳の下には青々と芝草まで生えていて、かっこうの敷物代りになったし、外光の下で頰ばるたべものの味が、また格別だった。

笹の葉で、きっちり巻きしめた柔餅(やわらかもち)、干し鮎(あゆ)の煮びたし、蜜漬けの杏(あんず)、油でこうばしく煎(い)りあげた椎(しい)の実など、どれも傭い人まかせにせず、家事に堪能な周防が心をこめて、ひと品ひと品檜破り子(ひわりご)に詰めさせたものだけに、とびきりおいしい。乳母が腰に附けて来た吸筒(すいづつ)の中身はただの湯ざましだが、それさえ甘露(かんろ)の味がする。

夢中で食べている後背(うしろぜ)へ、このとき、

「うまそうだねえ」

声をかけられて、餅に伸ばしかけていた手を周防はギクッとひっこめた。男の声である。こわごわ振り向いてみると、本堂の回廊に若者が一人寝そべって、こちらを眺めていたのであった。

「いやねえ。宿無しよ。たべものをねだる気かしら……」

「知らん顔をしておいでなさいませ周防さま、小市君や若君も、本堂のほうをごらんになってはいけませんよ」

乳母の、小声の制止にうなずきながら、

「いつ、着物を変えたんだろ」

小市がぽつんとひとりごちた。

「え？　着物がどうしたの？」

「あの人、日岡の街道で虚死（そらじに）していた盗賊よ」

乳母が吸筒の湯に噎（む）せ、周防は手の箸を取り落とした。

「まさか！」

「侍の衣類を剝ぎ取って逃げたのに、いま着てるのは別のものよ」

「よしてッ、小市ちゃん。でたらめ言わないで……」

「でたらめじゃないわ周防叔母さま、わたし、見覚えがあるの。賊の左の耳たぶには大きな黒子（ほくろ）があった。あの人にもあってよ」

いつのまにそこまで見届けていたのか。小市の、観察眼の鋭さに周防は舌を巻いたが、

「あッ、勾欄（こうらん）を跨（また）いで地べたに飛びおりましたよ、こちらへやって来ます。どうしましょう」

悲鳴に近い乳母の声に度を失って、おろおろするばかりだった。逃げようにも、前は大池である。動きがとれない。乳母は薬師麿を、周防は小市の方を袿（うちき）の袖に抱えこんで、近づいてくる足音にじっと息をころしていた。

四

女たちの恐怖を察しているのかいないのか、相手はのんきな顔で、

「干し鮎（あゆ）の煮びたしとは豪勢な菜（さい）だなあ」

無遠慮に、野天の宴（うたげ）をのぞきこんだ。

「おねがいです」

ふるえ声をふりしぼったのは乳母である。

「何でもさしあげます、と言ったところでたいした物はないけど、わたしの表衣（うわぎ）を持っていってください。笠も、懸守り（かけまもり）もあげますから、どうか周防さまやお小さいかたがたに手出しだけはしないで……」

「なんだい。どういう意味だい」

呆気（あっけ）にとられた若者は、でも、すぐ乳母の言葉を解したらしく、

「ばかにするなよ」

心外そうに舌を鳴らした。

「まるでわたしを、盗賊とでも思ってるような口ぶりじゃないか」

「だって、あなたは袴垂れとやらでしょ？」

「袴垂れ？」

「わたしども、見てましたよ、日岡の峠路で、あなたが旅のお侍の衣類を引き剝いだのを……」

「いやあ、あれを見たの。そいつはまずかったなあ」

若者は頭を掻いた。

「冗談なんだよ。仲間とね、賭をしたんだ。白昼、人の行き来のはげしい街道ばたで、侍の太刀や弓矢を奪い取れるものかどうか、とね」

「賭を⁉」

「仲間はとても無理だと言う。わたしは策を用いれば、やってやれないことはないと言い張ったあげく、のっぴきならなくなって実行しちまったんだよ」

「なんて、胆の太い……」

「じつをあかせばびくびくものだったのさ」

「かわいそうに身ぐるみ剝がれて、あのお侍、途方にくれてましたよ」

「仕方がない。胡乱な死骸などに不用意に近づくからいけないんだ」

「どうなさったの？　奪った物は……」

「仲間が大津の町へ持って行ったよ。売り払って山分けするんだ。飲み代に困ってたところだからね」

「ではやはり、盗人じゃありませんか」

「ちがうよ。賭だよ。生き馬の目を抜く都でうかうかしてたらどうなるか、阿呆なあの侍に教えてやったんだ。これからは何ごとによらず用心深くなるはずだよ」

笑う口つきに愛嬌があって、どうにも憎めない。姿恰好も華奢な、怪盗の印象などとはほど遠い若者なのである。

「わたしは藤原保輔」

問いもしないのに名乗って、芝草の上に胡坐をかいたのは、馳走にあずかるつもりだろうか。

周防は目のやりばに窮した。あかるい日ざしの下で、見ず知らずの男の視線に顔をさらすのも、飲食しているところを見られたのさえひどく恥かしい。いまさらしかし、笠を打ちかずくわけにはいかないし、扇をかざすのも仰々しすぎる。なるたけ顔をそむけるようにしたが、若者のほうはそんなことに頓着する気ぶりはなかった。

「きゅっと一杯、やらせてもらっていいかな」

ずうずうしく竹筒に手を出して、じかに口に持ってゆこうとする。

「お酒だと思っているのね」

「おやおや、中身はただの湯ざましかあ」

「当り前でしょう。子供づれの野遊びに酒など持参するわけがないじゃありませんか」

さして凶悪な男ではないと見て取ったのか、乳母の語調は大胆になった。

「藤原のなにがしとか名乗ったようだけど、いい若い者がひる日中街道で悪戯をしたり、こんな所で油を売っていていいの？　官職にはついているんでしょ？」

「こう見えても正五位下右馬助だぞ」

「立派なものじゃないの。なぜ、きちんと役所に出仕しないんです」

「意見かよ、おばさん」

「だって、もったいないわ。なかなか職にありつけない人が多い御時世なのに……」

つい知らず乳母の口ぶりに嗟嘆の調子が滲んだのは、任を終えて帰京して以来、主人の為時がいまだに文章生散位のまま捨ておかれて、無聊を喞つ毎日だからであった。

「親爺が右馬寮の頭なので、息子にもおこぼれに助が回ってきただけの話さ。馬の面を眺めたって始まらないから、まともに出勤なんぞする気が起こらないんだ」

勝手に餅をむしゃむしゃやりながら、

「盗賊どころか、わたしの体内にはもっと怕いものの血が混っているんだぜおばさん。何だと思う？」

揶揄するように若者は言った。

「怕いもの？　何なの？」

「怨霊だよ。民部卿元方って人物、知ってるだろ」

「さあ」

「知らないの？　もぐりだなあ」

「わたしは播磨生まれの播磨育ち……。まだ都住まいは日が浅いからね」

「どうりで田舎くさいや。だれにでも訊(き)いてごらん。朝廷に祟(たた)り上卿(しょうけい)どもに祟るおっかない怨霊の話を、都人(みやこびと)なら知らないはずはないからね」

「あんたはその、元方って人の何なのさ」

「孫だよ」

「へええ、祟り神の孫！」

「たまげたかい、おばさん」

「別にたまげはしないけど、その、おばさん呼ばわりはやめておくれ。わたしはこう見えても、ここにおいでの若君の乳母なんだからね」

「うばさんだっておばさんだって大差ないぜ。一字違いだもの、たったの……」

どこからかこのとき、男が駆けて来て、

「なんだ保輔、こんなところにいたのか」

腹立たしげになじった。

「勧修寺の山門の脇で落ち合う約束だったじゃないか。ばか正直にさっきからおれ、門前に突っ立っていたんだぞ」

「すまんすまん。餅のお振舞いに与(あずか)っていたんだ。それより斉明(なりあき)、例の物はうまく捌(さば)けたかい？」

「首尾よくみんな売り払った。物代(ものしろ)はここにある」

ふくらんだ懐中を叩いたところをみると、これが賭(かけ)をした仲間らしい。年ごろは二十(はたち)前後——。保輔とは正反対に軀(からだ)つきのいかつい、殺伐な雰囲気をまとった男である。窪んだ眼窩(がんか)の底から眼光険(けわ)しく射すくめられて、陽気にしゃべっていた乳母は竦(すく)みあがり、周防もおびえて首筋をこわばらせた。

「じゃ、行こう。どうもご馳走さま」

白(しら)けかけた座を救うように威勢よく立ちあがると、

「縁があったらまた、会おうな」

五、六歩、保輔は行きかけた。

「忘れ物よ」

と、その背に声を投げたのは、いままで黙って乳母と若者のやりとりを聞いていた小市である。

「これ、あなたのでしょ？」

差し出したのは、紙貼りの蝙蝠扇(かわほり)であった。

「あ、そうだ。でも、いいや。餅のお礼に進呈するよ」

そして口ばやに、

「女こどもだけで、こんな野っ原の寺へ出かけてくるなんてよくないぞお乳母さん。娘さんは美しいし、子供たちも可愛い。あんただってまだ、まんざら捨てたもんじゃないからね、拐しに目をつけられて、人買いどもに売り飛ばされるよ。ひどい目に遭ってから泣いたって遅い。夕暮れになる前に引きあげな。忠告しとくよ」

言うだけ言うと、疾風の迅さでたちまち走り去ってしまった。仲間は先に出て行って、すでに境内のどこにも見えない。

周防は急に恐ろしくなった。日ざしの燦きについ、浮かれて、散策がてらの墓参りなど思い立ちはしたが、放火、群盗、人殺しや人攫いなど、ぶっそうな取り沙汰を耳にしない日はない近ごろの世相である。雑色一人つれずに栗栖野あたりを歩き廻るなど、若者に指摘されるまでもなくいささか無謀な行為であった。

「帰りましょう」

そそくさ、周防は破り子を片づけた。危険を懸念しはじめると、もう一刻もぐずついている気になれなかった。

近くにはまだ、宮道列子の伴侶である藤原高藤の墓や、宮道氏の遠祖稚武彦の神を祀る古社など、一族にゆかりの深い場所が幾つかあったが、

「また折りを見て出直しましょうね」

子供たちをうながして本堂に入った。

「さあ、帰路の無事を願って手を合せなさい」

本尊千手観音の御前（おまえ）にぬかずかせ、庫裏（くり）に廻って事情を話すと、檀越（だんおつ）の縁者である周防の顔を勧修寺の僧たちは見おぼえていて、

「おっしゃる通り、野道はあぶのうございます。人通りのある街道までお送りいたしましょう」

屈強の荒法師を三人もつき添わせてくれた。

おかげで食後、他愛なく眠りこけてしまった薬師麿を、内の一人におぶってもらえたし、まだ充分、あたりが明るいあいだに粟田の山荘へ帰りつくことができたのだが、それでも留守中に、長兄の為頼（ためより）がやって来ていて、

「乳母とお前だけで、子供たちを栗栖野くんだりまで連れ出したと？　いかんじゃないか。そんな無茶をしては……」

こっぴどく周防は叱られてしまった。

五

一言もない。ただでさえ口やかましく、煙（けむ）たくもある長兄のこごとである。

「すみません。考えがたりませんでした」

小さくなって周防はあやまった。

「乳母も乳母だ。よい年をしながら周防ごときの誘いに乗り、いかに都珍しいとは言え、うかうか出歩いてばかりおる。引き剝ぎにでも出くわしたらどうする気だ」

「引き剝ぎにならもう、出くわしたよ伯父さま」

止めるひまはなかった。無邪気な、どこやら誇らしげでさえある薬師麿の放言に、周防はうろたえ、

「ちがうんです。ねえ、お乳母どの、『盗賊ではない、賭をしたんだ』って言ってたわよねえ、あの人……」

取りつくろおうとしたが、

「なにッ、引き剝ぎに出くわした⁉　どういう事だ。くわしく話しなさい」

為頼の追及は俄然、熱をおびはじめた。街道での目撃から勧修寺での再会まで、洗いざらい周防は白状してしまった。

「そうらみろ、まっ昼間でさえそのような恐ろしい目に遇う。そやつ、もしかしたら武者の次にお前らを狙って、あとを跟けて来たのかもしれないぞ」

「いいえ、餅を一つ二つ摘んだあと、『早く帰れ』って、むしろ私たちを訓して……そう

そう、小市ちゃんに扇をくれたくらいですよ」

「ほう、旅人の衣類を奪った痴れ者が、お前らにはあべこべに物をくれて去んだと言うのか」

「これです」

小市が取り出した蝙蝠扇を、

「杜若に、八ツ橋か。ありふれた図柄だな」

それでも興味ふかげに打ち返し、為頼は眺めながら、

「小癪に香が焚きしめてある」

鼻先へ持っていってばたばた煽いだ。

「名も、名乗りましたよ」

「何とほざいた？」

「ええっと、藤原なにがし……そうだわ、保輔と申しました。ねえ、お乳母どの」

「はいはい、たしか、そのような名でございました。右馬寮の、助だとも……」

「同じ藤原姓——。大織冠鎌足公まで溯れば、当家の門葉にも繋がるわけか」

為頼は苦笑した。

根は一つにせよ、太い幹となって官界での顕職を独り占めしだしている主流、幾つにもそこから枝分れして、今や中級下級の官吏にすぎなくなってしまった為頼たちの階層、そ

れよりさらに落ちて、盗賊まがいの悪事を働く者まで現れるとは、

(藤原氏なる樹木も、やたら大きく生い茂ったものだ)

と思わざるをえない。

たくましく幹がふとってゆくかげには、痩せ枯れて、切り落とされる枝も生じる。でき損じの花や実も成る……。

「この蝙蝠扇(かわほり)の主(ぬし)なども、さしずめ藤の巨木の蔓(つる)の先に狂い咲いた仇花か、蝕(むしく)った莢豆(さやまめ)の一つだろうが、右馬助に藤原保輔などという男、いたかなあ」

首を、為頼がかしげたのは、彼が武官の職に過去も現在も、ほとんどかかわりなくすごして来たからである。

摂津・丹波の国司を経(へ)て、為頼はいま、皇太后宮の大進(だいしん)に任ぜられている。

皇太后は、朱雀帝の皇女昌子(まさこ)内親王——。従弟(いとこ)の冷泉天皇に配されて、その后(きさき)となったが、在位三年にも満たずに夫帝が退位し、上皇の地位にしりぞいたため、昌子皇后も皇太后と呼ばれることとなった。

お子は生まれていない。それどころか、精神に異常のあった冷泉帝を忌(い)み、伴侶でいながらついに一度も、昌子皇后は帝のそばへ近づかなかったとさえ噂(うわさ)されている。名のみの后のまま、まだ二十にすら間(ま)のある若さで、皇太后宮の奥ふかく封じ込められてしまった青春……。為頼はこの女性につかえて皇太后御所に出仕する身だから、右馬寮の消息に疎(うと)

いのも当然だが、

「なんでも、父親が右馬頭なので、保輔とやらも助になれたのだとか申しておりましたよ」

乳母の言葉に、

「現在、右馬寮の長官は藤原致忠(むねただ)だ。彼なら知っているよ」

大きく、うなずいた。

「有名な民部卿元方どののご子息だからな」

「それそれ、その元方とは、何をした人なのでございますか？　保輔が『自分の体内には盗賊などよりもっと怕(こわ)い怨霊の血が流れている』とか、自慢顔に言いましたけど……」

「そんなことまで口走りおったか」

「世間に隠れのない事実とか……」

と、視線を転じて、乳母は問いかけた。

「周防さまはごぞんじですか？　元方卿とやらの話……」

「聞いたおぼえがあるわ。でも、くわしくは知りません。どんなことなの？　兄さま」

「お前らは今日、贈太政大臣高藤公の北ノ方、宮道列子さまの奥津城(おくつき)に詣でたな」

「ええ」

「それなら、一夜の契りで列子さまが高藤公のお子をみごもり、生まれた姫君が成人ののち、宇多帝の后となられた話も承知していよう」

「知ってます。姫君のお名は胤子さま……」

「その胤子皇后のおん腹に誕生なさったのが、山科の勧修寺を建立あそばした醍醐の帝だが、事は、この醍醐帝のおん子、村上天皇の御宇に起こったのだ」

長兄の話術の巧みさに、いつもながら周防は惹きつけられる。国司時代の体験談など、同じ話を何度聞いても飽きなかった。血を分けた兄弟ながら、

(口べたな為時兄さんとは、まるで違う)

と、そのたびに比較したくなるほどであった。

――為頼がこの日、こころもち声を低めながら語り出したのは、まず、村上帝治政下での、藤原摂関家のせめぎ合いである。

「当時、朝廷で、左右大臣の顕職を分け合っておったのが、藤原実頼卿とご舎弟の師輔卿だ。表面、ご兄弟は仲がよい。しかしお二人ともが、それぞれの息女を村上帝の後宮に送り込んで、皇太子の誕生を待ち望むという立場からすれば、心中、鎬を削り合う競争相手でもあったのさ」

実頼の娘は述子、師輔の娘は安子――。ともに村上帝の女御に冊立された。

「どちらが先に皇子を生むか。こればかりは運次第だがね、何ともお気のどくなことに述子女御はとうとうみごもらなかった」

「まあ」

「御子を儲けぬまま亡くなってしまったのだよ」

実頼の落胆をよそに、師輔の娘の安子は懐妊し、めでたく男の子を生み落としたのである。

「憲平と名づけられたこの皇子をお抱きして、いや、師輔卿のよろこぶまいことか。だがね周防、乳母も聞きなさい。ここが肝腎なところだ。村上天皇にはすでにこのとき、別の女性の腹に広平という男御子が生まれていたのさ」

「わかったわ。その女性が、民部卿元方とかいう人の息女なのね」

「勘がいいぞ周防、その通りだ。わずか数カ月の差ではあるけれど、先に誕生していればそちらが兄君……。村上帝のご嫡子だよ。でも、かならずしも長男を皇太子位に据えねばならんというきまりはない。ものを言うのはつまるところご生母の身分、お実家方の実力だからな」

　だからといって、元方があきらめてしまうのは早い。順列にこだわらぬとは言っても、やはり第一皇子の立場は強いのだ。

（もしや？）

と元方が、広平親王の立坊を期待したとしても、けっして的はずれな望みではなかった。

　安子懐胎の噂が流れたとき、だから元方はひそかに僧に依頼し、

「女御の生むお子が、なにとぞ女児でありますように……」

と祈禱までさせた。女の子なら差し障りはない。広平親王の対抗馬とはなりえないからだが、そんなさなか、元方を打ちのめすような衝撃的な事件が起こった。

「それは庚申待ちの宵だった。知ってるな小市、庚申待ちとは何か……」

周防や乳母に劣らず熱心な、小さな聞き手に、為頼は目を細めながら問いかけた。

「知ってます。庚申に当る日、人が眠ると、その人の身体から三尸虫という悪い虫がぬけ出して、天に昇って行くんでしょ?」

「そうだ。そして天帝に、その人の悪口を告げるという信仰がある。だから庚申の晩は、だれも夜っぴて眠らない。三尸虫のやつを天へ行かせないために、楽器を奏でたり詩を賦したり、そのほかいろいろ面白い遊びなどして朝のくるのを待つだろう?」

「はい。播磨の官舎では庚申待ちの宵、役所のかたがたが守のお館に集まって、飲めや歌えの酒宴を催すのが例でした。ねえ小市さま、賑やかでしたねえ」

と、乳母は国許をなつかしむ。

「安子どのの妊娠中、宮中でも庚申の御遊がおこなわれ、碁盤や双六盤など遊び道具が持ち出されたが、賽を入れた筒を振りながら『わが娘安子の生みたてまつるお子が、もし男児なら、重六出よ』と師輔卿が叫ばれたのだ」

「えッ、重六ですって⁉」

二個の賽が、二つながら六の目を出すのを重六という。めったにない幸運だから、

「とても無理でしょう」

周防も乳母も、小市までが首をふった。

「ところが出たのだ」

「出たの？　まあ……」

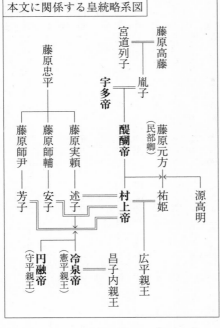

本文に関係する皇統略系図

藤原高藤 ＝ 宮道列子
胤子 ＝ **宇多帝**
醍醐帝
藤原元方（民部卿）
源高明
祐姫 ＝ **村上帝**
広平親王
藤原忠平
藤原実頼 ― 述子
藤原師輔 ― 安子
藤原師尹 ― 芳子
冷泉帝（憲平親王） ＝ 昌子内親王
円融帝（守平親王）

「人の一念とは恐ろしいものだな。たったひと振りで、みごと重六が出た。胸を反らす師輔卿に引きかえて、元方どのは顔面蒼白……。いまにもその場に卒倒せんばかりだったという」

しかも賽の目の予告にたがわず、やがて誕生したのが男御子（みこ）——憲平親王だったのだから、勝負

は決まったも同然である。

同族の藤原氏とはいっても、師輔は主流の北家、飛ぶ鳥おとす摂関家の出なのに、元方は勢い振わぬ南家の生まれだし、師輔の右大臣に較べると、官位も従三位大納言にすぎない。

息女同士も安子は女御、元方の娘の祐姫は一階低い更衣だから、太刀打ちは到底できかねたのだ。

案の定、生後わずか三カ月で憲平親王は皇太子となり、元方父娘の祈念はあえなく潰えた。そしてそれから三年後、正三位民部卿の地位を最後に、恨みをのんで元方は亡くなり、あとを追うように祐姫や広平親王までが世を去ってしまったが、

「その直後からだよ。うすきみわるい怨霊譚がささやかれだしたのは……」

立ち聞く耳などない山荘なのに、さらに一段と為頼が声をひそめたのは、話の効果を狙った演出だろう。ながかった夏の一日もようやく暮れかけて、あたりは薄ぐらくなりはじめている。

「お乳母どの、だれかに早く、灯を持ってこさせて……」

周防に催促されるまでもなく、そそくさ乳母が立って行き、自身、灯台を運んできたのは、これも臆病風に吹かれたからにちがいない。

「まず怨霊に祟られたのは、憲平皇太子だ。これは当り前だな。憲平が誕生されたおかげ

で、元方一族は失意のどん底に叩き落とされたわけだからな」

憲平皇太子は、のちの冷泉天皇である。この人の狂気を、周囲はすぐさま、元方の恨みに結びつけて注目したのであった。

六

少年時代から徴候は現れていた。蹴鞠（けまり）ひとつにしても、いったんそれを天井の梁（はり）にまで蹴上げようと思いついたら、どう制止しても憲平皇太子は聞きいれない。不可能を、可能と信じこんでしまうのか、食事はおろか湯水さえ口にせず、目をつりあげ、歯をくいしばって一日中、蹴りつづける。足先から血を流しながら、それでも鞠を放さないのである。一種の、偏執狂的性格が、成長とともに助長されて、心疾の様相を濃くしていったのだといえよう。

「禁中の改築さなか、不意にお姿が見えなくなったので、廷臣どもが泡をくってお捜ししたら、所もあろうに番匠（ばんじょう）小屋の屋根に登って、とぼんと空を眺めておられたことがあったし、おん父村上帝からのご消息の返事に、なんと、男根の絵を描いて渡されたことさえあった」

外祖父師輔、生母安子の心痛は、他目（はため）にもきのどくなほどだった。

「民部卿元方の怨霊がなせる業……」

との風評を気に病んで、加持祈禱、医薬禁厭、あらゆる手段をこころみたが効験は現れない。

「そのうちに、歎きがつもって師輔公がおかくれになる。さらにはおん母安子、あとを追って父ぎみ村上帝までが崩ぜられたから、さあ、世間の口はいっせいに『これもみな元方どのの祟りだ』と言い囃した」

「恐ろしいことですね」

「有力な後楯を失って、たった一人とり残されてしまった狂える皇太子――。それでも日嗣の御子と定まったかたなので、やがて即位して、冷泉天皇となられた。おん年、十八歳であった」

「兄さまの御主人が入内なさったのは、そのときですか？」

「そうだよ周防。名だけのご伴侶ではあったけれど、冷泉新帝には従姉に当る昌子内親王が皇后に配され、補佐したてまつる摂政には帝の大伯父の左大臣実頼卿が任ぜられた」

「亡き師輔公の兄ぎみね」

「そしてあの、ついに故村上帝のお子を生まずに早死した述子女御の父ぎみだ」

「十八にもなっておられる帝に、摂政が必要なの？」

「ご心疾だもの、まともに政事が執れる状態ではない。実頼卿のほかにも右大臣源高明卿、大納言藤原師尹卿らがお助けして、冷泉朝はまがりなりにも発足した。源高明というかたは醍醐天皇の皇子でな、温厚篤実な君子人だった」

「臣籍にくだって、源の姓を下賜された皇胤源氏ね」

「廷臣たちの人望もあつく、世人の尊崇を受けておられたし、大納言師尹卿は、実頼、師輔らの弟御……。兄たちに劣らぬ切れ者と評判されていた。この師尹卿には芳子という息女がおってな、髪の美しいこと、長いこと、逆立ちしても周防や乳母など及ばぬ姫君だったそうな」

「失礼ね兄さま、私たちを悪い髪の引き合いに出さなくてもいいでしょ」

「むくれるな」

豪放な笑い声を、為頼は腹の底から揺すり立てた。

「お前たちばかりじゃない。だれだってあの姫さまにかなう女はいなかった。なにせお出かけのさい、お身体は縁先に寄せた牛車の中に移られたのに、髪の先はまだ、部屋の柱のあたりにたぐまっていたというほど長かったのだからな」

「嘘でしょ。信じられないわ。ねえ乳母どの」

「いや、ほんとの話だよ。芳子姫の落ち毛の一本を大形の檀紙の上にくるくる巻いて置いてみると、いちめん黒いところばかりになって、紙の地色が見えなくなるというくらいだものな」

「うらやましいわねえ。どうしたらそんなみごとな髪になれるのかしらねえ」

溜め息まじりに周防が言うのは、目鼻だちにまして、髪の質や長さの優劣が、女の美の基準になっているからであった。

「髪が立派なだけではない。芳子姫は古今集の歌をことごとく諳んじてもおられた」

「あら、それなら小市ちゃんだって姉の大市ちゃんと競争ではじめてますよ」

「それは感心だ。どれくらい覚えたな？　小市」

「まだ、ほんの少し……」

羞む姪の童髪を、

「よしよし、今から始めていれば、小市たちもいずれ芳子姫みたいになれるだろう。髪の毛だって、周防叔母さまよりぐんと伸びるぞ」

いとしそうに為頼は撫でた。

「芳子姫は村上帝の後宮に召され、やがて宣耀殿ノ女御と呼ばれるお身の上となったが、しんじつ古今集二十巻、千百首、そらで記憶しているかどうか村上帝は怪しまれてね、一首一首実際に暗誦させてごらんになった」

「言えましたか？　誤りなく……」

「言えたんだ。つかえもしなかった。もっとも帝が女御を試しておられると洩れ聞いて、父の師尹卿は気が気でない。『なにとぞ滞りなく古今集全巻、姫が暗誦できますように』

とあちこちの社や寺に一心不乱、祈願をこめたそうだからな。神仏のご加護もあったのかもしれんよ」

いつのまにか叱責は二の次となり、長兄自身、みずからの話に興じ出しているのを知って、周防は内心ほっとした。

「そんな賢(かしこ)い、しかも髪ながの美人が村上帝のお側にあがっては、冷泉帝のご生母の安子皇后も内心やきもきなさったでしょうねえ」

と同じ気持なのか、乳母もさかんに聞きほじろうとする。

「焼き餅をやかれてね、渡殿(わたどの)を通られる宣耀殿芳子めがけて、板戸のすきまから土器(かわらけ)のかけらを投げつけられたことさえある」

「まあ、はしたない。お

藤原為頼・為時略系図

宮道弥益—列子
藤原良門—高藤、利基
高藤＝列子—胤子、定方
宇多帝＝胤子—醍醐帝
定方—女
利基—兼輔—雅正、桑子（醍醐帝更衣）
雅正＝女—**為頼**、為長、**為時**、周防
上毛野公房—女
為頼＝女—伊祐
為時—大市、小市、薬師麿

后のくせに……」

「このくらいの嫌がらせは、宮中では珍しくないのさ。それより困ったのは皇太子の狂気だ。外祖父師輔公が亡くなり、母后、父帝が相ついで崩じられたあと、即位して冷泉帝となられたけれども、言動のご異常は改まらない。大声で唄をうたわれるんだ」

「唄を？」

「催馬楽だの神楽歌だの……。わしも耳にしたことがあるがね。音程のはずれた胴間声で、あとからあとからきりもなくうたわれる。衛府の兵の詰所にまで聞こえるほどの声だったし、賢所に入られて神器の御筥を開けようとなさったこともある。禁中に代々伝わる宝物に、大水竜と名づける名笛があったが、これを小刀で削ってしまわれるなど、片時も目がはなせなかった」

「ご在位はたしか……」

「二年だよ。同父同母の弟の、守平親王に帝位を譲られて、まだ二十のお若さで上皇となられたが、守平親王には民部卿元方の怨霊も祟ることができなかったらしい」

「今の天皇さまね」

「円融帝だ。この帝はまともでいらっしゃる」

「でも伯父さま」

ふしぎそうに小市がたずねた。

「やんごとないかたがたをとり殺したり狂気にしたりする怨霊の血筋を、なぜそのままにしとくのですか？　たとえば先ほどおっしゃった元方卿のご子息の右馬頭藤原致忠どのとか、その孫の保輔などを、どうして罰しないで官職につけておくのでしょう」

「罰しはせんさ。子孫を懲(こ)らしめたりしてごらん小市、元方の怨霊はますます怒って、朝廷に仇をするだろう」

「あ、なるほど」

　おとなびた相槌(あいづち)の打ち方に微笑しながら、

「致忠どのの倅の一人に、藤原保昌(やすまさ)という男がおるが、これなどむしろ、帝のお気に入りだよ」

　為頼は言った。

「骨柄(こつがら)たくましく打ち物業(わざ)にすぐれ、しかも世に許された歌詠(よ)みでもある。まさしく怨霊元方の孫は孫——。でも保昌などは、いずれ父を飛び越すほど出世するくちではあるまいかな」

「保輔とやらの兄さんですね」

「たぶん腹違いの兄弟だろう。致忠どのの北ノ方は、元明親王の息女だ。元明親王も醍醐天皇の皇子でな、臣籍にくだられ、源朝臣(みなもとのあそん)となられたかただ。保昌の母は、たしかこの、宮腹の女性だから血統は正しい。それに引きかえて保輔などという若造は、おそらく致忠どのが若ざかりに、どこぞ下賤な女にでも生ませた出来そこないのどら息子に相違あるまい」

手の蝙蝠扇(かわほり)を小市に返して寄こすと、

「さあさあ、話はこれで打ち切りだ。お前たち、湯浴(あ)みや夕餉(ゆうげ)をすませたら今夜は早く寝(やす)みなさい。あす昼前までに京極の本邸へ帰らねばならんのだからな」

為頼は立ちあがった。

「では、この山荘を引き払うのですか？」

「為時にたのまれて、お前らをわしは迎えに来たんだよ」

「何ぞ、急な用事でも……」

「奥州(みちのく)から便りが届いたのだ、為長(ためなが)が病気らしい」

「まあ、為長兄さまが⁉」

為頼には弟、為時や周防には兄に当る陸奥(むつ)の国司である。

「そこでにわかに親類縁者が集まって、病魔退散の祈禱を修してやることになった。伯父のための法筵(ほうえん)だからな、子供たちも出席させたほうがよいと、為時が言うのさ」

「わかりました。ではさっそく帰り仕度にとりかかります。お乳母どの、小市ちゃんも、そのつもりでね」

洛中よりも、涼しいことははるかに涼しい山荘ぐらしだが、藪蚊の多さに辟易(へきえき)していた

夜ごとだった。そろそろ退屈してもきはじめたし、

（引きあげどきか）

と思っていたやさきだけに、周防は明け方近くまでかかって、てきぱき身の回りの荷物をまとめあげた。

ただし、弱ったのは、腹くだしして寝込んでいる大市の処置である。さしたる距離ではないし、あくる朝、迎えの車に乗せようとすると、

「いやよ、わたし……。ここにいる」

九歳にもなりながら駄々をこねて、為頼や周防の説得に、大市はどうしても耳を藉（か）そうとしないのであった。

七

大市の強情さに、周防は手こずりきった。

「こんな淋しい山荘に一人ぽっちで居残ったら、物怪（もののけ）に襲われますよ」

脅（おど）しても、

「こわくないわ。何が出たって……」

虚勢を張るし、

「なぜ京極の住居に帰りたくないのだ？　わけを言いなさい、わけを……」

為頼伯父の一喝にも、

「わけなんか無いの。ただ、ここにいたいだけ……」

しぶとく抗う。

妹に較べると打ち見の柔和な、おとなしやかな気質と見られている大市だった。父親似なのか小市は眉が濃く肌もあさぐろく、輝きを宿した聡明そうな目やきゅっと引きむすんだ唇の形など、少年じみた印象だが、大市はこの妹とはあべこべに色が白く、口のききかたから顔だちから、すべてがなよなよと優しい。だれもがつい、庇わずにいられなくなる女らしい魅力を、もう今から漂わせはじめている美少女なのである。

播磨にいたころも、初めて授かった女の子ではあり、為時夫婦にずいぶん可愛がられて育ったらしい。それだけに、芯にわがままなところがあり、言い出したら、どんなことも結局は通ると大市自身、確信しているふしがある。豪放な為頼あたり、

（わしは外面のおとなしさなどに晦まされはせんぞ。打てば響く小市のほうが、性格からすればずっと面白い）

同じ姪ながら、地味な中にキラリと光る小市の素質を買っていた。

「よくって？　大市ちゃん。よく聞きなさい」

周防のほうは、姉妹のどちらをも甲乙なく愛しているだけに、

「あなたの父上の為時どのにはね、兄さまが二人、妹が一人いるのよ」

大市の説得をなかなかあきらめなかった。

「妹はこのわたし、そして上の兄さまがここにいらっしゃる為頼どの、次の兄さまが今、陸奥の国司となって任国へくだっておられる為長どのです」

「知ってるわ、そんなこと……」

「なら、なぜ屋敷へもどって、為長伯父さまのご病気平癒を祈ってさしあげないの？　陸奥の国庁から急報が届いて、重態だと知らせてきてるのに……」

「だってわたし、為長伯父さまのお顔を知らないんですもの」

「それは当り前よ。あなたがたは小市ちゃんにしても薬師麿にしても、三人ながら播磨で生まれて、つい先ごろ京へ上って来たのだからね。わたしや為頼伯父さまとだって、上洛してはじめて対面したわけでしょ。顔を知らなくても伯父は伯父なのだから、冷たいことを言っては駄目じゃないの」

理に詰まると、わっと泣き伏して、それっきり返事をしない。

「もうよい。嫌がる者に無理強いするな周防」

とうとう癇癪を起こして、為頼は声を荒らげてしまった。

「そのかわり木精が出るか生霊が現れるか、とり殺されてもわしらは知らん。大市の勝手にするがいい」

見かねたのだろう、片脇から、

「わたしがここに居残りましょう」

申し出たのは、牛車を宰領して来た為頼の嫡男だ。伊祐といって、ことし十七になる。勧学院に籍を置く学生である。

「そうか。お前が残るか」

「やむをえますまい」

「遠く他郷で病む為長叔父への祈禱修法だ。ぜひお前も、列席させたいのだが……」

「ご快癒を、この山荘で仏に念じましょう。思いの熱ささえ同じなら、法会の席につらならなくても願いは奥州まで届くはずです」

「殊勝な申し条ではないか伊祐」

おととし元服をとげて以来めきめき大人びて、言動に凜々しさを増しはじめた息子を、為頼はたのもしげに見やった。

「では、そなた残って、このわがまま姫さまのお守りをしてやってくれ」

山荘の番人を兼ねた庭掃きの老人と食事ごしらえを受けもつ婢女、それに女房一人が加わって伊祐ともども、大市の面倒を見ることになったが、そうと決まったとたん機嫌がなおったのか、

「伊祐さま、どうぞよろしく……」

はにかみ笑いをうかべながら大市は従兄に会釈を送った。肩のあたりで切り揃えた童髪が上気した頬にはらりとかかって、いかにもしおらしく、愛くるしい風情である。

「まあ現金なこと。思い通りになったらいま泣いた烏がもう笑ったのね」

周防は皮肉って、

「さあ、わたしたちは帰りましょう」

小市と薬師麿をまず牛車に乗せ、空き間に手回りの荷物を押し入れた。つづいて周防自身が乗り、最後には乳母までが肥った身体をぎゅうぎゅう割り込ませたから、その窮屈さといったらない。

牛飼は、これも山荘番に劣らぬ背のかがまりかけた老体で、そのくせ名は童名のまま菊丸と呼ばれている。せっかちな、口うるさい親爺だけに、

「ご出立がこんなに遅れては、ご法会にまに合わんわい」

ぶつぶつ、こごとを言い、しきりに鞭をあてて牛を急がせながらも、

「お乳母どの、このようなせわしない日にめかすことはあるまい。それ、髱の先が下簾からはみ出して地べたを掃いとるぞ」

だの、

「周防さまも周防さまじゃ。荷物がこれほど多いなら、初手から言うてくださればよかった。どこぞ知り合いの家からもう一輛、車を借りて来たものを……」

と、のべつ文句を並べる。

「だって、積めたんだからいいでしょう？　大市ちゃんが残ったから、これでも幾つか包みの数は減ったのよ」

「こぼれ落ちんように、中でしっかり抑えていてくだされ」

「抑えてはいるけど、もう少し牛を静かに追えないの？　車が揺れて揺れて、気分が悪くなりそうだわ」

「ゆるゆるやっておっては、ご法会が始まってしまいますわい。揺れるのはでこぼこ道のせいじゃで、わしは知らん」

「法会なら待っててくれますよ。為頼兄さまが着かないうちに始めたりするものですか」

その為頼は、騎馬で脇に附いていたが、

「そろそろ洛中にさしかかったぞ。車の内と外で口喧嘩（げんか）などしていてはみっともない、道通りの者が笑っているではないか」

牛飼と妹の双方をたしなめた。

「それにしても大市君の隅に置けないこと！　お小さいなりに、いっぱし智恵をお絞りなさるのだから末おそろしゅうございますねえ」

乳母のささやきに、むしろ周防は驚いて、

「何のこと？　大市ちゃんが何をしたと言うの？」

問い返した。

「お気がつきませんでしたか周防さま。大市君が駄々をこねて、ご本邸へもどるのを拒(こば)んだのは、伊祐さまに附き添われて山荘に居残りたかったからでございますよ」

「まさか……。まだ大市ちゃんは九ツよ」

「むろん、どうということはありませんさ。ただ、好いたらしいお従兄(いとこ)さまと一緒にいたいというそれだけの、他愛ない望みにすぎますまいけれど、帰るのはいやだと言い張れば、仕方なしにでも伊祐さまがおとどまりあそばすのを見越して、ちゃんとその通り事を運ばれたのですからね。なかなかどうして、大人顔負けの策略ではございませんか」

　周防は不快になった。田舎者まる出しな乳母の、無教養ぶりが疎(うと)ましくなるのはこんな時だった。長兄に聞かれたくない。幼い姪や甥にも聞かせたくない。薬師麿はまだしも、人なみ以上な小市の好奇心がこわかった。注意ぶかく周囲の会話に耳を傾け、ぐんぐんその中身を吸い取って、伸びざかりの旺盛な知識欲を満たそうとしているかのような小市のまなざしである。今もじっと、大人たちの口の動きをみつめているのに、一向にそんな気配に無関心な乳母が、周防は腹立たしかった。

「まだ九歳とおっしゃいますけどね、摂関家の姫君なら七ツ八ツで入内(じゅだい)なさる例だって珍しくありませんし、十三か四で妊(みごも)られるお方さえおられます。それにわたくしの見るところ、大市君はけっこうお早熟(ませ)さんでいらっしゃいますよ。ご自分が美しく生まれついているのを、ちゃんとわきまえてもおられますからね。おとなびるのがお早いのではありますまいか。潤んだ、しおのある流し目で伊祐さまにほほえみかけたお顔つきなど、どきっとするほど艶めいて見えましたわ」

たまりかねて、

「小さい子たちが聞いてるわ乳母どの、もう、およしなさい」

とめどなく喋り立てる相手の口を、周防はすこし手きびしく封じた。

乳母の観察を、一概に的はずれときめつけることはできない。たしかに言われてみれば、大市の固執は異常であった。目的が、山荘に滞在しつづけることではなく、伊祐の引きとめにあったのだとすれば、しかしその謎も無理なく解ける。

胸の動悸が、妖しく高まるのを周防は感じた。まざまざと蘇ったのは、一つの記憶である。それはこの夏の初め——まだ彼女が大市や小市たちをつれて粟田の山荘へ移る前だったが、朝涼の庭へ出て髪を梳いているところへ、

「痛みはないのですか？」

伊祐に声をかけられたのであった。

「いやねえ、いつのまに来てたの？」

周防はうろたえた。下半身には葡萄染めの袴をつけている。でも、上には生絹の単衣をふわっとはおっただけだから、乳房や腕や、脇の下まで透けて見える。ふだんは、たとえ

甥の目にも、つとめて触れさせまいとしてきた火傷の爛れさえ不用意にさらけ出してしまっていた。

　つかつか寄って来て、伊祐はその手を摑んだ。隠すひまはなかった。

「もう、痛みはしないのでしょう？」

　静かな、労りを籠めた語調が、周防の動揺を鎮静させた。

「痛みはしません。宮仕えしていた幼いころに煮え湯を浴びた痕ですもの」

「ほかのところは匂い立つような、きれいな肌をしているのになあ」

　握られた指の先が、にわかにほてりはじめた。周防自身の血の燃えか、伊祐の体温の高まりか、どちらとも判然しないまま熱気はひろがり、どっと全身から汗が噴き出した。

　叔母と言い甥と言っても、同じ十七……。年の差はない。背丈など二寸も周防より高くなってきている伊祐である。朝の日ざしを真額に受けて、たじろぐ気ぶりもない若ざかりの、さわやかな立ち姿が、男くさく眩く、周防はまともには目を合せていられなくなった。

「さ、あちらへいらっしゃい。あなたはもう大人の仲間入りをしたのだから、これからは女たちの部屋の前庭などを断りなく歩き廻ったりしてはいけませんよ」

　言い捨てて奥へ入ってしまったが、このときの記憶が妙になまなましく胸に残って、さりげなく振舞おうとすればするほど、伊祐への対し方がぎこちなくなった。為時兄の子供らをつれて、粟田の山荘に暑を避けに出かけたのも、そんな息ぐるしさから逃げたかったためである。

乳母のささやきを、だから周防は、けっして冷静には聞けなかった。九歳の大市を、まともに嫉妬する気は起こらない。かえって周防が嚙みしめたのは、たとえ一ッ時(とき)でも、甥への思いに波立った彼女みずからへの嫌悪感だった。

(浅ましい)

その呟きは、早熟な大市の生理への、おぞましさに向けられたのではなく、結局は周防自身のひけめ——癒着したきり離れなくなってしまった三本の指、醜いひきつれの痕跡に向けて放たれた嗟嘆(さたん)であった。

(伊祐はただ、わたしを憐(あわれ)んだだけなのに……)

取り乱したあの朝の自分を、周防はみじめな気分でふりかえる。そのくせ、

(今ごろ大市と伊祐は、何をしているだろう)

心はともすると、山荘へ引きもどされた。

八

爪先立ちして、牛車の物見(ものみ)窓から外を眺めていた薬師麿に、

「あ、おうちのご門が見えてきたッ、着きましたよ叔母さま」

声をかけられて、周防は我れに返った。

「お帰りなさりませ」

と駆け寄りざま、為頼の馬の口輪を取ったのは、門前まで迎えに出ていた乳母の倅の御厨ノ高志である。大きく一つ、ギギとかしいで車は門内に曳き入れられ、西ノ対の妻戸のきわに寄せかけて停まった。召使の女房が待ちかまえていて、

「みなさま、お揃いでございます。どうぞお早く……」

と、せきたてる。周防も乳母もが、あわてて子供たちを抱きおろし、荷物の運び込みは高志にまかせて、庭の北隅に建つ仏堂へ急いだ。古びた常行三昧堂であった。

京極の名が示す通り、このあたりは都の東のはずれで、すぐ近くを賀茂川が流れている。土手へ登ると、目の下に河原がひろがり、庭づたいにそのまま水ぎわへおりることができた。

敷地は広く、邸宅も大きい。母屋につづくうしろ側に北ノ対、東西にもそれぞれ対ノ屋が建ち、庭の大池に伸びた渡廊の先に、釣殿と泉殿まで附属する本格的な寝殿造りだが、一見して老朽化の進んだ古屋敷だった。檜皮の屋根も板屋根も、長年月葺き替えなかった証拠に、ところどころ破損し、苔や雑草が生えるにまかせてある。

内部はまして傷みがひどい。雨の日はあちこちで漏りだすし、縁の板の腐れを応急修理

した部分だけが、煤ぼけた古材の中でま新しく目立った。

庭も当然、荒れはてていた。なまじ広大なだけに手入れが行き届かないのだ。池など半ば水が干あがって、ひび割れた底を日に晒している。昔は橋がかかって、中ノ島へ渡れたそうだが、とうに朽ち崩れ、土台石だけが残っているのもわびしい。

この屋敷を造営したのは、為頼や為時、周防たち兄妹には父方の祖父にあたる藤原兼輔という人で、粟田の山荘も同様、兼輔が建てたものだった。

賀茂川から水をひき、おびただしい花樹を植えて、四季とりどりの花を邸内に絶やさなかったため、兼輔は『堤中納言』と呼ばれ、文雅を愛する歌人や漢詩人がしげしげ出入りしたという。

兼輔自身、歌才にすぐれ、三十六歌仙の一人に加えられて数多くの秀歌をのこしているが、中でも、娘の行く末を案じて、

人の親の心は闇にあらねども
子を思ふ道にまどひぬるかな

と詠んだ一首は、当時ひろく世間にもてはやされた。

兼輔の娘は桑子といい、更衣として醍醐帝の後宮に召された女性である。皇子を一人儲

けはしたけれど、それだけで終ってしまった桑子の、宮廷での身の上を儚んで、父親の真情を吐露してみせた歌だけに、人々の涙を誘ったのだろう。

それでも兼輔あたりは、従三位中納言から参議に列し、上卿の仲間入りしたのだから一族では出世がしらであった。

兼輔の祖父の良門、父の利基は、ともに従四位の内舎人、右中将で終ったし、その子の雅正となると位は従五位下、官職も国司どまりで一生を閉じている。

良門のいま一人の息子高藤のほうが、まだしも栗栖野での狩りの途上、雨やどりした山科の大領の家で宮道列子と結ばれ、その腹に誕生した胤子が宇多帝の后となって醍醐天皇を生んだおかげで、内大臣の顕職にまで昇れたし、息子の定方は、これも姉である胤子皇后の引きによって右大臣に任ぜられている。

三条の右大臣とよばれたこの定方の娘の一人が、雅正と結婚して、為頼、為時、周防のほか、現在、奥州の任地で病いの床についている為長ら、男女四人の子を生んだのである。

為時兄の子の小市や薬師麿を、周防が栗栖野へつれ出し、列子の墓所、醍醐帝が母胤子のために建立した勧修寺などを見せて廻ったのも、亡父雅正や兄たちに較べて、まだ幾らかは往時の熾んさを残している母方の家系への、ひそかな誇りにうながされてのことだったが、二カ月たらずの山荘ぐらしを終えて帰ってみると、京極の屋敷の庭はまた一段と、荒廃の様相を深めたように見えた。

「やれやれまあ、こんなに草をはびこらせて……。いくら男手がたりないとはいえ、高志のやつ、毎日ひる寝でもしていたのでしょうか」

と、三昧堂への小道をたどりながら腹立たしげに乳母も舌打ちした。

「そんなことはありませんよ。お乳母どのの息子だけに高志はかげ日向（ひなた）のない働き者だわ。あなたがた親子が住みつきだしてから、この庭もずいぶん見よくなったのよ」

取りなす周防を、

「では、わたしらが上洛する前は、もっとひどかったのですか？」

呆れ顔で乳母は見やる。

「東ノ対にわたしが住み、母屋に為頼兄さまの家族が住んでいるだけで、あとはどこも閉め切ったままだから、家の中はカビだらけ蜘蛛（くも）の巣だらけ……。重なり合った枯れ草と落葉で、庭なんか歩けなかったくらいよ」

「ここだけの話ですけど、前司さまの北ノ方は掃いたり拭いたりなどということには、とんとお気を向けないお生まれつきのようでございますね」

と、為頼の妻の無精ぶりを乳母は笑いながらあげつらう。皇太后宮の大進（だいしん）に任ぜられる以前、為頼は摂津と丹波の国司を歴任した。このため邸内の召使たちは、彼を前国司、つまり前司さまと呼んでいるのである。

「いったい、前司さまの北ノ方は、どういうお家柄のお生まれなのですか？」

「縫殿頭をつとめた上毛野公房というかたのご息女ですって……」

「へええ、藤原氏ではないのですね」

「嫡男の伊祐どのをかしらに、腕白ざかりの男の子ばかり四人もの子持ちでしょう。育児に手いっぱいで、ほかのことにまで気が回らないのよ」

と嫂を弁護しながら、周防もつい、笑ってしまった。子らの世話にかまけ、二六時ちゅう大声で叱りとばしてばかりいる妻を、為頼は、『うちのひちりきどの』と渾名して呼ぶ。

「楽器の中でも、きわだって耳ざわりな音響を発するのは、篳篥だからな」

そこへ最近になって、為時一家が加わったのだから、古屋敷のあけくれはさらにいっそう騒々しさを増した。

任地の播磨で妻を亡くし、為時は子づれのやもめになってもどったわけだから、それでなくてさえ家事が不得手な嫂にかわって、この家の主婦代理をつとめている周防の責任は、いよいよ重くなった。

多くもない奉公人たちを指図し、食事ごしらえから衣類の裁ち縫い、掃除や洗いものまでこまごまと、目を配っていかねばならない。その上なお、大市、小市、薬師麿らの養育を引き受けて、まがりなりにもこなしてきたのは、元来が子供好き、そして、家政向きな性格に生まれついているからだろう。

為頼は門からじかに廻り込んで来たらしく、三昧堂に先着していて、

「お二人とも、うらやましいくらい矍鑠としておいでですなあ」

話し声が外にまで洩れていた。

九

挨拶を受けているのは、播磨の官舎で病歿した為時の妻の祖父母である。二人ながら七十に近い法体の老人だが、為頼が言う通りふくぶくしく肥えて、顔の色つやなど壮者をしのぐ元気さに見える。

祖父の名は藤原文範……。権中納言で致仕し、いまは老妻ともども小野の別墅で悠々自適の隠居ぐらしを楽しんでいる。

このため一族一門から『小野の老公』とよばれ、尊敬されてもいる長老であった。

為時の妻は、老公の次男の娘だから、死去してしまったあとは縁が切れてもよいわけなのだが、昔かたぎの律儀さだろうか、いまだに為時を、老公夫妻は『孫娘の婿どの』扱いしていて、今日のような内々の催しにも揃って出席してくれる。

もっともこれは、いとしんでいた孫娘の、忘れ形見に逢いたい思いもあるからで、

「おうおう、小市や。薬師麿も大きゅうなったのう」

堂内へ駆け上った子供らを、さっそく膝に抱き取って頬ずりしながら、

「大市はどこじゃな？」

姿が見えないのを不審して、あたりを眺めまわした。

為時もそれをいぶかったらしく、

「なぜつれてこぬのだ？」

と周防にたずねた。

「おなかを少しこわしまして……」

「また病気か？　何ぞというとすぐ風邪をひく腹をくだす……。大市の虚弱にも困ったものだが、車でなら運べぬこともなかったろう」

「それがなぜか、ひどく駄々をこねて……。どうしても山荘に残ると言うものですから、迎えに来た伊祐どのを介添えに附けて、わたしらだけ先に帰って来てしまいました」

老公夫妻が顔を見合せて、

「残念じゃなあ」

うなずいたのは、三人の曾孫のうち、大市の目鼻だちにもっとも濃く、亡くなった孫娘の面影（おもかげ）が受けつがれているからだった。

「おそくなりまして申しわけございませぬ」

詫びながら、このとき為頼の北ノ方が彼女の息子たちをぞろぞろ引きつれて入って来、

広くもない堂内はたちまち人でいっぱいになった。

川風が流れてきてもよいはずなのに、扉を開け放しておいてさえ暑くるしいのは、堤中納言時代、まばらだったにちがいない植込みが、手入れの悪さからすっかり繁茂し、雑木林となって風通しを遮っているせいである。

老人たちに同行して来たのは、やはり彼らの孫の、康円という内供奉だった。為時の亡妻の兄だから、小市たちには母方の伯父に当る。宮中の内道場に詰めて御斎会に奉仕し、当番の日は夜居を勤めて、主上の玉体安穏を祈る僧――。これを内供奉とも、略して内供ともいうが、その康円が今日の祈禱の導師を引き受けてくれたらしく、

「だいたいお揃いのようですので、そろそろ法会を始めることにいたします」

咳払いしながら本尊阿弥陀如来の御前に座を占めた。

召使の女房たちはもとより、下部の高志、牛飼の菊丸爺やまでが、いつのまにか集まって来ていて、彼らは御堂の外に蓆を敷き、目白押しにそこに坐った。

遠く陸奥の任地にいて、生死の境をさまよっている中の兄の為長――。康円の打ち鳴らす鉦の音に、手を合せながら、

「どうか仏さま、お助けください。為長兄さまの病気が快方に向かいますよう、お力をお貸しください」

一心に周防は念じた。

磊落放胆な長兄とも、無口で社交下手な学者肌の三兄とも違う。為長は気の弱い、男にしては消極的すぎる気性の持ちぬしで、極寒の辺地ぐらしに耐えられる体力もなかった。

陸奥への赴任が決まったときも、

「生きてふたたび都の土が踏めるかなあ」

そんな不吉な言葉を冗談まじりに口にして周防の気持を翳らせたが、危惧はやはり、現実のものとなったのであった。

為長の妻とも、周防は気が合った。目から鼻へぬける聡明さを持ちながら、それをすこしも外へ出さない。気さくであたたかみのある、なつかしい人柄が、女同胞を持たない周防には実の姉さながら慕わしく思えた。

ずばぬけて仮名文字がうまく、箏の琴の名手でもあったから、まだ都にいたころ、周防は彼女に琴の手ほどきをしてもらったが、

（たのみの綱の兄さまに病まれて、今どれほど、あのかたが心細い思いをしているか）

と、おそらくは看病に明けくれているにちがいないその近況を、痛ましく想像するのである。

内供奉だけに康円は読経がうまく、験もそれだけあらたかに感じられた。摑み入れる抹香の煙はもうもうと渦を巻き、焚火のすさまじさで堂外にまで溢れ出てゆく。いぶされて周防は涙が出た。それを拭こうとして、袿の袖を目にあてかけたとき、激しい揺れに突き

動かされて身体が宙に浮いた。

「あッ」

何のことか咄嗟（とっさ）には理解できず、重量の軽い木彫りの坐像とはいえ正面壇上の阿弥陀仏が、蓮弁座から今にも転げ落ちんばかり前後に身体をゆするのを、呆然と見あげた。

「地震だわッ」

「地震だッ、地震ッ」

つぎの瞬間、せまい堂内は総立ちとなった。為頼が小野の老公にとびつき、為時がそのつれあいの老尼をかかえあげた。気がついたときには周防は小市を、乳母は薬師麿を、為頼の北ノ方は三人の我が子を、それぞれ横ざまに引っ捉（とら）えて外に走り出ていたのである。

大地も、しかし揺れている。林が波打ち、けたたましく啼き交しながら群鳥（むらどり）が飛び立った。立ってはいられない。小市の身体を袿の胸にさらえ込んで、周防は草地に打っ臥したが、

「わあああ」

康円の絶叫にぎょっとして指さすほうに目をやると、今の今、みなで坐っていた三昧堂が身を揉むようによじれ、屋根瓦をばらばら降りこぼしたとみるまに、土煙をあげて倒壊してしまったのであった。

二、三瞬の遅速で命びろいをしたはずなのに、よろこぶゆとりはだれにもなかった。

虚な視線を投げ合っておたがい同士、恐怖に青ざめながら地べたにしがみついていた。

天延四年六月十八日——。正史に記録されるほどの大地震が、畿内全域を襲ったのである。

洛中の被害はとりわけひどかった。ひと月前の五月十一日、仁寿殿から火を発して、幾棟か庁舎を消失した内裏が、こんどの地震でまたまた民部省をはじめ重要な建物の過半数をうしない、天皇、后妃、皇太子が職曹司や衛府の詰所などに一時、避難するさわぎとなった。

一回だけで済んだのならよいが、十八日の激震を皮切りに、それ以降二カ月ほどのあいだ連日連夜、大地の揺れはやまなかった。日に二十回、三十回もの余震に見舞われ、かろうじて残った家々もつぎつぎに倒れていった。

火事もむろん起きた。崩壊をまぬがれながら、火災で家をうしなう者がおびただしく、罹災民が巷にあふれた。

朝廷では天智帝と村上帝の陵に勅使をさし向け、大寺大社に奉幣して災厄の消除を祈ったけれども、東寺・西寺・極楽寺・清水寺・円覚寺など祈りをききとどける側の寺々が、片はしから倒れているのだから効果のほどはおぼつかなかった。

さなか、ぶきみな日蝕があった。禍々しい箒星まで現れた。弱り目にたたり目のむごさで、野分と呼ぶには強すぎるほどの風雨が、容赦なく叩きつけてもきた。七月十三日、

「天延四年を改めて貞元元年とす」

との詔勅が発せられたが、改元ぐらいで終熄する天変地災とは、とても思えなかった。治安の乱れは極度に達し、群盗がわがもの顔に跳梁した。すでに五、六年前から彼らの跋扈は目に余りはじめ、公卿や武者の邸宅はもとより内裏にまで恐れげもなく押し入って、掠奪をほしいままにするありさまだったが、たびかさなる皇居の炎上も、大半は盗賊どもの放火であった。


連年、凶作も打ちつづいていた。旱魃や水害で米が稔らない。各地で農民の嗷訴さわぎがあいついだが、天延二年の夏にはとうとう尾張の百姓が大挙して、国司の無慈悲を訴えるため上洛して来たし、それら暴民を鎮圧する役の六衛府の兵士らが、

「給料の米を支給せよ」

と武装蜂起する騒動まで持ちあがった。

そのたびに流言が飛びかい、

「こんどの火つけは袴垂れだ」

「いや鬼童丸だ」

などと、ぶっそうな賊首の名がささやかれて、人心を不安におとしいれていた折りも折り、追い打ちをかけでもするように突発した震災だったのである。


壁がところどころ崩れ、家ぜんたいが歪んだのか、もともとなめらかとはいえなかった

建て付けがさらに悪くなって、襖障子、蔀も格子も開け閉めが困難にはなったけれど、三昧堂一宇を犠牲にしただけで、周防兄妹の住む古屋敷はふしぎに倒れなかった。

「信じられんことだぞ弟……」

為頼は唸り、

「お祖父さまの兼輔卿が、よほど堅牢に建てておかれたのでしょうなあ」

為時も、奇跡を見るような顔をした。

粟田の山荘も半壊ですんだが、

「もはや使い物になりません。とりこわすほかありますまい」

とは、大市をつれて急遽、帰邸して来た伊祐の報告だった。

余震がつづくので、しかし雨の日以外は全員、庭でくらした。敷き畳を置き、几帳や屏風でまわりを囲って、十人あまりの血族とわずかな奉公人が寄り固まるように、かぼそい炊煙をあげているところへ、奥州からの書状をたずさえて二度目の使いが上洛してきた。

美しい仮名文字――。夫の死去を知らせてよこした為長の妻の手紙だったのである。

蜻蛉日記

一

「だめだったか、やはり……」

為長の永眠は、親族たちを落胆させた。未亡人からの書状によれば、その死は彼らが、邸内の三昧堂で病気平癒の法会を営んだ日の、前々日だったらしい。

「すでに亡くなっていたとも知らず、わしらは為長兄さんのために祈ったわけだな」

憮然とした表情で、妹の周防に為時は言った。

「嫂さままでが身体をこわして、臥せってしまったと書いてありますね」

「看病疲れだろうよ」

任地での、国司の逝去ともなれば、国庁を挙げての葬儀が営まれるだろうし、野辺送りから始まって忌日忌日の法要など、当分のあいだ雑事に追われる毎日にちがいない。

「遺児たちもまだ、母の名代がつとまるほどの年ではなかろう。上の倅がたしか……」

「十一か二のはずですよ」

「未亡人はおちおち床についてもおれまいなあ。わたしが助けに行ってあげようか」

「奥州まで⁉」

「播磨掾の任を終えて帰洛したのはいいが、以来いまだに、わたしは新しい職にありつけない。文章生散位のまま放置されているきりだ。奥州はおろか蝦夷地の果てにだって、くだればくだれる気軽な身の上だよ」

　為時の口ぶりに自嘲がこもった。日ごろあまり、喜怒を現わさない性格だけに、

（さすがに焦りはじめたのか）

と思うと、周防は兄がきのどくでならなかった。

「でも、暦の上ではもう秋ですよ。遠い北国へ旅するうちには、寒さが身にしみるようになるでしょう。陸奥の国衙で雪にとじこめられ、冬を越すことにもなりかねません。もし、そのあいだに任官のご沙汰がくだったら、どうなさるおつもり？」

「それは困るなあ」

「ですから、とりあえず、嫂さまに当てて悔みの状でも出しておきましょうよ」

「兄妹三人で為長の冥福のために、経でも写して贈ろうか」

「よい考えね。でも、ごらんなさい為時兄さま、嫂さまのお字のすばらしいこと！　悔み状にせよ経文にせよ、こういう書き手に下手な字をお見せするのは、気がひけますね」

「まったく、ほれぼれするほどの能書だな。この手紙、為頼兄さんにごらんに入れたら、

わたしが貰おう」

「どうなさるの？」

「大市と小市に与えて、手習いの手本にさせるよ」

「そうね、それがいいわ」

激震が最初に襲った日、長兄の為頼は康円内供（ないぐ）とともに小野老公夫妻をその屋敷へ送りとどけるとすぐ、勤め先の皇太后御所に駆けつけて、それっきり帰邸してこない。御所の被害はさほどでもない模様だが、あいかわらず大地の揺れはやまないし、放火や群盗の横行など物騒なとりざたも絶えないため、ずっと宿直（とのい）しつづけているのである。

しかし一条京極の自邸から「為長死去」の知らせがゆくと、さすがに飛んで帰って来て、

「残念だ」

手紙の女文字に、瞼（まぶた）を赤くした。

「まだ三十を幾らも越していないのに、むざむざ他郷の土になるとは……。なあ為時」

「温和な人柄だけに、生前、為長兄さんは下吏たちにも慕われていたようですな。次官の介（すけ）から、朝廷へも報告が届いたはずだから、遠からず新しい国司が任命されて陸奥へくだって行くでしょうが、未亡人一家はもとのまま庁舎の一棟に寝起きさせてもらえるとも、その手紙には書いてありますよ」

「身体をこわしてしまっては、おいそれと帰洛もできまい。為長ばかりか、つれあいまで

死ぬようなことになっては一大事だからな。従前通り庁舎ぐらしがつづけられるなら、ゆっくり看病疲れを癒して、来春にでもなってから上洛してくれればよいのだ」

「悔みの状に、そう書いておきましょう」

「洛中洛外はおろか近畿一円、大地震と火災に加えて凶作にまで見舞われ、人心兢々たるありさまだとも、ついでに書き送ってやればよい。ここ当分は、奥州に居坐っていたほうがましだと判断するだろう」

「葬儀その他、財用については、いささか貯えがあるので心配はご無用に願いたいとも、未亡人は言ってきていますな」

「こんな優しい字を書くし、見かけもたおやかな美人だが、為長の妻はあれでなかなか頭の切れる、芯のしっかりした女だよ。気弱な夫に代って、当座さっそく路頭に迷わぬぐらいの財は、賢く溜めこんでいたようだな。わが女房の『ひちりきどの』あたりとは、だいぶ人間の出来がちがうぞ」

と為頼はおどける。ようやくその口から出た笑い声であった。

地方官ぐらしを体験したとはいっても、為時の場合は播磨権少掾にすぎない。余得になど、さしてありつける地位ではなかった。

しかし国司——国の守ともなれば、その権限はすさまじく拡大する。一国の長なのだ。大臣参議といった上卿たちから見れば、たかが受領かもしれないけれど、任国では守こそが国王にもひとしい存在だから、頭の抑え手はない。

中央政府がまた、地方の行政はほとんど地方官に委せっぱなしでいる。貢税さえ滞りなく運んでくれば、

「それでよし」

として、民衆の喘ぎや哀歓になど、ほとんど考慮を払おうとしなかった。

「だからな、百姓たちは言っとるぞ。『国司は、倒れた所で土さえ摑む』と……。伊祐お前、こんな言葉を耳にしたことはないか？」

酒を飲んだときなど、気に入りの嫡男相手に、為頼は大声で批判を口にする。

「転んでも、ただは起きないわけですね」

「強欲非道、血も涙もなく領民から徴り取るやつばかりなんだ。だから一度か二度、上国の守を勤めると、一生食うに困らないだけの蓄財ができるとすら言われているんだよ」

「上国とは、みいりの多い国のことですか」

自身の出世の限界もせいぜいよくて、受領止まりと踏んでいるのか、伊祐は熱心に訊く。

「みいりだけじゃない。都に近いのも上国の条件だがね、少しぐらい遠方だって海の幸、山の幸がうんととれて、田畑の収穫がどっさりある国なら上国さ。あべこべに土地が痩せ、耕地も狭くてろくな産物が出ない国は下国だよ。どうせ赴任するなら上国がいいに決まっている。そこでみな、手蔓をたぐって有力者に頼みこむなど、なりふりかまわぬ裏面工作

労は同じでしょう」

「しかし上国にしたって下国にしたって、徴収した税は中央へ納めるのだから、国司の苦労は同じでしょう」

「同じじゃないよ伊祐、税にはきまりの額があってね、米であれ布であれ、その他なんであれ、一定量だけ都へ送れば、あとは倍取ろうと三倍四倍取ろうと差はぜんぶ国庁に入る。つまりそれは、国司をはじめ庁の上級役人どもが、よいように分け取りできる仕組みということだ。そこで領民泣かせの苛斂誅求が、いやというほどおこなわれる。どうせ任期がくればおさらばしちまうんだからな。恨まれたって痛くも痒くもない。絞り取れるだけ絞り取れという心理に、ほとんどの国司がとりつかれるのさ」

「牛飼の菊丸爺さんに、そういえばわたしも聞かされたことがありますよ。爺さんの遠縁に、やはり牛飼として信濃だか甲斐だかの国司に仕えていた男がいるんですって……。その国司があこぎなやつでね、在任中さんざん私腹を肥やし、しこたま溜めこんだ財を荷駄に積ませて都へ引きあげる途上、険しい崖沿いの桟道で、足をすべらせて下へ落ちたのだそうです」

「ざまを見ろ、天罰覿面だ」

「それが、そうではないのだから世の中、嫌になりますよ。従者どもも『欲ばり国司め、とうとう罰が当りおった』と内心、溜飲をさげたのに、谷底のほうから『おーい、おれは松の木にひっかかって生きとるぞ、畚をさげろ』と声がする。『やれやれ、悪運の強いやつにはかなわん』と、しぶしぶ言われた通りにし、『引き上げろ』の声に応じて綱をたぐりあげてみると、これがばかに軽いのです」

「国司は乗ってこなかったのか？」

「国司ではなくて、平茸が山盛りに入ってました。中途の崖に生えていたんですね」

為頼は舌打ちした。

「まさしく、転んでもただは起きなかったわけだな」

「命の瀬戸ぎわだって、取るものはちゃんと取ってのけるのですよ。二度目の合図で畚をおろすと、こんどは国司どの、やっと登って来たけれど、なお両袖にもふところにも、平茸をぎゅう詰めにしていたそうです」

「受領根性の典型みたいなやつだ。そうやって持ち帰った財宝の、半分を吐き出して要路への賄賂に使っても、その効き目で次もまた上国の国司に任ぜられれば、元を取ってお釣りがくる。おたがいさま、こたえられんわけだよ」

「父上だって受領に二回、任ぜられたではありませんか」

「うん、摂津と丹波のな」

「やっぱり、たくし込んだくちですか」

「おいおい伊祐、目をあいてよく見ろよ」

素焼きの瓶子（へいし）をさかさまに振り、底に残った酒の雫（しずく）を未練たらしく掌に受けてチュッチュッと吸いながら、

「わしが平茸国司なら、このボロ屋敷の雨漏りぐらい、とっくに番匠（ばんじょう）を入れて修繕させておるわい」

為頼はうそぶいた。

「では取り込まなかったんですね」

「お前のおふくろの、あの『ひちりきどの』にも、それこそ毎日のように篳篥（ひちりき）さながらぶうぶう鳴り立てられた。やれ『前任の国司の北ノ方が神詣でに参られた行粧（こうそう）は、とんと后妃のきらびやかさであったそうな』だの、やれ『どこそこの国司は任果てても都へもどらず、宝の蔵を幾棟とやら建てて、そのまま任国に住みついてしまったそうな』だのと、うるさく責め通されたが、こればかりは人それぞれの気質だから致し方ない。わしが摂津と丹波の守（かみ）だったころ、お前はまだ小さかったから知るまいが、両国とも上国のくせに、領民の生活はそりゃあひどかったよ」

「それで同情して……」

「いや、なにもわしだって、ことさら良二千石（りょうじせんせき）をきどったわけじゃないさ。少しは懐中にさらえ込んだがね」

「なんです？　その、良二千石というのは……」

「このくらい覚えろよ倅、不勉強だぞ」

空になった瓶子を横倒しにし、それに頭をのせて、為頼はごろりと仰向けに寝ころがった。息子を説教するにしては親じたい、あまり威厳のある姿恰好(かっこう)とはいえなかった。

二

「良二千石というのは清廉潔白な地方長官の異称さ。漢の時代、郡の大守の年俸が二千石だったところから出た言葉だ」

「父上も、数少ないその一人たらんと……」

「そんなご大相(たいそう)な意気込みで赴任したわけじゃない。ただ、餓(う)え渇(かつ)えている民衆の実態を目にすると、さらにその身の皮を剝ぐような無慈悲な真似はとてもできなかった。俸給に見合うだけの働きしか、しなかったかわりに、苛酷な収奪もやらなかっただけだよ」

「亡くなった為長叔父さまは、どうだったんでしょうね」

「あれはわしなどより、もっと気だてのやさしい男だからな、苛斂誅求は、ようせんだろう。どうもわしら兄弟は、同じようだ。為時などももし国司に任ぜられたら鳴かず飛ばず、たくし込みもせず、任期いっぱいクソまじめに勤めあげて、不景気な面つきで帰ってくるだろうぜ」

なんだかそんな為時叔父の、じじむさげな様子が今から目に見えるようで、伊祐は思わず吹き出してしまったが、現実はけっして笑いごとではなかった。

いすれ為長の妻が奥州から子づれで引きあげてくれば、ボロ屋敷の住人はますます増える。彼女は早くに両親を亡くし、たった一人の兄も出家して、帰るべき実家を持たない。さし当っては子供ぐるみ、為頼と為時が未亡人の面倒をみてやらなければならないのだ。

それなのに、為時の職がいまなお決まらないのだから、当人のあせり以上に為頼は心痛した。

「しかもね、兄さま、どうやらあの油小路の女（ひと）がね、また赤ちゃんを生むらしいのよ」

とは、周防の注進である。

「油小路？」

「ほら、為時兄さまが大市ちゃんたちの母君に死なれたあと、播磨で馴染（なじ）んで、こっそり都へつれて来た上司の妹さんですよ」

「介ノ御（すけご）とかいう女性か？」

「前に女の子を生んでいるようだから、今度で二度目のお産ね、だから為時兄さま近ごろそわそわして、毎晩のように油小路へ出かけて行くわ」

「そっちの助力も、では、われわれがしなければならんわけだな」

「いえ、兄の播磨介（はりまのすけ）どのが裕福らしくて、くらしに必要な物代（ものしろ）はわりに豊かに送ってくれるようなの。だからこそ為時兄さまも、あの女を世話してあげられるのじゃないかしら……」

「何にせよ、亡妻の忘れ形見が三人いる上に、さらに脇腹に二人も子供がふえてはたまらんだろう。為時の任官、ぜひとも目鼻をつけてやらねばならんことになったぞ」

こうして奮起いちばん、為頼が本気になって奔走した結果、あくる年の春、為時はやっと彼にふさわしい職を得た。皇太子師貞親王の学問の師として、東宮御所に出仕できることになったのである。

「ありがとうございます兄さん。感謝します」

訥弁な日ごろだけに、口ではこれだけしか言わないが、内心の喜悦は、為時の満面に溢れていた。

「よかった、よかった。お前にぴったりの——というより、我が家にもっとも似つかわしい働き場を得たということだからな」

「何にもまして、わたしにもそれがうれしいのです」

と、兄弟目を見交して微笑し合ったのは、元来が学問の家として、世間にも廷臣たちにも認められて来た家系だからであった。

一条京極の、この屋敷を建て、『堤中納言』の美称で呼ばれた祖父の兼輔は、三十六歌仙の一人にかぞえられる歌詠みだったばかりでなく、『聖徳太子伝暦』の著述まである文筆家だ。

「紀貫之（きのつらゆき）、凡河内躬恒（おおしこうちのみつね）、大江千里（おおえのちさと）、坂上是則（さかのうえのこれのり）ら、当時の名だたる文人墨客がしょっちゅう出入りして、詩歌の宴をひらいたものだ」

　とは、為頼や為時の父が、つねづね誇り顔に語っていた思い出話だし、その父親の雅正（まさただ）も、官位こそ低かったが『後撰集』に七首もの作を選ばれた歌人である。

「故中納言としたしくつき合っていたよしみで、紀貫之どのは倅のわたしにも何かと目をかけてくれた。歌の添削をお願いしたこともあるし、女流の詠み手として気を吐いていた伊勢ノ御（ご）なども、わが家（や）を特別に、風雅の血をひく家筋（いえすじ）と見てうまくやってくれていたよ」

　とも雅正は話してくれたことがある。

「ほう、伊勢ノ御とも交際しておられたのですか？」

「そうだよ為頼、家が隣り合っていたのでね、両家はとても親密だった。あれはいつであったか、重陽（ちょうよう）の節句に、わたしが伊勢ノ御の息災（そくさい）を願って菊の着せ綿（わた）を贈ったときも、

　　数知らず君が齢（よはひ）を延ばへつつ
　　　名だたる宿の露とならなん

と、彼女は返歌してくれたっけ……」

「なるほどねえ、名だたる宿か。つまりそれだけ床しい名門として、伊勢ノ御ほどの歌人にさえ我が家がいちもく目おかれていたということですね」

では、こんな問答を今は亡き父と交した為頼自身はどうかというと、武人と称しても通りそうな豪快な打ち見とはうらはらに、これまた幾つもの勅撰歌集に作品を選ばれている歌壇の重鎮なのである。

左大臣藤原頼忠にはことにその歌才を愛され、邸内で催される歌会に欠かさず招かれていたし、女流の小大君はじめ、当代一流の歌詠みたちとも交流は深い。

蔵書の数もおびただしく、経史の漢籍はもとより仏典や詩歌集、さまざまな作り物語のたぐいまで豊富に揃えてあった。

「書物こそがわしの、何にもまさる宝さ」

為頼は胸を反らして言い、

「お前らも、ずんずん読めよ。損じさえしなければ自由に持ち出してかまわんぞ」

子らにも、幼い姪や甥たちにまでつねづね読書を奨励していた。

藤原北家の門葉には連ってはいるものの政治の中枢からはずれ、官界でのめざましい昇進はもはや望めなくなってしまった一族である。〝名だたる家〟の伝統と、それを支える知識教養への自負だけは、しかし、けっして失うまいとの思いが、為頼兄弟の胸には燃えている。

　もっとも為時の場合、その得意とするところは和歌よりも漢学であり作詩の才だった。若いころからこつこつ続けてきた勉学の功で、彼は少壮の学者と見られ、詩人としてもすでに世に許されていた。

　だからこそ、皇太子の師の一人として招聘(しょうへい)されるなどという家系にふさわしい栄誉を手中にできたわけだが、

「わしになど感謝せんでもよいよ弟。こんどの件で骨折ってくれたのは、第一にあの、小野の老公だ。それから東宮亮(とうぐうのすけ)藤原惟成(これしげ)どのも、しかるべき筋へ口添えしてくれた。このお二人のところへは、さっそくお礼言上に伺わなければいかんよ」

　と、為頼はうながす。

　小野の老公――藤原文範(ふみのり)は、播磨で亡くなった為時の妻の祖父だ。大地震が突発した日も、わざわざつれあいの老尼や孫の康円内供(ないぐ)らをつれてやって来て、陸奥守為長のためにその病気平癒を祈念してくれた人物である。

「ありがたいことです。妻の死を境に、本来なら縁が切れてしまっているわたしを、いまだに老公夫妻は、孫娘の婿(むこ)として遇してくださるのですから……」

　為時の述懐にうなずいて、

「参上するときは、大市や小市、薬師麿たちをつれてゆけ。あの曾孫(ひまご)どもへの愛にひかさ

れて、当家との姻戚づき合いを断ち切らぬ老公なのだからな」

とも為頼は言い添える。

東宮亮藤原惟成は、その父の雅材（まさき）が為頼としたしかった。

「ならぶ者のない碩学（せきがく）」

とすら評されている儒者で、為頼とは何ごとであれ、腹を割って語り合える飲み仲間でもある。

「帰洛以来、散位のまま捨て置かれている舎弟に、なんとか日の目を見せてやりたいのだが……」

為頼のたのみを、

「息子に話してみよう。東宮亮だから、あるいは役に立つかもしれない」

こころよく引き受けて、惟成を動かしてくれた雅材なのだ。

これもありがたい助力であった。どちらかといえば口の重さにまして、万事に腰も重い為時が、今回ばかりはすぐさま子供らを引きつれ、まず小野の別邸へ藤原文範老人を訪ねた。

三

文範もその妻も、一行の来訪を歓迎してくれた。老尼は到来物の唐菓子を、きれいな折敷に山のように盛りあげて、

「よう来たのう。遠道を車に揺られつづけて、おなかがすいたであろう。さあさあ、遠慮なく摘みなされ」

さかんにすすめるし、老公はましてほくほく顔で、

「しばらく見ぬまに、大市はめっきり死んだ母親に似てきたのう。年は、幾つにおなりじゃ？」

と、たずねる。年が明けて、大市は十歳、小市が八歳、薬師麿は六歳のやんちゃざかりに達し、若い叔母の周防や召使の女房たちを毎日てんてこ舞いさせていると、子らに代って答える為時に、

「為長どのの延命祈願法会には、大市がおらなんだ。腹をくだして、粟田の山荘に居残ったとか聞き、案じておったが、地震の厄につづけて為長どののご他界……。かさねがさね心労なことであったなあ」

改めて、老公は弔意を口にした。

葬儀は陸奥の国衙でおこなわれたし、震災のごった返し最中でもあったので、京極の屋敷でほんの内輪の族だけで経を誦し、香を手向けたにすぎないが、老公夫妻はこのときも丁重な悔みの状に添えて、為長の霊前へ供物を届けてくれている。

――祖父の藤原長良にまでさかのぼれば、為時たちがそうであるように、文範老公の血すじも今をときめく摂関家とつながるのだ。

長良の長男で、太政大臣良房の養子に迎えられた基経が、摂関家の祖だし、その基経の弟元名が、文範老公の父なのである。

しかし基経の流れが、菅原道真を遠く筑紫の大宰府に逐いやった辣腕の子息時平、時平の弟忠平、忠平の子の実頼や師輔、さらには師輔の子の伊尹、兼通、兼家ら、歴代にわたって高位顕職につき、北家主流としての足場を着々、鞏固なものにしつつあるのにくらべると、傍流の悲しさだろうか、元名の子孫は倅の文範の世代で、早くも時平の子の屋敷に家司として召し使われる立場に落ちてしまっていた。

時平と文範は、血のつながりでいえば従兄弟同士なのに、彼らの子や孫の代にまで下った現在、身分の開きはなおのこと、大きくなってきはじめている。

文範の青壮年期のほうが、それにくらべればまだしもま<ruby>し</ruby>だった。文章生をふり出しに、彼は蔵人、式部丞から摂津の国司、右衛門権佐、左中弁を経て天暦九年、四十七歳で昇殿をゆるされ、右大弁、蔵人頭など要職を勤めたあと、五十九歳で参議に列し、

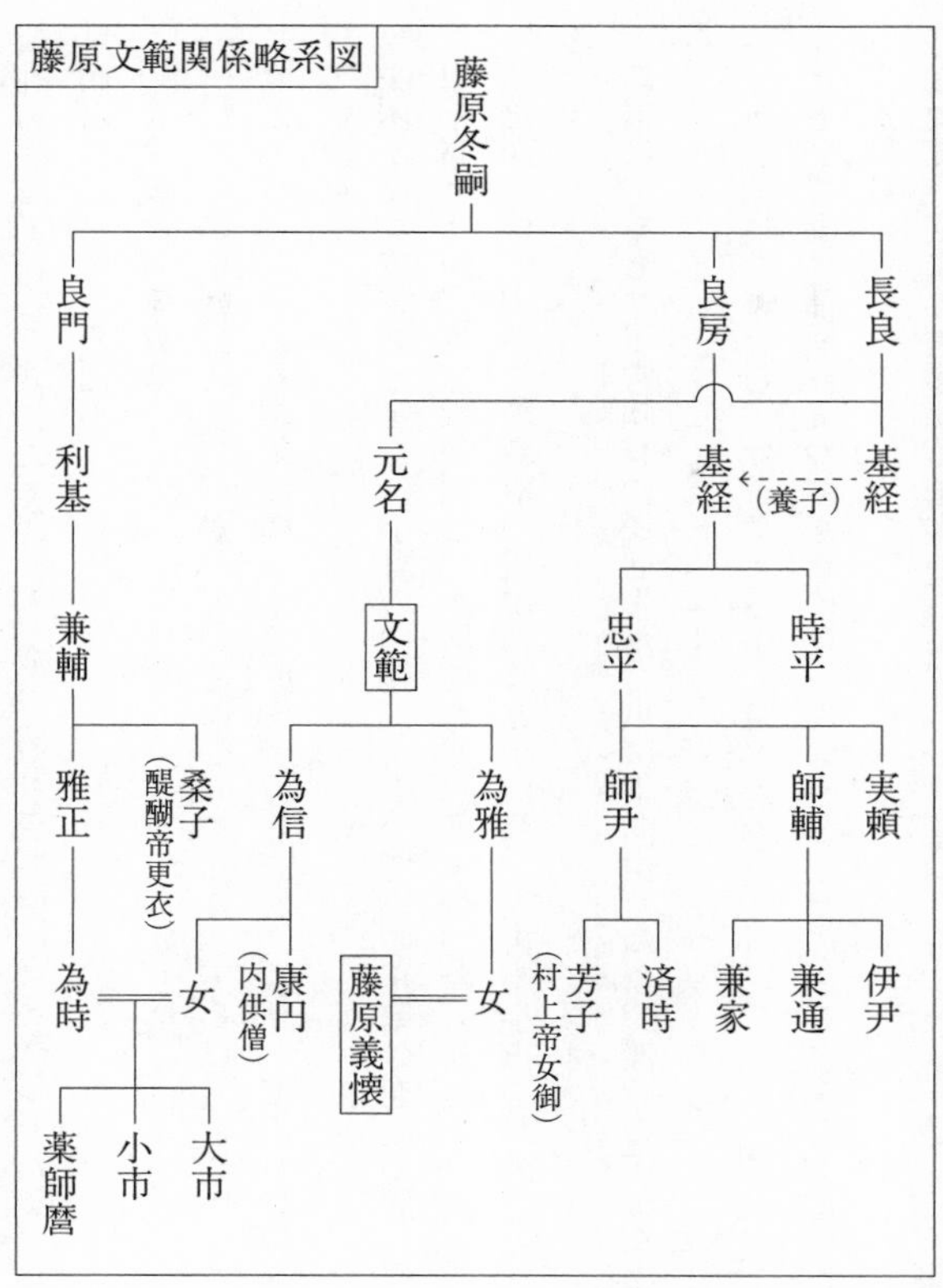
藤原文範関係略系図
藤原冬嗣
良門
良房
長良
利基
元名
基経
（養子）
基経
兼輔
文範
忠平
時平
雅正
桑子（醍醐帝更衣）
為信
為雅
師尹
師輔
実頼
為時
女
康円（内供僧）
藤原義懐
女
芳子（村上帝女御）
済時
兼家
兼通
伊尹
薬師麿
小市
大市

公卿の仲間入りをはたしたあげく、権中納言を最後に官を辞している。まあまあ順調な職歴だったといえるだろう。

いま文範は六十九歳――。

一族たちに家父長として仰がれているばかりでなく、天皇はじめ廷臣たちからも博識な長老と見られ、時おり法制に関する諮問を受けるなど、致仕してのちまでも尊敬されつづけていた。

法体となって、夫とともに小野の山荘にこもっている正室の老尼の腹に、文範は三人の男児を儲けたが、長男は若死し、次男の為雅が家をついだ。

三男が為信……。この為信の娘が為時と結ばれ、大市や小市、薬師麿らを生んだのである。

為信は、でも今、常陸介に任ぜられて東に下向中だった。渡廊の床板を踏み鳴らしながら、

「やあ、チビさんたち、今日は父さまの腰巾着か」

と老公夫妻の部屋へ入って来たのは、ちょうど小野の山荘に来合せていた為雅であった。

「こんにちは」

揃って行儀よく挨拶する子供たちに、

「お悧口だな」

為雅はうなずいて、

「地震のときは恐かったろう薬師麿」

去年の災害を口にした。

「みりみりみりって、阿弥陀さまをまつった御堂がこわれちゃったんだよ」

「そうだってな。間一髪のところでお前たち、命びろいしたそうじゃないか」

「だけど地震より、おれ、箒星のほうが気味わるかった。長い、青白い尻っぽを曳いて、毎晩お空に現れるんだもの。あの星が出てくると悪いことがあるんだってね。乳母が教えてくれたよ」

おめず臆せず薬師麿はしゃべる。為時からみれば亡妻の伯父、子供たちには母方の大伯父に当る為雅は、六尺ゆたかな大男だ。これまでにもその体重で、何頭となく馬を乗りつぶしてしまったという伝説の持ちぬしでもあった。

為時は老公と為雅の前に、律儀に手をつかえて、

「このたびはご尽力、まことにありがとうございました。おかげで東宮御所に出仕できる身となりました」

礼を述べた。訥々とした言い方に、精一杯な謝意がこもっている。

「いやいや、わしはほんのひとこと、口を添えただけじゃ。菅原文時どのがな、もっぱら推薦の労をとってくれたそうな」

と文範老公は言う。

「えッ、菅原先生が？」

為時の学問の師である。

「それと、大いに力を貸してくれたのは、左兵衛佐義懐どのじゃよ。知っての通りあの仁は、師貞皇太子の叔父御さまじゃ。まだようやく二十かそこらの若者ではあるけれど、甥の皇太子を手塩にかけてこれまでお育てしてきたいわば補佐の臣……。東宮御所での発言力は強い。しかもな為時どの、義懐卿の妻室は、この為雅の娘なのじゃわ」

「では、亡くなったわたくしの妻の、従姉妹ということに？」

「そういうつながりになるな。つまり妻女二人の縁でいえば、為時どのと義懐卿も、義理の従兄弟同士となるわけじゃ。職さがしぐらいしてくれても罰はあたるまいが……」

「為時どの」

嵩高な膝を、このやりとりの中へ、ぐいっと割り込ませてきたのは為雅であった。

「皇太子のお側近く仕えるというのは、あんたが考えているよりもっともっと、何層倍も大変なことなんだよ。わかるかな？」

「は……」

「師貞親王は知っての通り、冷泉上皇のおん子――。今上円融帝の甥御さまだ。諸皇子の中からえらばれて、師貞親王が皇太子位につけたのは、ご狂疾にわざわいされ、ご在位わずか二年で退位あそばした冷泉先帝への同情もさることながら、いまは亡き一条摂政藤原伊尹公のご威光が、ものを言ったからにほかならぬ。師貞親王のご生母は、伊尹公の息女懐子さまだ。このかたが冷泉先帝の後宮にあがり、女御に配されて生みたてまつった皇子が、師貞親王だからな」

「はあ」

為時はもじもじ、うつむく。彼も官吏の端くれだから、いまさらしく説き聞かされなくても、師貞立太子の事情ぐらい承知している。しかし為雅の語調の熱さに押しまくられ、口が開けないのである。

「義懐卿は懐子女御の異母弟だから、亡父伊尹公の意志をついで、必死に姉の子の師貞皇太子をご養育申しあげておる。いま太子はおん年十歳……。そこにいる大市と同年だが、いずれ帝冠を頭上に戴いたあかつきには、義懐卿の天下がくるぞ。東宮亮の藤原惟成なども、師貞皇太子即位後にもたらされる顕栄を夢見て、懸命に補佐の任にあたっておるのだ。東宮御所に出仕し、義懐卿や惟成卿の帷幄に参じて、その賭に加わる以上、あんたは向後、東宮側近の一員とみなされる。へたすれば命取り……。しかしうまくいけば、それなりの未来が展けると期待していい。努力次第で、将来いくらでも出世できる好機を、つまり運よく、あんたは摑んだということなのだよ」

「これさ為雅、もう、そのくらいでよしにせんかい。人にはそれぞれ向き不向きがある。

為時どのは根っからの読書人……。若木の皇太子に思うぞんぶん、学問をご教授できるよろこびにだけ浸っておるのじゃ。なま臭い官界の野心やせめぎ合いとは、なるたけ無縁に生きようとしておるのに、まだ出仕もせんうちから脅かすようなことを申すな」

と、色じろの、ふっくら肥えた手を文範老公は鼻先で振る。

「働きざかりの壮年が、これぐらいのことに怯むようでは困りますな。おのれ一人学者を気どって高見の見物をきめこもうとしても、仕える主人や上司の派閥に否も応もなく組み込まれて、その派閥の消長と運命を共にせねばならんのが、廷臣というものの実態なのです。なあ為時どの、そう思わんか」

「はあ」

顔を、為時は赧らめる。文範老公が買いかぶって言うほど、彼は自分を無欲恬淡な読書人などとは考えていない。宮廷での人並みな出世は望んでいたし、だからこそ職さがしをあちこちに頼みもしたわけだが、かといって、政敵の蹴落としや派閥の強化にあけくれる上卿たちの尾について権力争奪のおこぼれにあずかるべく駆けずり廻るほどの、あざとい闘争心は持ち合さなかった。

文化の香り高い家、世にゆるされた〝名だたる家〟の誇りを保ちながら、無理をせず他人を押しのけず、自然な形で運が開けて、ほどほどの昇進をとげてゆく……。為時の、それが理想なのである。

「子供たちが退屈そうな顔をしはじめた。さあさあ、むずかしい話は切り上げて、為雅よ、早うあれを出さぬか」

うながしたのは文範の妻の老尼だった。

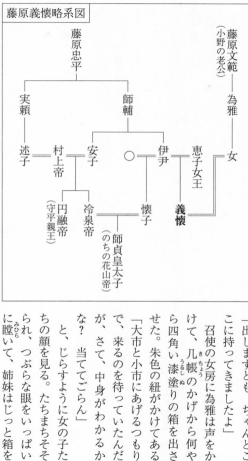

藤原義懐略系図

藤原文範（小野の老公）―為雅―女
藤原忠平―師輔・実頼
師輔―伊尹・安子
実頼―述子
伊尹＝恵子女王―義懐
女＝義懐
伊尹＝○―懐子
安子＝村上帝＝述子
村上帝・安子―冷泉帝・円融帝（守平親王）
冷泉帝＝懐子―師貞皇太子（のちの花山帝）

「出しますとも、ちゃんとここに持ってきましたよ」

召使の女房に為雅は声をかけて、几帳(きちょう)のかげから何やら四角い漆(うるし)塗(ぬ)りの箱を出させた。朱色の紐がかけてある。

「大市と小市にあげるつもりで、来るのを待っていたんだが、さて、中身がわかるかな？　当ててごらん」

と、じらすように女の子たちの顔を見る。たちまちそそられ、つぶらな眼をいっぱいに瞠(みひら)いて、姉妹はじっと箱をみつめた。

四

「なにかしら……。ねえ小市ちゃん、あなた、この箱に何が入っていると思う?」

「ご本みたいな気がするけど……」

「わたしもよ」

大市と小市の私語に、為雅はうなずいて、

「二人とも勘がいいな。当らずと言えども、遠からずだ」

箱の蓋(ふた)を払った。そしてまず、取り出したのは、こまかく折りたたんだ紫の薄様(うすよう)である。

大市に渡して、

「読んでみなさい」

為雅はうながす。まるみをおびた柔らかな女文字で、紙には、

誰(たれ)ばかり訪ねて来なむ山里に
入りにし人はありやなしやと

と歌が一首、したためてあった。

頭を寄せ合って、たどたどしく誦する娘たちの片脇から、父の為時も覗きこんだが、たちまち小さく、咽喉に絡んだような声で叫んだ。

「子供らの、母の文字ではありませんか」

「そうだよ為時どの。さすがにひと目で言い当てたな」

為雅は微笑した。

「歌にも覚えがあります。馴れそめて間もないころ、わたくしの仕打ちを恨んで、ふと、姿を隠した……あのときの歌でしょう」

「親兄弟にも告げず、鞍馬に籠ってしまった。たしか、そうでしたな父上」

「あのときはびっくりしたなあ」

文範老公も、遠い記憶をまさぐるような口ぶりで言った。

「いとしんでおった孫娘の、雲がくれじゃもの。百方、手分けして捜し廻ったあげく、ようよう鞍馬の寺にいるのを突きとめて、為時どのに迎えに行ってもらったが、若い女子というものは内気なようでいて、時とすると思い切ったことをするものじゃよ」

為時の、播磨赴任がきまった直後であった。守などとはちがって、権少掾にすぎぬ下吏では任期もはっきり定まっていない。

（この先、何年つづく田舎ぐらしか）

そう思うと、契り交して、まだ日も浅い恋人を伴ってくだるのが、為時には逡われた。

「いいえ、ご一緒にまいります」

哀願と説得のこじれから、突然の失踪となったわけだけれど、結局、父の為信、伯父の為雅、祖父母の文範老公夫妻ら一族の懸念を押し切り、為時のあとを慕って、播磨の国府まで追って来てくれた妻なのである。

官舎での新婚生活は楽しかった。

危惧した通り、任期は十年にも及んだが、そのあいだに大市が生まれ小市が生まれ、薬師麿が生まれている。最後の産の肥立ちが悪く、任地で死なせはしたものの、共棲みの日々に味わった甘やかな充足感は、今なお消しがたく為時の胸にたゆたっていた。

「懐かしゅうございます」

思いがけず手にした亡き妻の歌反故に、為時は目をしばたたきながら、

「よいものを頂いたね大市、お母さまの形見だよ。大事にしなさい」

娘に言いきかせた。

「宝ものができました。大伯父さま、ありがとう」

と大市も、もと通り叮嚀に薄様を折りたたんで、礼を言う。亡母の残り香だろうか、紙からは幽かに、昔の薫物が匂った。

「さて、つぎは小市だぞ。こっちは少し嵩がある。言い当てたにたがわず、ご本だから

な」

なるほど為雅がつづいて箱から出したのは、美しい細紐で綴じ合せた手書きの草子であった。能筆とは世辞にも言えないが、あまり崩しも続けもしない手堅く、読みやすい文字で『かげろふのにき』と題簽が附されている。中の字も、同一人の手らしく、びっしり行を詰めて書きこんであった。

「蜻蛉の日記……。聞いたことがあります」

受け取って、小市が言った。

「ほう、評判はもう、小市あたりの耳にまで入ったか」

目をみはる為雅に、

「周防叔母さまが話してました。ぜひ、読みたいけれど、どうしたら手に入れることができるかしらって……」

はきはき、小市は告げた。

「それなら、ちょうどよい。周防どのにも貸してあげなさい。よろこぶよ」

「日記ですか？」

「日記ともいえる。物語ともいえる。でも作り話ではない。申さば回想記のたぐいかな。小市にはまだむずかしすぎるが、書き手はわしの妻の妹だよ」

「えッ、蜻蛉日記の筆者は、大伯父さまの義理の妹さんですか？」

「わしの妻には妹が二人いる。うちの一人が藤原兼家卿の室となって道綱というお子を生んだ。すなわちこの日記の書き手さ」

　表紙を、小市はめくって、小声で書き出しの部分を音読した。

「かくありし時すぎて、世の中にいとものはかなく、とにもかくにもつかで、世に経（ふ）る人ありけり。形（かたち）とても人にも似ず、心魂（こころたましひ）もあるにもあらで、かう物の要にもあらであるも、ことはりと思ひつつ、ただ臥（ふ）し起き明（あか）し暮すままに、世の中に多かる古（ふる）物語の端（はし）などを見れば、世に多かる空言（そらごと）だにあり……」

「どうだ？　わかるかい？」

　為雅のからかい顔に、正直に首を振って、小市は答えた。

「よく、わかりません。だけど、格別むずかしい言葉は使ってないから、玩味（がんみ）しながら読めば面白いと思います」

　大まじめな言い方に、為雅は吹き出した。

「とんでもない。いまからそんなものを面白がられては困るんだよ。若かりしころの筆者と兼家卿との、恋愛沙汰を骨子にした思い出の記だからね、周防どのあたりには打ってつけの読み物だが、お前らにはまだ早い。ただ書き手が、血縁ではないまでも母方の姻戚に当る大伯母さまだろ。本に目のない小市には、似合いの贈り物と思ったわけだ」

「うれしいです。どんなご本でも、ご本なら大好きなんです。この蜻蛉日記は、もう少し大人になってから読みますけど、なぜ、こういう題がついたんですか？」

「終りのところをめくってごらん。何と書いてあるな？」

「かく、年月（としつき）はつもれど、思ふやうにもあらぬ身をし歎けば、声あらたまるも、よろこばしからず。なほ物はかなきを思へば、あるかなきかの心地（ここち）する、かげろふの日記（にき）といふべし」

「どうだ。わかったろ」

「筆者みずから、『蜻蛉の日記といふべし』って、書いておられるのですね」

「これは上巻だ。まだ中巻と下巻がある」

「そんなに長いんですか？」

「なにせ、二十何年も前の天暦七、八年ごろから書き起こして、つい三年ほど前に筆を擱（お）いた回想記だからね。大著述といえるのではないかな。当人は世に広める気などなかったが、いつとはなく書き写され、読み回されて、世間の評判になったらしい。周防どのなどもおそらく人づての噂から、蜻蛉日記に憧（あこが）れているくちだろうよ」

「この写本は、どなたのお手ですか」

「それがまた、小市たちとゆかりのある女性なんだ。蜻蛉日記の筆者の姉——。つまり、わしの妻でね」

　妹の著述を、姉が一字一字書き写した一冊……。丹精こめたそれが為雅の手を介して、さらに小市に譲り渡されたわけだろう。

「引きつづき、あとの巻々も書き写しているそうだから、出来あがり次第とどけてあげるよ」

「うれしいな。待ってますよ大伯父さま」

と、これも大市に劣らぬ満足顔で礼を言うのを、羨ましそうに見やって、

「おれには何もくれないの？」

口をとがらせたのは薬師麿である。

「やるとも。お前だけ仲間はずれにするようなことはせぬよ」

文範老公が笑って、

「それそれ、急いで腕白どのに、あれを持って来てやりなされ」

几帳のかげに控えている召使の女房に、いたずらっぽく合図する。

「さあ楽しみじゃな薬師麿、何であろうな」

と老尼にまで、そそるような言い方をされて、

「着るものかな。玩具かな」

少年は気もそぞろにはしゃいだ。

「ねえ、お父さま、食べる物かしら……」

「食べものなら、もうさんざん、おいしい唐菓子をご馳走になったではないか」

　女房が立って行き、しばらくすると下部が水干のふところをふくらませて、のっそり庭先から廻り込んで来た。クィン、クィンと、そのふくらみから啼き声が洩れる。

「わッ、犬の仔だッ」

　飛びあがって、薬師麿は階を駆けおりた。

「ご名答」

　為雅が手を叩き、大市と小市も勾欄ぎわに走り出た。懐中から取り出して下部が地べたにおろしたのは、まさしく生後五十日ほどのまるまると肥えた仔犬であった。

「可愛い。可愛い。欲しかったんだ。おれ……。どうして大伯父さま、知ってるの」

　抱きあげて、薬師麿は犬に頰ずりする。

「わしは千里眼だもの。お前が前っから父上に犬を飼ってほしいとせがんでいたことぐらい、お見通しなのだ」

　おどけて言う為雅に、為時は無言で頭をさげた。とうに縁が切れてしまっても当然な亡妻の縁者たちである。それなのに任官の世話ばかりか、子供らにまであたたかな心くばりを絶やさない。うつむいたまま老公一家の厚意に、為時は目頭を熱くしていた。

五

持ち帰った土産(みやげ)に、周防は興味をそそられた。大市たちの母を周防は知らない。若かりしころの為時兄(あに)と、彼女がどのようなきっかけで知り合ったのか、どのようにその愛を育てたのかも、当時まだ幼く、庄子(まさこ)内親王の御所に童(わらわ)勤めにあがっていた周防には、関心の外(ほか)だった。

為時兄を追って彼女が播磨へくだり、そこで結婚したこと、つぎつぎに三人の子を生み、最後の産をこじらせて亡くなったこと、生前の面(おも)ざしはもっとも濃く、長女の大市が伝えていることなどを、兄の便りから、あるいは任地時代を知る者の口から、ごく断片的に聞かされたにすぎない。

まして、筆跡など初めて目にするものだから、

「これが大市ちゃんたちの、母さまのお歌なの」

薄様を手に取って、しみじみ眺め入った。

「上手でしょ」

誇らしげに大市は言い、

「それでも書き損じの反故らしいって、大伯父さまはおっしゃってましたよ」

と、妹の小市も言う。

「これで書き損じなら、お清書きはもっともっとみごとだったでしょうね」

相槌を打ちはしたものの心の中で、さほどの字ではなく歌でもないと周防はこっそり批判していた。ただ墨継ぎを濃く薄く、文字の配列にも気をくばって、いかにも心きいた、由ありげな書きざまがしてある。おとなしやかな人柄が、奥ゆかしく滲み出ている歌稿なのであった。

しかも、いざとなれば山寺に身を隠したり、遠い播磨にまで男を追っていく決断力も持ち合せている。強靭なその内面は小市に伝わり、女らしい外貌は大市が受けついだのではないかと、周防は想像する。

「亡きお母さまを偲ぶ貴重なよすがね。大市ちゃん、大切になさいな」

「お守りよ。この薄様を身につけているかぎり、母さまがきっとわたしを仕合せにしてくださるわ」

小市が貰って来た『蜻蛉日記』は、まして周防を夢中にさせた。

「しばらく貸してね。わたし、大急ぎで写してしまうからね」

「いいのよ周防叔母さま、ゆっくりでも……。まだわたしにはむずかしそうなご本だし、小野のおじいさまがたも、もう少し大きくなってからお読みとおっしゃいましたもの」

物語好きといっても、小市がいままでに読んだのは『竹取物語』『浦島子物語』『鬼草子』『真名井物語』のような子供向きの冊子類だし、為頼伯父の書架から借りてきて、いま一心不乱に読みふけっているのも、継母に虐待された美しい姫が、貴公子の助力で仕返しをとげ、めでたくその北ノ方に納まるという筋立ても文章も平易な、『落窪物語』なのである。

周防がたちまち『蜻蛉日記』の上の巻を読了して、「早く、あとが読みたい。写しが出来あがるのはいつかしら……」

待ち遠しがるのを見ると、

「わたくしにも拝借させてくださいませ」

「周防さま、わたくしにも……」

召使のあいだでまで引っぱりだこになり、一冊の写本が屋敷中をあちこち渡り歩く始末となった。

持ちぬしは小市だから、

「汚したり、破いたりしては悪いわ」

と手分けして、周防は女房たちと原本を引き写し、回覧用の写本を作ったが、これほどまで読み手を魅惑したのは、やはり何といっても事実の持つ強みであった。

光りかがやく竹の節からかぐや姫が現れたり、亀を助けた漁師が竜宮城へ案内されて玉手箱を持ち帰るといったおとぎ話をおもしろがったのは、だれしも子供のころだし、『伊勢物語』『住吉物語』など大人向きの恋愛譚（たん）も、もはや今となっては古めかしく、作りものめいて感興はさほど湧かない。

そこへゆくと『蜻蛉日記』の筆者は、現に生きて呼吸している。登場する人物、書かれた事象、語られている心理の綾までが、ことごとく現実に即した一種の暴露小説だから、読み手の好奇心をいやが上にも刺激するのである。

「形とても人にも似ず、心魂（こころたましひ）もあるにもあらで、と書き出しのところで卑下しておいでですけど、しんじつご縹緻（きりょう）の良くないかただったのでしょうか」

女房たちの疑問を、

「いいえ違う。まったくのあべこべよ。四十路（よそじ）を一つ二つ越していらっしゃる現在はともかく、お若いころは『本朝三美人の随一』と折り紙つけられていた女性だったらしいわ」

言下に周防が打ち消したのは、長兄から聞いた話の受け売りだった。

だからこそ藤原北家主流の御曹司兼家に、熱心に言い寄られ、いわば玉の輿に乗る幸運を掴んだわけなのだが、まもなく約束通り小市宛てに届いた『蜻蛉日記』の、中の巻、下の巻によれば、かならずしもこの結婚は、筆者にとって満足なものとは言えなかったようだ。

交際を申し込んで来たとき、兼家は二十六歳……。十九歳の筆者とは似合いの年恰好（かっこう）であった。しかし官位は従五位下右兵衛佐（うひょうえのすけ）にすぎず、右大臣藤原師輔を父に持つという出生上の利点をのぞけば、末の見こみがあるものやら無いものやら、はっきりしない。

求婚の仕方も、仲立ちの女房などを介してまず、ほのめかすといったこういう場合の常識を無視し、ぶっつけてじかに、筆者の父の藤原倫寧（ともやす）に申し入れてくるという変則的なものだったし、やがて贈られて来た恋文がまた、粗末な紙に下手な字で書かれた歌一首……。その歌も、

音にのみ聞けば悲しなほととぎす
こと語らはんと思ふ心あり

と言うのでは、美人の上に歌才ゆたかな筆者が、幻滅したのも無理ではなかった。冒頭の、この一、二葉を読んだだけで周防たち読者までが、前途の多難を思いやることになるのだが、はたして兼家はなかなかの発展家で、筆者と結婚したとき、すでに摂津守藤原中正（なかまさ）の娘時姫（ときひめ）とのあいだに男の子を儲けていた。そのほかにも四、五人——いや、身分いやしい町住みの女、召し使う侍女などで手をつけた者までかぞえれば、最終的にはその倍もの数を愛人に持ったのである。

筆者もすぐ、兼家の女癖に気づく。でも、みごもってしまっては、どうにもならない。生まれたのは道綱という息子……。筆者の名を知らない周防たちは、以後、『道綱卿の母

君』、あるいは書名をとって、『かげろうの上』などと筆者を呼ぶことにしたけれども、中の巻に入ると、夫妻の間柄はいよいよ疎遠になりまさってゆく。

「夜、見ぬこと三十余日、昼、見ぬことは四十余日になりにけり」

と記(しる)された個所に、ひとごとならず胸を痛めて、周防までが、

「きのどくにねえ。さぞ辛(つら)かったでしょうねえ」

同情の吐息を洩らしたりした。

唐崎での祓(はら)えや石山寺参籠(さんろう)、初瀬詣で、鳴滝籠(なるたきごも)りなど、筆者は寂しさを神仏にすがることでまぎらそうとするが、下の巻ではもはやすっかりあきらめて、冷え切ってしまった兼家との仲を修復しようともしなくなる。彼女の気がかりは、一人前の若者に成長した道綱の結婚問題にのみ向けられる。でも、いずれは妻となる女に奪われてしまう息子である。男の子を一人しか生まなかった彼女は、養女を貰うことで自身の老後に精神的な支えを得ようとする。そんな彼女に、ひそやかに結婚を迫る男が現れる。三十なかば……。まだまだ充分に、美しい自分を再認識するけれども、心は動かない。兼家との思い出をはぐくんだ家をたたみ、父倫寧の中河の屋敷に、彼女は移る。

こうして、天延二年も残り少なくなった大晦日(おおみそか)の夜ふけ、春迎えの追儺(ついな)のざわめきを遠く聞きながら二十余年にも及ぶ長い回想記は、ひっそり終るのである。

「もっと書き継いでいただきたかったのに……。ねえ、あなたがたもそう思うでしょ？」

と女房たちを相手に、周防は未練がましく喞った。

「書いておられるかもしれませんよ。続きを……」

「いいえ、もう筆を折られたのよ。四十を越しては、何もかも終りですもの」

「それにしても、ひどいのは兼家さまでございますね。どんなに美しくても、歌の才があっても、男と女が惹かれ合う感情は、別なものなのでございましょうか」

と、そのどちらにも恵まれない女房たちの口吻は、棘を含む。所詮、他人の痛み、他人の悲しみなのである。

『蜻蛉日記』には、できばえ見事な歌が幾首となくちりばめられてもいるが、

　　歎きつつひとり寝る夜の明くるまは
　　　いかに久しきものとかは知る

が、中でもすぐれていた。

「ひたすらただ、兼家卿の訪れを待つだけの毎日だったからこそ、恨みも積もったわけでしょうけど、ご本妻と呼んでよいおかたは、つまるところどなたなのですか周防さま」

「いらっしゃらないようなのよ」

「おや、どなたも？」

「為頼兄さまに伺ったところでは、東三条のご本邸で兼家卿はずっと独りぐらしを続けておられるのですって……。たくさんいる女性たちは、すべて愛人扱いでね、ご自分のほうから通って行くだけ。本邸にお引き取りにはならないそうよ」

「でも、それではご不自由でしょうに……」

「ご本邸の家政は、お手のついた女房が取りしきっていてね、この女を『権ノ北ノ方』と周りの者に呼ばせているらしいわ」

「へええ、権ノ北ノ方――。つまり仮のご妻室というわけですね」

「だけど多い中では、やはり何人もお子を生んだ時姫さまとやらのご身分が、いちばん重いのではないかしら……。ご長男の道隆卿、ご次男の道兼卿、三男の道長卿、それに冷泉上皇の女御となられた超子さま、今上円融帝の后に配された詮子さまなど、りっぱなお子がた大勢の、時姫さまは母君ですものね」

「では、たった一人道綱卿をお生みになっただけの『かげろうの上』のお立場が心細くていらっしゃるのも、当然と申せますね」

「ご本邸にこそ入られなくても、事実上、時姫さまが、兼家卿の北ノ方といえるでしょうね」

　こんな話に興じ合うあいだにも、手まめな女房の中には仕事の合間を縫ってせっせと『蜻蛉日記』を引き写す者がいる。それがまた、それぞれの知人に貸し出され、筆写されて、みるみる世間に流布しはじめてゆく気配であった。

六

一方、為時はこのところ、毎日のように出かけていた。小野の老公やその子息為雅らの助言に従って、今度の任官にかげながら尽力してくれた人々の私邸を訪問し、謝意を述べて廻っていたのである。

東宮の叔父の左兵衛佐義懐、義懐と仲がよく、少年皇太子にも信任されている東宮亮藤原惟成、惟成の父の藤原雅材、雅材の友人で、為時には学問の師にあたる菅原文時などだが、たずねて行けばだれもが打ちとけて、

「いずれ帝王となるお方のご教育ですからな。しっかりたのみますぞ」

励ましもし、もてなしもしてくれた。

生来、口下手な、どちらかといえば社交嫌いでさえある為時には、任官の礼など不得手中の不得手であった。

「そこを我慢して、やるべきことをやっておかないと、あとでの人間関係がぎくしゃくして勤めづらくなるぞ」

兄の為頼に言われるまでもなく、為時も今回ばかりは積極的に動きまわって、気のすす

まぬ役目を懸命に果した。さして縁故もない自分に、人々が示してくれた温情……。さすがにそれが、ありがたかったのだろう。

　初出仕の日は、とり分けいそいそと、仕立ておろしの装束に身を包み、

「行ってくるよ」

　大市や小市、薬師麿ら子供たちにまで声をかけて出ていった。うしろかげを見送った薬師麿の乳母が、倅の御厨ノ高志に、

「このさい思いきって、もう一輛、新しく買い足されたらいいのにねえ」

　小声で耳こすりしたほど牛車は古び、仔細に見れば傷みもひどかったが、牛だけはみごとに飼い肥らせてある。牛飼の菊丸爺さんがいとしんで、ひまさえあれば草地につれ出し、日ごろ存分に青草を食ませているからである。

　遠く陸奥で、次兄の為長が他界するという不幸には見舞われたものの、長兄の為頼が皇太后宮の大進をつとめ、三兄の為時までが東宮御所に出仕しだすと、どことなく屋敷中に活気がみなぎりはじめた。召使たちの立ち居までいきいきしてきて、

（職にありつくと否とで、官吏の家というものはこうも違ってくるのか）

　そう、つくづく周防は思い知らされた。

　為時はしかも、出仕後すぐにおこなわれた皇太子の読書始の儀に、副侍読として陪席する光栄にまで浴した。博士にもなっていない一文章生としては、破格の扱いである。

「いやあ、めでたいなあ弟、さいさき上々のすべり出しではないか」

と為頼も、当の為時に劣らず感激して、翡翠(ひすい)を縫いつけた秘蔵の石帯(せきたい)を、わざわざ晴れの日のために貸してくれたほどだが、御厨ノ乳母が、首をすくめながら周防に語ったところによれば、播磨の官舎では同僚たちに、為時はもっぱら偏屈者(へんくつもの)扱いされていたのだという。

「酒もろくすっぽ召し上らず賭け事の仲間には加わらず、四角な文字を並べて詩をお作りになるだけが趣味というお方でしたからねえ」

つまりは、まじめと言うことだが、地方官勤めはそれでは通らないのだろう。十年も播磨にくすぶっているあいだに、国司は三度交替した。しかし直属上司の介(すけ)に目をかけられただけで、長官たる国司は三人とも、やはり為時を『無愛想な変人』と見ていたらしい。権少掾などという微官のままほうっておかれたのが、その、なによりの証拠といえる。

(こんどはうまくゆくかしら……。東宮御所の人たちに嫌われたらどうしよう)

周防は気を揉んだが、さいわいこれは思いすごしに終ったようだ。

東宮坊の長官は大夫である。大夫の下に亮(すけ)と大進がおのおの二人ずつ、少進が二人、大属(だいさかん)が同じく二人、少属が一人配され、最下部に使部(つかいべ)の小者がいる。

また舎人(とねり)を把握する舎人監(とねりのつかさ)、皇太子の召し上りものを調進する主膳監(かしわでのつかさ)、備品を管理する主蔵監(くらのつかさ)、そのほか主殿署(とのもりづかさ)、主馬署(うまのつかさ)、蔵人所(くらんどどころ)から帯刀(たてわき)の陣まで、朝廷にくらべれば小規模ながら、ほぼ似たような形で役所が置かれ、長官の、さらに上位にいて皇太子を補佐する傅（ふ）と呼ばれる重臣を中心に、東宮御所は機能していた。

学問所に伺候して、周易・尚書・詩経・左伝・論語・孝経といった明経（みょうぎょう）や、あるいは史書・作詩などの進講を仕事とする皇太子の教授たちは、学士と称され、東宮御所の職制からはややはみ出した特殊な立場の人々である。

為時の性分には、それが合っていたのだろうか。とりたてて周囲と摩擦も起こさず、毎日、機嫌のよい顔で出仕しつづけた。

時には妹の周防相手に、

「義懐卿という人は、思いのほか気さくな、小気味のよい若者だな」

ぽつりぽつり、御所での見聞を語り分けることすらあった。

「先ごろお亡くなりあそばした一条摂政伊尹（これただ）公の、ご子息さまでしょう？」

「五男坊だそうだよ」

「さぞかし権門を笠に着て、肩で風切る公達（きんだち）のお一人かと思ってましたわ」

「挨拶に出向いたときは、そんな印象も受けないではなかったが、打ちとけてみると案外なほどざっくばらんな人柄でね。東宮とも叔父甥（おい）というより、兄と弟みたいな親しみ方をしていなさる」

「師貞皇太子というのはどんなお子さまなのです？」

「素直な、少しおとなしすぎるくらい内気なお生まれつきだよ。あの、やんちゃ坊主とはだいぶ違うな」

と、為時は苦笑まじりに庭を見やる。

これまた、腕白ざかりの為頼伯父の子供ら――同じ年ごろの従兄弟たちと群れをなして、わあわあ歓声をあげながら走り廻っているのは薬師麿である。つむじ風さながら彼らの追撃をかわし、広大な敷地を狭しとばかり荒れ狂う怪物は、小野の山荘から貰って来た犬の仔だ。白地に、薄茶色のさし毛がぽちぽち生えているのを、

「すごいな。金毛の獅子児だぞ」

えらく買いかぶって、為頼が、『獅子王』と命名したのだが、生えかけてきた草花の芽は踏みつぶす、木の根は掘る、足半の緒は咬み切る、沓はくわえてどこかへ持っていってしまう。悪戯のはげしさは言語道断で、それでなくてさえ手入れのわるい庭を、たちまち無残なまでに荒らしてのけた。

頭にひびくカンだかい吠え声や、目と目の離れた、そのくせ寸づまりの顔だちからして、獅子王などというご大相もない名とはおよそ不釣合いな、やくざな仔犬なのだが、薬師麿はじめ子供らは大気に入りで、

「牛に、ふざけかかるな。こいつめが……」

菊丸爺やが棒でも振りあげようものなら、

「承知しないぞ。獅子王をぶちでもしたら、おれたちが相手だぞ」

いっせいにわめき立てる。このそうぞうしさに混って、年じゅう忙しそうに髪を耳挟(はさ)みした為頼の北ノ方——あの『ひちりきどの』の、

「泥だらけなままあがってきてはいけませんよ。高志ッ、高志はどこ？　子供たちの足を洗ってやっておくれッ」

けたたましい叱責まで破裂するのだから、近ごろのこの屋敷の、夕ぐれどきの喧騒は、庶民層が犇(ひしめ)き住む町家(まちや)のそれと、さして変らない。

「これではたまらないわ。なにが獅子王なものですか。あのチビ犬は魔界から厄介の種をばら撒きに来た魔王よ」

名づけの親の長兄に周防は当り散らすけれど、夏も終りに近づいた六月なかば、さらにはるばる奥州から亡き為長の妻までが子づれで帰洛してきた。男の子ばかり三人である。

「また、甥がふえるの？」

周防は悲鳴をあげたが、彼らがいずれ、もどってくるであろうとは、一族だれもが覚悟していたことだから、空いている北ノ対(たい)をあらかじめ掃除させて、安着を待っていたのであった。

寝殿造りの主殿にあたる母屋に、為頼夫妻とその子供らが住み、東ノ対に周防、西ノ対に為時と大市、小市、薬師麿の親子四人、そして新たに北の対ノ屋(や)に、為長未亡人と遺児

たちが入ることになったわけで、さしたる数ではないまでも、家族それぞれが召し使う女房、樋清まし童や厨女、縫女、御厨ノ高志や菊丸老人のような下使い、牛飼などの男たち、たった一頭ずつながら牛と馬、仔犬の獅子王までがそれに加わると、年代ものの古屋敷は根太がぎしぎし軋みそうな感じになる。

同じく嫂ではあっても『ひちりきどの』とは肌が合わず、一つ屋根の下にくらしながら、さほど睦まじくしていなかった周防は、為長未亡人の帰邸をよろこんで、

「また、箏の琴を教えてくださいね」

と、ねだった。

「草深い陸奥ぐらしのあいだに、琴の手などすっかり忘れてしまいましたよ」

ほほえむ顔が、夫の死や自身の病臥など苦労のあげくにしては、案じていたほど窶れて見えないのも、周防をほっとさせる。

引き移りのごたごたが一段落し、都住まいに解けこむと、それでも為長未亡人は手馴れの琴を取り出して、周防への手ほどきをはじめてくれた。左手の故障を考慮したそれは独特の教え方だが、露しとどな夜の庭を、ひさしぶりに流れるしんみりとした琴の音に、一族の人々はめいめい静かに耳を傾け、秋の深まりを噛みしめるのだった。

魔火

一

地震の年から三年たち、四年経過して、縁起なおしの改元も、貞元（じょうげん）、天元とわずかなあいだに二度、おこなわれたが、都の復興は一向にはかどらなかった。

大路に面した家並（やな）みはともあれ、一筋、裏側の小路に曲ると、もう草ぼうぼうの空地が拡がり、築地（ついじ）の崩れ、倒れ伏したままの石塔、ひしゃげた小屋を突っかえ棒で支えて、からくも住んでいる貧民の群れなど、災害の爪跡がいやでも目につく。

内裏（だいり）をはじめ、皇族貴族らの第宅（だいたく）はどうかというと、これも歯が欠けたように、あちこちで損傷が目立った。もともと堅牢に出来ている美邸ばかりだから地震の被害は少なく、蒙（こうむ）ってもすぐ番匠（ばんじょう）を入れなどして、旧観をとりもどしてはいるのだが、その後の火事で片はしから焼け失せたのである。

自家火（じかび）ではない。ほとんどが盗賊による放火であった。

群盗の横行は、今にはじまったことではなかった。しかし地震からあと、その跋扈跳（ばっこちょう）

梁はとりわけすさまじく、内裏だろうが諸官庁だろうが平気で押し入って、掠奪をほしいままにする。

女官が身ぐるみ衣裳を剝がれたり、担ぎ出されて河原で慰まれるといった信じられないような不祥事さえ起こった。

一応は衛府の兵に警固され、滝口の武士や諸門を守る衛士など、賊に対抗できる力を持つ朝廷ですら防ぎようがないのだから、それ以下の人々は、まして戦々兢々だった。

検非違使や京職の検束能力に望みをかける者など一人もいない。これらの役所は、毒をもって毒を制する見地から、走り下部だの放免など下ッ端の小役人に前科者を使って、密告や犯罪者の聞き込みに利用している。したがって、そんな連中はすぐ賊の側に寝返りもした。少しばかりの分け前に釣られて、押し込みの手引きまで買って出る始末だから、やむなく物持ちは、自分で自分の財を守らなければならない。腕っぷしの強い家人を私兵として抱え、賊の乱入に備えるのである。

権門勢家——中でも富裕を誇る藤原北家の主流などは、源氏武者を番犬がわりに使っていた。

源氏といい平氏といっても、彼らをまだ、武門の棟梁と呼ぶには早すぎた。それどころか、つい三、四代前まで、彼らは天皇家の皇子たちだったのだ。

桓武・嵯峨・仁明・文徳・陽成、あるいは光孝・宇多・醍醐・村上など、腹々に皇女皇子を多数儲けた天皇はすくなくない。時代を経るにしたがって子孫がふえ、限りある皇室財政では養いきれなくなったのも自然である。

そこで子らを皇族の身分から切りはなし、平氏・源氏といった新姓を与えて、臣籍におろす例が増加した。いわゆる皇胤平氏・皇胤源氏であった。

血の尊貴をはずかしめないだけの実力をたくわえて、政界の重鎮におさまる者、いたずらに誇りばかり高く持ちながら力が伴わず、末つぼまりに衰えてゆく者、かと思うと藤原氏に牛耳られている中央の官界にあっさり見切りをつけ、新天地を地方に求めて出て行ってしまう者など、臣下に列してからの行き方はさまざまだが、いちはやく武士化したのは、都を捨てて出た連中である。

国の守や介など地方官となって、彼らは諸国にくだり、思うさま私腹を肥やした。皇胤の威光を背に負っていれば、田舎ではもう、それだけで帝王にひとしい。

貢税の上前をはねる。領民や奴婢を追い使ってだれのものとも定まっていない山林原野をどしどし開墾させ、自家の所有にしてのける。

こうして貯えた莫大な富……。それを守るためには近在の有力な豪族どもと通婚し合い、族をふやす一方、屈強な召使を選りすぐり訓練して、家の子郎党としなければならない。ここに私兵軍団ができあがる。武士の誕生である。

しかし武力だけでは、富は守りきれない。権家の政治力を借りてきてこそ、はじめてそれは完璧なものとなる。

そこで、目はしのきく者は、いったん捨てて出た都へ再び触手をのばしはじめる。財力にものをいわせて権門に取り入り、その家司・家人の資格を得て、虎の威を借る狐に成りおおせるのだ。寺社勢力とのいざこざでも、隣村との境目争いでも、背後についている権威のひと睨みで勝を制せられる。

主家となった権門の側も、無償での肩入れなどむろん、しない。見返りとして存分に、彼らの富を吸いあげ、その武力を利用して盗賊の被害を防がせようとする。持ちつ持たれつの腐れ縁が、こうして出来あがるのだが、洛中の人々は、多田満仲と藤原北家の結びつきに、その一つの好例を見ていた。

——多田満仲。

「みつなか」と訓むべきところを、なぜか「まんじゅう」と音で呼ぶ者が多い。

多田は姓ではなく、本拠地とした摂津の国多田の庄に由来する。元来は満仲も、皇胤源氏の一人で、正確には源満仲であった。

三代前にまでさかのぼれば、清和天皇にたどりつく清和源氏の流れだが、摂津守となって赴任したさい、土地の肥沃と金山銅山に目をつけ、その開発に力をそそいで巨万の富を蓄積……。これを武器として摂関家への再接近をはたし、中央の官界に返り咲くとともに、右大臣藤原師輔の知遇をえて北家の番犬役を勤めることとなったのである。

都の盗賊が、この手の成り上り者を憎まぬわけはない。左京の一条二坊に建てられた満仲の美々しい屋敷は、賊の放火に遇い、一夜にして焼け失せてしまったが、どさくさまぎれに討ち入って財宝を奪おうとする賊の群れと、

「そうはさせじ」

とばかり防ぎ矢する満仲邸の武士どもの雄たけびで、一時は合戦さながらな騒ぎとなったし、附近の町家が三百軒余り、類焼の憂き目まで見た。巻きぞえの災難である。

それはまだ為時や大市、小市、薬師麿らが上洛してくる少し前だったが、一条京極の住居は火もとに近く、風向きのわずかな違いで助かりはしたものの、さかんに火の粉が飛んで来て、当時、留守を守っていた周防たちは胆を冷やしたものだ。

摂関家は師輔の死後、子息の兼通、兼家らの時代に移っていたし、多田満仲も六十歳を越して、いま家督は倅の頼光がついでいる。

この頼光も、「よりみつ」と言うよりは、「らいこう」と音読みで呼ぶほうが通りがよい。年のころ四十に近く、眼光炯々として見るからに剛胆そうな人物である。

坂田公時、渡辺綱、平貞道、同じく季武と名乗る荒武者を、四天王と称してつねに身近に従えているが、都から丹波、丹後へぬける老ノ坂の往還に、旅人を悩ます引き剝ぎが出没したさい、連中はこれを退治して大いに武名をあげた。

満仲父子とすれば、中央の官界に復帰して、もと通り貴族階層の仲間入りがしたかった

のであろう。しかし地方ぐらしのあいだに培った武力のせいで、彼らは武族とみなされ、官職も各地の受領か大内守護の武官、権門に出入りしてその安全を保証する私設警察的役どころが、似合いという結果になってしまっていた。

世間一般の目は、まして彼らを武族以外の何者とも見ていない。検非違使庁の役人や京職どもが、洛中洛外の治安維持にまったく無力なげんざい、頼光とその一党が示す盗賊逮捕の実績は民衆に高く評価され、たのもしがられもしている反面、権家を笠に着た横行ぶりを、恐れたり爪はじきする思いもなくはないのだ。

老ノ坂に出た引き剝ぎどもは、近くの大江山に山寨をかまえる山賊の一味で、首領は大酒呑みの酒呑童子という。

語り交されているあいだに、これがいつのまにか鬼神に変化し、『大江山の鬼退治』に格上げされたのは、頼光や四天王への讃美の、素朴な庶民感情の流露であろう。

夜な夜な病中の頼光の枕もとに、怪しい人影があらわれるので、家伝の名刀膝丸で薙ぎ払ったところ、忽然と消え失せた。そこで血のしたたりを辿って山中へ分け入り、洞窟の奥で巨大な土蜘蛛の死骸を見つけた。頼光に祟り、病ませたものの正体はこれだったのだ、といった妖怪談も、巷間、まことしやかに喧伝されているし、四天王の一人渡辺綱が、羅生門に巣くう鬼の片腕を斬り取ってのけた武勇伝も名だかい。

実際は、これも鬼ではない。盗みを常習とする浮浪だったのだが、口から口へ話がつたわるうちに誇大化して鬼神に昇格したもので、この話には後日物語まで附いている。

「綱の伯母さんがよ、『鬼の腕とは珍しい。ぜひ一見させてたもれ』と訪ねて来たんだが、こいつがじつは、鬼だったんだよ」

「ごまかされちまったのか、綱は……」

「うっかり箱の蓋をあけて見せた。とたんに伯母は鬼神の姿に変じ、腕をひっ摑んで虚空に飛び去ったとよ」

「持って帰っても、うまく継げるかね」

「そこが鬼さ。斬られた腕ぐらい、神通力でぱっともと通りくっつけるだろうぜ」

嘘っぱちだなどと、けなす者はだれもいない。無責任な噂話は、面白ければ面白いほどよいのだ。

綱も、嵯峨源氏の流れを汲む渡辺党の一員で、五代前までさかのぼれば左大臣源融（とおる）に行き当るし、坂田公時は相州の足柄山で、幼時、山姥（やまうば）に育てられ、熊と角力（すもう）を取りながら成長した荒童子ということになっている。

おとぎ噺（ばなし）めいたそんな伝承をうれしがり、

「そりゃ、公時が通るぞ」

「綱が行くわ」

と、目ひき袖ひきし合うくせに、満仲や頼光父子の富力武力にものをいわせての浮上ぶり、摂関家への阿諛追従、その家来どもの武骨無教養をあざわらう意地悪さも、感情の底に澱ませているのが庶民層の常だった。

「聞いたか、例の四天王のしくじり話を……」

「何ぞ仕出かしたのか？」

「やつら、柄にもない風流気を起こして、賀茂の祭りの行列を見に出かけたのだそうだ」

「ほう、それはまた、荒夷に似げない殊勝な話だな」

「ところが大失敗なのさ、優雅な斎王の行粧を見物するのに、馬で行くのはみっともないと公時が言い出して、よせばよいのに牛車を一輌借り、女房車のごとく見せかけて四人で乗ったんだそうだ」

　でも、紫野までの道のりは遠い。乗り馴れぬ車はやたら揺れて、武者どもはおたがい同士、頭をぶつけるやら転がるやら、二丁も行かないうちに全員が酔ってしまった。

「うう、苦しい。もどしそうだ」

「もっと車をゆっくりやれ牛飼」

　と、中でわめくのを聞いて、

「どういう女たちが乗っているのだろう。田舎訛りの濁み声で、わあわあ言うとはふしぎな車じゃ」

　通行人は首をかしげ合う。

やっとの思いで紫野に着きはしたものの目まいと胸のむかつきで物が逆さまに見える。祭り見物どころではなく車中に重なり合って伸びてしまい、正気づいたときは行列が通過したあとだった。くやしがったが仕方がない。これ以上、車に乗りつづけては命のほどもおぼつかないので、帰路は歩くことにした。

「だけど、この体たらくでは外にも出られぬ」

烏帽子は落とし、狩衣はくしゃくしゃ……。やむをえず暗くなるのを待ってとぼとぼ主家まで帰りついた、というのだ。

敵対関係にある賊どもが、故意に流布させた噂としても、こんな話を耳にすると愉快がって、民衆は喝采をしかねない。貰い火の厄に遇うのは困りものにせよ、貴族高官の贅に飽かした邸宅が焼かれ、金銀財宝を群盗にかすめとられるのは、溜飲のさがる見ものでもあった。

袴垂れ保輔、

多襄丸、

茨木童子、

鬼童丸……。

おどろおどろしい首魁の名が、源頼光や四天王に劣らぬ畏敬をこめて人々の口にささやかれるのも、鬱積した羨み嫉み恨みの感情を、無力な自分らに代ってはらしてくれる存在と彼らを捉えているからだが、内裏を筆頭に、建てるそばから放火され、地震後の帝都復興が遅々としてはかどらないのも、心ある者にはそれなりに憂慮すべき事態なのであった。

二

世の中の、ものさわがしさも、しかし藤原為頼、為時、周防ら兄妹の住む古屋敷の中にまでは容易に波及してこなかった。それだけ為頼も為時もが世間の動きとは没交渉に、したがって官界でのめざましい出世昇進とも縁遠く生きていた証拠だが、周防にすればかならずしも、そんな兄たちの超然ぶりを無条件に肯定しているわけではない。

（子供らの将来のためにも、もう少し欲を出してくださってよいのではないかしら……）

時にじれったくもなるけれど、崩れの目立つ破れ築地でも、一応、囲いらしきものに守られてくらしているかぎり、幾組もの寄り合い所帯がどうやら平穏無事にすごしてこられた明けくれではあったのだ。

為頼は昌子太后の御所に出仕すると、三、四日は帰邸しない。男ずくなな御所内なので、つい女官たちに頼られて宿直を引き受けてしまうのである。狂気の帝に配されて名ばかりの皇后位につき、それもつかのま、夫帝冷泉の退位と共に二十そこそこのうら若さで、皇太后の地位にしりぞかれた昌子内親王が、為頼はきのどくでならない。

もはや過去の人――。廷臣たちの記憶からさえ忘れられようとしている女性に仕えても、到底うだつは上りっこないのだが、

(それでいいのさ)

為頼は割り切っているようだ。

大進という職掌以上に、歌人としての為頼の実力を昌子は買っておられ、為頼もまた我が娘に対するような親身の情愛で、太后のお歌の添削などしてさしあげている。

上皇となられても、冷泉院の異常行動はあいかわらずで、人々の口の端(は)に、その奇矯ぶりがしばしば取り沙汰され、昌子太后のお耳に入ることもあった。でも、皇后だったころから顔すらまんぞくに合せた覚えのないおん仲である。何を聞いても昌子は顔色ひとつ動かさず、とりたてて表情も変えない。夫帝を無視し、おのれの生から切り離すことで、課せられた理不尽な運命に、懸命に抵抗しているように思える。

為頼には、なんともそれが痛々しい。奥州から帰りのぼって、北ノ対(たい)に住みついたあの、手跡みごとな為長未亡人――陸奥(むつ)ノ御(ご)と家の者に呼ばれている亡き弟の妻に、『蜻蛉(かげろう)日記』を書き写してもらい、

「近ごろ世評の高い回想記です。兼家卿の愛人の筆に成るものとか……。おんつれづれのお慰みまでにお持ちいたしました」

お手許に献上したのも、わずかでも太后のお気をまぎらしてさしあげたい思いからであ

った。

「ああ、これがいま評判の蜻蛉日記とやらですか。ありがとう為頼。さっそく読ませてもらいますよ」

喜ぶお顔を見ると、為頼もうれしい。

師貞皇太子のお相手として、毎日、東宮御所に出勤している為時の状況も、この兄とさして変らない。

東宮御所も権力中枢のまっただ中から見れば、今のところ渦の埒外に寄った一種の無風地帯だし、少年皇太子に学問や詩作のご教授をするという為時の役目からしても、官界での出世競争とは無縁な日常であった。

ただし、為時が初出仕し、副侍読として読書始めの儀式に参列したとき十歳にすぎなかった皇太子も、二年たち三年たち、四年の歳月を閲するうちにはめきめき大人びて、お教えする学問の内容は進んだし、少年から体軀のびやかな若者へと、皇太子その人の外容も変化した。

それにともなって、東宮御所の持つ力の比重が、じりじり増しはじめたのもたしかである。

(今上円融帝から、東宮が帝位を譲られる日はさして遠くない。いよいよわれわれの出番だぞ)

そう、手塩にかけて甥の皇太子をこれまで保育してきた藤原義懐、その片腕となってこれも東宮御所を切って回してきた藤原惟成ら側近たちは腕を撫したし、早くも政情の変化を見越して、新しい流れに乗り遅れまいとする廷臣どものご機嫌伺いまで目につきだし、皇太子の周辺はちかごろにわかに、活況を呈しはじめている。

火の消えたような昌子太后の御所とは、この点がまったく異なる。立ち枯れて、凋落を待つだけの哀れさに較べると、こちらは芽ぶきさかんな春の若木だった。風を孕んで開花をとげようとする寸前の輝きが、近仕するだれもの胸を弾ませた。

「いいか為時、師貞皇太子が帝座につき、新朝が発足したあかつきには、お前にだって受け合い、浮上の好機が到来するぞ。そのときこそしっかりやれよ」

為頼に煽られると、さしも社交嫌いの学者馬鹿、無欲因循な偏屈者と自他ともにゆるす為時ですら期待に気が昂った。

「そんなうまい具合にいきますかな兄上」

「いくとも。いかなければ腕ずくでも、いかせてやるぐらいの俗気を持たねばいかん。小野の老公はじめ、東宮御所への仕官を祝福してくれた人たちの思惑も、ここにあったんだ。千載一遇の折りと思ってがんばれよ為時」

そうは言っても、まだ渦は水面下で起こりはじめているにすぎない。今のところ情勢に、表立った変化は何ひとつ現れていない。くる日くる日、為頼も為時もが黙々と、それぞれ仕える主人の許へ出仕してゆくだけである。

庭の草ぼうぼうも屋根の雨漏りも、板縁の腐れまで、十年一日のごとく変らないが、たった一つ、目をみはるばかりな変化をとげつつあるのが子供たちだった。

為時の子の大市、小市、薬師麿はもとより、例の『ひちりきどの』所生の為頼の息子ども、陸奥ノ御が夫の任地から引きつれて帰った子供らまで、雨後の筍さながらいっせいに背丈が伸びて、十把ひとからげにチビと呼ぶわけにいかなくなった。

まだ、ある。薬師麿が小野の山荘から貰ってきた獅子王だ。ギャンギャンやかましく啼き立て、庭じゅうを荒らし廻って悪さの限りをつくした仔犬だったが、三年たち四年たつうちにいっぱしの雄犬に成長――。おっ立った耳、四肢の踏んばりようまでなかなかみごとな、名前に恥じぬ面がまえとなった。薬師麿の無二の秘蔵で、どこへ出るにもついて行く。獅子王自身は、年若な主人を守護しているつもりだろう。

この犬と、下部の御厨ノ高志を従えるかぎり、物騒な町中へ出かけても、まず安全と思ってよいわけだが、幼時はけっこう生のよかった腕白者の薬師麿が、年を重ねるにつれてなぜかだんだんおとなしくなり、気弱な、引っ込み思案な少年に変りはじめたのが、父の為時にも叔母の周防にも、気がかりといえばいえた。

「なあに、乱暴者に育つより、おとなしいほうがずっとましさ。頼光配下の四天王ならともかく、風雅の家筋に生まれて、学問で身を立てるのが薬師麿の定まった生き方なのだからな」

為頼あたりは笑いとばすけれど、肝腎の家の業の学問さえが、どうもはかばかしく進まない。八歳ぐらいから父について、薬師麿は『蒙求』『千字文』など子供向けの入門書の読み書きを始めている。その覚えがすこぶる悪いのである。

理解はする。字句の意味も呑みこむ。千字文は四言古詩を二百五十句集めた手習いの手本で、解釈と同時に習字の練習にも役立つものだが、

「天地玄黄の玄の字は、まず、はじめの点をしっかり打つ。よしよし、つぎに横線をぐいっと一気に引く。そうだ、その調子……」

手を取って為時に教えられれば、文字も上手に書くことは書いた。

なぜかしかし、記憶がよくない。前の日に習って、しっかり頭に入れたはずの章句が、あくる日はうろ覚えになってしまう。暗記力が弱いのである。

「ばか者ッ、蒙求ぐらいでつかえるようでは先が案じられるぞ。なぜ、もっと真剣に学ぼうとせんのだ」

焦れて、為時が叱ると、いっそう萎縮して集中する気力を失う。やる気や根気も薄いのだ。そばで聞いている小市のほうが、水を吸いこむ砂地さながらな小気味よさで片はしから覚えてのける。父とすればうれしいような情ないような、複雑な気分であった。

女御后妃の入内を競い合う上卿の家系なら、女の子の誕生こそ望ましいが、学者の家

の場合は跡つぎの男児を得ることが優先する。為時も播磨で亡くした妻との間に、大市、小市ら立てつづけに二人まで娘が生まれたときは、内心、いささかあせった。

「三度目の正直——。ぜひとも今度こそ男の子を恵みたまえ」

と、志深の薬師堂に参籠したのも、後嗣の出生を渇望したからである。

それだけに、ようやく授かった薬師麿に為時がかけた期待は大きかったし、失望もまた大きかったといえる。

『蒙求』は唐の李瀚があらわした史書で、史上名だかい古今の人物の言行を、四字句の韻語で記載してある。史書や経書を学ぶさい、そこに出てくる故実を知る上でひじょうに役に立つ初心者のいわば必読書なのだ。すらすらそれを、小市が暗誦し、解釈するのを聞いて、

「ああ残念な！　姉と弟、入れ替って生まれればよかったものを……」

為時が嘆息すると、薬師麿は世にも悲しげにうなだれ、はてはシクシク泣き出すのであった。

三

大市の病弱も、一家の心痛の種だった。ちょっとした気温のあがりさがりで、すぐ風邪

を引く。熱を出す。腹をこわす……。そしてそのたびに二月三月と寝込んでしまう。

一見、起伏にとぼしいくらしの中にも、だから仔細に見れば、やはり悩みはあったが、十三、十四とねびまさるにつれて、大市の美少女ぶりにいよいよ研きがかかってきたのが、せめてもの心やりだった。

もっとも美しい娘が妙齢にさしかかれば、これはこれで別の心配が生じる。為時の、さし当っての気がかりは、甥の伊祐に示してはばからない大市の執心である。

伊祐は為頼の長男だから、大市とは従兄妹同士だ。無い例では無いけれど、あまりに安易すぎる結びつきが不満だったし、当の伊祐が困惑顔で、大市を避けたがっている素振りなのも為時には釈然としなかった。

「兄上はお気づきですか？」

念のため為頼に訊くと、

「とっくに勘づいているよ」

これも、ほろ苦い答えが返ってきた。

「あれはまだ、大市が九ツかそこらの時だった。亡き為長の病気平癒を祈って、修法を催したことがあったろう」

「小野の老公の孫の康円内供に、導師をお願いしましたな」

「栗田の山荘へ、わしは妹の周防やおぬしの子らを迎えに出向いたが、大市ひとりが駄々をこねて帰洛を拒(こば)んだ。腹痛を言いわけにはしていたけれど、お目当はあとから牛車を宰領してやって来た伊祐にあったのさ」

「そういえば一緒に山荘に居残りましたな」

「だからといって、格別、どうということもなかったろう。わしらが帰邸して、仏堂での法会が始まるとすぐ、あの大地震だもの。ほうほうの体(てい)で大市たちも引きあげてきた。でも、わしはあのとき、大市という子はお早熟(ませ)さんだなあと、じつは心中、おどろいていたのだ」

「そのころからの慕情が、一年増しに深くなってきた、ということでしょうか」

「一つ屋敷に鼻つき合せておるからいかんのだ。伊祐ももはや二十一……。どこぞ国庁の下吏にでも欠員ができ次第、出京させてしまうのも一法ではないかな」

「つまり兄上は、不賛成ということですね」

「いや、双方ともに燃えておるなら邪魔だてはせんよ。だが伊祐の側は大市を避けている様子ではないか」

「やはり、そうごらんになりますか」

「伊祐が好いておるのは周防だよ」

「えッ、妹を⁉」

「おぬし、知らんのか？」

「まったくもって……」

「疎いなあ。これもしかし、うまくはいっとらん、わしの見るところ、周防のほうが伊祐を避けておる」

「叔母と甥ですなあ。血で言えば……」

「年も、双方同じ年だ」

「そんなことはかまいますまい。伊祐は好青年だし、なぜ周防は嫌うのでしょうな」

「左手の故障にこだわっとるのだろう。可哀そうに、このままでは娘ざかりが無為に過ぎてゆくばかりだ。大所帯の切り盛りや兄貴の子の世話を押しつけて、一人きりの妹をいたずらに老いさせたとあっては、わしら、世間に顔向けできんぞ」

「ですが周防は、尼になったつもりで一生、男とは無縁にくらすのだと決めているようです。『兄さまがたの厄介者よ、よくって？』と、わたくしにも念押ししたことがあります」

「その通り受けとるやつがあるか。悲しい虚勢じゃないか。大市にも遠慮して、周防はわざと伊祐に冷たくしているのかもしれん。だからまず、倅のやつを都から離れさせ、周防にあとを追わせればよいのだ。若かりしころ大市や小市の母が、おぬしを追って播磨へくだったと同じようにな」

残された大市は、では、どうなる？　と為時は反問したくなった。妹に同情はするけれども、もし伊祐を本心から愛しているのだとしたら、大市は失恋の苦痛を味わわなくてはならない。

（それも不憫ではないか）

と、父親だけに為時は惑うのだ。

兄たちのあずかり知らぬところで、だが、まったく意想外に事態が進展していた。周防に懸想文めいた手紙が届きはじめていたのである。

この事実を知っているのは、当の周防のほか下部の高志と陸奥ノ御だけだった。

それは為時が、東宮御所に出仕しだして二年目の、夏の初めであったが、裏庭から賀茂の河原におりて、牛飼の菊丸爺さまのために寝酒の魚を釣っていた高志の脇に、さりげなく寄って来た小さな人影があった。身なりのきれいな、目鼻だちの愛くるしい童子で、

「これを、周防さまにお渡ししてください」

一通の文をさし出したのだ。卯の花のひと枝に結びつけられた薄様だから、都会馴れない高志にも、さすがに曰くありげな文と察しがついた。急いで周防の住む東ノ対の勾欄ぎわに廻り込んで、

「申しあげます。周防さま、おいででしょうか」

ひそひそ声で呼び立てた。

「どうしたの？　何か用？」

「お文です」

「どこから？」

「ぞんじません。見知らぬ童が届けて来ました。中をごらんになればどなたのお文か判るのではありますまいか」

親戚や友人からのものではない。

（さては懸想文のたぐいだろうか。だけどなぜ、こんななまめかしいものが私のところへなど……）

とまどいと羞恥に、首すじまで赧くなりながら、あわてて卯の花ごと周防はそれを袖のかげに隠した。夕暮れではあったが、あたりはまだ、あかるい。女房たちに見られでもしたら困ると、それればかり気になって、

「さあ、もうお行き」

高志を追い立てにかかった。

「ご返事は？」

世慣れない周防には、どうしてよいか見当がつきかねた。でも、あの『蜻蛉日記』の著者も、兼家卿からの最初の手紙に返し文などしなかったではないか。どこのだれとも知らぬ相手に、すぐ返事をするなど、かえってはしたないことにちがいない――そう判断して、

「お渡ししましたとだけ言って、お使いには帰ってもらい」

周防は高志をうながしたが、

「承知しました」

　立ち去りかける背へ、

「このこと、だれにも喋ってはいけませんよ。そなたの母の、御厨ノ乳母どのにも口外は無用ですからね。よくって？　高志」

　釘をさすのも忘れなかった。

「はい。申しません」

　一諾（いちだく）が充分、信用できる口の堅い、実直な性格なのである。

　私室にもどって文をひろげると、えもいえぬ芳香が持つ手に沁（し）むばかり匂った。筆跡もみごとだった。特に習ったのか、それとも天成だろうか、女の周防が気恥かしくなるほど優美な、気品あふれる仮名文字で、お姿をかいま見て以来、忘れられなくなった、ある事情から、ずいぶん逡（ため）いはしたけれども、やはり胸中の苦しさに耐えきれず便りをさしあげる、文通をお許しいただけたらどれほど仕合せか、などと、こまごましたためた奥に、

　　暁の夢になりとも立ちそひて
　　　初音きかせよ山ほととぎす

　歌が一首、添えられている。

からかわれているのではないかと周防は思ったが、文面からも筆づかいからも、いいかげんさは感じられない。粗末な紙に、拙劣な字で下手(へた)な歌を書いて寄こしたと『蜻蛉日記』にある若き日の兼家より、はるかにすぐれた相手とさえ想像できる。

それにせよ、素性がわからないのはうす気味わるい。途方(とほう)にくれているまに、また届いた。文使いはやはりあの童子である。周防が思い余って、嫂(あによめ)の陸奥ノ御に相談する気になったのは、五度六度とかさなるうちに、奇妙な特色がその手紙に現れはじめたからだった。

四

……奇妙な特色。

それは一種の、無常観のごときもの、と言ってよいかもしれない。

「自分は若い。しかし余命はいくばくもないと、覚(さと)っている」

とか、

「お許しさえ出れば今夜にでも、あなたの部屋に忍んでゆきたい。しかし世のつねの恋人同士のように、この先ながく、あなたとの間に歓びを分(わか)ち合える我が身ではないと思うと、なまじな行為がためらわれる」

といった文意が、手紙の中に散見しはじめたのである。

使いの童子の手で、贈り物も届けられたが、最初はみごとな水晶の念珠(ねんじゅ)であった。

「まあ、美しい」

周防はみとれた。岩清水の凝(こご)りにも似た明澄な子玉……。それをつなぐ緒の朱色が、なまめかしく透(す)けて見えて、親玉には大きな紫水晶が用いられている。

「亡き母の形見です」

と添え書きにもある通り、いかにも女持ちらしい気高い一聯(れん)なのだ。

顔はもちろん、どこのだれなのか素性さえはっきりしない相手から、このような品を貰ってよいとは、どうしても思えない。ものが数珠(じゅず)なのも、哀情を帯びはじめた手紙の書きざまと相まって周防の気がかりを助長した。

「どうしたらよいでしょう嫂(ねえ)さま」

こっそり北ノ対へ出かけて、陸奥ノ御に打ちあける気になったのも、自分一人の手には負えないと判断したからである。

能筆家の陸奥ノ御すらが、

「手本にしたいようだこと！」

手紙の字に感じ入ってくれたのが、内心、周防は誇らしかったが、その文章や贈り物には、

「恋文らしくない暗さね。どういうかたなのかしら相手は……」

陸奥ノ御も眉をひそめた。

「高貴なご身分であることは確かね周防さん。料紙や文字や、高価なこの念珠からも、それだけはまちがいなく断言できますよ」

「でも、私みたいな者を、どうして？」

「卑下なさるのはおかしいわ。あなたは顔だちも気質も、じゅうぶん過ぎるほど人に愛されるだけのものをお持ちよ。為時さまご一家が播磨から帰られた当座、都珍しい御厨ノ乳母どのや、大市ちゃん小市ちゃんらをつれてあちこちあなた、名所旧跡を見せて廻ったそうではありませんか。きっと知らぬまにどこかでこのかたに見初(みそ)められたのよ」

「もし、そうだとしても、私の手のことをご存知ないからですわ。ひと目でもごらんになれば、おぞましく思われるにきまってます」

うるみ声になられると、陸奥ノ御も慰める言葉に窮する。小指、薬指、中指の三本が癒着してしまった左手――。日常の不自由はともかくとして、すんなりと白い、見るからに娘のそれらしい右手のきれいさに比較し、火傷(やけど)のひきつれを刻印した皮膚はなんとも無残であった。

（尼になろう。それがだめなら一生、独り身のまま通そう）

と周防が決意しているのも、あながち頑(かたくな)とは思えぬだけに、懸想(けそう)する男が現れれば現れたで、人ごとならず陸奥ノ御は気が揉めるのである。

「だけど、文面から推すとこのかたも、生まれつきお身弱か、もしくは病床にでも臥しておられるのではないかしら……短命を覚悟しているようなお筆つきだし、母上の形見の念珠を贈ってこられたのも、何かあなた以上に悲しい理由をお持ちだからかもしれませんよ」

「ご返事をさしあげなければいけないでしょうか。私、なんだか気味が悪くて……」

「胡乱な相手とは思えません。せめて贈り物のお礼に、お歌の一つも返されたら？『初音きかせよ』と、あちらも望んでおられるのですから……」

「うまく詠めませんわ」

「心に泛かぶままでいいのよ」

「字も下手だし……。嫂さま代りに作って、ついでに書いてください。お願いです」

「下書きぐらいはしてあげますよ。歌も直してさしあげますから、まず一首、詠んでごらんにならなければ……。兄ぎみたちは為頼どのも為時どのも、世に許された歌人詩人ではありませんか」

「女の私にだけ才が伝わらなかったのでしょう」

「うまいことをおっしゃって……。逃げようとしても駄目駄目」

もの静かな気質に似げなく、軽口めいた言葉がとび出すのは、若い身空で家事にばかり追われている単調な義妹の日常に、思いがけぬ華やぎが恵まれかけた気配を、陸奥ノ御が、一抹、危ぶみながらも、喜んでくれている証拠であった。

「だけど嫂さま、お住居(すまい)がどこかわからなければ、ご返事をさしあげることもできませんわ」

「お使者の童(わらわ)にお渡しになったら？」

「そして高志にでも、あとを跟(つ)けさせましょうか」

「あまり品のよいやり方ではないけれど、仕方がありませんね。お屋敷だけでも突きとめれば、おぼろげな見当はつきますもの……。ともあれ、ご返歌を詠むことですよ」

そこで周防が、四苦八苦しているうちに、男から二度目の贈り物が届いた。今度は香炉であった。あきらかに舶載品と思える白磁(はくじ)の、掌に乗るほど小さな香炉で、半開の蓮の蕾(つぼみ)を模してある意匠が珍しく、愛らしい。

これにも前回の念珠同様、

「母が生前、いとしんでいた品です。あなたのおそばに置いていただければ、わたしはうれしいし、亡き人も満足してくれるでしょう」

との便りが添えられていた。

周防はのぼせてしまった。うまく歌が作れない焦りもあって、

「見てください、また、このようなものがまいりましたのよ」

ほとんど泣かんばかりに北ノ対へ走った。

「すばらしい香炉だことねえ」

陸奥ノ御も、目をみはった。

「よほど富裕な家の御曹司(おんぞうし)にちがいありませんね。母君のお人柄が偲(しの)ばれる感じのよい造りだわ」

「私、困ります。一度ならず二度までも、こんな高価そうなお品を……」

「よほどあなたを好いているのよ周防さん、それにしてもお数珠に香炉だなんて、若い娘さんへの贈り物にしては少し変ね。このかたの母上は晩年、飾りでもおろされたのかしら……」

「仏具ですよね、二品(ふたしな)とも……」

疑問が解けずにいるうちに、さらに追いかけて第三、第四の品々が届けられてきた。台座まで入れても総丈(そうたけ)一尺に満たぬ華奢(きゃしゃ)な金無垢の聖(しょう)観音立像と、美麗な螺鈿(らでん)の箱に納められた経文が一巻——。こうなるともう、さすがに陸奥ノ御も気を呑まれて、二の句のつげない顔になった。

経は法華経の第八巻第二十五。観世音菩薩の功徳妙力を説いた普門品(ふもんぼん)である。文字は紺(こん)紙(し)に金泥(きんでい)で書かれ、銀砂子の地紙に貼られている。巻軸は紫檀(したん)……。上下に精巧な透(す)かし彫りの、銀製の覆輪(ふくりん)をかぶせ、目もあやな組み紐の先端には琥珀(こはく)の飾り玉が附けられていた。

小像ながら聖観音も、女性の念持仏らしいふくよかな、お相やさしい優作で、純金のかがやきが目に眩しい。

「わたしが生を閉じたと風の便りにでもお聞きになったら、どうかこの御仏のお前で、この一巻の経を手向けてください」

とある添え手紙の文面に、周防は恐怖した。念珠、香炉、仏像、経巻……。恋を告白はしたが、現世での成就はあきらめて、ひたすら死後の供養だけを周防に依頼し、そのための用度を惜しげもなく贈ってくるというのは、もはや、ただごとではない。単に虚弱だとか病床にあるというだけではなく、すでに明日をも知れぬ重病人、臨終まぢかい相手と考えてよさそうだった。

歌の出来、不出来など、どうでもよくなった。風流めかした恋歌のやりとりにうきみをやつしている段階ではないのではないか。事態はじつは、もっと切迫しているのではないか――そう気づくと、周防は急に不安に襲われ、自室へとって返すなり筆をとって、

「あなたはいったい、どなたなのでしょう。お名もお顔もぞんじあげないのでは、お頼みを果すわけにまいりません。名無しさま、正体不明の幻さまの冥福を祈れとおっしゃるのですか」

もどかしさのあまり、心のわだかまりをありのままにしたためた。せめて字だけでも見苦

しくなく書きたいと、日ごろ思っていたのに、そんな配慮すら消し飛んでしまった。

およそ、なまめかしさに欠けた内容である。取りようによっては詰問状ともいえそうな手紙なので、花の枝になど結びつけるのは気がひけるし、そぐわない。白の薄様に書いたそれを、濃紫の、やや厚めの檀紙で包み、封じ目に墨を点じて、引きとめておいた使いの童子を庭へ廻らせ、

「ご主人にお渡ししてください」

手ずから、勾欄越しに与えた。

はじめての返事である。童のつぶらな両眼に、ぱっと喜悦の輝きが宿ったのは、たび重なる主人の失望を、子供ごころにも見かねていたからだろうか。

甥の薬師麿に着せるつもりで縫いあげた生絹の細長が、手許にあった。

「たびたびのお使者、ごくろうさま」

禄代りにそれを授けると、

「ありがとうございます」

作法正しく礼を言って、童子はすたすた出て行った。勾欄下にうずくまっていた下部の高志に、周防が無言で目くばせしたのは、

(あとをつけなさい)

との合図である。言われるまでもなく幾度かこれまでも、尾行をこころみた高志だが、

そのたびにうまうままかれてしまっていた。だからこの日、彼は獅子王を動員した。いかに姿を晦ますのが巧みな童子でも、犬の嗅覚はごまかせまい。

（今日こそ逃がさないぞ）

意気込んで出かけたはずなのに、やがて、

「やっぱり駄目でした」

すごすご引きあげて来たのには、周防もあいた口がふさがらなかった。

「獅子王までつれて行きながら、なぜしくじるの？　しっかりしなさいよ高志」

「すみません」

「屋敷を突きとめることはできなくても、およその方角ぐらいは判ったでしょ？」

「それが訝しいんです。ずんずん北をさすかと思うと次は南へくだってゆく。西へ向かう日、東へ向かう日もあるという具合で、どこを目ざすのかさっぱりわかりません。それに、身ごなしのすばしこさといったら、まるで稲妻か、川面をかすめて飛ぶ燕みたいなやつでしてね。大路小路、塀の曲り角、あっというまに見えなくなってしまうんです」

「犬も役に立たないの？」

「追いかけて行きながら獅子王のやつ、四ツ辻でキョロキョロ思案にくれているんですからね。術にたけた陰陽師は、自由自在に識神を使いこなすと聞いたけど、あの童の主人もことによったら妖術使いか何かではありますまいか」

「よしてよ高志。うす気味わるいことを言わないで……」

それでなくてさえ腑に落ちかねる相手だけに、周防は青くなって若者を叱ったが、妹の身の上に、こんな奇妙な事が連続して起こっているなどとは、為頼も為時も、夢にも知らずにいたのであった。

五

父親だけに、為頼はむしろ伊祐の恋をかなえてやりたがっていた。それにはこのさい、少々大鉈を振るっても、まず伊祐への、大市の思慕を断ち切ってしまわなければならない。大市を悲しませるのが本意ではなかった。いや、それどころか為頼は、だれよりも大市の資質を買っていて、

「伊祐ごときにめあわせるのは惜しい。女御后妃とはいかないまでも、運次第によっては羽ぶりのよい上卿の思われ人にだって、りっぱになれる娘だよ。大市の美しさには、それぐらいの値打ちは充分ある」

弟の為時にも断言して憚らない。

「そこへゆくと、伊祐の先は見えている。なるほどあいつは、なかなかの好青年さ。鳶が鷹を生んだというか、わしと『ひちりき』女房の伜にしてはいっぱし、きりりとした男前

だ。大市がのぼせるのも無理ないがね、情ないことに官界での地位は、せいぜい努力して受領どまりだろう。父のわしが摂津の前司、そしてこの年で、皇太后宮の大進程度なのだから推して知るべしだよ」

そこへゆくと女の子は違う。思いもよらぬ仕合せを掴むこともありうる。

「しかし、どれほど美人でも、こんなボロ屋敷に閉じこめておいては世間の評判になりはしない。あたら宝珠が、土中に埋まっているようなものだ。公達連中の口の端にのぼらせるためには、大市を人前に押し出さねばならん。それには宮仕えが一番だぞ為時」

「出仕させるのですか？」

「むろん親のおぬしや当の大市が乗り気でなければ、強いはせんさ」

「すぐ寝込んでしまう娘ですからな」

「大事にしすぎるので、かえって弱くなるんだ。他人の中で揉まれればそうそう甘えてはいられない。心身ともに丈夫になるかもしれないぞ」

「当てはありますか？」

「その前に伊祐を追い払ってしまわねばならん。じつは周防の国庁に史生の口がある。おぬしも知ってるだろう清原元輔……」

「ああ、あの爺さまですね」

「うん、あの爺さまだよ」

と二人ながら目尻に笑いを滲ませたのは、元輔の名が『滑稽な人』として、官吏仲間に喧伝されているからであった。

清原一族には、為時兄弟の家と同じく、どちらかといえば学問畑や和歌の世界で名を成した人が多い。元輔の祖父の深養父は、『古今集』に十七首も自作を収載された歌詠みだし、元輔自身、勅撰集の選者にも名をつらねる歌人だが、愉快な老人で、ことあるごとに周囲を笑わせてばかりいる。

賀茂の祭りの勅使にえらばれ、得意満面、都大路を練って行くうちに、馬がつまずいて落馬……。はずみで冠を飛ばしてしまった。むき出しになった頭は、みごとなまでに禿げあがり、夕日が当ってテカテカ光る。沿道の下民どもが腹をかかえるのを、やおら元輔は制して、

「しくじりは、だれにもあることじゃよ皆の衆。よいか、聞きなされや」

演舌を始めた。わしだけではござらん、晴れの場所で冠を落としたのはだれそれ、と一人一人実例を挙げてえんえんと述べ立て、わざとこれ見よがしに、禿頭を振り廻してますます見物を笑わせた逸話は、いまだに洛中の語り草になっている。

「その元輔爺さまにたのんでみたんだ。『どこか地方官吏に欠員はないでしょうか』とね。知っての通りあの人は、つい先ごろ周防守の任はてて帰洛したばかりだろ」

「そしたら？」

「周防の国庁に、史生の口の空（あき）があるという。『賤吏だが、史生ぐらいならわしの口ききでどうともなる。後任の国司に申し達して進ぜよう』と、受け合ってくれたんだ」

「でも、史生ではいくら何でも伊祐が可哀そうですな」

目（さかん）の下に配属されて、国衙（こくが）の雑事務を扱う書記だし、ほとんど地元での採用でまかなっている下級職員である。

「元輔爺さまも、口さがしの当人をわしの息子と知って、意外そうな顔をしたがね。『皇太后宮の大進（だいしん）藤原為頼どののご嫡男なら、国司が申請してすぐ少目（しょうさかん）、大目（だいさかん）、権少掾（ごんのしょうじょう）ぐらいには引きあげてくれるよ。その点もよろしく頼んでおく』と言っとった」

「では、行かせてしまうのですか伊祐を、周防へ……」

「いずれ、どこかの国の守（かみ）を目ざす人生なら、振り出しから始めるのが順路だろう。わしも倅を遠国へやるなど、気はすすまんが、伊祐がこの屋敷からいなくなれば、大市だってあきらめて、宮仕えに出る気を起こすだろうと思ってね」

　そうしておいて、あとから妹の周防を伊祐のもとへ送り込む……。

「周防を、周防へ旅立たせるのですか。ややこしいな」

「国名と人名が同じなのだから仕方がない。伊祐は大市を避け、周防に思いを寄せている。周防もけっして、伊祐を嫌ってはおらんと、前にもわしはおぬしに言ったはずだ」

「ただ、甥と叔母だし、周防は相かわらず、左手の故障にもこだわっているようだし

「……」

「だからさ、だから伊祐こそが周防の伴侶として打ってつけなんじゃないか。なまじ他の男と馴れ親しんだあげく、手の火傷を見つけられ、疎まれて、捨てられる屈辱を周防は恐れているんだ。何もかも承知している伊祐なら、そんな懸念は皆無だろうが……」

さして頼りにはならないまでも、兄が二人もいながら家事万端、子供らの世話まで押しつけ、妹を独り身のまま放置しておくなど世間体が悪いとも、かつて言ったことのある為頼だ。案外その辺が本心かもしれないけれど、伯父として兄として父として、大市や周防、伊祐のために、為頼が、

「これこそ最善の方法……」

と信じて、行動しようとしているのも確かであった。

「格別わたくしに、異存はありません」

そう、応じはしたものの、すべてに積極性を欠く為時の気質からすれば、いかに縹緻よく生まれついたとはいえ我が娘の大市ごときに、人に羨まれるほどの縁談が恵まれるとは思えず、そのきっかけとなるはずの宮仕えの口さえ、望み通りにゆくとは考えられないのである。

「不相応な高望みはいかんよ。幾たりも権門の姫ぎみが入内して、それぞれに妍を競っているがね、大市をいきなり、そんなところへ押し込んだら、気を張りつめてそれこそ病気

になってしまう。華やかさには乏(とぼ)しくても、静かな、のんびりとしたところがいいんだ。たとえば、わしがお仕えする昌子太后の御所など、大市にはぴったりだと思うが、どうだろう」

「なるほど」

為時はうなずいた。

「皇太后宮とは名案ですな」

「伯父のわしが、いつもそばにいるわけだから、大市は心づよかろうし、わしらにしても目が届く。安心できるよ」

問題は、肝腎の大市が宮仕えを承知するかどうかだが、

「女房衆はみな、気だてのやさしい人ばかりだから気づまりなことはまったくない。何よりは太后がよくできたお方でね。わしの姪が出仕したとなれば、受け合い、いとしんでくださるはずだよ」

と、身贔屓(みびいき)もあって、為頼は楽観を口にする。

「大市は何歳になったたっけ……」

「たしか今年、十三です。女房勤めをこなすには、少々若すぎはしますまいかな」

「半人前で結構なのさ。おぬし、大江雅致(おおえのまさむね)という男を知ってるか？」

「したしくはありませんが、顔ぐらいは見覚えています。たしか木工寮(もく)の大允(だいじょう)でしょう」

「皇太后宮の少進を兼ねている。つまりわしの直属の部下だがね、妻が昌子太后に乳をさしあげた乳母なんだよ」

「大江といえば、わが家や清原元輔爺さまの家系同様、やはり学問の家筋ですな」

「碩学(せきがく)のほまれ高かった大江音人(おおえのおとんど)を祖とする儒家(じゅか)だが、この雅致の子供が、ひどく可愛い子でね」

「女児ですか？」

「ひと粒種の愛娘(まなむすめ)だ。年は六ツか七ツかな。母親の乳母どのは介ノ内侍(すけないし)と呼ばれているけど、見よう見まねで、この女の子までがいっぱし太后の小間用(こまよう)を弁じている。十三歳の大市だって、だからお側のご用ぐらい、りっぱに勤まると思うよ」

「さしずめ出仕すれば、大市の友だちになってもらえますな。その女の子……」

「こんど家へ遊びに来させようか。およそ人見知りをしないたちでね、名は、御許丸(おもとまる)というんだ」

「男の子みたいな愛称ですね」

と、そのときは笑い合ったが、為時にくらべれば為頼は、はるかに気が短く、行動的でもあったから、てきぱき事を運んで、史生任命の辞令を正式に取りつけ、とうとう伊祐の周防行きを実現させてしまった。

若いうちの苦労は買ってでもしろ、ということかもしれないけれども、中級下級の官吏ですら、容易に子弟を地方へやりたがらないのが実状である。為頼の家庭でも母親の『ひちりきどの』が、秘蔵息子の離京をひどく悲しんで、夫の独断を責めたて、ひと悶着（もんちゃく）起こりかけた。しかし本人の伊祐が、

「長旅も田舎ぐらしも、得がたい経験ですよ。まだ弟たちもいることだし、しばらくのあいだ母さん、淋しいぐらいは我慢してください」

と乗り気では、しぶしぶながらも折れないわけにいかない。

「感心だ。出してやる親御も行く息子も、ともに性根（しょうね）がすわっている。今夕、送別の宴を開きたい。伊祐どのとやらを同道して、わが家へ来ないか？」

清原元輔が誘ってくれたが、この日あいにく為頼は宿直（とのい）に当っていた。

「どうする？　お前一人では気がすすまんだろう」

「そんなことはありません。磊落（らいらく）な、話の面白いご老体だそうだし、今度のことでは間に立って、周旋の労を取ってくださった方ですからね。ご挨拶かたがた参上するのが礼儀でしょう」

伊祐が嫌でなければ、せっかくの招きである。受けるに越したことはない。出発の準備はすっかりととのって、し残した用もなかったから、

「では行ってこい。周防の前国司だ。おそらくいろいろと、参考になる話を聞かせてくれるぞ」

と為頼は息子を出してやった。

六

血のつながりこそないけれど、為頼一家と、清原家とは、まんざらあかの他人ではない。為時の亡妻の伯父——あの、小野の老公文範の嫡男で、薬師麿に犬の獅子王をくれた藤原為雅が、清原元輔の娘の、義理の兄妹に当るのである。

為雅の妻の父は、藤原倫寧(ともやす)……。そして女同胞(はらから)のひとりが『蜻蛉日記』の著者だが、男の兄弟に理能(まさとう)という人物がい、この理能の妻が元輔老人の息女なのであった。

つまり為雅夫人の立場から見ると、元輔の娘は弟の嫁、義理の妹であり、その関係は、為雅の立場から言っても同じ、ということになる。

「一緒に行くかい？」

縁につながる薬師麿に伊祐が声をかけたのは、そうは言ってもやはり初対面の老人の招きに、自分だけで応じるのが気ぶっせいだったからだが、

「おれ、あしたの予習をしなければならないから……」

少年は拒絶し、かえって脇で弟の下読みを見てやっていた小市のほうが、清原元輔の名に興味を示して、

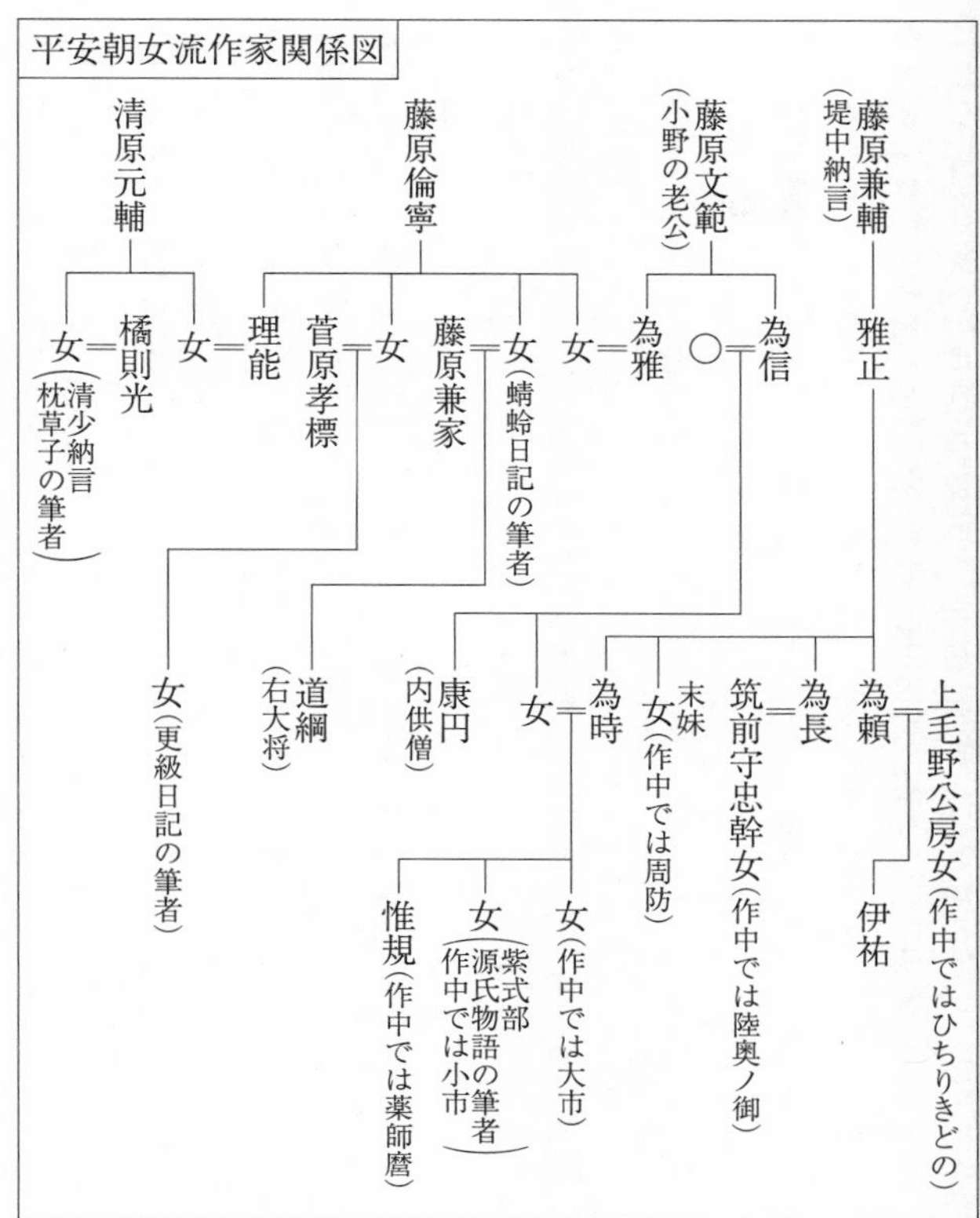
平安朝女流作家関係図
藤原兼輔（堤中納言）
藤原文範（小野の老公）
藤原倫寧
清原元輔
雅正
為信
○
為雅
女
女（蜻蛉日記の筆者）
藤原兼家
女
菅原孝標
理能
女
橘則光
女（清少納言 枕草子の筆者）
上毛野公房女（作中ではひちりきどの）
為頼
為長
筑前守忠幹女（作中では陸奥ノ御）
末妹 女（作中では周防）
為時
女
康円（内供僧）
道綱（右大将）
女（更級日記の筆者）
伊祐
女（作中では大市）
女（紫式部 源氏物語の筆者 作中では小市）
惟規（作中では薬師麿）

「その方、梨壺の五人のなかのお一人ね？」

問いかけてきた。

「そうだよ、勅撰和歌集の選者にえらばれるほどの、偉い歌人だ」

「一つ二つ、お歌を諳んじているわ」

「そういえば小市ちゃんは、姉さんの大市ぎみと競争で古今集の暗誦にも精出してたね。元輔どのの詠歌は、なんというの？」

「年ごとにたえぬ涙やつもりつつ、いとどふかくや身を沈むらむ」

「ふーん」

まじまじ、小市の口許をみつめたあげく、

「では薬師麿の代りに小市ちゃん、清原邸へ行かないか。偉い歌詠みのお顔を拝見しに……」

改めて伊祐は誘った。

「そうねえ」

食指が動いたらしい。あどけなく小市は小首を傾け、二、三瞬、迷う素振りを見せた。大市のように色じろではなく、なまめいてもいないが、すっきり通った鼻すじや黒目がちな大きな目に、利発さがよく現れて、手堅い、落ちついた印象を受ける。

「おぐしでくらべれば姉さま増さり……。素直な、たっぷりとしたお毛ですこと」

薬師麿の乳母がつねづね褒めて言う通り、光の当り具合によってはやや茶がかって見える大市の髪よりも、いま伸ばしかけて、背の半ばに達している小市のそれのほうが、はるかに黒く、みごとなのである。首をかしげると、癖のまったくない、つややかなその髪がはらりと頰にかかって、十一歳の小市を年齢よりずっと大人びさせる。

結局、伊祐の腰巾着で小市は清原家へ出かけることになり、従兄妹同士、一つ車に乗って京極の屋敷をあとにした。

供は牛飼の菊丸爺やに、御厨ノ高志……。帰邸して来たのは、かれこれ初更の鐘が鳴るころであった。

出迎えた女房の肩に寄りかかりながら、

「いやあ、まいったなあ、まったくもってまいった、まいった」

ひょろひょろ、よろけ込んだ息子を見て、

「どうしたの伊祐、その酩酊ぶりは……」

母親の『ひちりきどの』が、呆れ声を張りあげた。

「どうもこうもありませんよ。元輔大人のすすめぶりが上手なものだから、つい過ごしてしまってね」

「ふだん、ろくに飲めもしないのに身体に毒ではありませんか。それに、こんなに遅くまでお邪魔するなんて清原家でもご迷惑でしたろう」

「迷惑どころか肝胆相照らして、談論風発、主客転倒……」

「何をわけのわからぬことを言ってるの。小市ちゃんはどこ？」

「くたびれたらしいので、こちらへもどる前に西ノ対へ寄って、かしずきの女たちに渡してきました。すぐ寝かしつけたはずですよ」

「かわいそうに、大酒盛りになるなら女の子など連れて行かなければよかったのです。酔っぱらいのおつき合いだなんて、さぞ退屈したでしょうね」

「いやいや、それが母さん、大違い。酒宴の主役はだれあろう小市ちゃんだったのだから驚くでしょ？　まあ、聞いてください」

べらべら伊祐は喋りだした。日ごろにはない酔態だし、はしゃぎぶりでもある。あっけにとられて口をつぐんだ母親を前に、身ぶり手ぶりを混えながら伊祐が語ったのは、清原邸でのいちぶしじゅうだった。

それによると、元輔老人は大いに前国司としての蘊蓄をかたむけ、新米の後輩に周防の国の地理人情、歴史や風俗について語ってくれたのだという。

「よいところじゃよ。都からは下りに十日、上りに十九日ほど要する遠国ではあるがの。内海に面して気候は温暖。成りものがゆたかだし海産物もうまい。国司の管轄下に置かれておるのは大島郡・熊野郡・玖珂郡・都濃郡・佐波郡――。国衙の所在地は佐波郡の米多後じゃが、浜辺には塩田が打ちひらけて上質の塩を産する。公田は七千八百三十四町二百六十五歩に及び、米の質もわるくない。元来、佐波郡の『佐波』も、古語の『多』から出た語のようじゃ。産物の多い上国という意味じゃろう。おそらくな」

ためになる予備知識なので、つつしんで傾聴していると、どこからか突然、クスクス笑う声が聞こえた。どうやら几帳一つへだてた隣の部屋で、縫い物でもしている人がいたらしい。

(若い女性のようだ)

と知っただけでも、伊祐の年ごろでは緊張するのに、ぶしつけな若い声を立てるばかりか、

「やいやい、何がおかしい」

元輔老人の抗議にすら一向にわるびれず、

「だって父さまったら、まちがいばかりおっしゃるんだもの」

反撃の構えを見せたのには、びっくり仰天してしまった。

「国府支配下の郡は六郡よ。父さまは吉敷郡を落としたし、公田は七千八百三十四町三段と二百六十九歩ですわ」

「わしも、そう言うたじゃろう」

「いいえ、二百六十五歩とおっしゃいました。それから佐波の郡名も『多』から出たのではなく、『鯖』ですよ。上古以来、塩鯖を貢物にするほど鯖がよくとれた土地なので、鯖

の郡に、近世『佐波』の二字を当てたんです」

「いやはや、さようか。一本やられたなあ。ぐわははは、お聞きの通りじゃよ伊祐どの」

疎な歯をむき出して、老人は照れ隠しに笑ったけれども、伊祐は茫然自失。返事すら満足にできなかったのだという。

「嘘でしょう？」

半信半疑の面もちで、『ひちりきどの』も倅の報告を否定した。

「元輔どのを父さまと呼んだのなら、清原家のご息女でしょうけど、藤原理能どのの妻室となったかたが、そんなはしたない口出しをするとは思えませんよ」

「もう一人いるんですとさ、娘御が……」

「では、理能夫人の妹さんね」

「たぶん、そうでしょう。つい最近、左衛門尉橘則光と結婚したらしいですよ。わたしも則光ならよく知ってるが、それこそ『頼光配下の四天王』といっても通りそうな筋骨たくましい偉丈夫でね。そのおふくろって人は皇太子師貞親王をご養育した乳母なんです」

「東宮御所なら、為時叔父さまと同じご主人にお仕えしていることになるではありませんか」

「右近ノ乳母と呼ばれて、女ながら御所ではなかなかの羽振りだそうですよ」

「では清原家の二番目の娘さんは、師貞皇太子の乳兄弟を婿になさったわけね」

「しかし長つづきするかなあ。えらく鼻っぱしの強い、あけすけというか臆面なしというか、大変な女性ですからね。いかな豪傑の則光でも、早晩、手に負えなくなるんじゃありますまいかな」

父の元輔老人をやり込めたあと、その娘は平気で客の伊祐とも口をききはじめ、はては小市とのあいだに丁々発止とばかり一戦をまじえるに至った、というのだから、

「まさか！　小市ちゃんはまだ子供よ」

『ひちりきどの』が本気にしなかったのも当然である。伊祐は、だが、こわれかかった土偶さながらふらりふらり、首を左右に振って、

「子供でも、小市ちゃんがまた、ただの子供ではありませんからね。一歩も退かずに、じゃじゃ馬娘とやり合ったんです」

母親の面上に、しきりに熟柿くさい息を吹きかけるのだ。

七

ちょうどそこへ、西ノ対から為時もやって来た。いつにない甥の深酒を案じ、

「酔いざましに速効があるぞ」

梅の実の塩漬けを二つ三つ、小皿に入れて持参したのだが、

「やあ叔父さま、ようこそご入来」

伊祐は、梅の実になど目もくれなかった。

「いま痛快な話をしかけたところなんですよ。母上とご一緒に聞いてください。小市ちゃんのことなのだから……」

「小市が、どうかしたのか？」

かたわらから『ひちりきどの』が引きとって、

「清原家のご息女と、何やら言い合いめいたことをしたんですって……。まさかねえ」

苦笑まじりに告げた。

「まさかじゃありませんよ。ほんとに小市ちゃん、えい、ヤッとばかり渡り合って、相手を打ち負かしちまったんだから胆がつぶれるでしょう。顚末は、こうです」

伊祐が語るところによると、父親と客人との会話に、傍若無人に割り込んできた清原家の娘は、それでもさすがに几帳のかげに斜かいに身体を隠したまま、

「お悧口そうなお嬢ちゃまをおつれですのね。妹さんですか？」

愛想を口にしたのだという。伊祐の居場所から彼女の姿は見えないが、先方からは小市が見え、小市にも相手の横顔ぐらいは目撃できる位置なのだろう。

「従妹です。小市と申します」

引き合わされて、

「こんにちは」

几帳のかげなる女(ひと)へ、少女は行儀よく頭をさげた。

「小市さんとは面白いお名前ね。何かいわれでもあるんですか？」

「姉さまが大市だからです」

「姉さんは、なぜ大市というの？」

「飾磨(しかま)の市立(いち)ちの日に生まれたからだと聞きました」

「飾磨の市——。播磨の国に立つという有名な市じゃありませんか。あなたがたは、では播磨のお生まれ？」

「国府の官舎で生まれたのです。父さまが播磨に赴任していましたから……」

「お年は幾つ？」

「十一です」

「おやおや、わたしと四つ違いね」

これは意外であった。清原元輔は髯(ひげ)がまっ白だ。

「七十を過ぎた老体だよ」と父の為頼から、伊祐は聞いたおぼえがある。

(息女がいま十五歳とすると、さしずめ六十ぐらいで生んだ勘定になるな)

老境に入ってから儲けた末娘……。だからこそ溺愛し、わがまま放題に育ててしまったのだろうと伊祐は推量した。

「お好きなものはなに？」

とも、娘は小市にたずねる。干鮭（からざけ）を薄く削った楚割（すわやり）だの雉子（きじ）の焙（あぶ）り肉など、酒の肴になるようなものばかり出されているので、小さな客人がもし、

「くだもの」

とでも言ったなら、召使に命じて運ばせるつもりでいたらしい。ところが小市が勘ちがいして、

「好きなのは読書です」

と答えたものだから、俄然、娘は敵愾心（てきがいしん）をむき出しにして、

「へええ、えらいのねえ。さすがは学者の家の子だわ。何を読んでいらっしゃるの？」

挑（いど）んできた。大人げないともいえるその気（け）しきばみ方に、脇で聞いていた伊祐のほうがむっとして、

「この小市という子はたいした子でね、弟が父親からおそわる蒙求（もうぎゅう）でも論語でも孝経でも、そばにいるだけでどんどんおぼえてしまうんです。日本古来の物語類なんか、とっくに読み切って、いま蜻蛉日記にとりかかっているところだし、姉の大市と競争で二、三年がかりで始めた古今集の暗記も、どうやらやりとげた模様ですよ」

ことさら大げさに応じてみせた。案の定、娘は挑発に乗ってきて、

「古今集全巻を暗誦できるとはおみごとだこと。ここにいるお爺さんの祖父は清原深養父(ふかやぶ)という歌人だけど、幾首、古今集に収められているか知っていて？」

小市を試しにかかった。

「たしか、十七首でした」

「誦してごらんなさい」

顔を、小市が赤くしたので、伊祐はどきッとした。詰まってしまったのかもしれない。元輔の歌はすらすら口にしたのに、ここでつかえられては引っ込みがつかない。一首でもいい、言ってくれとやきもき気を揉むうちに、小市は考え考え暗誦しだした。

「花散れる水のまにまに尋(と)めくれば、山には春もなくなりにけり」

「春の下(げ)にある歌ね。それから？」

「ええっと……夏の夜はまだ宵ながら明けぬるを、雲のいづこに月宿るらむ」

「はい。よろしい。まだ言えて？」

「冬ながら空より花のちりくるは、雲のあなたは春にやあるらむ」

「次は？」

「雲井にも通う心のおくれねば、わかると人に見ゆばかりなり」

「次は？」

「次は、ええっと……逢ふからも物はなほこそ悲しけれ、別れむことをかねて思へば」

「この歌には言葉が隠されているのよ。何だかわかる？」

「唐桃（からもも）という言葉です」

「よろしい。次は？」

「うば玉の夢に何かは慰（なぐさ）まむ、うつつにだにも飽かぬ心を」

「次は？」

「虫のごと声にたててはなかねども、涙のみこそしたにながるれ」

その調子その調子、負けるなよ小市ちゃん、小なまいきな高慢女の鼻柱、へし折ってやってくれと手に汗をにぎる思いで伊祐は心中、声援を送る。元輔老人もおもしろがって、

「やあやあ、これはたまげた嬢ちゃまじゃ。もうはや、七首言ってのけたぞ。しっかり、しっかり」

角力（すもう）の節会（せちえ）で力士を褒めそやしでもするように、扇を開いてハタハタ煽（あお）った。

娘は意地になったのか、

「さあ、次は？　その次は？」

たたみかけてくるのだが、小市は相手のけんまくに動揺もせず、じっくり考えながら、

「人を思ふ心は雁にあらねども、雲井にのみも鳴き渡るかな。恋ひ死なばたが名は立たじ世の中の、常なきものと言ひはなすとも」

ついに十七首をことごとく、諳（そらん）じてのけたのだという。

「胆(きも)がつぶれるお話だことねえ」

『ひちりきどの』が溜め息をつき、為時も思わず唸(うな)った。二人ながら、内心すくなからず当惑している。

「大手柄でしょ。小市ちゃんはすごい。胸がすっとしましたよ、わたしまで……」

手ばなしで褒めそやすのは伊祐だけで、為時はむしろ小市の対応ぶりに気が沈んだ。

清原家の次女は、たしかに並はずれて負けん気の強い性格のようだ。若いといっても、小市よりは年上なのだし、結婚もしている一人前の女性なのに、父が招待した客に向かってむきな挑戦をしかけるなど、常識の欠如を疑われても仕方がない。

しかし、だからといって、受けて立つ小市も小市だと為時は思う。逆にいえば相手は主人側なのだし、年少の小市は大人への礼儀からしても、もっと謙虚な応じ方をすべきではないか。それを、遠慮会釈(えしゃく)なくとことんまで渡り合い、相手に恥をかかせるなど、褒めたことではけっしてない。

(どっちもどっち……。困った性分だ)

元輔老人が小市をどう見たか、笑顔の下に隠されたその視線が気になって為時は身が竦(すく)んだ。

伊祐の言によれば、しらけきった座中の空気を救うように、このとき侍女が入ってきて、

「お越しになりました」

そっと、清原家の次女に耳打ちした。近ごろ通って来はじめた婿どの――橘則光の訪れを告げたのだろう。

しお時(どき)とばかり娘は立ち、挨拶もせずに出て行ったが、荒々しいその気配から察するに、おそらく不快の塊みたいになっていたにちがいない。

「何も知らずにやってきた則光のやつ、八ツ当りに当り散らされて、きっと今ごろは目をしろくろさせていますよ」

と、伊祐一人は、あたりかまわず高笑いする。これもまた、端正な日ごろの立ち居からは想像もできない常軌を逸した泥酔ぶりである。

妙にはしゃいで、今の今、喋ったり笑ったりしていたのに、伊祐はいきなり前のめりに床(ゆか)に倒れ、軽い寝息を立てだした。

「着替えもせずに、こんなところで眠りこけるなんて……。だめですよ伊祐」

肩をゆすぶって起こそうとする嫂(あによめ)へ、

「口に含ませてやってください。すこしは頭がはっきりするはずです」

塩漬け梅の小皿を渡して、為時は気を滅入らせたまま西ノ対へもどったが、小市はすでに寝所に引きとったとかで、じかにその口から清原家でのいちぶしじゅうを聞き出すことはできなかったし、翌日も、翌々日も、こちらから尋ねないかぎり小市は何も言わなかった。

寡黙は、もともと父親譲りなのだ。友だちづき合いをあまりせず、女の子らしい物ねだりもしない。姉や弟とは仲が良いけれど、どちらかといえば自室に閉じこもって読書だの手習いなどに熱中するのが好きで、かしずきの女房や叔母の周防には、

「三人姉弟（きょうだい）のうち、だれよりもいちばん手のかからない子」

と折り紙をつけられている。

母を早く亡くしたせいか幼いころから自立心に富んでいて、身の回りのことはたいてい一人でやってのけ、頭脳の明晰さ、理解力の早さ、浮わついたところのないその地道な気質までをひっくるめて、

「頼もしげな子」

とも見られているが、身体の成長と歩速を合せて小市の内部に育ってきつつある芯（しん）の強靭さを、為時は危惧しないでもない。

それは性格ではなく、小市という少女を内側から支えている核のようなものといえる。性格なら年とともに変化することがあるし、努力しだいで後天的に矯（た）めるのも可能である。

しかし核では、どうにもならない。小市を形成している芯棒のごときものだから、引き抜けば小市自身の崩壊につながる気がして、危（あや）ぶみながらもその育ちを見守るほかないのだ。

為時の、父親としての勘から言えば、でもそれが、小市の将来に仕合せを呼ぶものとは

信じられなかった。むしろ不仕合せの因になるのを彼は恐れた。清原家での〝勝利〟にしても、相手をやりこめよう、負かしてやろうと小市みずからが意欲してがんばったのなら、あるいは得意気にそれを言い触らしでもしたのなら、

「勝って益ないことに、誇り顔などするな」

と叱ることができる。ところが小市の場合、そのどちらでもないのが、為時の理解を超えていた。この年ごろの少女を律する枠組み——。もし、そんなものがあると仮定しても、小市の内なる力は、小市自身制御しきれないほどの早さで、枠の外へはみ出しはじめているかのようだった。

(三人の子のうち、いずれもっとも重荷となるのは、じつは小市の存在ではあるまいか)

漠然と、そんなことまで為時は考える時があるが、だからといって、小市を疎むつもりはさらさらない。それどころか、あの油小路の女を母に持つ庶腹の子らを加えてさえ、

(小市を凌ぐだけの資質は見当らぬ)

と、為時はかねがね思っている。単に利発だの、判断が確かだのといった現象面での長所だけではなく、ときに陰気にすら見える静かな、つきつめたような小市の表情、そこに嵌めこまれた両眼の、山蔭の沼を連想させる澄みきった暗さに、ふしぎな牽引力を感じるのだ。その未来を不安がり、成長の過程を気にかけながらも、六人儲けた子らのうちだれにも増して、興味と関心をそそられる娘……。為時にとって、それが小市であった。

八

翌々日、伊祐は西国さして発(た)って行ったが、あきらかに顔つきはしおれきっていた。清原邸での、日ごろの彼らしくもない痛飲ぶり、帰って来てからの酔態までが、すべて若い叔母への片想いをむりやり断ち切って、遠く去って行かねばならない寂しさへの反動だったのだと、これでわかった。

しかし今さら、中止はできない。微官とはいえ公(おおやけ)に発令されたのだし、仲介の労をとってくれた元輔老人への義理もある。

こんどの旅のために臨時に傭った荷運びの男と二人だけで、住みなれた古屋敷をあとにする伊祐を、家族のほとんどが門まで送って出た。周防もさすがに中に混っていたけれど、わざとのように伊祐は彼女と視線を合わそうとせず、

「道中、くれぐれも気をつけるのですよ。向こうに着いたらまめに便りをよこしておくれ。いいね伊祐、たのみましたよ」

『ひちりきどの』の念押しにも、

「わかってます」

ぶっきらぼうに応じたきり、

「では、ご堅固で……」

父の為頼、叔父の為時にだけ短い別辞を述べて、見返りもせず朝霧の大路を去ってしまったが、

「ひどい、ひどい」

大市ひとりは寝間にこもったまま瞼が腫れあがるほど泣き悶え、熱を出して半月ほど寝込んだ。おしゃべり好きな御厨ノ乳母あたりが、

「大市君の思慕を知りながら、仲を裂くおつもりで前司さまは、伊祐どのを遠国へやっておしまいになったのだと思いますよ」

いらざる告げ口を、こっそり耳に入れたからにちがいなかった。

大市は為頼を恨み、逃げるようにこの家から出て行った伊祐を恨んで、

「死んでしまいたい」

とまで口走り、父親の為時をあわてさせた。為頼は、でも落ちつき払って、

「ほっとけば、時が解決してくれる。去る者は日々に疎し。宮仕えにでも上れば気がまぎれて、伊祐のことなどすぐ忘れるさ。大市も鈍い娘ではない。伊祐が意中に秘めた相手が、じつはだれなのか、とっくに勘づいているはずだ。いずれ、かならずあきらめるよ」

と、気にもかけない。

伊祐からは、帰洛して来た荷運びの男に託して、やがて第一信がもたらされた。足どり

重かった出がけの様子とは打って変って、手紙には旅中での見聞があれこれ事こまかに記されており、周防国庁での仕事の内容、官舎ぐらし、国司をはじめ上役同僚の印象まで、何もかも初めての体験に、伊祐が好奇の目を輝かしている状況をうかがうにたる書きざまがしてある。

「ほうら見ろ、若さとはこうしたものだよ弟」

息子の書状を為時にも読ませて、為頼は事もなげに笑った。

「恋だ愛だと思いつめていても、それ以上に強烈な興味の対象が現れれば、関心はたちまちそれる。まして伊祐は男だ。ここ当分は力いっぱい、史生の職務に取り組むだろう。役人生活に馴れ、仕事に倦(う)みだすのはまだまだ先だが、里ごころがついた時分を見はからって周防を下向させれば、伊祐のやつ、夢かとばかり喜ぶぞ」

「知らないのですか伊祐は……。周防があとを追って来ることを……」

「おぬしとわしだけで練った隠密作戦だ。当の周防だって、われわれの計画を気(け)どってはおらんはずだよ」

「お膳立て通り、うまく事が運びますかな。わたしはいまだに、周防が兄どもの言うなりになるかどうか危ぶんでいるのですがね」

「幾度も言ったろう、周防は伊祐を好いていると……」

いささか独断的とも聞こえる語気で、為頼はきめつけた。

「大市に遠慮し、手のひけ目、叔母の立場など、さまざまな現実にこだわって、周防は逡っているにすぎん。われわれがあと押ししてやれば、伊祐の腕の中に飛び込んでゆくこと受け合いだよ」

「そうでしょうか」

「そうさ。周防のような気ごころの知れたしっかり者が、伊祐の田舎ぐらしを妻として支えてくれれば、わしら夫婦もどんなにか心づよい。そのかわり大市の件は引きうけるよ。皇太后御所の宮仕え、かならず実現させて、あの娘を玉の輿に乗せてみせる。だからな為時、つらいだろうけどしばらく黙って、大市の歎きを見守ってやっていてくれ」

そして、そのための下工作のつもりだろうか、為頼はまもなく御所から幼女を一人伴って退出して来た。

牛車に共乗りし、牛飼の菊丸爺やに景気よく先を追わせながらガラガラ寝殿の妻戸のきわまで乗りつけて、

「さあさあ着きましたよ御許丸さん、ここがわたくしの住居ですよ」

抱きおろす。

搗きたての餅さながら、ふっくりふくらんだ両頰に、笑くぼを二つも刻んでいる愛らしい女の子である。

客人がくるとやけに興奮して、わんわん吠え立てながらその周りを走り廻るのを、最上

のもてなしと心得ている犬の獅子王が、この子にもその方法で歓迎の意思表示をしてのけたが、犬好きとみえて別に怕(こわ)がりもしない。

　胸にとびつくのを抱きとめて、

「よしよし」

　頭を撫でてやる度胸のよさだ。

「ようこそお越しあそばしました。お召しものがよごれますから犬は放して、どうぞおあがりなさいませ」

と『ひちりきどの』をはじめ、女房たちが総出でちやほや迎えたのは、あらかじめ為頼に、幼女の来訪を告げられていたからであった。

「どうです？　太后の御所にくらべると、狐か狸でも巣くっていそうなボロ屋敷でしょう。びっくりしましたか？」

　為頼もしきりにご機嫌をとる。

「いいえ、前々からうかがっていたので、そんなに驚きはしませんよ。お庭なんかひろびろして、気持がよいこと」

「御所ですと、やれ前栽(せんざい)の草花を踏み折ってはいかん、遣水(やりみず)に物を投げてはいかん、お池に落ちてはあぶないと、のべつ父上や母上からおこごとをくいますが、ここなら籬(まがき)の花も雑草もごちゃまぜの荒れ庭ですから、どこに踏み込もうとかまいませんぞ」

「お池も安心ね、水が干(ひ)上っていますもの」

「その通り。どうぞのびのび駆け廻って、ぞんぶんに遊んでください。いま、お相手の子供らにお引き合せします。わたしの倅ども、それから姪や甥ですがね、一族が一つ屋根の下にひしめき合ってくらしているので、やたら子供が多いんですよ」

西ノ対へつれてゆき、大市、小市、薬師麿らに、

「珍客をおつれしたぞ。御許丸さんだ。やっと六歳の幼さだけど、皇太后さまのお側に仕えてお慈(いつく)しみを受けている。今日は息ぬきに我が家へご案内したわけだから、仲よく遊んであげなさい」

紹介しているところへ、どやどや為頼自身の息子たち、陸奥ノ御(むつのご)の子らまでなだれ込んで来て、

「双六(すごろく)を打とうか、見合せにしようか」

「ここはせまいから、庭で隠れ鬼をやったほうが面白いよ」

たちまち、煮え返るような騒ぎになった。

「貝合せなんてつまらない。お庭がいいわ。あの犬も仲間に入れてやりましょうよ」

と幼女はまったくわるびれない。子供とはいっても、お相手はすべて彼女より年上の兄さん姉さんなのに、いっぱし先に立って意見を述べる。さがり眼尻の、ふくぶくしい顔だちがさいわいして、小ましゃくれた口のきき方も憎くは感じられないのである。

東宮御所から為時も退出して来たし、周防や陸奥ノ御までが蜜煎だの果物だの、食べものを持ち寄ってもてなしたが、

「感心ねえ御許丸さん、そんなにお小さいうちから昌子太后さまの側近く出仕なさっているなんて……。どういう御用を勤めておいでなの？」

大人たちの問いかけにも、

「書きものをなさるとき、硯のお墨をすったり、ご料紙を揃えたり……。御寝あそばす前におみ足をさすってさしあげるのもわたしの役よ」

たじろがず答えて、しかもにこにこと、笑くぼを絶やさない。

物かげへ、為頼は為時を招いて、

「いつだったか、チラと話したことがあったろう？　わしの下僚に、大江雅致という男がいると……」

ささやいた。

「あの御許丸は、雅致の娘だよ」

「思い出しました。雅致の妻は、たしか昌子太后の乳母だとかおっしゃっていましたね」

「介ノ内侍と呼ばれて、御所の中ではなかなか羽ぶりをきかせている女だが、その母親の縁で言えば、御許丸は昌子太后の乳姉妹ということになるわけだ」

「それで介ノ内侍と一緒に、御所に住んでいるのですね」

「帰りは大市に送らせる。わしも同道して乳母どのに大市を引き合せ、あわよくば太后にもお目通りさせるつもりだよ。言ってみればお目見得だが、大市はかならずお気に入られるぞ。出仕の希望をほのめかせば、お召し出しはまちがいないと思うな」

九

ところが子供たちのこの日の団欒は、火事が起こったためわずか半時たらずで打ち切られてしまった。

「内裏が燃えていますッ」

御厨ノ高志の急報に、

「やれやれ、またかい」

舌打ちしたのは為頼だけではなかった。

——皇居の炎上。

おどろいてよいことに、もはやだれもがおどろかなくなり、「またか」とさえ呟くようになったのは、ここ四、五年来、年中行事といってよい頻度で、それがくり返されているからであった。

貴紳の第邸も、賊の放火に遭ってしばしば焼失するが、広壮とは言っても個人の館だから、防ごうと思えば防ぎようはある。しかし諸官庁をも含めた皇居となると、規模の巨大さはくらべものにならない。厳重なのは諸門の警固だけで、忍びこむ隙はかえっていくらでもあるのが実情だし、いったん入ったら夜など人気も火の気もないだだっぴろい建物ばかりである。陰から陰へ身を隠しながら、いくらでも自在に物色して廻ることができた。

しかも蔵町には、涎のたれそうな高価な宝物、うまい食べものや生活必需品まで、ぎっしり詰まっている。盗人が狙いたくなるのも無理はないが、賊だけとは限らなかった。宮廷守護を任務とする衛士や兵士、もしくは下吏どもなどが徒党を組んで、宝蔵や官衙に盗みに入る。そして証跡をくらますために火をつけるといった例も、あとを絶たない。危険な犯科人を内部に飼っているようなもので、再建するはしから皇居が焼かれるのも、これでは当然なのであった。

「おびただしい造営費の捻出に、またぞろ苦慮しなければならなくなる。貢税の負担はいっそう加わり、国々の国司らは割り当てられた徴税量を達成しようとして、ますます手ひどく領民の背に鞭をふりおろす結果となろう。困ったことだな」

地方官勤めの経験を持つ為頼と為時は、夕近い日ざしを遮って洛中の片空を覆いはじめたおびただしい黒煙へ、気づかわしげな視線を放ちながら、それでも急遽、出仕の仕度をして、めいめいが仕える主人の許へ駆けつけて行ったが、太后のお住居も火をかぶっているかも知れない今、とても大市に介添えさせてなど出かけられるものではなかった。

帰邸して来たときと同じく御許丸だけを、為頼は牛車に乗せ、

「母ぎみが心配しておられるでしょう。今日はひとまずおもどりいただきますけど、どうぞまた、遊びにいらしてくださいね」

もの足らなさそうな顔つきなのをなだめなだめしながら、太后の避難先へつれてもどったのである。

この日の火災で、宮中の主要な殿舎はほとんどが灰となり、わずかに采女町(うねめまち)・御書所(ごしょどころ)・縫殿寮(ぬいりょう)の一部を残したにすぎなかった。

やむなく円融帝は職曹司(しきのぞうし)に移られ、后妃・皇女がたもそれぞれに仮住居の場所を求めて散って行ったが、あきらかに放火とわかっていながら、いまや有名無実にひとしい弾正台(だんじょうだい)はもとより、検非違使庁(けびいしちょう)にも京職(けいしき)にも犯人逮捕の熱意や努力はほとんど見られない。賊どもは、だから官を舐(な)めきって、ほしいままに横行しつづけた。

ようやく消しとめたはずの内裏が、いくばくもなく再び火を発して、わずかに焼け残った建物まであとかたなくなり、やむなく主上が太政大臣藤原頼忠の屋敷へ御座所を転じたのも、数十人もの賊の集団が但馬守藤原尭時(たかとき)邸を襲い、つづいて中納言藤原重光の一条大宮邸を劫掠(ごうりゃく)したのも、すべて無能な官の検束力への、不敵きわまる嘲笑といってよかった。

「袴垂れ保輔の仕業(しわざ)だ」

「いや、中納言の屋敷に押し入ったのは、多襄丸の一味と聞いたぞ」

巷の口はかしましく畏怖を語り交すけれど、政情不安の皺寄せはつまるところ庶民層にかぶさって、このところ米価の高騰はとどまるところを知らない。貧家ではろくろく稗粥すら啜れぬ惨状なのに、お上のやることは相も変らず災厄消除の修法や、伊勢神宮その他、寺社への幣帛使派遣に尽きている。

むしろ極貧者や病人の枕許へ、いつとはなく、だれともわからず、布の束や米の袋が投げこまれるのを、これも、

「袴垂れの施しだよ」

と町では噂し合っている。そして、

「ありがたや、生身のみほとけ……」

恵みの品を押しいただき、検非違使庁の放免の聞き込みには固く口を閉ざして、かえって賊どもを庇おうとする風潮さえ見られた。

火の厄も盗人の跋扈も、しかし子供のあけくれとは直接かかわらない。大江雅致の娘の御許丸は、あれ以来、味をしめたか、時おり京極の古屋敷へ遊びにくるようになり、帰りにはそれを送りがてら大市や小市も太后の仮御所へ出入りして、幼女の母の介ノ内侍に、

「いつもいつも、やんちゃ者がお邪魔してお手間をかけますねえ」

礼ごころのもてなしを受けるまでになった。

それでなくても大江家は、為頼・為時兄弟と同じ学者の家筋だし、雅致はまして太后近

侍の少進を勤めて、いま、大進の職を奉じる為頼とは、職場でしたしく顔を合せる上司下僚の関係にある。

家族ぐるみのつきあいが少しずつ深まる中で、大市の宮仕えも、ごく自然に実現の方向へ向かいはじめたが、それというのも、

（説得がむずかしい）

と見られていた大市みずからが、思いのほか素直に、出仕への意欲を示しだしたからだった。

「家にいたってつまらない。ねえ小市ちゃん、あなたは毎日、退屈ではなくて？」

近ごろ、そんなこぼしごとを妹に洩らすようになったのも、やはり従兄の伊祐に去られて心の張りを失ったためだろう。

（宮仕えにでも出たら、いくらかは痛みがまぎれるかもしれない）

自身を救う手だてを、大市が彼女なりに模索し、御所勤めにそれを見いだそうとしているのならけなげだし、哀れだが、たしかにこの家には、思春期にさしかかった娘なら耐えがたくなる雑然とした、そのくせ古屋敷に特有のカビ臭い、沈滞しきった空気が澱んでいた。

一族幾組もの寄り合い所帯だけに二六時中そうぞうしく、落ちつかないのは仕方がないにしても、富家や権家の持つ活気とはちがうから、うるささは逆に、くらし向きの不如意

をきわだたせる因ともなりかねない。

主婦のいない西ノ対は、ことにわびしく、湿っぽかった。御厨ノ乳母と中年の女房二人が家事を受け持ち、周防も衣食の世話をしてはいるけれども、為時は油小路の女のもとへ出かけて、夜、ほとんど家にいない。あちらにも三人まで子が生まれている上に、年もまだ幼いとあっては、気にかかるのもやむをえなかった。

大市・小市・薬師麿らは母無し子であると同時に、夜ごと父無し子も同然な環境の中で、肩を寄せ合って眠りにつく。見まわせば、壁ぎわは漢籍ばかり……。娘が二人いながら、それらしい彩り(いろど)にひどく欠ける住まいだった。

そこへゆくと、時流の外に置かれているとは言っても、女主人(あるじ)がまだお年若だけに、太后の御所ははるかに華やいで、他を知らぬ目にはどこもかしこも磨き立てたように眩(まぶ)しく映った。介ノ内侍はもとより、侍う(さぶろ)女房衆の装束もきらびやかだし、揃ってみな大市姉妹にやさしい。

昌子太后にもお目通りすることができたが、大市の美少女ぶりには、わけて瞠目されて、

「為頼の姪に、こんな臈(ろう)たけた娘がいたとは知りませんでした」

と、お手ずから賜り物まであった。

大市ならずとも、これでは憧れる(あこが)。でも、いよいよとなると彼女は迷って、周防や陸奥ノ御、『ひちりきどの』にまで相談した。はるばる伊祐にも手紙を出してその考えを訊(き)い

たらしい。だれもの答えが、

「宮仕え、けっこうではありませんか」

そう一致したことでようやく決心したのだが、残される妹の心情を思いやると、

「ごめんなさい。わたしがいなくなったら小市ちゃん、淋しくなるわね」

詫びないわけにはいかなかった。

「いいのよ。御許丸さんが遊びにくるたびに御所へ送ってゆけば、姉さまに逢えるもの」

「そうね。毎日、為頼伯父さまが家と御所の間を行き来しておられるのだから、おたがいの様子を耳にすることもできるわね」

「姉さまこそ身体に気をつけてよ。病気になってはだめよ」

大人びた言い方に、

「わかってます。だいじょうぶ」

ちょっと心もとなげに、大市はうなずいた。

十

二度目の炎上後、三、四カ月のあいだ、皇居は焼け跡の片づけさえ緒(ちょ)につかなかった。

(建ててもまた、すぐさま放火されるのではないか)

その危ぶみが夫役（ふえき）の下民にすら滲透しているから、畚（もっこ）ひとつ担ぐにも気が萎（な）える。権威の象徴である宮闕（きゅうけつ）や諸官衙を、しかし消滅状態のままいつまでも放置しておくわけにはいかない。諸国から用材が集められ、番匠（ばんじょう）はじめ要員の数も揃って、新内裏の再建はようやく開始された。

上棟式に漕ぎつけてからは、建設の速度もはやまり、天元四年冬のはじめには紫宸殿（ししんでん）・清涼殿など、主要な殿舎がほぼ建ちあがったため、まず、とりあえず円融帝が仮御所から還御した。

焼亡以前の景観にまでもどったのは、さらにそれから半年ほどあとである。調度も入り、やっとどうやら住まえるようになったので、后妃や皇女、皇太子らもつぎつぎに新しい内裏へ引きあげて来たのだが、ほっとしたのもつかのま、直後にもう盗賊の一団が忍び込み、行きがけの駄賃に火をつけるという不祥事が起こった。かろうじて、この火は消しとめたけれども、天元五年十一月十七日、夜、寅（とら）の刻、宣耀殿（せんようでん）の北庇（きたびさし）が燃えあがり、

「だれか来てッ、火事ですッ」

女官たちの悲鳴におどろいて人々が駆けつけたときには、すでに手のほどこしようがなかった。魔火（まび）を思わせる迅（はや）さで同時に三カ所から火柱があがったのを見ても、粗相（そそう）による失火でないことは明らかだった。

当夜はしかも、身を切るような寒風が吹き荒れていた。このため火焔は舞い狂ってあちこちに飛び火し、またまた、皇居は灰燼に帰してしまったのである。

再建されて、わずか一年にしかならない。賢所も焼け落ちたので、からくも持ち出した三種の神器をひとまず縫殿寮に奉安し、円融帝は職曹司に避難した。

大臣以下、諸司の官人たちも烏帽子、布衣の略装で取るものもとりあえず帝に従い、皇太子師貞親王は内教坊に移った。ふだん、妓女たちが寝起きする舎屋だが、仮のものでも東宮御所となると、兵衛府の兵が詰めてものものしい。

たびかさなる内裏の焼亡で、二十五歳の円融帝は衝撃を受けており、

(皇太子への譲位も、いよいよ間近なのではあるまいか)

との憶測がささやかれている。仮御所の警備の厳重さも、その現れと見れば納得がいくのである。

例によって三日間の廃朝、音楽の停止、神官に命じての祓えや山陵への奉幣など、やることは決まっていたけれども、さすがに、

「神仏や皇祖の神徳にばかり頼っていても、賊による放火の実害は防げっこない」

と覚ったのだろう、やがて宣旨のかたちで検非違使庁に達せられたのが、

「京中、畿内ニ於テ、弓箭兵仗ヲ帯スル輩ハ、コレヲ捕ヘ糺スベシ」

との命令だった。

善良な一般民衆なら弓矢や刀など持ち歩く必要はない。武装してうろつく人間は不逞の徒輩、つまり盗賊とみなしてひっくくってしまえというわけだ。

でも今どき、ぶっそうな洛中洛外を商人や農民といえども素手で歩けるものではなかった。錆刀一本でも腰にさして行かぬことには、ことに夜道など、怖くてひと足も踏み出せはしない。

「どうしてくれるんだよ、え？　用たしのたびに先方まで、京職や検非違使庁の下役がおれどもを送って来るとでも言うのかよ」

と、庶民層にはさんざんな不評で、結局うやむやのうちにこの令達も、朝令暮改の仲間入りをしてしまったが、かえってこんなとき本物の賊たちは武器などどこかに隠して、

「わたしら、正直まっとうにくらしている者どもでございますよ」

と言わんばかりな顔をする。庁の放免にしつっこく商売ものの斧や山刀を嗅ぎ回られ、

「こいつを取り上げられたら明日からおまんまの食いあげだあ、ばかばかしい。いいかげんにせんかい」

腹を立てたのは杣・猟師のたぐいであった。

縁起直しの改元がおこなわれるのもこういう場合の常套だから、年号が天元から永観に変ったところで、すぐ世の中がよくなるとはだれ一人思っていない。

むしろ改元直前、右大臣藤原兼家の屋敷が賊の手で丸焼けにされたことのほうに、人々

の関心は集まった。東三条の一劃に広大な築地をめぐらすその第邸は、権家の中でもぬきんでて美麗だし、守りもきびしいと信じられていたからである。

為頼・為時兄弟の家でも、召使の女房たちが御厨ノ乳母を囲んで、

「ほんとうでしょうか」

「信じられませんね」

「もし盗人の仕業とすれば、なんとまあ胆のふとい痴れ者でしょう。東三条どのといえば、今上の伯父ぎみに当る重臣ですよ。そのお屋敷に押し入って狼藉を働いたばかりか、火まで放って逃げるとは……」

いつになく昂って事件の噂をし合うのは、兼家があの、『蜻蛉日記』の筆者の愛人だからでもあった。

強引に求愛し、道綱という息男まで生ませながらいつとはなく仲絶えて、当代三美人の一人とうたわれたほどの女性を、悲しみの淵につき落とした男……。おかげで『蜻蛉日記』なる怨恨の凝りが世に送り出される結果にはなったけれど、兼家の無情を譏るにしろ、その浮気を認めるにしろ、読者とすればなみなみならず関心をそそられる相手なのだ。

女房たちにとっても、だから兼家邸の火災は、ある意味では皇居の焼亡以上に好奇心をそそられる話題で、

「あれほどのお屋敷が、むざむざ賊に踏み込まれるなんてだらしがない。警固の侍はいな

かったのでしょうか」

と『ひちりきどの』まで加わって穿鑿はやかましい。

「むろん、いましたとも。大江山の鬼退治で勇名をはせた源頼光は、右大臣家の家司ですし、坂田公時、渡辺綱なんて配下の四天王も宿直していたにちがいありませんわ」

「それでもやられたの？」

「なにせ賊は、五十人を越す大群だったそうですもの、一時は合戦さながら入り乱れての斬り合いで、双方に死人や怪我人が出ましたと……」

「おお、こわい」

「でも、風上から火を放たれては、いかな一騎当千の武者どもでも防ぎようがありませんよね。どうにか宝蔵は守りきったものの、母屋は車宿りから雑色ばらの住む雑舎まで、残らず灰になったとか聞きましたよ」

「やれやれ、世も末ねえ」

「右大臣邸が盗人に狙われるなんて、ねえ」

はては溜め息のつき合いとなったが、彼女たちにかぎらず『蜻蛉日記』が世間に流布してからは、日ごろ官界の消息にうとい中級下級官吏の家庭でも女こどもまでが、藤原兼家にまつわる風評に聞き耳を立て、あれこれ噂ばなしの種にするようになった。

中でも、興味津々のおももちで人々が口の端にのぼせたのは、兼家とその兄兼通の、兄弟仲の悪さである。

彼らの父の師輔は、世に『九条の右大臣どの』と呼ばれていた切れ者だが、たいへんな子福者で、幾人もの愛人に男児を十一人、女児を六人も生ませていた。しかし多くの子らのうち、父の片腕と目されていたのは、本妻腹の長男伊尹、次男兼通、三男兼家の三人だった。

父の師輔が亡くなると、したがって伊尹がその地位を引きつぎ、やがては父の生前の官職を乗り越えて摂政にまでなった。『一条の摂政』と尊崇された期間は、でも、ごく短く、三年に満たずに伊尹は、四十九歳で薨じた。

兼通と兼家の反目が激化したのは、この長兄の死のすこし前あたりからである。彼らは四歳ちがいの兄と弟だから、昇進も当然、兼通のほうが兼家より先に立っていた。ところがなぜか、冷泉帝の即位前後から立場はあべこべになった。兼家が兄を抑えてぐんぐん出世しはじめたのだ。

兼通にすれば面白くない。長兄の伊尹はもちろん、当時、官界に睨みをきかせていた太政大臣藤原実頼、左大臣藤原師尹ら亡父の兄弟に当る伯父どもまでが、狂疾の帝を焚きつけ、自分を疎外しだしたのだとひがんで、ろくろく出仕もしなくなってしまった。これは、だが兼通の側にも原因がある。

犀利な刃物を思わせる冷ややかな美貌は、彼の冷酷で執念ぶかい、粘質な性格をあらわしていた。

細身(ほそみ)の、すらりとした軀(からだ)のどこに入るのか疑いたくなるほど、兼通は大酒家でもあった。酔いは、陽気に発しるほうではない。酌取りの小童(こわらわ)だけを侍(はべ)らせ、深沈(しんちん)と夜ごと、暗い燭に向かって盃を含む。客を招きもせず唄女(うたいめ)のたぐいを呼ぶこともしない。陰気な、いかにもまずそうな飲み方でいながら量は多く、だらだらと時間をかけた。

むずかしいのは肴(さかな)の好みであった。雉子(きじ)か山鳥の羹(あつもの)でなければ承知せず、それも屠(ほふ)ったばかりの、とびきり新鮮な肉を要求した。

「いいか。絞(し)め立てだぞ。今の今まで生きていたやつを料(りょう)れ。さもなければ食わんぞ」

いくら三方を山に囲まれた京洛でも、毎晩毎晩生(い)き鳥を調達するのは骨が折れる。厨(くりや)の長(おさ)は出入りの狩人(かりゅうど)二、三人と特約し、定期的に鳥を納入させていたけれど、すぐさま捌(さば)くわけにはいかなかった。気むずかしい主人の厳命通り、酒が始まる直前まで生かしておかなければならない。それも気ままだから、宵のうちからのこともあり、更(ふ)け静まった真夜中に、いきなり、

「飲む」

と言い出すこともある。

——ある晩、用事があって兼通の下僚が訪ねて来たが、台盤所(だいばんどころ)の沓(くつ)ぬぎのかげで、何やらコトコトと音がするのに気づいた。

「変だな。この櫃の中から聞こえるぞ」

召使はおおかた寝てしまって、あたりに人の気配はない。そっと櫃の蓋をずらしてみると、まっくらな底にうずくまっていたのは一羽の雉子だった。

「なるほど、ここの殿が、夜ごと生き鳥を召し上るという噂は本当だったのだな」

合点はしたものの、目前に死の迫っている雉子が、男は哀れでたまらなくなった。抱きあげて懐に押し入れ、なにくわぬ顔で兼通邸をぬけ出して、冷泉院の裏山まで走り、藪かげに雉子を放してやったのだが、この行為を、彼はあえて隠そうとはしなかった。

「バタバタ、うれしそうに飛んで行くのを見たら気分が明るくなったよ」

満足そうに人に話したし、それを聞いた者の中からも、

「出しゃばり者め、ばれたらどうする」

などと、男を非難する声はあがらなかった。だれもが日ごろから兼通の嗜好のむごさ、殺生をつづけながら痛みを感じぬその固執の異常さに、内々、批判をいだいていたためだろう。

当の兼通自身、下僚をひとことも責めなかったけれど、どういうつもりで許したのか、その真意はわからない。容易に腹中をさぐらせぬ不気味なところがあり、冷泉帝あたり、小児性が強いせいかひどくその点にも怯えて、兼通の視線から逃げる算段ばかりしていた。

十一

在位三年にも満たず冷泉帝は上皇の座に退き、同母弟の円融帝が即位したけれど、兼通との関係は先代と変らなかった。

なんとはなしに円融帝も兼通を忌避して、君臣間の交流はうとうとしかった。伯父たちまで彼を嫌った。その分、いささか厚かましく、坊ちゃん育ち特有の驕慢さはあるが、陽性で人当りの良い弟の兼家に肩入れする者が増え、いつのまにか昇進競争にも逆転現象が起きて、兄弟の官位は入れ替ってしまったのである。

兼通が参議の末席でもたついているまに、兼家はその頭ごしに中納言に昇り、正三位に叙されるといったありさまで、このままではいずれ縮めようがなくなるほど、両者の差が開くのは目に見えていた。

みずからの気質を棚にあげて、兼通は怒った。肩で風切る弟を恨み、実頼伯父、師尹叔父らの依怙贔屓、天皇による疎外を恨んだ。しかし内心の憤りを、あからさまに外に示す男ではない。

（どうするか、見ていろよ）

苦境に対処するため搦手から、彼はひそかな手を打った。女性の同情に縋ったのである。

兼通には幾人も女同胞がいたが、とりわけ睦み合っていたのはすぐ下の妹の安子だった。姉妹の中では一番の年かさであり、父の師輔に大切に育てられて、村上帝の后に配され、冷泉帝、円融帝、為平親王ら男御子を三人、姫宮を四人も生んでいる。

母を同じくするという親しみ以上に、

（いずれ、だれよりも重々しい身分を、後宮で獲得するのはこの妹にちがいない）

そう予測したからこそ、ことさら安子に接近し、早くから彼女の歓心を買うべく努めていたわけだから、さすがに兼通の読みは深かったといえる。

男の目には酷薄に映る秀麗な顔立ちも、女から見ると評価は別になる。美青年の兄は安子の自慢の種だった。優美なその物腰や骨身惜しまぬ奉仕も、彼女の信頼を培うのに充分

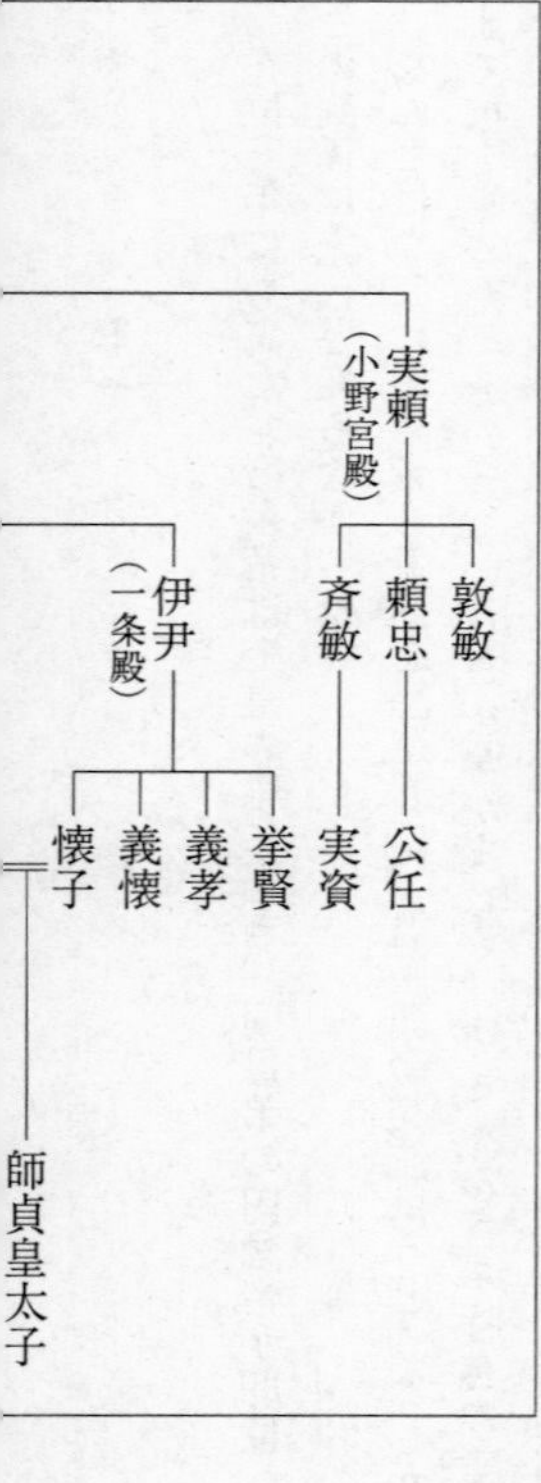

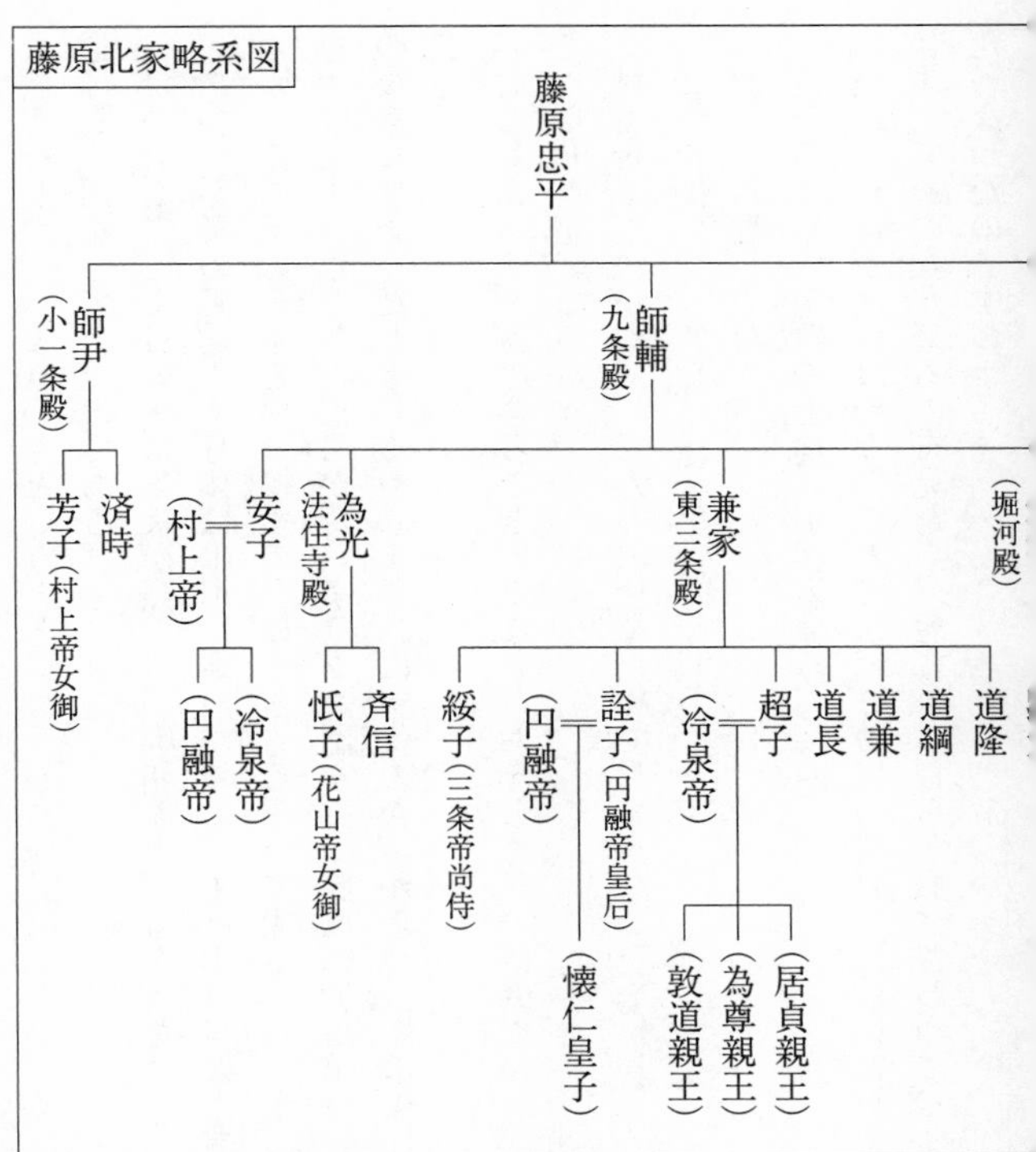
藤原北家略系図
藤原忠平
師尹（小一条殿）
済時
芳子（村上帝女御）
師輔（九条殿）
安子
（村上帝）
（冷泉帝）
（円融帝）
為光（法住寺殿）
斉信
忯子（花山帝女御）
兼家（東三条殿）
綏子（三条帝尚侍）
詮子（円融帝皇后）
（円融帝）
（懐仁皇子）
超子
（冷泉帝）
（居貞親王）
（為尊親王）
（敦道親王）
道長
道兼
道綱
道隆
（堀河殿）

な働きをした。つまりいざというとき、裏手から掩護射撃をしてくれる強力な味方を、兼通は賢く用意していたのである。

深窓育ちにしては安子は気性が烈しく、嫉妬ぶかくもあった。

あの、髪長の姫君——身体は牛車に乗ったのに、丈なす黒髪の先端はまだ居間にあったとか、落ち毛の一本を白い檀紙の上にくるくる巻いて置いたら、余白がまったく見えなくなってしまったなど、信じがたいような逸話を持つ藤原師尹の娘の芳子が、やはり村上帝の後宮に加わったとき、くやしまぎれに壁代のかげから、土器の破片を投げつけた安子だが、

「后ともあろうお方のすることではない。おそらく兄の伊尹や兼通、兼家などがけしかけてやらせた悪戯であろう」

村上帝は不快がって、三人の出仕を止めてしまった。

これを聞いて、帝以上に安子は立腹し、

「即刻、お越しください」

自分の住む弘徽殿の上局へ夫帝を呼びつけた。

「兄たちにはかかわりのないことです。この局の前を、これ見よがしに長たらしい髪を曳きずってあの女が通るのを見たら、急にむらむらと癪にさわって、痛い目にあわせてやりたくなったのですわ」

「よくまあ身近なところに手ごろな武器があったものだ。兄たちがあらかじめ持ち込んで、そなたに渡して置いたに相違ない」

「とんでもありません。猫が割り損じた素焼き(すや)きの瓶子(へいし)が、ちょうどおあつらえ向きに手に触れたのです。とにかく兄たちは冤罪ですから、ご勘当を解いていただかなければ承知できません」

「ことわるよ。たったいま出した命令を、かるがるしく撤回するなんて外聞がわるい」

「そのようなことをおっしゃって、よろしいのでしょうか。たとえ兄たちが八逆罪を犯したとしても、藤原氏累代の功績を思えば、ご赦免あそばすのが当然ではございますまいか」

　言い張ってあとにひかないのは、安子の気性にもよるけれども、村上帝を内々は、

（父の従兄(いとこ)）

としか見ていないからだろう。

　師輔の叔母の穏子が、醍醐天皇の後宮に入って村上帝を生んだのである。君と言い、臣と言っても、皇室と藤原氏は濃い血の交流によって結ばれている一族門葉にすぎない。彼らが表向き朝廷を重んじて見せるのは、どうとでも意のままになる形だけの権威ではあっても、それを頭上に戴くことで、そこから附与される位階顕職に重みを増させるためであった。

皇室の権威を軽んじることは、藤原氏自身の地位を軽視し、蔑しめることにつながってしまう。だから立場上は、どこまでもうやうやしく臣従して見せているが、打ち割ったところを言えば双方が、身内づき合いの感情に安住して、公私のけじめを忘れていた。親愛は狎れを生み、狎れは時とすると侮りにも変る。村上帝をきめつける安子の態度がそれだった。

仕方なく帝は折れた。しかもその後、后を疎んじたかというとそうではない。むしろ彼女の気息をうかがい、妬心のすさまじさを憚って、芳子への寵を控えるようにすらなったのだ。

芳子は藤壺ノ上の御局に住み、宣耀殿ノ女御と呼ばれていたけれど、安子皇后の崩後は、ましてその遺恨がこの世に残るのを懸念して、ぷっつり帝は芳子とのまじわりを断ってしまった。

「物を投げつけるほど憎んだ相手だ。芳子をいとしみつづけたら后の怨霊に祟られかねない」

と、恐怖したのである。

死んでもなお、夫帝への支配力を失わなかった女性――。兼通はこの妹に取り入って、じつは重大な一札を書かせていた。

彼は自分に人望がないことを知っている。亡父のあとを享けて摂政の座にある長兄伊尹が、虚弱体質なのも見てとっている。

(兄の寿命は長くはない。早晩、他界する)

空席となるはずの摂政職をめぐって、かならず起こるのが、弟兼家とのせり合いだ。有無を言わさず、この戦いに勝つための切り札として、兼通は妹からねだり取った一札を、つねづね護符さながら肌身につけていたのであった。

はたして伊尹は他界した。そして、兼通の見込みにたがわず摂政関白の後継争いが始まった。官位でいえば兄を飛び越して、兼家のほうが上である。したがって勝利の確率も兼家の側がはるかに高かったが、兼通はかまわず参内し、

「主上に拝謁したい。お取りつぎ願います」

と申し入れた。

円融帝はこのとき清涼殿の鬼ノ間(ま)におられた。日ごろ、めったに出仕もしない気詰まりな伯父が、ただならぬ気色で近づいて来たのを見て、いそいで奥へ逃げこもうとした。

「お待ちください。ぜひともこのさい、叡覧(えいらん)に供したいものがございます」

帝の袖を捉え、兼通は秘蔵の一通を突きつけた。二重(ふたかさね)した紫の薄様(うすよう)に目をあてたとたん、円融帝はわなわな慄(ふる)えだした。

「母上のご筆跡ではないか」

「さよう、亡き皇后さまのご遺戒(ゆいかい)でございます。読んでごらんあそばせ」

そこには、生前の口調を髣髴させる文体で、

「長幼の序を乱すのは、国家大乱のもとです。摂政関白の重責は、兄弟の順位に従ってご決定なさいませ。けっして違反してはなりませぬ」

と、したためてあったのである。

このとき円融帝は十四歳、兼通は四十八歳……。刺すような眼光で射すくめられると、まだ少年くささの抜けきれない甥に、抵う力などなかった。

不意に見せられた亡母の文字に、感傷をそそられもして、

「わかった。仰せ置かれた通りにしよう」

円融帝は涙ながら、うなずいてしまった。

計画は、みごと図に当った。参議からやっと権中納言に昇ったばかりだった兼通が、大納言の弟兼家を抜いてたちまち従二位に叙され、太政大臣に任ぜられたばかりか、輦車の宣旨を蒙り、いくばくもなく関白の極官にまで駆けあがったのだから仰天しない者はなかった。兼家だけでなく、頭上に痞えている上卿を九人も振り切って、兼通は一気に廟堂に君臨する身となったのである。

彼の、執拗かつ陰湿きわまる弟いじめが始まったのは、それからだった。

(積年の恨み、思い知れ)

とばかり、兼通はことごとに兼家の進出を妨害しだした。同父同母の弟なのだし、本来

なら兼家を片腕とたのんでよいところなのに、わざと従兄の頼忠を引きあげ、左大臣の要職に据えて相談相手としたのなども、報復人事の現れといえよう。

兼家は腐ったが、時の勢いはいかんともしがたい。隠忍して、時節の到来を待つほかなかった。

十二

その〝時〟は、五年後に来た。兼通が病いに倒れたのだ。胃部に、外からさわっても判るほどの痼りができ、さしもの美男子が見るかげもなく痩せ衰えて、日夜ただ、苦痛に呻くのみだという。

「もはやお命は、旦夕に迫った模様でございます」

と聞かされ、兼家は唇をぎゅっと一文字に引き結んだ。小躍りしたい気持だが、まさかほんとうに踊り出すわけにはいかない。

「関白・氏の長者の重責にあるお方が、ご危篤とは……。心憂いことだな」

殊勝らしく愁い顔をとりつくろいながら、いそぎ参内の仕度にかかった。甥の円融帝にじかに談判し、冷やめし食いの苦境から一刻も早く抜け出す算段をしなければならぬ。その折は、今を措いてない。

（兄に重用されてきたあの、従兄の頼忠あたりが横槍を入れぬうちに、なんとか今度こそ関白の地位を我が手で摑まなければ……）

心せくまま牛車にとび乗り、内裏へ向けて兼家は走らせた。

ところが彼の屋敷は東三条にあり、兼通の第邸は堀河だから、内裏へ行くには嫌でもその門前を通らなければならない。兼通邸の門番や雑色どもが、遥かかなたからこれを見つけて、

「ご舎弟さまの行列がこちらへまいります」

病床の兼通に急報した。

「なにッ、兼家が⁉」

人はだれしも、自分に都合のよいように事を解釈しがちなものである。病苦に気も弱っていたのか、兼通は涙を流して、

「わるかった！」

喘いだ。

「さすが肉親の情愛は切っても切れぬ。これまでの不和を水に流し、今生での最後の別れを惜しもうとして弟は駆けつけて来てくれたのだろう。それなのにわしは、あいつを苛めぬいた。これでもかこれでもかとばかり除け者にしつづけた。詫びねばならぬ。心おきなく浄土へ旅立つためにも、兼家との和解を果さねばならぬ。関白職は、彼に譲ろう」

近侍の者たちに、あわてて病間を片づけさせ、総門を大きく開いて待ち受けたけれども、むろん兼家の車が兄の屋敷へ入るはずはなかった。これみよがしに威勢のよい先払いの声だけを聞かせて、さっさと門前を通りすぎてしまったから、

「おのれ……」

兼通の顔色はすさまじく変った。なまじ気持が解けかけただけに、裏切られた憤怒は万倍の激しさで彼を灼いた。

「者ども、わしを掻き起こせ」

瀕死の身で床から立ちあがり、

「衣冠を出せ。前駆の用意をさせよ」

ただちに出仕すると言い出したのには、顕光や朝光ら枕もとに詰めていた息子たちも、度を失った。

「悪い狐でも憑かれたか」

「病気が重って、正気をなくされたのかもしれない」

必死で諫止しようとしたけれども、兼通はきかず、顕光らの肩に寄りかかりながら清涼殿の東北の滝口の陣まで輦車を寄せさせ、よろめきよろめきそこからあがって、広庇の、昆明池の障子のきわへ近づいた。

円融帝はこのとき昼の御座に出て、先に参内した兼家と小声で密談を交しておられた。

「そんなに悪いのか？　関白の病状は……」

「あすをも知れぬありさまだそうです。ですから帝、なにとぞ聖断をもって、次期の関白は臣に……」

　裏取り引きめいたこそこそ話のさなか、兼通が幽鬼じみた姿を不意に現わしたので、円融帝は金縛りにあったように動けなくなり、兼家は周章狼狽して物かげへ逃げ込んだ。

（嘘だ、あれは幻だ。枕もあがらぬ重病人が参内などしてくるはずがあるものか）

でも、嘘でも幻影でもなかった。落ちくぼんだ眼窩の底から兼通は燐火に似た眼光を帝に射向けて、

「兼通、最後の除目をおこなうために、病軀を押して参りのぼりました」

と宣言……。声も出ない帝を尻目に蔵人頭を召し、

「ただいま予は、関白を辞す。次なる関白には小野宮どのを任ずる。このよし即時、小野宮どのに告げまいらせよ」

　しっかりした語気で命じた。小野宮どのとは、従兄頼忠のことである。

　そのほか、叔父師尹の子で、兼通にはやはり従兄の一人に当る権大納言藤原済時に右大将を兼ねさせたのは、この要職を弟の兼家から剝ぎ取るためだった。

　兼家は結局、治部卿に貶され、薄日も当らぬ閑職に逐いやられてしまったが、

（ざまを見よ）

溜飲はさげたものの気力体力をこれで使い果したのだろう、兼通は息子たちの背に負われて退出してゆき、いくばくもなく病歿した。五十三歳であった。

兼家の失意は、はた目にもきのどくなほどだった。

「やっぱりあの夢は凶兆だったのだ。打ち臥しの巫女め、いいかげんなうれしがらせを言いおって……」

と、家人のだれかれに当り散らした。

まだ兄の兼通が存命中、彼は気にかかる夢を見た。兼通邸の方角からぶんぶん唸りをあげて、空も黝むばかりおびただしい数の征矢が飛んでくるばかりか、ことごとくそれが自分の屋敷の屋根に突き立ったのである。うす気味わるくてたまらない。

「何を意味する夢なのか、占ってみてくれ」

出入りさせている巫女に話すと、

「占うまでもなく、たいそうな吉夢です。堀河殿に仕える者どもが、一人残らずご当家へ移ってくる前兆でございますもの」

自信たっぷりな顔で言う。

白粉の濃い、肥り肉のこの巫女は奇妙な性情の持ちぬしで、どのような貴顕の前へ出てもごろりと寝ころんで卦を見、託宣をくだす。そうしなければ占えぬというので『打ち臥しの巫女』の異名をつけられ、特別に無礼を許されている女なのであった。

またよく予言が的中するので、兼家あたり、ひどくこの巫女を信用し、日ごろ枕がわりに我が膝を提供して占わせるほどだが、迷信ぶかいのは世間一般の風潮で、あながちに兼家だけの特質ではなかった。彼の父の師輔が、右大臣どまりで生涯を終え、ついに摂政・関白はおろか太政大臣、左大臣にもなれなかったのは、せっかく吉夢を見ながらそれをぶちこわしてしまったせいだと、広く人々に信じられていた。

まだ若いころ、師輔はとてつもなく大きな夢を見たのだ。朱雀門の前に立ちはだかり、左右の足を洛東洛西に踏んばって、内裏はおろか、京中を腕の中にかかえこむという夢である。

「これはきっと、てっぺんまで官位を昇りつめる予兆だろう」

よろこんで召使の女房に喋(しゃべ)ったところ、

「おやまあ、そんなにお股(また)を拡げて、よく痛くありませんでしたことねえ」

蕪雑(ぶざつ)きわまる返答をされた。このおかげで、夢想の吉瑞(きちずい)はあえなく破れ、師輔は右大臣より上位の職につけなかったと言うのだが、師輔本人はもちろん、子息の兼家も同様、父の不運を女房の不用意な一言に結びつけて、

「夢のお告げというものを、あだやおろそかに考えてはならん」

と言いくらしていた一人である。打ち臥しの巫女の見当はずれな予言には、したがって、

ひどく機嫌をそこねた。

「口から出まかせをほざきおって……。吉夢が聞いて呆れるわ。あのようなおべっか使い、向後は屋敷に足踏みさせるな」

出入りを禁じる一方、彼は長歌を作って円融帝の同情をひく作戦に出た。

哀れ我れ　いつつの宮の　宮人と　その数ならぬ　身をなして　思ひしことは　かけまくも　かしこけれども　たのもしき　かげにふたたび　おくれたる……

と始まる六百五十字余りに及ぶ綿々たる愁訴で、かくべつ文芸の道に練達しているとの噂も聞かない兼家にしては、稀有と評してよいみやび心の流露だった。そこで口さがない宮廷人の間には、

「例の蜻蛉日記の筆者でも拝み倒して、作ってもらった長歌ではなかろうか。彼女は名だたる歌人だものな」

「まるまる代作ではないまでも、添削ぐらいは乞うたにきまってる。詠み口が優しすぎるよ」

そんな陰口が聞かれたが、内容は、

……沈む水屑の　果々は　かき流されて　神無月　うすき氷に　閉ぢられて　とまれるかたも　なきわぶる　涙しづみて　かぞふれば　冬も三月に　なりにけり

といった泣き事の連続で、とどのつまり、

我が身ぞつひに　朽ちぬべき　谷の埋れ木　青くとも　さてややみなむ　年の内に
春吹く風も　心あらば　袖の氷を　解けと吹かなむ

との、催促なのである。だからといって若い帝には、どうしてやる力もない。仕方なく白い陸奥紙にただ一行、「いなふねの」とだけ書いて、そっと兼家に手渡された。『古今集』の東歌の部に、

最上川のぼればくだる稲舟の
　否にはあらずこの月ばかり

とある一首に掛けての答えで、つまりは「しばらく待ってくれ。今になんとかするよ」との謎だった。兼家はあせり、

いかにせむ我が身くだれる稲舟の
　しばしばかりの命絶えずば

打って返すすばやさで返歌をさしあげた。

「悠長に、再浮上の好機など待ってはいられませんよ。口惜しくって、わたくしは憤死もしかねない状態なのですから……」

死ぬとまで口走る苛ら苛らぶりに、円融帝は弱りきったが、やはり「ともかく、もう少し待てよ」と、くり返すほか方法はなかったのである。

麗ノ女御

一

永観二年、秋八月――。円融帝は仮皇居の堀川院で、皇太子師貞(もろさだ)親王に帝位を譲った。叔父から、甥への譲位である。

時に円融帝は二十六歳、師貞皇太子は十七歳であった。

新帝の諡号は花山(かざん)天皇……。そして、ただちに皇太子には、円融先帝の皇子でことし数え年五歳になる懐仁(やすひと)親王が立てられた。新皇太子のおん母は、藤原兼家の息女詮子(あきこ)という。

弟憎さの一念から、瀕死の病軀を押して参内し、今生(こんじょう)での最後の除目(じもく)をおこなって、関白職を従兄(いとこ)の藤原頼忠に渡して死んだ兼通(かねみち)の執念ぶかさは、憎まれた当の兼家はもとより、円融帝までを慄(ふる)えあがらせ、

「朕(わたし)にも、手の打ちようがない。くやしかろうけれども今しばらく隠忍して、時節の到来を待ってくれ」

慰めを口にするほかなかったが、新関白の小野宮どの――藤原頼忠は、亡き兼通とちが

って温厚な徳人だったから、閑職に追いやられて腐り切っていた兼家を引きあげ、やがて右大臣の地位に返り咲かせた。

「冷酷な兄の仕打ちにくらべれば、破格の恩遇……。ありがたいことです」

従兄の手を取って兼家は礼を述べた。

肚の中では、しかし口で言うほど喜んではいなかった。彼の望みはどこまでも関白・氏の長者——つまり藤原一門ことごとくを統べ、公卿としても最高の官位に昇りつめて、さらにあわよくば、天皇の外祖父たる地位を獲得することにある。

（右大臣が何だ。頼忠め、いずれその手から関白職を奪い取ってやるぞ）

虎視眈々、狙っていたのだが、円融帝の譲位、花山帝の即位、さらに懐仁親王の立坊によって兼家の前途にほのかな曙光が見えはじめたのは確かであった。

懐仁新皇太子は詮子の生みの子……。すなわち兼家の孫である。新皇太子が帝位についたあかつきこそ、その外祖父として、思うままに兼家は廟堂に驥足を展ばせるのだ。

でも、それは花山天皇の治政が終ってからでなければ味わえない果実の甘みである。

「時節を待て」

と、円融先帝はくり返し慰撫し、まず布石の第一歩として甥の花山帝に譲位して、新帝の皇太子に兼家の孫を据えることでその前途の開運を約束してやったわけだけれども、

（悠長きわまる！）

兼家にすれば、せっかくの先帝の配慮すらまどろこしくてならない。なまじ手のとどく近さにおいしそうな果実がみのったのを見ると、渇きは一層つのった。

これに反して、我が世の春を謳歌しはじめたのは花山新帝の側近たちである。師貞親王と呼ばれていた幼少のころから、手塩にかけて帝をお育てしてきた藤原義懐、同じく惟成ら気鋭の若者たちは、

「さあ、いよいよわれらの出番だぞ」

気負い立ったし、読書始めのそもそもから、学問の師として師貞皇太子に仕えてきた藤原為時にしても、思いはまったく同じであった。

花山帝の政庁が発足してまもなく、為時は式部丞に補された。少掾の任を解かれ、播磨の国府から帰洛したのが八年も前……。兄為頼らの奔走で、読書始めの晴れの日に副侍読を勤めさせてはもらえたものの、官位身分はもと通り文章生散位のまま捨て置かれ、人がましい宮廷交わりとは無縁に、こつこつとただ、皇太子の学問のお相手だけで過ごして来たこれまでだったのである。

このたびの補任は、したがって為時にすれば、生まれてはじめて中央で得た官職らしい官職だったが、運が向きだすと吉事が吉事を呼ぶのだろうか。わずかそれから二カ月ほどしてさらに一階級ひきあげられ、為時は式部省の丞から大丞に昇進したのであった。じめつきがちだった京極の古屋敷が、つつましやかな歓声に包まれた。

「ようやく政界の表舞台に出られたなあ為時、千秋の思いでこの日を待っていたよ」

手ばなしの笑顔は、為頼だけではなかった。ふだんあんまり愛想がよいとは言えないその妻の『ひちりきどの』はもとより、亡父の忘れ形見を育てながら北ノ対（たい）にひっそりくらす陸奥（むつ）ノ御（ご）や妹の周防、小市、薬師麿ら一門家族のことごとくが、

「為時どの、おめでとうぞんじます」

「うれしいわ兄さま」

「お父さん、よかったねえ」

くちぐちの喜悦を浴びせたし、召使の女房・雑色（ぞうしき）牛飼ばかりか犬の獅子王までがぎゃんぎゃん荒れ庭を吠え廻って、それなりの祝意を表わした。

にわかに来客の数も増えた。日ごろ、めったに人の訪れなど無かっただけに、開けたてするたびにはずれかかる門の扉を気にせずに済んだが、

「せめて門柱の歪（ゆが）みだけでも直せ。客（まろうど）の牛車に粗相があってはならんからな」

為時の命令で、あわてて番匠（ばんじょう）を入れるのさえ御厨（みくりや）ノ高志（たかし）や菊丸爺やには、心はずむ忙しさだった。

まっ先に駆けつけて来てくれたのは小野の山荘に悠々自適している文範（ふみのり）老公である。為時の亡妻の祖父……。大市・小市・薬師麿らには母方の曾祖父にあたるこの老体の口ききで、そもそも東宮御所への出仕がかなったのだ。そして東宮との縁が結ばれたからこそ、

今回の浮上も果せたわけだから、

「ご恩は終生、老公に忘れません」

為時の、老公に対する謝辞には真情が溢れた。

「なんのなんの、辞儀には及ばぬ。おのずから花咲く春がめぐってきたのじゃ」

老公の息子の為雅も、倅の中清（ただきよ）を同伴して祝詞を述べにやって来たし、やはり東宮御所へ出仕するさい、仲介の労をとってくれた藤原雅材（まさき）・菅原文時（ふみとき）ら先輩や師筋（しすじ）に当る儒者たち、さらにはあの、清原元輔爺（じい）さままでが持ち前の大声を先立てて、

「やあ、めでたいな為時どの、三十半ばといえば男ざかり働きざかり……。お若い帝（みかど）の補佐役として大いに力を発揮してくれよ」

激励しに来てくれたのだが、さらに家の者がおどろいたのは、

「なるほど、ここが式部大丞どののお住居（すまい）かあ。さすが堤中納言ご遺愛の邸宅だけあって雅致（がち）に富んだ造りだなあ」

褒（ほ）めているのか皮肉っているのか判然しない呟（つぶや）きと一緒に、ふらっと藤原義懐が門内へ入って来たことだった。

「や、や、ご光来とは痛み入ります。御用とあらばわたくしのほうからお屋敷まで出向きましたのに……」

折りよく在宿していた為時が、うろたえ顔で庭へ走りおりるのを、

「どうぞおかまいなく。ご門の前を通りかかったのでね。ちょっと覗いてみただけだよ。すぐお暇（いとま）するからね」

手を振って制止する態度が、いかにも得意げだし、見ようによっては小生意気にも印象される。

無理はない。花山帝の即位によって、義懐は今や絶頂期に登りつめたのだ。年はまだ、二十八……。参議から、ようやくこのほど権中納言に昇進したにすぎない。しかし義懐は、花山新帝のただ一人の叔父なのである。

義懐の父親は、兼通・兼家の兄の一条摂政伊尹（これただ）だが、その息女の一人懐子（ちかこ）が冷泉帝の女御となり、師貞親王――現在の花山天皇を生んだのだ。

自身の将来を、義懐は十歳年少の甥に賭けて、ひたすら養育に専念した。彼の不幸は、父の摂政伊尹に死別したことだった。兄も二人いたけれど、二人ながら痘瘡（とうそう）にかかってこれもすでに亡くなっている。外戚として、花山新帝を後見（うしろみ）できる立場の者は、だから義懐のほかにいない。

関白の座には、前代にひきつづき小野宮どの藤原頼忠が坐っているし、叔父の兼家もあいかわらず右大臣の職にある。でも、花山天皇の朝廷では、彼らに外戚の資格はなかった。いきおい、義懐の権力は、

「関白をしのぐ」

とさえ陰で取り沙汰されるまでになった。

そんな威勢隆々たる権中納言どのが、いかに花山帝に昵近するいわば同じ派閥の仲間とはいえ、いきなり案内も乞わずに邸内へ入って来たのだから、為時はじめ、家の者が泡をくったのも無理はなかった。

例によって、来客と見るなり吠え狂うのを歓迎と心得ている獅子王を、

「こやつ、失礼な！　あっちへ行けッ」

追い払うやら、

「簾をおろさんか見ぐるしい」

女房どもを叱りとばして円座を出させるやら、為時があたふたしているさなか、小市と薬師麿がつれだって帰って来た。二人ながら徒歩である。一昨夜、二、三丁先の知り合いの家へ方違がてら遊びに出かけ、丹波の領所から届いたという栗の籠を土産にもらって、なんの気もなくもどってきたのだが、為時は子供らへもしきりに目くばせし、

（こちらへくるな。お客人だ）

合図した。

青貝摺りの美々しい鞍を置いた駿馬が、庭先にまで曳き入れられているのを見て、小市も咄嗟に迷ったらしい。

（いったん、門外へ引き返そうか。それとも建物の裏へ廻ろうか）

ためらっているまに目ざとく義懐が二人に気づいて、馴れ馴れしくそばへ寄ってきた。衣服に焚きこめた薫物の香が追い風に乗って鼻をかすめる。男の使い料にしては、やや嫌みにすぎる甘ったるい匂いまでが、でもこの場合、身分の高貴を象徴するように思えて、子供らはたじろぎ、緊張した。今年、小市は十五、薬師麿は十三になったが、姉も弟も並より軀つきは小柄だし、痩せている。

さいわい小市は被衣をかぶっていたので、もろに義懐の視線に顔を曝さずにすんだけれど、薬師麿のほうは活潑な相手の歩きつきに気圧されて、栗の籠をさげたまま思わず五、六歩あとずさった。

二

やむなく為時も追って来て、

「このたびの父の任官に、かげながらお口添えくださった中納言義懐卿——。今上陛下の叔父御さまだ。ご挨拶しなさい」

子供らをうながす。被衣ごと小市は頭をさげ、薬師麿もぺこりとお辞儀をした。

「名は何というのだね？」

「娘は小市、倅は嫡男で薬師麿と申します。そろそろ元服させねばならぬのですが、どうもまだ、一向に他愛なくて……」

「男の子だけに、太后御所に勤める大市君とはあまり目鼻だちが似てないな」

「大市をご存知で？」

「美人と評判の女房だもの……。公達ばらの間では寄るとさわると噂の種になってるよ」

「それは、どうも……」

口べたな為時は、こんなとき気のきいた返答ができない。

「恐れ入ります」

くそまじめに応じたきり、かしこまって控えている。わるびれた様子がまったくないのは義懐のほうである。

「妹さんも、きっと姉君に劣るまい。被衣の下のかんばせが床しいな」

見せてほしいと言いたげな素振りを、さすがに遮って、為時は苦笑した。

「残念ながら大市は亡き母親に似、小市はわたくしに似ています」

「そいつはがっかりだねえ」

言いにくいことを平気で言い、それっきり小市への興味を失ったのか、

「よかったらこれから一緒にわたしの家へ来ないか？ たのみがあるのだよ」

薬師麿を、義懐は誘った。困って、もじもじ見あげる顔へ、

「お供しなさい」

為時はうなずいた。権家に出入りし、主の腹心となって私的な用を弁じる従者の役は、官吏の道を歩くことになるはずの薬師麿の将来に、有利に働きこそすれ、けっして不利にはならないはずだった。

公私のけじめは乱れきっている。皇居が焼ければ摂関家の私邸が、すぐさま天皇の御座所になるし、官庁が建ちそろっていても、上卿たちの屋敷は彼らの任ずる職に応じて、その役所を兼ねる場合がしばしばあった。

中級下級の吏員の中には、一方に廷臣としての官位を帯びながら、いま一方で権臣の家司随身を兼ねる者がたくさんいて、そうしたいわば〝二重勤め〟を、怪しむ者など一人もいない公私の混同ぶりなのである。

まだ元服前の少年なのに、薬師麿が、新帝の唯一の外戚として上昇機運にある義懐に目をつけられ、私用を命ぜられるなど、幸運としか言いようがない。いずれ成長のあかつき、その家従の一人に加えられでもしたら、

（倅のやつ、強力な後楯にめぐまれたことになる）

そう、為時は期待したのであった。

「父上のおゆるしが出た。おいで」

薬師麿をうながして、来たとき同様、風さながら義懐は引きあげて行ってしまったけれど、気に入られたのか、それとも何か他の理由からか、つれていかれたきり四日も少年は

帰って来なかった。

しかも、もどったときはいっぱしの大役をこなしでもしたような大人びた誇り顔で、

「どうだったの薬師麿」

「ご用は何だったのだ？」

叔母の周防や父の為時の問いかけにも、

「口止めされたんですす中納言さまに……。男と男の約束だもの、言えませんよ」

首をふる。

「ははあ、それなら訊くまい。なあ周防」

「そうですとも。他言してはならぬとおっしゃった事を、かるがるしく口にするようでは、かえって心配ですわ」

そのくせ西ノ対の、塗籠の脇の小部屋で小市と差し向かいになると、とたんに、

「姉さん、おれ、恋のお使者を勤めたんだぜ」

義懐邸での用向きを、薬師麿はべらべら喋ってしまった。

「どこかへお文を持参したわけ？」

「お歌かもしれないがね、渡した相手をだれだと思う？　大市姉さんだったよ」

「まあ」

つぶらな小市の目が、さらに大きくみひらかれた。

「では権中納言さまは、大市姉さまを好いてたのね？」

「前々から若い公卿や殿上人のあいだでは、だれが大市姉さんを射とめるか、せり合いが演じられていたんだって……。中納言さまも負けじとばかり仲立ちの女童を介して文を通わしたけど返事をよこさない。そこでおれに目をつけたんだよ」

「文使いに弟をたのめば、うまくゆくとお思いになったのね」

「考えたよねえ」

来るはずのない為時の家へ、「近くを通ったついで」などという口実にもならない口実をもうけて、義懐がふらりと立ち寄ったのも、想い人の親の屋敷を一見したかったからかもしれない。

「で、あなた、出かけたの？　昌子太后さまの御所へ……」

「行ったさ。ときどきおれ、大市姉さんの局へは遊びに出かけてるし、弟だもの、だれも咎めはしなかったよ」

「返事はもらえて？」

「なかなか書いてくれないし、叱られちゃった」

「そうでしょ。あなたが義懐卿のお文を持ってくるなんて、大市姉さま、想像もしていらっしゃらなかったと思うわ」

「でもおれ、きっと返事を貰ってきますって誓った手前、手ぶらじゃ帰れないもの、ねだりぬいて、とうとう書かせてしまった。歌一首……」

「どういうお歌？」

「見せてなど、くれるものか。だけど悪い手ごたえではなかったようだよ。中納言さまったら、『すぐにでも大市君の所へ忍んで行きたい、そなた手引きしろ』とおっしゃってきかないんだ」

「まさかそんなこと、あなた、承引はしないでしょうね」

「だって、あんなにしつこくせがまれては断れないや」

父の任官を大市もたいそう喜んで、祝いの状を寄こしたけれども、太后に気に入られ、宮仕えに暇がないとかで宿さがりはしていない。御所の大進を勤める伯父為頼の口から、

「感心に病み臥しもせず、朋輩たちともうまくやっているようだよ」

折りふし聞かされる近況に、家族はこぞって安堵していたやさきなのである。

……さらにくわしく、弟から小市が聞き出した話によると、義懐には平貞秋という心きいた家従がいて、どうやらこの男が若い主人の恋の橋渡し役を買って出ているらしい。主従はあらかじめ、為頼が太后御所に宿直する日を調べあげていて、

「それが今夜なのだ」

薬師麿にささやいたという。

「更けてから、わたしは昌子太后さまのお前にご機嫌伺いにまかり出る。このところ師貞

皇太子のご即位さわぎで、心ならずもご無沙汰申しあげていたからね」

そして退出したあと、宿直部屋へ入り込んで為頼相手に雑談するうち、夜はますます更ける……。

「真夜中ちかく、御所中が寝しずまったころを見はからって引きあげにかかるけど、ほんとうに帰るのではない。そなたの出番はこれからだよ、薬師麿、わたしをこっそり大市君の曹司（ぞうし）に案内するんだ」

そうは言っても、少年も義懐以上に太后御所の内部には晦（くら）い。

「そこは大丈夫。庭先には貞秋を潜ませてあるし、上にはかねがね文の取り次ぎを頼んでいた女童（めわらわ）が待機している。ひどく目はしのきくおしゃまさんでね、どんなに入り組んだ渡殿（わたどの）も廊（ろう）も、すいすいこの子が先導してくれるはずだよ」

その女童の名を告げられて、薬師麿は仰天してしまった。

「御許丸（おもとまる）さんだったんだ。あの、大江家の娘の……」

「えッ、御許丸さん⁉」

「為頼伯父さまに抱かれて初めて家へ遊びに来たころは、まだあどけない幼女だったけど、あの子ももう八歳か、もしかしたら九ツぐらいになってるよね。歌なんか上手に詠むし、中納言さまのお言葉ではないが近ごろぐんと早熟（ませ）てもきている。でもさ、人の恋の仲立ちまでしてたなんて、まさかねえ」

「で、どうなったの？」

じれったげに小市はうながした。きまじめな表情に、真剣な憂慮が漲った。

「だからさ、手はずに従って事を運んだんだ。御許丸とおれが知り合いだと聞いて、中納言さまも横手を打ってね『それは好都合だ』とおっしゃったよ」

結局、薬師麿の役目は、大市を油断させることにあったのである。細殿の、局の前にたたずんで、

「姉さん、おれです」

小声で呼ぶと、弟の声なので気を許して、大市は板戸の掛け金をはずした。

「どうしたの？　こんなに遅く……」

月の無い晩を選ったのまで、貞秋の入れ智恵だったかもしれない。薬師麿が答えるより先にその肩を押しのけて、下長押の内側へ義懐はすばやく全身をすべりこませた。

甘い、むせるほどな薫物の香りと、闇に滲む背丈の大きさに、弟ではないと覚ったのか、

「あッ」

小さく、大市が声をあげた瞬間、うしろ手に義懐が板戸を閉めた。

薬師麿はとり残され、板戸の外に呆然と居竦んだ。男と女の結びつきについて、彼はまだ何も知らなかった。

「大市君と二人きりで、じっくり話がしたいのだ。逢わせてほしいのだよ」

義懐の要求を、言葉通りにしか解釈できない幼稚さだが、短い、切迫した姉の叫びは妙に耳にこびりついて、少年をその場に釘づけにしてしまった。

戸は、押しても引いても開かない。義懐が掛け金をかけたのだろう。庭にいた貞秋の顔が、このとき勾欄の隙間から覗いて、

「おい、童」

低い、横柄な声で命じた。

「もういい。こっちへこい」

薬師麿は動かなかった。万一、つづけて中から姉の悲鳴でも聞こえたら、彼は右ひだりの曹司の戸をかまわず叩き立てて女房たちの寝入りばなを破ってやるつもりだった。

「ひとまず用は済んだんだよ。おい、こいと言ったらこないか、こっちへ……」

押し殺した言い方に怒気を含ませて貞秋がせきたてだしたところへ、小刻みな足音が近づき、柔らかな手で薬師麿は片手を摑まれた。御許丸であった。

ひっぱってゆかれたのは、台盤所とみえる広い板敷である。中央に大きな炉が切ってあり、灯火は無い代りに、まっ赤な炎を絡ませて大量の炭が威勢よく熾っていた。

「寒かったでしょ？　お餅を焼いて食べましょうよ」

ほの明かりに泛かぶ御許丸の笑くぼが、愛らしく、屈託なげだ。固い丸餅を幾つもじかに温灰の中に突っこみながら、

「大市君は幸人ねえ」

少女は溜め息まじりに言った。

「当代一の貴公子に想われるなんてねえ」

きざしかけていた不安が、すこしずつ薄らぐのを薬師麿は感じた。

「先廻りして、もう火にあたってたのか」

舌打ちと一緒に外から入って来た貞秋へも、ふっくら焦げ目のついた餅の一つを掘り出して、

「よく灰をはたいて召し上れ」

御許丸は手渡す。こんなことに馴れ切っているような物腰が、とても八ツや九ツの子供とは見えない。

張りつめていた気がゆるみ、おなかがくちくなると、現金に薬師麿は船を漕ぎ出したが、

「炉端でまろ寝して、落ちでもしたら危いわよ。こっちへいらっしゃい」

母の介ノ内侍の部屋へつれていってくれたのも御許丸である。

「でも、いくらも眠らなかったなあ。まだ暗いうちに起こされて西ノ御門から外へ出てみると、まっ白に霜のおりた道ばたに迎えの牛車が来ていてね、やがて中納言さまが貞秋を従えて出ていらしたんだよ」

ひどく満足げな笑顔だったと聞かされて、潔癖なこの年ごろの性情をむき出しに、濃い

眉を小市はぎゅっと顰(ひそ)めた。

三

帰邸するとすぐ、義懐は自室に入って筆をとった。道々、車の中で案じていたらしい歌も添えて、甘みの勝った、もはや彼自身の体臭ともいってよい薫物(たきもの)の香りが濃く染みついている紫の薄様(うすよう)に、こまごまと文字をつらね、雪と見まごうばかりな霜の庭から、ひときわ緑あざやかな小松の小枝を切らせた。細くたたんだ文(ふみ)をそれに結びつけ、

「ごくろうだが、いま一度、太后御所へもどってこれを大市君に差しあげて来ておくれ」

言いつけたのだとも、薬師麿はひそひそ声で小市に語り分けたのである。

「後朝(きぬぎぬ)の文だわ」

「なんなの？　きぬぎぬって……」

それには答えずに、

「では大市姉さまに、あなた、お目にかかったのね？　どんなご様子だった？」

泣き濡れていたか、ほのかにでも笑いを見せたか、そこが大事だと言いたげな小市の急(せ)き込み方だった。

「いいや、逢ってはくださらなかったよ。朋輩の青女房が出て来て、大市姉さんがおれの

ことをとても怒っていると言うんだ」

「それはそうよ。不意に義懐卿を案内するなんてひどいわ。姉さまどんなに驚いたか、恥かしかったか……。考えただけで胸がきりきり痛くなりそうだわ」

「おれのしたこと、じゃあ、やっぱり悪いことだったんだね。御許丸さんが『幸人（さいわいびと）』と言ったのは、出まかせの気休めなんだね」

その通りだとも、小市には断言できない。御許丸の指摘にたがわず、花山天皇の叔父を恋人に持てた事実は、大市の行く末に仕合せをもたらすものかもしれないけれど、それはどこまでも、大市自身の主観にかかわることだった。

（姉さまがあのかたを嫌いなら、相手の身分がどうであろうと、この結びつきは仕合せとはいえないはずだ）

と小市は思う。だから、

「奥へ引きこもったきり、おれには顔を見せなかったが、大市姉さんは中納言さまのお文を受け取ったし、返事もくれたよ」

と聞かされて、ともあれ小市はほっとした。嫌いなものならば、そんなあしらいはすまいと判断したのであった。

弟とちがって、早くから作り物語の世界に耽溺（たんでき）していた小市には、男女の語らいについての漠とした知識はあった。語らうといってもそれは、単に言葉での会話だけを意味するものではない。少女から今、一人前の娘へと成熟しかかっている小市自身の生理にだぶらせても、ひどく抽象的ではあるが想像可能な、恐れと、ときめきと、嗜虐の痛みを伴った未知の儀式にちがいなかった。

　しかもそれは、おたがいに愛し合った異性同士の間でおこなわれてこそ自然であり、愛が一方的な場合は不幸な結果を招くこともあると、物語は小市に教えている。いきなり義懐に踏み込まれ、おそらくは力ずくで従わされたであろう姉の惑乱を思いやると、感受性が強いのか、小市もまた動悸が早まるほど気持が乱れた。

　後朝の文に返歌するのは、だが男を許し、受け入れた証だと、これも物語の中の姫君たちは小市に教えていた。――と、すれば義懐の恋は成就し、曲りなりに大市も、相手の理不尽を許容したことになるのではないか。

（よかったわ、それなら……）

　小市の安堵を裏書きするかのように、さらに薬師麿は語り継いだ。

「あくる日も、暮れるのを待ちかねて中納言さまは姉さまの局へ忍んで行ったし、その翌晩も出かけられた。昼間は昼間で三度も四度も文を書かれるだろ、お使い役のおれは行ったり来たりさ。なんでも中納言さまは鳴滝辺に山荘をお持ちになっているとかで『皇太后さまに願って大市君を宿の妻に貰い受け、この山荘にかしずき据えて、朝に晩に通うことにしてはどうだろう』ともおっしゃっておられたよ」

「まあ、そんなことまで？」

「お気に入りの女房だから、太后がおいそれとお手放しくださるかどうかはわからない。でも、『とにかく即刻、番匠を入れて山荘を修理させておけ』って、貞秋に言いつけておられたっけ……」

衝撃が去り、懸念が薄まると、代って虹色の光彩が小市の空想癖をしきりに刺激しはじめた。

繕ったとはいっても、長いこと人の住まなかった別邸はどことなく荒れていて、もの淋しげな気配が隅々の闇に澱んでいる。そのような山里へ移された大市……。月光を踏み、雪を冒して、熱心に通ってくる義懐……。

(だけど中納言さまには、もう若君を二人もお生みになった北ノ方や、大納言藤原為光卿のご息女など、幾たりもご寵愛の女性がおられると聞いたわ)

もし、その女たちの嫉みが生霊・もののけのたぐいとなって大市姉さまを悩ませたらどうしよう……。とめどなく拡がる架空の世界でも、立派に大市は女主人公の役を勤められる佳人だし、義懐も相手役に擬して不足のない容姿の持ちぬしではあった。

前ぶれもなく彼が京極の屋敷へやって来て薬師麿を拉し去ったあと、召使の女房たちは、『ひちりきどの』を中にして、あれこれ聞きかじりの噂を種に興じ合ったが、それによるとすでに二人まで子をなしている義懐の北ノ方は、備中守藤原為雅の娘なのだという。

小市も『ひちりきどの』のこの話には驚いた。為雅といえばあの、小野の老公文範の子息——犬の獅子王をくれた母方の大伯父ではないか。

「為雅おじさまの娘なら、わたしたち姉弟（きょうだい）の母上とは従姉妹（いとこ）同士に当るわけですね」

「そういうことよ小市さん。義懐卿は、ですからあなたがたの姻戚のお一人ね」

だからこそ義懐も、妻の従姉の夫である為時を、皇太子時代の花山帝の学問の師として迎え入れる気になったのだろうし、今度の任官にもかげながら骨を折ってくれたのだろう。

為時の娘の大市が、新しくその愛人の列に加わったことで、双方の連繋は一層かたくなったわけだが、大市の立場から見ると、亡母の従妹と一人の男を共有し合う形になる。

そんな例は、しかしかくべつ珍しくはなかった。むしろ小市が興味をそそられたのは、病魔に冒され、一日の内にばたばた相ついで死去したという義懐の兄たちにまつわる世にもふしぎな逸話のほうだった。

「一日の内にですか伯母さま」

「そうよ。上の兄ぎみが朝、息を引きとり、下の兄ぎみが同じ日の夜、亡くなったなんて、なんという禍々（まがまが）しい話でしょう。世間にも、めったにない不幸ですよね」

『ひちりきどの』の言葉に、居合せただれもが声もなくうなずいた。

四

「急逝なさった義懐卿の兄さまがたはね、生前、お二人ながら前後して少将に任ぜられたので、ご長兄の挙賢(もろかた)卿を人々は前少将、次兄の義孝(よしたか)卿を後少将とお呼びしていました。お二人ともそれはそれは光り輝くような貴公子であられたとか……」

小市をはじめ、まわりを取り囲んだ女房たちを相手に、『ひちりきどの』は語りはじめた。

「仰せ、わかりますわ。末の弟の義懐卿もなかなかの美男子でいらっしゃいますもの」

したり顔にうなずく御厨ノ乳母を、

「いいえ、いいえ、為頼どのが言ってましたよ。なみの男に較べればたしかに上等だが、義懐卿の目鼻だちなど到底、亡くなった兄ぎみがたには及ばないって……」

夫の評価を引き合いに出して『ひちりきどの』は制した。

「へええ、義懐卿よりもっとよい男だなんて、どのようなかんばせをしていらしたのでしょう」

「お母さまが、たいそうおきれいな方だったそうよ。それに、お亡くなりあそばしたお父君の一条摂政伊尹公も、ほら、あの兼通・兼家ご兄弟の兄上だけに、ととのった容貌のかただったらしいわ」

「そうそう、毎晩、捕りたての雉子を酒の肴に召し上りながら、ご舎弟の兼家さま苛めを考えておられた堀河の関白兼通公……。あのかたもぞっとするほど冷ややかな、氷の彫像みたいな美男だったそうですよねえ」

　とまた、御厨ノ乳母が出しゃばる。

「でもね、父方の血統よりも挙賢・義孝・義懐三兄弟のお顔だちは、ご生母ゆずりだったのでしょうよ。恵子女王とおっしゃってね、醍醐天皇のお孫さまだけど。ご子息がたの中でひときわ端麗だったのは、後少将の義孝卿……。母上の愛情も、このご次男に一番多く注がれていたのに、あれは父の一条摂政が他界されて三年ほどしてからかしら……。たしか天延二年の春ごろでしたよ、恐ろしい疱瘡がはやってね、都でもばたばた人が死んだの」

「わたしども一家が父さまにつれられて、播磨の国府から帰洛してくる前のことですね」

「そうよ小市さん。もどるのを遅らせたおかげで、あなたがたは洛中の酸鼻を見ずにすんだけど、それはそれは大変なさわぎでした。一条家のご兄弟も罹患して、ある朝、前少将の挙賢さまが亡くなられ、同じ日の夕刻には弟の義孝卿が落命されたのだから、母ぎみ恵子女王のご心中はどんなだったでしょうね」

　それも、もしかしたら生き返ったかもしれない義孝をちょっとした手違いから冥府へ送ってしまったのだから、なおのこと恵子女王の悲嘆は深かったのだと『ひちりきどの』は言うのである。

「義孝卿というかたは女という女を恋いこがれさせていながらお身持ちは意外に固くてね、仏説の聴聞を日ごろ何よりも楽しみにしておられました。亡くなる日も、いまわのきわまで法華経の方便品を読誦なさっていたのだけど、息苦しさに耐えかねて、とうとう半ばで経巻を置いてしまわれたの」

しかし義孝は、母に誓った。いったんは事切れても、わたしはかならず蘇生して、読みさした経文を終りまで誦し奉るつもりでいます、けっして亡者扱いなさらぬようにと……。そして呼吸が止まったのだが、恵子女王は取り乱して人事不省に陥り、そのあいだに事情を知らぬ女房たちの手で義孝の遺体は北枕に直された。逆さ屏風を立て回すやら香華を供えるやら、つまり死者をとむらうしきたり通りに事が運ばれてしまったのである。

「あッ、いけません、そんな作法はやめて！　義孝が生きて返れなくなりますッ」

気づいて、恵子女王が絶叫したときは遅かった。義孝の魂魄は亡骸を失い、この世にもどろうにも、もどれなくなってしまったのだ。

母の夢に愛息が現れ、恨みごとを一首の歌に託して伝えたのは、その夜の内であった。

しかばかり契りしものを渡り川

　　帰るほどには忘るべしやは

あれだけ固くお約束したのに、三途の川から引き返してくる間に、もうお忘れになるなんてひどいではありませんか——そう喞たれて、恵子女王の悔いはさらに万倍にもなったにちがいない。

「でもね、つねづね怠らず法華経を誦しておられた功徳でしょうか、義孝卿はどうやらめでたく極楽往生をとげられたらしいのよ」

「どうしてそれがわかったの伯母さま」

まじまじ『ひちりきどの』の顔をみつめて小市が質問した。何ごとによらず心を動かされたこと、納得しかねること、興味をそそられたことなどをとことん調べ、問いただしもする知識欲を、近来ますますこの少女は旺盛にしだしてきている。

「それはね、小野宮実資卿のお夢の中に、義孝さまが現れたおかげでわかったのよ」

心得て、『ひちりきどの』も叮嚀に姪に説明して聞かせた。

「小野宮頼忠公のことは、小市さんも知ってるでしょう？」

「ええ、一条の摂政伊尹公や、堀河の関白兼通公のお従兄さまよね」

「いま太政大臣・関白の要職にある方です。兼通公が、亡くなる直前に病軀を押して参内し、舎弟兼家卿の出世昇進を妨げたい一心から、従兄の頼忠公に関白職を譲ってのけた話は有名だけど、同じ藤原の門葉でも小野宮のご一族は総じてご気質がおだやかだし、なさることも控え目なようね」

「わたくしも噂で聞きましたわ」

女房の一人がうなずいて言った。

「一の人でおられるのに、頼忠公はけっして直衣姿などでは参内なさらないそうではありませんか」

「そうなのよ。かならずきちっと束帯に改まって参りのぼられるし、陛下に奏聞するさいもまず殿上の間に伺候され、蔵人や職事を介して申しあげるそうね。たまたま帝が鬼ノ間あたりに出御しておられ、お召しがあるような時だけじかに拝謁なさるとか、わたしも聞きましたよ」

結局これは、先帝円融院とも花山新帝とも、関白でいながら頼忠が外戚関係にないからの遠慮だが、『ひちりきどの』が言う通り、伊尹・兼通・兼家ら九条師輔の遺児たちの権勢欲の強さにくらべると、『小野宮どの』と呼ばれている頼忠の流れは、概してあくが薄く、態度もつつしみ深かった。

頼忠の父は実頼といい、九条師輔の兄に当る人で、太政大臣・摂政・関白を長期間つとめた朝廷の重鎮だった。しかし人柄のまじめさは折り紙つきで、

「世人の手本、廷臣の鑑」

とすら評された人物である。

『小野宮どの』の通称は、その邸宅が小野宮惟喬親王の旧居に建っているところから起こったもので、正しくは大炊御門の南、烏丸の西に当るが、ここからは稲荷山が近かった。

「ことに南側のお部屋からだと稲荷の社の神杉がありあり見えるので、実頼公は自邸にいらしても、南面へ出るときはかならず冠をかぶられたそうね」

『ひちりきどの』の言葉に小市はもとより、御厨ノ乳母ら女房たちのだれもが、

「律儀なかたですことねえ」

感じ入った。

「稲荷大明神が照覧あそばしておられるかもしれないのに、頭をむき出しにするなど失礼きわまるとお思いになったわけですね」

「うっかり失念して南の落ち縁になど出られたときは、あわててお袖をかぶって奥へ逃げこまれたそうだけど、こういう父上のご子息だから頼忠公も堅いお生まれつきなのでしょうよ」

「義孝卿の夢をごらんになった実資というかたは？」

「実頼公のご三男のご子息。つまり頼忠公の甥御さまね」

「どんな夢をごらんになったのですか？」

待ち遠しがって小市が訊く。

「花をいっぱいつけた桜の木の下に、在りし日の涼やかな男ぶりをそのまま義孝卿がたたずんでおられたので、『あなたは後少将どのではありませんか。いま、どこにお住まいなのですか?』と実資卿が声をかけられるとね、それに答えて『昔ハ蓬莱宮裏ノ月ニ契リ、今ハ極楽世界ノ風ニ遊ブ』と義孝卿が吟じられたのですって……」

「夢で?」

「そうよ小市さん。蓬莱宮というのは宮中をさした言葉だから『昔はあなたと禁中の月のもとで親交を結んだものですけど、今は極楽の花園でかぐわしい風に吹かれて遊んでいます』とおっしゃったわけね」

「およろこびになったでしょうね、実資卿も……」

「疑いなく浄土に生まれ変られたにちがいないと思し召してね、さっそく母ぎみ恵子女王のおん許へ手紙でおしらせしたそうですよ」

息絶えた人体から遊離する魂魄、よみがえりそこなった命、信仰の力によって往生の素懐をとげた死者、それを実証してみせた夢の告げなど、どれ一つとして小市の空想力を刺激しない話はなかった。

いつもなら、女たちの雑談にきっと加わる叔母の周防が、近ごろともすると自室にとじこもりがちなのが小市には淋しいし、ものたりない。ふしぎな夢物語……。周防にも聞かせたくて、彼女はいそいそ東ノ対ノ屋へ出かけて行った。

五

周防は釣殿(つりどの)の柱のかげに隠れるように坐って、ぼんやり池を見おろしていたが、足音に気づいて振り向いた顔がおどろくほど青白かった。

「どうなすったの叔母さま、ご気分でも悪いの？」

小市の気づかいを微笑で否定して、

「池がきれいになったのでね、魚たちの動きについ、見とれていたのよ」

目の下の水面を周防は指さした。為時の式部丞(しきぶのじょう)任官がきまりかけたころ、

「これからは客人その他、人の出入りが多くなる。庭ぐらいは少々見よくせねばな」

との為頼の意見で、手伝いの男どもが三人ほど傭われ、雑色の御厨ノ高志、牛飼の菊丸爺やまでが手を貸して、長いこと干(ひ)上ったままでいた大池のごみを渫(さら)った。

ついでに遣水(やりみず)の溝も掃除し、錆(さび)ついた閂(かんぬき)をやっとはずして水門の扉を上げると、さらさら清らかな音とともに賀茂川の水が流れ込み、白ちゃけた底を天日に曝(さら)しつづけていた池は、ともかく池本来のたたずまいを取りもどしたのである。

殿舎をめぐって、浅い遣水もせせらぎはじめ、荒れ放題だった庭は、

「四季、花が絶えることなく咲き誇る」

と讃えられた創建当初の美しさには遠く及ばないまでも、いささかは庭らしい景観を見せるに至ったのだ。

泉殿はとうに朽ち、釣殿だけがかろうじて残っていたのを、これも手入れして、池には高志が川から釣って来た金鮒を、幾匹も放った。菱や蓮など水草が根づくのは、まだまだ先であろうけれど、あめんぼ、水すましのたぐいは気持よさそうに水面に弧を描き、釣殿の軒下には日ざしの波紋がチラチラ揺れる。周防の顔色がことさら透きとおって見えたのも、青い光線の反射のせいかもしれなかった。

(でも、それにしても近ごろ、周防叔母さまのご様子は訝しい。帰洛した当座、私たち姉弟を粟田の山荘や山科の勧修寺などへつれていってくださったころの明るい活潑な叔母さまは、どこかへ消えてしまった。口かずも少なくおなりだし、何か人しれず、物思いの種をかかえてでもいるようだ)

それが何なのか、小市にはわからない。ただ、

(従兄の伊祐どのに関わることではないか)

漠然と、そう察しはつけていた。

伯父の為頼が周防に向かって、

「倅のやつも、どうやら国府での官舎ぐらしに馴れたらしい。田舎住まいのわびしさを手紙でぐちってくることも少なくなったが、そうなればなるで親とすれば不憫でな。支え木

を見つけてやりたいのだ。どうだろう妹、そなた、伊祐のところへ行ってやってはくれまいか」

　そう頼んでいたのを、聞くともなしに小市は聞いてしまったのである。

　しかし周防は拒絶した。それは小市の耳にすら意外に思えたほど、醒めた、冷ややかな語調であった。

「大市への遠慮なら、知っての通りもはや事は済んでいる。あの娘(こ)は太后御所に宮仕えにあがり、権中納言義懐卿に思われて、それなりの仕合せを摑んだし、もしまた、そなたがその左手の故障にこだわるなら、なおのこと何もかも承知している伊祐こそが、伴侶として打ってつけの相手ではあるまいか。どれほど真剣に、伊祐がそなたを求めていたか、断腸の思いで別れて行ったか。判っているだけにわしは辛(つら)い。むり強(じ)いはせんがね。伊祐を、そなたも愛してくれていると知っていればこそ、すすめもし、頼みもするのだよ周防」

　さすがに苦しげに、周防は嗚咽(おえつ)を洩らしはじめたが、やはりどこまでも拒絶の意志を曲げようとはしなかった。

「私は独りでくらします。『一生、兄さまがたの厄介者よ』と、前々から申しあげていたではありませんか」

　言い張ってきかない。

　匙(さじ)を投げたのか、それとも一時、矛(ほこ)を収めたのか、為頼は以来なにも言わなくなったし、人前では周防もできるだけもと通りにふるまって、口さがない召使たちに怪しまれまいと努めているようだ。式部丞から、さらに一階引き上げられ、為時が式部大丞に任ぜられたのを祝って、身内だけの小宴が催されたときも、まめまめしく厨(くりや)の者を指図し、酒肴の用意に心をくばったのは家事に堪能な周防である。

　春秋の装束や身の回りの品などを大市のために調え、必要に応じて届けさせるのも、親代りをもって任じる周防の役だから、うっかり眺めているぶんには、その変化にだれも気づかない。敏感な小市が、ひとり遠くから叔母の気配を案じていたにすぎないが、その小市とて、周防の身辺に起こっているあの奇妙な恋――得体(えたい)の知れない求愛者の存在にまで嗅覚は働かなかった。文(ふみ)を取り次ぐ高志と、相談に乗っている陸奥ノ御、それに当事者である周防の三人だけで、今のところ秘密は固く守られていたのである。

　顔色が冴えないけれど、どこか身体の具合でも悪いのかとの、小市の問いかけにも、別に何ともない、池の魚を眺めていただけだと周防は応じて、

「大市さんが義懐卿の山荘へ移ることになるという噂は、信じてよいことなの？」

　さりげなく話題をそらした。

「ほんとうらしいわ周防叔母さま、昌子太后もはじめのうちは惜しんで、なかなかお許しくださらなかったんですって……。でも、とどのつまり大市姉さまの仕合せになることだとおぼしめして、中納言さまの願いを聞きとどけられたようですよ」

「よかったことねえ。ただ、義懐卿の思われ人になって、お屋敷の奥ふかくかしずかれる毎日では、もう、いままでのようにあなたがたも気楽に遊びには行けなくなるわね」

「ですから太后御所にいるうちに、一度、様子を見がてら逢いに行くつもりでいます」

「たぶん、そうではないかと思って、ことづけ物を用意しておいたの。桜の細長よ。布地のままでながいこと持っていたのだけれど、わたしから大市さんへのお祝いに、ひと針ひと針、丹精こめて縫い上げました。逢ったときに渡してね」

　これは為頼が摂津の国司に任ぜられて、羽ぶりがよかったころ、妹のために求めてやった布地であった。それに山吹襲の衣、萌黄の単衣を添えて、周防は大市への贈り物にするつもりでいたのだ。

「わかりました。あすにでも、ではお預かりして御所へまいりますわ」

「寒くなった。水の上にいたものだから身体が芯まで冷えたようよ。風邪を引くといけない。小市さんももう部屋へおもどり」

　うながして、釣殿を出て行く周防のうしろ姿に、取りつき場のない孤寥の気配を見て取って、小市はそれ以上追うのをやめた。ここへ来た目的は、『ひちりきどの』から聞いた話を伝えるためだったが、お喋りする気も萎えてしまったのである。

（どうも変だ。以前の叔母さまとはどこか違う。何か隠しごとをしていらっしゃるのではないか。そして人知れず悩んでおられるのではないかしら……）

近ごろ周防が放つほのかな香りも、小市には気になることの一つであった。これまで周防は、高価な薫物(たきもの)とはほとんど無縁にくらして来ている。法要などで親戚が寄り合う席とか、物詣で、方違(かたたがえ)などでよその家に泊まるといった特別の日でないかぎり髪や衣裳に香を焚きしめることはなかったし、その香の匂いも現在、彼女が用いているものとは別だった。いつから薫物の種類が変ったのか、小市にはさだかでないが、あるとき、ふとそれに気づいて、

「よい匂いだこと！　いままでのよりさわやかな、寂しい香りね」

感じたままを口にしたことがある。周防はちょっとどぎまぎし、頰をあからめながら、

「人にね、いただいたのよ」

言いまぎらしたが、小市が気になるのは、その香りに、なぜか覚えがあるからだった。

(どこかで一度、嗅いだ匂いだ)

どこだったか、いつであったか、思い出せないのがもどかしい。過去に出遇った同じ香り……。それがはっきりしさえすれば、周防の最近の変化や屈託の原因が、もしかして小市にも解明できそうな気がするのだ。

六

出仕する為頼伯父の牛車(くるま)に乗せてもらって、翌日小市は昌子太后のお住居へ出かけて行ったが、びっくりするのは、逢うたびに姉の大市が美しくなり増さってゆくことだった。義懐の愛撫が、十七歳の大市を蕾から大輪の花へ、みごとに開華させたのであろうけれど、

「山荘の繕(つくろ)いはすんでね、あとは調度を入れるだけだそうよ。かしずきの女房や侍、雑色まで、大勢で夜(よる)ひる守らせると中納言さまにいくら言われても、知らないところへ一人で引き移るのは心細いわ。小市さん、これまで通り鳴滝へもときどき来てね」

ささやく声までが艶(つや)やかなまるみを帯びて、大市の心身の、急速な成熟を裏書きしていた。

極楽に棲むという迦陵頻(かりょうびん)の妙音でも聞くように、小市は姉の声にうっとりする。今をときめく公達(きんだち)に恋され、隠れ家(が)じみた草深い別邸へ伴われてゆく大市が、作り物語の姫君のように思えた。非現実的なその運命の急転が、自分のことでもないのに小市を夢ごこちに誘うのである。

美しい姉が、小市には誇らしい。大市のそばにいるだけで、小市みずからも物語の登場

人物に加えてもらえた気がするほど、広くもないその曹司は華やぎに満ちていた。

「あ、小市さん、いらっしゃい」

気配を察して、どこからともなく遊び友だちの御許丸（おもとまる）も飛んでくる。母の介ノ内侍の縁からすれば、御許丸は昌子の乳姉妹（ちきょうだい）だし、父親の大江雅致（まさむね）もまた、太后御所に勤める職員の一人だから、彼女は両親の勤め先を〝我が家〟として育った。昌子太后にも実の妹か娘のように慈（いつく）しまれ、自由気ままに御所中を走り廻って、怖（こわ）いもの知らずにくらす毎日である。

そんな御許丸が、今日は手下（てした）とも弟分ともいってよい男の子を、二人も引きつれて現れた。

「冷泉上皇のお子さまがたよ」

大市に教えられて、初対面の小市は居ずまいを直した。上皇のお子たちなら皇子さまではないか。

「小市さん、東三条の大臣（おとど）をごぞんじでしょ？」

脇から御許丸が口を出した。九歳の彼女は、ことし十七の大市、十五の小市から見ればぐんと年下なはずなのに、小ましゃくれているせいか子供離れが早く、小市あたりとはいっぱし対等の喋り方をする。

「知ってるわ。右大臣兼家公……。蜻蛉日記の著者の背の君ね」

「その兼家卿のご息女に、冷泉院の女御となられた超子というかたがおられてね、院との間に三人の男御子をお生みになったの。一番上が居貞親王、二番目と三番目がここにいる為尊さま敦道さまよ」

「まろたちの母上は、死んじゃったんだ」

大きいほうの男の子が御許丸の言葉を補足した。これが為尊親王にちがいない。目のくりくりしたきかん坊そうな子で、年は七歳だという。

「昌子太后が可哀そうがってね。この御所に引きとってくださったんだけど、ほんとなら兼家お祖父さまの東三条邸か、父さまのおそばで大きくなるのが筋だよね」

と年に似合わず、為尊親王もなかなかおとなびた口をきく。おおかた女房たちの入れ智恵であろう。

「まろは嫌だよ。父さま、頭が訝しいもの」

敦道親王が言ってのける。四歳だそうだが、これも兄に負けず劣らず元気のよい愛くるしい顔をした男の子である。

「そうだなあ、すごい大声で催馬楽を唄うだろ。幾つも幾つも、きりなく唄ってさ。よくあんなに知ってるねえ」

「嘘よ、上皇さまがご存知なのは飛鳥井と我が門と伊勢の海と葛城と……せいぜい十曲ぐらいだって、うちの母さまが言ってたわ。それを何度でもくり返し聞かされるから、だれもがうんざりしちまうんだそうよ」

友だちに対するような御許丸のきめつけ方に、小市はおどろいた。冷泉上皇のお子たちなら花山新帝の兄弟――腹ちがいの弟御ではないか。いかに一つ屋根の下にむつまじくくらす間柄とはいえ、御許丸はたかが中級官吏の娘にすぎない。

(礼儀を知らないにもほどがある)

呆れたが、馴れっこになっているのか、それともよほど親密なのか、二皇子は平気な顔で、

「お父さまの狂気は、民部卿藤原元方の祟りだとまろたちは聞いたけど、ほんとなの?」

問いかける。

「さあ、どうかしら……。小市さんはどう思う?」

御許丸の言葉に触発されて、みるみる記憶の底からよみがえってきたのは、藤原保輔と名乗った若い盗賊の面ざしである。死人のふりをして街道に寝ころび、不用意に近づいた旅の侍を襲って衣類から太刀弓矢、乗馬まで奪って逃げた敏捷さを、

「袴垂れじゃ」

「さすが、凄腕……」

ヤジ馬たちは褒めちぎった。でも後刻、勧修寺の境内で再会したとき、保輔本人は、

「奪ったんじゃない。白昼、人目の多い道ばたで旅人を身ぐるみ剝げるかどうか、友だち

と賭をしただけさ」

　と否定し、

「盗賊などよりもっと恐ろしい祟り神の血が、おれの体内には流れているんだぜ。民部卿元方といって、朝廷や上卿どもにしぶとく仇をする怨霊が、おれの祖父なんだよ」

　誇らしげにうそぶいた。

　ではなぜ、藤原元方という人物は祟り神になどなったのか。そのわけは京極の屋敷にもどってから伯父の為頼に聞かしてもらったが、つまりは皇室の外戚になりそこなったことへの恨みであった。

　伊尹や兼通、兼家らの父に当る九条の右大臣師輔は、村上帝の後宮に長女の安子を奉った。しかしすでに一足はやく、民部卿元方の娘も帝の寵をこうむり、広平親王という第一皇子を生んでいる。安子懐妊の噂が流れると、元方は不安にさいなまれ、じっとしていられなくなった。

（どうぞ安子女御が、姫宮をお生みになるように……。わが孫の広平親王に立坊の幸運が恵まれるように……）

　神仏に祈った甲斐もなく、誕生したのは男の子。そしてすぐ、この子が皇太子に立てられ、異母兄の広平親王を押しのけて帝位について、冷泉天皇となったのだ。師輔の威勢が、元方をはるかに凌駕していたのだから仕方がない。

当然の帰結といえばいえるのに、元方は恨んで憤死をとげた。娘も亡くなり、広平親王までが若死したため、三人の怨霊説がささやかれはじめ、冷泉帝の精神異常もたちまちそこに結びついて、

「祟りだ」

となったのである。小市も伯父に教えられて、それらの事情は知っていたが、幼い二人の皇子（みこ）の前であからさまに口にするのは逡（ため）らわれた。

「わたし、よく知らないわ」

「大市さんは？」

「わたしもよ御許丸さん」

大市も賢く言葉を濁したけれども、理解が及ばないこと、災難としか思えないこと、たちの悪い疾病、失明、狂気など人智ではいかんともしがたい不運不幸を、すべて生霊死霊、物怪（もののけ）や怨鬼（えんき）の祟りにむすびつけて、

「これも前世の宿業……」

と諦める風潮は、あまねく上下に瀰漫（びまん）している。気持に片をつける一手段と見てもよい。大市と小市も心の奥では、冷泉帝の病いを民部卿元方の祟りと信じている。それは、でも師輔の権勢欲が招いたもので、

（冷泉帝はきのどくな犠牲者ではないか）

とも小市はひそかに同情していた。だからなおのこと、同じ憂き目に遭いかねない両皇子を前にして、祟り神の存在など肯定できにくい気がする。

子供だけに、むしろ二人のほうはあっけらかんとした口ぶりで、

「訝しいといえば、みかどもずいぶん変り者らしいよ」

生母を異にする兄花山天皇の、噂をはじめた。

「ねえ御許丸、お前聞かないかい？　兄さまのことを廷臣たちは『内おとりの外めでた』って言ってるそうじゃないか」

「初耳だわ。お顔だちやご容姿など、表つきはご立派だけど、目に見えない内側はひどく劣っているという意味ね？」

「そうらしい。『冷泉院のご狂疾よりも、病気の根が、身体の中に深く隠れていなさるだけ、花山帝のほうが始末に悪い』とも、かげではみんな言い合っているよ」

すんなり伸びたいろ白なうなじに、少年らしい繊細さが匂う。そのくせ為尊親王の右手は間断なく木盤へ伸びて、曲り餅を口へ運ぶ。蜜練りした米の粉を、カラリと油であげた口当りのよい唐菓子で、鐶餅とも呼ばれている。太后からの拝領品を、大市が厨子にしまっておいたのだ。

負けずに御許丸が食べ、敦道親王もほおばったから、そうたくさんはない菓子はみるまに消えてしまい、妹をもてなすつもりだった大市を内心すこしがっかりさせたが、この日、

珍しく小市はくつろいで、ゆっくり姉と話をしたし、二人の皇子とも仲よしになった。勤務中の大市の邪魔になるのを懸念して、日ごろはめったに長居などしない小市なのである。

「ご秘蔵の布地をわたしのために仕立ててくださったのね。うれしいわ。周防叔母さまにくれぐれもお礼を申しあげてね」

桜の細長を抱きしめて涙ぐむ大市は、しかし最近、それよりもっと上等な衣裳を普段着に用いている。中納言藤原義懐からの贈り物とみえて、趣味も地質もずば抜けてよかった。

「鳴滝へ移ったからといって、遠慮することはないのよ。ここ同様、気軽に訪ねて来てほしいわ小市さん。薬師麿にもそう伝えてね」

大市は誘うけれど、羽ぶりのよさに酔ってでもいるような義懐の印象が、小市には気にくわない。いわゆる〝肌に合わない相手〟なのだろうか、

(姉さまの恋人なら、わたしにも義理の兄上……。父さまの任官に力を貸してくださった恩人でもあるのだから嫌ったりしては申しわけない)

そう反省しながらも、強いておのれを矯めるつもりなど、さらさら無かった。小市の気質からすれば、義懐も軽薄な、当世はやりの風流貴公子の一人としか感じられない。作り物語の主人公ならそれでよいかもしれないが、現実に姉の将来を託す相手となるともっと手堅い、誠実な男に求愛してもらいたかった。

「帝の叔父ぎみを射とめるとは大市もたいしたやつだ。『あの娘をこんなボロ屋敷に閉じ

こめておいては勿体ない。宮仕えに出せば受け合い、玉の輿に乗るぞ』とわしは予言しただろ。みんごとその通りになったじゃないか」

鼻たかだかな為頼伯父に、批判を抱かぬでもないけれど、小市がけぎらいするほど、じつは義懐は驕慢な浮かれ男などではなかったのである。

ぞんぶんに活動の場を与えられたうれしさに、彼は勇み立っていたのだ。

（やってやるぞ。理想政治の実現目ざして、もりもり働くぞ）

この気負いが、義懐の若さと相まって、鋭角的に外に現れたにすぎない。もともと家柄がよく、その上、気鋭の人材だった。二人三脚を組んできた藤原惟成と共に、義懐は花山新帝の左右の腕となり、十七歳の帝をよく補佐して、新政朝を発足させた。

即位後まもなく手がつけられたのは、ともするとこれまで敬遠されがちだった銭貨の信用を高め、全国的に流通させるための対策である。

開拓能力を持つ一部の貴族豪族のみが、旨味を享受した荘園の新設。――断乎、その停止を打ち出したのも、花山朝の新政策だった。

人々は瞠目した。官界のたるみは刷新され、廟堂ぜんたいにすがすがしい緊張感がみなぎった。むろん権中納言にすぎぬ義懐個人に、いくら新帝のただ一人の外戚とはいっても、施政推進の全権が握れるはずはない。上には関白頼忠がい、右大臣兼家も睨みをきかせている。しかし何といっても『天皇の叔父』である立場は強い。相棒の惟成がまた、実務を切って回すのにもっとも有利な弁官だから、二人はいっそう連繋を固め、立案の作成など目ざましい活動を開始した。

「内おとりの外(と)めでた」

花山天皇に向けられた陰口には、たんにその精神や外容だけでなく、

「新帝の私人としての値打ちはさしたるものでないにせよ、公人としての政治手腕には見るべきものがある」

との意味あいも、じつは含まれていたのであった。

七

番匠小屋の屋根に登って、一日じゅう空を眺めていたり、大声でとめどなく催馬楽を唄いつづけたり、はては賢所(かしこどころ)にはいりこんで神器の御筥(みはこ)をこじあけるなど、あきらかにだれの目にも、

「正常ではない」

と映る冷泉上皇の言動にくらべると、血のつながるおん父子とは言い条、花山帝の場合はだいぶ症状が違っていた。学問はもとより和歌・作詩、わけて庭造りや調度にほどこす蒔絵螺鈿(まきえらでん)の工夫など、趣味的な面の素養は深く、言うことにもすることにも訝(おか)しな点はな

かったが、のめり込むと熱中して前後をかえりみなくなる。

　そういえば冷泉上皇にも蹴鞠に凝って、足の爪先から血が流れるまでやめなかった過去がある。偏執狂といってよいそんな素質が、濃厚に花山帝にも伝わったのかもしれない。甥の体内に潜むこの厄介な性情を、露に人目にさらさせまいとして、必死に庇ったのが権中納言義懐であり、義懐が片腕とたのむ権左中弁藤原惟成であった。

　いま年若な帝が夢中になっているのは馬で、

「お手ずからそのようなことをあそばすものではございませぬ」

馬寮の役人が口を酸くしてとめるのもきかず、間がな隙がな厩に現れる。そして繋がれている何十頭もの馬どもを飽きず見て廻り、特に気に入りの数頭をかわるがわる乗りこころみるばかりか、飼葉を食ませ鬣を梳き、裾まで洗ってやるのである。

　いくら好きでも、帝王がそこまでするのは逸脱だし、見ぐるしい。係りの役人たちが困じはてるたびに、

「いけません帝。こんなところにおられては……。さ、参りましょう」

　飛んで来てつれもどすのは義懐か惟成にきまっていた。

　叔父の円融帝から位を譲られたのが永観二年の、秋も半ばをすぎた八月二十七日だったが、それから約二カ月後の十月十日、ようやく新造成った大極殿で即位の大礼がおこなわれ、賀茂の臨時の祭りも執行された。

冬のさなかだから日が短い。暮れきらぬうちに終らせなければならないので、夏の例祭なら巳の刻か、時には正午の参集時刻を、今回にかぎって大幅にくりあげ、

「当日は辰の刻に参りのぼれ」

宣旨の形で触れ出された。そこで舞人に指名された者はもとより、廷臣こぞって定めの刻限に参内すると、花山帝はすでにすっかり装束を改め、一同を待ちうけていた。

「これならば明るいうちに神事を終了できそうだぞ」

「風邪を引かずにすむ。夜になると凍てつくからなあ」

すぐにでも大路渡りにとりかかれると思ったのは、しかし、まちがいだった。帝がいつもの性癖を発揮して、清涼殿の朝餉ノ間から動かなくなってしまったのだ。後涼殿とのあいだをつなぐ石畳の通路を、馬道と呼び、ふだんは仮橋が渡してある。行事や神事で馬を曳き出すときだけ、この仮橋をはずすのである。

舞人を乗せる駿馬が幾頭も、口輪をとられて馬道を通り、壺庭へ歩み出て来たのを見ると、

「おお、どれもみごとだねえ」

ぱっと満面に、花山帝は喜色を漲らせ、だれかれかまわず廷臣たちをつかまえて、

「そなた、乗ってごらん。卿にはこの、栗毛が似合う」

すすめだした。

「乗馬の仕度をしてきていません。それに、馬になどかまけていては賀茂への行幸が遅れましょう」

諫めても、酔いでもしたように上気して帝は耳をかさない。辞退する者ばかりなのに苛(いら)立(だ)って、西庇(びさし)の勾欄ぎわからいきなり階(きざはし)をとびおりた。

「や、なにをあそばします？」

「朕(わたし)が乗る。袖を離せ」

せっかく参集の刻限を早めたのにこれでは何にもならないし、賀茂への行幸が練り出す直前、舞人用の馬に天皇が戯(ざ)れ乗りするなどという珍事も前代未聞といえる。

（とんだ恥さらしだ）

だれもが苦り切ったところへ義懐が参内して来た。ひと目で事態を察したのだろう、つかつかと帝のそばへ寄り、

「代りに臣(やつがれ)が曲馬をお見せしますよ」

その手から手綱を取りあげざま、たちまち鞍上(あんじょう)に腰を据えた。彼は乗馬に巧みであった。花山帝の馬好きも、もともとは義懐に影響されてのことだから、ただでさえ、彼は責任を感じている。

多数の人や馬で、小さな壺庭はこの日いっそう面積をせばめていたが、広大な馬場ででもあるかのように義懐は自在に乗り廻し、

「さあ、これで満足なさったでしょう。お出ましなされませ」

手ぎわよくけりをつけてしまった。満座の中でこごとめいたことを言えば、帝の奇行は拡大し恥もそのぶん大きくなる。子供をあやす要領で収拾してのけたのである。

若い叔父が近づいてきたのを見て、一瞬、叱られると思って怯えた帝も、ほっと顔色をなごませ、

「うん、行こう」

上機嫌で賀茂の社へ向かったけれども、さすがの義懐すらどうにもならなかったのが、弘徽殿ノ女御への、異様なまでの帝の愛着であった。

関白頼忠をはじめ、花山帝の後宮へ娘を入れた公卿は数人いた。皇族からも、花山帝には父方の従妹にあたる女性が入内していたが、中でももっとも青年天皇の寵を受けたのが弘徽殿の上の御局に住まいを賜っていた藤原忯子だったのである。

彼女は兼通・兼家兄弟には腹ちがいの弟にあたる大納言為光の息女で、たぐいまれなその美貌ゆえに、『麗ノ女御』と呼ばれていた。忯子の忯の字は、和ぎかなう、つつましやか、あるいは、慈しむという意味を持っている。まことにその名の通り可憐な、愛らしい女性なのだ。

（帝の寵がぬきんでているのも無理はない）

と義懐も思う。思うがしかし、ここでも気になるのは忯子への惑溺のただならなさであ

った。他の女御たちへは目もくれない。弘徽殿にばかり入りびたって、そうなるともはや馬になど芥子粒ほどの関心も示さなくなった。

　年があけ、四月に改元がおこなわれて、年号が寛和と変ってまもなく、忯子懐妊の噂がぱっと宮中にひろまった。

　すでに五カ月になるという。旧冬十一月の入内だから、帝と結ばれてまもなくみごもったわけだろう。忯子のほかはどの女御にも妊娠のけぶりさえない。帝の愛が、いかに忯子一人に深かったか、証されたも同然であった。

ところが経過は、かならずしも楽観を許さなかった。悪阻がひどく、しかも長びいて、ほっそりと小柄な身体つきがいっそう痩せ細り、出産などという大役にとても耐えられそうもなくなったのである。

　内裏から退出し、親もとの為光邸へもどって以後、容体はさらに悪化……。湯水も咽喉を通らなくなったので、為光夫妻の心痛にも増して花山帝の歎きは深刻だった。高僧貴僧を召しての加持祈禱はもとより、すこしでも霊験ありと聞けば遠近を問わず、あらゆる寺社に奉幣して忯子の無事を祈らせたし、ひっきりなしに見舞いの使者をつかわして様子を問わせた。

「早く行け。早く……」

　いま帰ったばかりなのに、すぐ追いかけて次の使いをさし立てる気ぜわしなさに、側近

の臣はそろって音(ね)をあげた。行かせれば行かせるで、

「まだ帰らぬか。何ぞ変事が起こったのではないか。遅い、遅い」

　気を揉みぬき、息せき切ってもどってさえ腹を立てて、

「寄り道でもしていたのだろう。そちのような不実な男、顔も見たくない。出仕に及ばぬ」

　謹慎を命じるありさまだったから、旱魃(かんばつ)騒ぎにあけくれた夏の猛暑はからくも越したものの、ようやく秋めきはじめた七月十八日、八カ月の身重のまま忯子がついに事切れたときの、花山帝の取り乱しようは、他目(はため)にも悲惨をきわめた。

「あとを追って朕も死ぬッ」

　悶え叫ぶのを、なだめたり慰(なぐさ)めたりするのに、義懐や惟成はどれほど脂汗をしぼったことか。

　式部大丞の職務のほか、皇太子時代から引きつづき新帝の勉学のお相手も勤めている藤原為時は、京極の古屋敷に帰ってくるたびに、これも口かずの少ない日ごろに似げなく、

「心配でならんよ」

　帝の状況を案じて、娘の小市を相手に彼なりの憂いをつぶやくことが多くなった。

「すこしずつ日数がつもるにつれて、永別直後の狂乱状態は鎮(しず)まったが、以来、帝は虚脱したようになられてなあ。ご学問はもとより、何ごとにもとんと興味を示されなくなった。

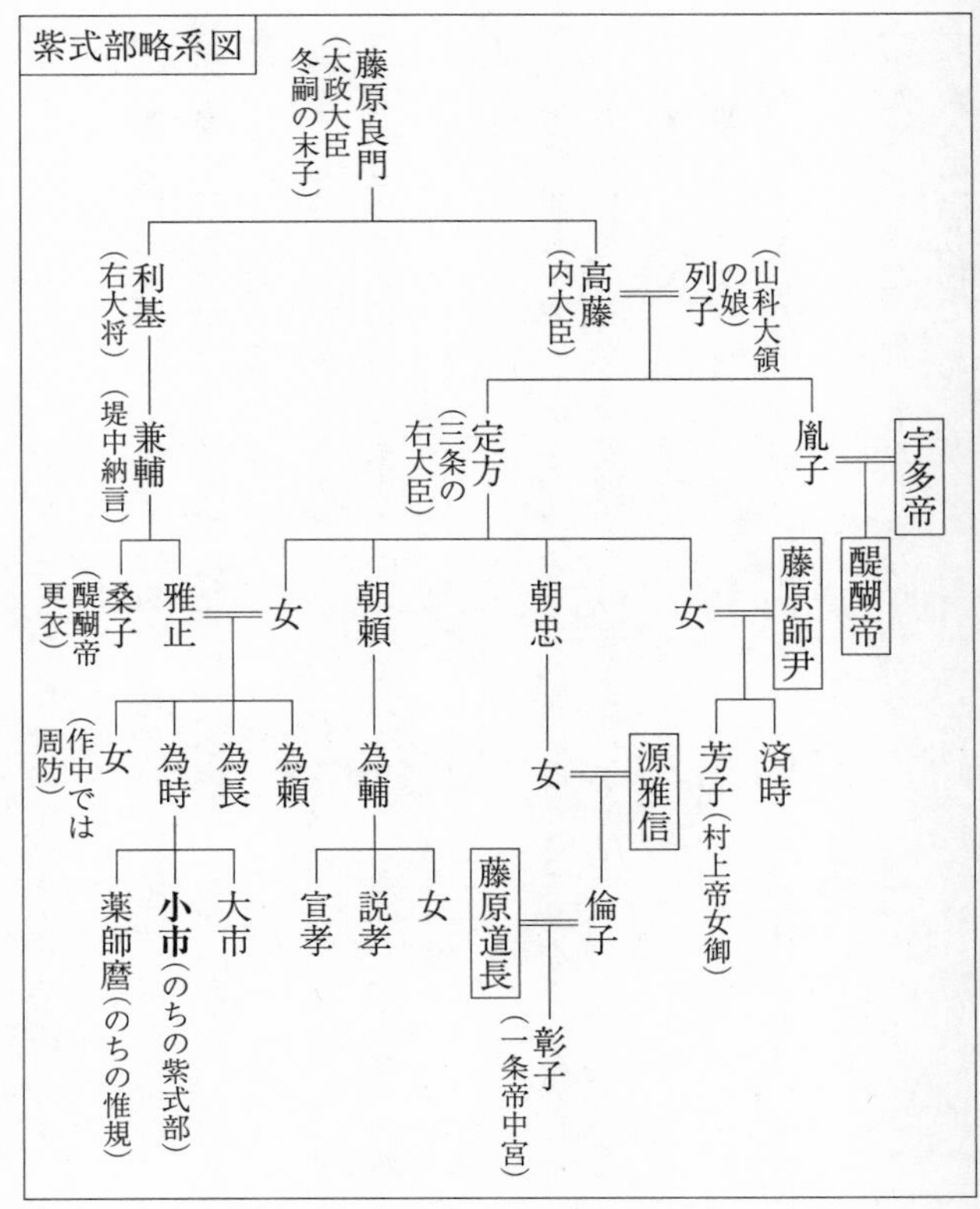
紫式部略系図
藤原良門（太政大臣冬嗣の末子）
高藤（内大臣）
列子（山科大領の娘）
利基（右大将）
定方（三条の右大臣）
胤子
宇多帝
兼輔（堤中納言）
醍醐帝
藤原師尹
桑子（醍醐帝更衣）
雅正
女
朝頼
朝忠
女
女（作中では周防）
為時
為長
為頼
為輔
女
源雅信
芳子（村上帝女御）
済時
薬師麿（のちの惟規）
小市（のちの紫式部）
大市
宣孝
説孝
女
藤原道長
倫子
彰子（一条帝中宮）

お心をまぎらす手だてを考えぬことには、いずれご病気を引き起こすぞ」

「よくよくおきれいだったのですね。亡き女御さまは……」

「美しい上に、気だてもよいお方であったらしい。お側近く侍いながら、ついぞわたしは拝顔の栄に浴さなかった。一度だけ物ごしにお声をうかがっただけだがね、金鈴でも振るような軽い、涼やかな声音だった」

「なんとおっしゃいましたの？」

「かしずきの女房に『鳥たちを中へ入れておやり』と命じたお声を、偶然、洩れ聞いたのさ。女御さまは小鳥がお好きでね、風雅な鳥籠に目白だの鶯だの、いろいろ飼っておられたのだよ」

「日なたに出しておいたのを、夕方、お部屋に取り込ませなさったのね」

「中でも珍しかったのは、異国渡りの鸚鵡という鳥だ」

「おうむ？」

「人の言葉をはなすのだよ小市」

「ああ、聞きました。そういう鳥がいることは……。だけど本気にはできませんでしたわ」

「実際にいるのだ。世にもふしぎな珍鳥がな」

「帝からの賜り物でしょうか」

「いや、父君の為光卿が、唐の交易商からたいまいな砂金と引きかえに求められたものだそうな。こよなく鳥を賞(め)でられた女御のお慰みにな」

その歿後、でも鳥たちはことごとく空へ放たれた。なまじ形見を目にすると、辛(つら)さがつのるとの花山帝の意志からだが、鸚鵡だけは残された。人間に飼い馴らされ、山野にもどしても野生化はむずかしいと判断されたためである。

「父さまはごらんになって？　その鳥……」

「一度だけ帝に見せていただいたことがある。全身まっ白な羽毛におおわれた冠毛を持つ大きな鳥だよ」

「人語をしゃべりましたか？」

「妙にかんばしった声で、そのくせはっきりと『いそのかみ、ふるや男の太刀もがな』と言ったのには肝がつぶれたなあ」

「神楽歌(かぐらうた)ですね。いつおぼえたのでしょう」

「亡き女御が、口移しに教えられたのかもしれない。帝は涙を流されてね、思わずわたしまで貰い泣きしてしまったよ」

「おきのどくにねえ」

十六になった小市は、世事に疎(うと)い父の目にもはっきりそれとわかるほど近ごろ大人びて来はじめている。

(大市は仕合せを掴んだ。次は小市の配偶をさがしてやらねばな)

父らしい感懐に捉われた瞬間、ふと脳裏をかすめた顔があった。

(いかん。あの男はいかん)

為時は頭を振り、いそいでその顔を追い払った。

八

つい先ごろ、花山天皇の即位に伴う大嘗会に、為時はその男——藤原宣孝と一緒に奉仕したのである。元来が、さして遠くはない縁つづきだから、親密な交際はなかったにせよ、宮中で逢えばどちらからともなく、挨拶ぐらいはかならず交す間柄だが、ことさらこの日、宣孝は睦まじげに話しかけてきて、

「義懐卿の想われ人となられた大市君は、宮仕えしていたころ若殿ばらの憧れの的だったそうではありませんか。妹の小市君も、さぞや美しく生い立たれたでしょうな」

あわよくば婿になりたいと言わんばかりな押しつけがましい詮索を口にした。

(なにをほざく)

内心、為時は呆れ返った。

(女癖がわるく、酒にもだらしがないという評判を、わたしが耳にしないとでも思ってい

るのか）

だいいち年を考えてみよ、三十を三つ四つ越している中年男ではないか。小市はまだ十六。親子ほどにも開きがある。たしか彼には、小市と同じ年ぐらいの男の子までいたはずなのに、よくもまあ色めいたことが言えるものだと、その図々しさが可笑しくもなった。

為時や為頼、周防ら兄妹の母は、世に三条の右大臣と呼ばれた藤原定方の娘である。この女性が、また従弟の藤原雅正に嫁して為時たちを生んだのだが、彼女の兄に従四位上少納言にまで昇った朝頼という人物がいる。宣孝は、朝頼の子の為輔が参議藤原守義の娘とのあいだに儲けた二男一女の内の一人なのだ。

為輔はつまり、為時の従兄だから、彼らの子の宣孝と小市は、これまたまた従兄妹の関係にあった。

（だからといって、かくべつ宣孝に親しみ深く接してやる必要などさらさらない。いわんや小市の婿になど、とんでもない話だ）

為時が苦り切ってそう思うのも無理はない。これも、つい前年の話だが、中納言義懐が清涼殿朝餉ノ間の前庭で、花山帝に馬の輪乗りをして見せたあの、賀茂の臨時の祭りの当日、宣孝は蔵人でいながら酒に酔って駒引きの役を忘れるという失態をしでかし、こっぴどく上司に譴責されたし、三月前の七月十八日、ちょうど麗ノ女御忯子がくるしみ死をとげたその日には、大和の国吉野郷の丹生村で里人どもに寄ってたかって擲られるという醜態を演じてもいる。

丹生の川上に鎮座する社は、昔から降雨にあらたかな霊験を持つと信じられていた。数カ月間もつづいた日照りのため畿内畿外の田畑に被害が出はじめたのを憂えて、朝廷では使者を丹生神社につかわし、雨乞いの祈禱を依頼したが、その祈雨使が宣孝だったのである。

責任重大な役目を負いながら彼はこのときも泥酔し、宿所の主人の村長と愚にもつかぬことから喧嘩をしでかしたあげく、寄ってたかって袋叩きにされるという言語道断な恥辱を受けたのだ。

このため殿上の御簡から名を削られ、一時、官職を剝奪されて自宅に逼塞……。やっと秋になって出仕を許され、為時とともに大嘗会に奉仕したわけなのであった。

舞いがうまく、楽器の扱いが巧みなので、賀茂の祭りにはしばしば舞人に選ばれ、調楽の人長などを勤める折りもあるけれど、口のきき方はへらへらしているし、男ぶりがよくもないのに洒落者で、服装にうき身をやつすのも片腹いたい。謹厳な学者肌の為時がわけて嫌うのは、宣孝が酒に性根を奪われることで、しくじりの大方が飲酒に起因しているのに、懲りもしないのを、

（ばかなやつ……）

つねづね軽蔑していた。そんな男が卑しい下心から急に狎れ寄って来て、大市君だの

小市君だのと、娘たちの名を呼び散らすのさえ為時には汚らわしい。

「小市はわたしに似て無縹緻だよ。とうに裳着はすませたけど、まだからきし子供だしね」

　取りつくしまもない言い方に辟易したのだろう、宣孝はそれっきり為時の前で小市の噂をしなくなったが、こんなやりとりが父とまた従兄の間に交されたことなど、当の小市は知らなかった。宣孝の存在すらはっきりとは認識していなかったほど両家の交際はこれまで淡かったのである。

　辛気くさい親戚づきあいのあれこれは父や伯父伯母にまかせて、近ごろ小市の目はしきりに外に向けられていた。身体より先に彼女の魂が、重くるしい古屋敷の屋根の下から風通しのよい外光の中へあこがれ出て行く感じであった。

　従来、どちらかといえば独り居を好み、少女らしい遊びごとやおしゃれに費す時間を、読書にふり向けて愉しむような小市の性格からすれば、大江家の御許丸あたりにむりやり誘われての外出とはいえ、祭り見物だの物詣でなど、ここへきてにわかに出歩く回数がふえたのは、単調な日常にもたらされた大きな変化といえる。

　いまや娘ざかりといってよい健康な生理が、内側から疼き、そそのかしもして、ようやくこの年ごろ相応の溌溂さへ小市を駆り立てたのかもしれない。

　父の為時が式部省の丞となり大丞となってからは、来客がふえ、奉公人の数も増して、ひところにくらべれば見ちがえるばかり家のくらしぶりも変化しはじめた。もともと詩歌の才能を高く評価されていた為時が、皇族や高官の詩宴歌会に招かれて、しばしば出かけて行くのさえ家の者たちには誇らしい。周防に指図されながら手分けして、女房たちは為時のために新調の衣裳を裁ち縫うが、糊のきいた絹地に鋏を入れるときめきなど、めったに今までは味わえなかったのだ。火のしを手に、

「やっぱり一家のお主人が立派な官職につかれるのと、そうでないのとでは、毎日の心の張りまで違ってきますねえ周防さま」

しみじみ述懐した御厨ノ乳母の言葉は、召使だれもの気持を代弁していた。

修理に出したおかげで金具の錆や漆の剝落がすっかり直り、ほとんど新品と変らなくなった牛車を、牛飼の菊丸爺やはせっせと磨き立てるし、最近、雑色の束ねに出世した御厨ノ高志は、新入りの下人どもを督励して庭の手入れに忙しい。大池に水が満ち、遣水がせせらぎはじめたことで昔の面影は七分通りよみがえり、荒れ放題だった前栽の草花も生色をとりもどして、この春はことにさまざまな彩りを見せた。剪定したせいか梅もよく咲き、桜の古木までがみごとに花をつけた。いかに生まれつきが内気でも、今や青春のまっただ中にさしかかった小市が、心身の弾みを自覚しないはずはない。

姉の住む鳴滝へも時おり出かけたが、これがまた小市の空想癖を際限なくかきたてる非現実的とも評したい優雅な生活ぶりなのだ。きれいになったとはいえ中納言義懐所有のこ

の山荘の贅に飽かした造りに比較したら、京極の小市の家など大樹の蔭の下草ほどにも見劣りがする。

　きらびやかに装うおびただしい女房たちに翠帳の奥ふかくかしずかれ、義懐の訪れを待つほかは一日ただ、はかない遊びごとに日をくらしている大市は、いよいよ透きとおるほど臈たけて、これまた非現実的な陶酔感に小市を誘いこむ。

（ほんとに私の姉さまだろうか。あの大市君だろうか）

　作り物語の世界でしかありえないはずの絵そらごとが、現に眼前に在るふしぎさにこっそり手の甲を、小市はみずから抓ってみることすらあった。

　叔母の周防と一緒に、小市も陸奥ノ御から箏の琴の手ほどきを受け、少しずつ上達してきているので、無聊をもてあます姉にせがまれて時おり弾いて聞かせもする。かしずきの女房の中からたしなみのある二、三人が、和琴や琵琶を受け持ち、女楽めいた合奏に興じる日もあったけれど、同じ楽器でいながらここでは音が澄み渡って、さしたることのない小市の腕前まで、いっぱし上りでもしたように思えるのがうれしい。

　貝合せも双六も、鳴滝でするとなぜか一段とおもしろく、物の色や香り、味わいなど、すべてがひときわ立ちまさって鮮やかに知覚されるのは、知らぬまに小市自身、物語の中に身を置き、登場人物の一人に成りおおせでもしたような甘やかな錯誤に陥るせいかもしれない。

そのくせいまもって、小市は義懐とはなじめなかった。姉に幸をもたらし、縁につながる小市までを夢ごこちの余光に浴させてくれる恩人なのに、どうしても親しめない。義懐が山荘に来たと知ると、

「お邪魔になるとわるいからね」

もっともらしい理屈をつけて、入れかわりにすぐ小市は辞去してしまう。

「なんだ、今の今まで妹さん、来てたのか？　いつも私を避けるように帰って行くなあ。何かよほど、気に逆らうことでもしたのだろうか」

義懐に苦笑されるたびに、大市は返事に窮する。いまやそれなしには生きられないほど義懐の愛撫に溺れきり、全身でその愛に応えようとしている大市から見ると、さすがにおとなびて幾らか柔軟さを増しはしたものの、おとなしげな外容とはうらはらな、嫌なものには頑に打ちとけようとしない小市の芯のきつさ、こればかりは少女のころそのままな人見知りの強さが、憎らしくさえなるのであった。

九

寛和二年の三月一日は、ちょうど上巳に当っていた。洛中の人々は貴賤を問わず、この日、水辺に出て祓えをする。清らかな水が流れている場所ならどこでもよいわけだが、

やはりいちばん人がたくさん群れつどうのは、ひろびろとした賀茂の河原であった。

「ね、一緒にまいりましょうね。出しぬいて、一人で行ったりしたら私、おこるわよ。小市さんならやりかねないもの……」

念押しをくり返したのは御許丸だった。

「ひどい人。出しぬくなんてこと、するはずはないでしょう」

「だって、小市さんのお宅は賀茂川と背中合せじゃないの。待ってなどくれないかもしれないわ」

「いいえ、待ちますよ」

「当てになるものですか。小市さんて冷たいのよ。私などと友だちづきあいするの迷惑なんでしょ。わかってるわ」

絡むようなことを言いながら御許丸の満面にはこぼれんばかりな愛嬌笑いが浮かんでいる。ことし十一になった彼女は、背丈こそわずかに小市より低いが、身体はもう、どこもなまめかしく丸みをおびて、もともと色じろな肌が、まぶしいばかり艶々してきた。早熟てもいるせいか、わざと拗ねて流し目に睨んだりされると、思わずどきっとするほど表情が婀娜めく。あどけないのは笑くぼだけで、無意識な仕草一つにさえおとな顔負けの色気が滲んだ。年齢こそ六歳上でも、その点、小市など御許丸の足許にも及ばない。よいように鼻づらを取られ、引き廻されてしまうのである。

同行の約束なども、平気でやぶるのはいつも御許丸のほうだった。おしゃまで人なつこく、御所育ちのせいか社交好きでもある彼女には、友だちがたいそう多い。それらとの交際に気をとられて、小市との地味なつきあいをおそろかにするのも御許丸なのだ。並べ立てる非難は、じつは御許丸自身の短所弱点の裏返しなのに、高びしゃに出て煙(けむ)に巻こうとするのが、いっそ可愛くさえ思える。本当ならおこるところなのに、つい笑ってしまうのは、御許丸の無邪気な人柄のせいだし、許してくれるのを見越して少女の側も、小市には勝手気ままを言うのである。

目立たないように質素な網代(あじろ)車で、上巳の日、京極の屋敷へ乗りつけて来た御許丸は、取りつごうとする召使らを無視してじかに西ノ対の勾欄下から、

「小市さん、お仕度まだア？」

呼びかけた。同じ車からつぎつぎに、為尊(ためたか)・敦道(あつみち)の両親王も飛びおりて、

「早くしなさいよう。日が暮れるよう」

せきたてる。

「まあ、皇子さまがたもいらしたのですか」

庭へおり立った小市は、呆れ声をつつぬかせた。

「まろたちが来てはわるいかよう」

「わるくはないけど……」

「水遊びするんだ。ほら、魚を掬うたも網を持って来たんだぜ」
日ざしは今日あたり、初夏を思わせるほど暑い。腕白ざかりの兄弟が太后御所を脱け出して来た気持もわからなくはないけれど、ともあれ二人は冷泉上皇のお子、今上花山帝には腹ちがいの弟にあたる高貴の生まれである。御許丸に誘われて京極の屋敷へも遊びに来たことがあるにはあるが、河原へ出かけるにしては供廻りがいかにも少ない。童形の若い牛飼と、車副いのこれも少年じみた雑色が二人きりというのでは、もしもの場合、手薄にすぎた。あいにく今日は為頼と為時が出仕したので、この屋敷の男たちは御厨ノ高志をはじめ全員、供について出払ってしまっている。

（この家に車を置き、ここから裏手の河原へ出て行く以上、何か事故でも起きたら責任は当家が負わなくてはならない）

　小市は不安になった。

「いけません。水遊びは禁じます。どうしてもするとおっしゃるなら、河原へはおつれしませんからね」

　せいいっぱい厳しい声で言い聞かせたのに、ちやほやされて育ったせいか兄弟は動じない。

「なに言ってんだい。案内なんぞしてくれなくったってまろたち、行けるよ。この家の裏門から出れば目の前が賀茂川の堤じゃないか。なあ弟」

「そうとも。わけないや」

九歳の為尊親王に同調して、六ツにしかならない敦道親王までが小市を小ばかにしたような口をきく。

「今日、河原へ行くのはね、水ぎわで禊をして、もろもろの罪や穢れを祓い流すためなのですよ。魚を追い廻して殺生したりすれば、罪を作ることになるでしょう？　だからいけませんと申しあげているんです」

噛んで含めるように訓しても、兄弟は承知しない。御許丸までが、

「だいじょうぶよ。水遊びは人のいない所ですればいいのよ。魚を捕ったって御所のお池に放してやるのだもの罪にはならないわ」

そそのかす語気で言いざま、先に立って走り出した。

「さあ行け」

負けじと兄弟もあとにつづき、それをまた、はしゃぎ犬の獅子王がわんわん吠えながら追いかけて、みるみる裏門の方角へ消えてしまった。

「なんの騒ぎでございますか小市君さま」

おどろいて出て来た御厨ノ乳母に、

「来てちょうだい、あなたも……」

声を投げて、小市は駆けだした。言うことをきかない子供らに腹が立つ。水がぬるみは

じめると毎年きまって深みにはまる者の出る川なのだ。中ほどは流れも早い。油断はけっしてできないのである。

――息せき切って土手へ走り登り、河原を見おろすと、さすがにおびただしい人出であった。あちこちに何輛も牛車(くるま)が据えられ、乗馬らしい鞍置き馬もつながれている。

雪を掻きわけるようにして若葉を摘んだのはつい、このあいだのことなのに、すっかりそれが生い立って土手を覆いつくし、蔓草は伸びて足先にからまりつく。

水の燦き(きらめき)が、やけに眩(まぶ)しい。乾いた河原のところどころに芦や川柳の一叢(ひとむら)が浅みどりの塊をつくり、吹き渡る風にそよぐのも、この季節に特有のさわやかな眺めであった。

豆粒をぶちまけたにひとしい群集に混っても、獅子王が駆け廻っているので子供たちの在りかはすぐ判る。人間ならば、とうに分別ざかりの壮年といってよい年なのに、獅子王の気質は仔犬のころをそのまま、からきし落ちつかない。だれにも人なつこく尾を振るから番犬としても役立たずだが、その尾にだれかが悪戯(いたずら)して藁(わら)しべなど結びつけても、癇(かん)がないのか愚かなのか咬(く)いちぎろうとせず、一日でも二日でも結ばれたままでいたりする。そんなところが憐れにも滑稽にも思えて、「阿呆犬」などと時に罵(ののし)られながらも、本気で憎む者はだれもいなかった。

「さあさあ、遊ぶのはあとにしてお祓いをすませなくてはね。でも皇子がたは太后御所で、偉い陰陽(おんみょう)博士が修祓(しゅうばつ)の神事を勤めるべく待っておられるのではないかしら……。ここへくることを、母上の介ノ内侍かどなたかに御許丸さん、申しあげたの？」

「いいえ。私たちだけで河原へ行くなどといえば、たとえ小市さんとご一緒でも止められるにきまってますからね。黙って御所を脱け出して来たのよ」

「あなたって、いつもそれだからいけないわ。ちゃんとお許しを得てこなければ……」

ともあれ、せっかく賀茂川べりまできたのだから形だけでも祓えをさせてあげようと小市はあたりを見回した。京極の家の者は小市に限らず、毎年入れかわり立ちかわり裏の河原へ出て、同じ陰陽師に祓えをしてもらうしきたりになっている。遅れてやって来た御厨ノ乳母も、

「やれやれ、暑いこと！　笠をかぶってくればよかった」

肥満体をせいぜい喘がせながら、

「さてと……饗庭晴久どのはどこにいますかね？」

うろうろと近辺へ視線をただよわせた。名だけ聞けばものものしいが、安倍晴明という大先生の、弟子のまた弟子にすぎぬ若い男で、験があるかどうかは保証の限りではない。どうせ年中行事だし、慣例に従ってやるだけの祓えなのだから、駆け出しでも若造でも陰陽師でさえあれば事は足りるのだ。

「今日こそ稼ぎどき……」

とばかり、この手の木ッ端陰陽師が大家に伍して河原に繰り出すばかりか、神事に手を

染めてはならないはずの僧侶までが紙冠で坊主頭を隠し、俄陰陽師に偽装して小遣い稼ぎに出て来ているのが小市には片腹いたい。

（日ごろ僧としてお布施や喜捨を受けているのに、それでも足りなくて他職の領域を犯すなんて、浅ましい連中だこと）

義憤が一首にまとまったので、

「あのにせ陰陽師たちを私、歌に詠んだわよ」

御元丸にささやくと、もうそれだけで、

「わあ、面白い。どんな歌？」

少女は笑いこける。

「祓戸の神のかざりの幣帛に、憂たても紛う耳挟みかな」

「なるほどね。神と髪をかけたのね。さすがに小市さん、うまいものだわ」

屈託ないそんなさざめきへ、少し離れた車の陰からじっと眼をそそいでいる男がいるのを、彼女らはまったく気づかなかった。

「ほら、うちの陰陽師さん、あそこですよ」

乳母の指さすほうへ、やがてぞろぞろ移動するのにつれて、男もそっと居場所を移し、

小市の背後に近づいて来た。

十

河原の、なるべく平らなところに新しい菅蓆を敷き、四隅に榊を結び注連をめぐらし、簡素な白木の台に幣帛を立てて、瀬織津姫、速秋津姫・速佐須良姫・気吹戸主ら守護の神々を四柱祀る。そして台の下に玉串を納めた祓箱を置くと、祓えをする場——すなわち祓戸ができあがるのだが、車の中に同じようなしつらえをする陰陽師もいた。

饗庭晴久は、明るすぎる日ざしの下では少々煤ぼけて見える糊気のとれた装束を一着し、それでもせいいっぱいしかつめらしい表情で床几に倚っていたが、小市と御厨ノ乳母が御許丸や為尊・敦道両親王を引きつれて来たのを見るなり、

（上客到来！）

とばかり、いそいそ立ちあがって、

「やあ、ようこそ」

片手をあげた。職掌柄に似ず気さくな、剽軽なところのある若者なのである。

「見なれないお子さんがたですな。どちらの公達です？」

今上花山帝の異母弟だなどと告げれば、晴久陰陽師ばかりか周りの群集が目をそばだてるにきまっているから、小市は用心して、

「知りあいのお子さんですよ。お祓い、お願いしますわ」

　さりげなくうながした。頭かずが多ければ謝礼もそれだけ多くなる。

「かしこまりましたとも」

　張り切って晴久は幣を打ち振り、短い修祓の祝詞をあげて、あらかじめ壺に満たしてあった川水を一同の額へほんのわずか灑ぎかけた。身内に疾病など持つ者は素裸になって水を浴びる。しかしそんな本式の禊など普通はしない。額の一滴で済ませてしまう。

　このあと、人形に切った白紙が配られ、めいめいそれを身体に当てる。穢れや罪や病いを身代りの人形に移し、賀茂川に渡せば、上巳の祓えは終了するのである。

「ありがとうぞんじます。おかげでさっぱりしましたけど、あのまやかし陰陽師を見ると、せっかくのよい気分がだいなしになりますわ」

　お初穂を渡しながら御厨ノ乳母が譏った。

「五月の蠅と同じでね、文句を言おうが追い立てようが、馬耳東風です。まったく小づら憎い坊主どもですよ」

「小市さんが愉快な歌を作りましたの」

　おしゃまな御許丸がとめるまもなく、祓戸の神のかざりの幣帛に、とやり出したので、小市は困って顔を赧くしたが、

「連中の紙冠の紐が、頭の脇っちょでひらひらしてる図は、なるほど小市君のお歌の通り

ですな。髪を耳に挟んで忙しぶっている女房そっくりだ」

おもしろがって晴久は笑う。

井戸渫えから屋根葺き、家の造改築、洗髪、旅立ちの日まで、何ごとによらず陰陽師にたのんで吉凶を占ってから決めるのは、世間一般の風潮である。

小市の家庭も例外ではない。風邪引きなど出れば医師より薬より、ことに『ひちりきどの』などすぐさま饗庭晴久を呼びにやらせ、清めの禁厭をしてもらうありさまだから、まだ嘴の黄色い小冠者のうちから彼は京極の屋敷に出入りして、家族たちとも身内同様にしたしんでいた。

酒に弱いくせに酒好きで、土器に二、三杯飲むとまっ赤になり、さまざまな奇談を披露する。すべて彼の師匠の師匠、安倍晴明大博士の超能力に関する自慢話であった。

それによると、天文・暦算・陰陽の術にたけた晴明のような大先生には識神という守り神が大勢ついていて、奴僕さながらそれらを使うことができるのだという。

「朝夕、人もいないのに門の扉が開いたり閉まったりする。重い格子や蔀があがったりおりたりもします。だれでもこれには肝をつぶすけど、なあに識神どもに命じてやらせておられるわけですよ」

聞いている女房たちは一様に、

（そんな便利な神が自分たちにも附いていてくれたら、どれほど毎日、手間が助かるか）

うらやましげな表情をする。

「神なら、目には見えませんね」

「あなたがた凡俗の凡眼では無理だが、大先生ともなるとありあり目撃できるらしい。こんな話もありますぞ」

あるとき安倍晴明の邸宅へ白髯を垂らした老人が訪ねて来た。供の童子を二人つれている。そしてうやうやしく入門を乞うた。

「でも丁重なのはうわべだけ……。じつは晴明大先生の術を試しに乗り込んで来たやつだと判ったので、先生は懐の中で印を結び、口に秘咒を唱えて二童子を隠してしまった。老人に仕える識神だと見破ったからです」

今日は都合が悪い、またの日に出直していらっしゃいと晴明に言われて、やがて老人は辞去したけれど、すぐもどって来て厩だの車宿りだのを、きょろきょろ覗きこんでいる。

「識神をお捜しですな。さあ、返してあげましょう」

術を解いて二人の童子を出してやると、老人はびっくり仰天……。とてもかなわぬと見て取ったらしく、一目散に逃げてしまったそうだ。

「気味のわるい話もあります。さる上卿が重いおん物忌みで屋敷に引きこもっておられるさいちゅう、領所からみごとな瓜が籠に入って届きました。しかし物忌み中、外から来たものをむやみと邸内に入れては危ない。魔が潜んでいるかもしれませんからね」

そこで宿直(とのい)していた晴明に占わせたところ、案の定、うちの一個から邪気が立ち昇っていい、抜き出して降魔の祈禱をすると、その瓜はむくむく動きはじめた。

「面妖な！　どうしたらよかろう」

主人(あるじ)の公卿に問われて、晴明は答えた。

「宿直(とのい)の者の中に鍼(はり)の名人がおります。この瓜に二本、鍼を打たせ、手だれの武者に命じてまっ二つにお切らせなさいませ」

その通りにすると、瓜の切り口から小蛇が現れた。両眼に鍼が立ち、頭が両断されている。

「いまさらながら晴明博士の眼力に、人々は舌を巻いたそうですが、地震の予知などは朝めし前でね。友人を酒をくみ交していたとき、『早くその手の盃を飲みほしてしまえ。こぼれるよ』と注意するので、友人がグイッとやったとたん、ぐらぐらぐら」

「嘘でしょう晴久さん。いくらなんでも……」

「いいや、嘘なもんですか。私の先生が、じかに晴明大先生からうけたまわった話ですからね」

若い陰陽師は得意げに、鼻をうごめかせる。どうもいささかは法螺(ほら)もまじっている顔つきだ。

「そんな神通力のある人なら、識神に命じたり呪ったりして、憎いと思う相手を殺すことだってできますわね」

「むろん、できますとも。だけど私怨をはらす道具として術を使うのは邪道です」

「やってみせなければ真偽のほどはわかりますまい」

「あなたみたいに疑う人間もいるらしくてね。やはりある上達部（かんだちめ）のお屋敷に客人が幾人か集まった晩、晴明大先生は『実際に殺して見せよ』と迫られたそうですよ」

　気のすすまない殺生だが、やむをえない。晴明は前栽の草をむしってこさせ、呪（じゅ）を誦しながらこまかくちぎった。雨あがりの庭には五、六匹、大きな蟇（がま）が這い出て鳴いている。それへ向かってちぎった葉を投げると、蟇はたちまち腹を返して死んでしまったのである。

「おお怖（こわ）い」

「たいへんな通力（つうりき）の持ち主でしょう。いかがです？」

反り身になって言われると、感心しない者は一人もない。晴久は話術もなかなか巧みなのだ。

「あなたも識神を使っていらっしゃるの？」

「どういたしまして。おまる掃除の樋清（ひす）まし童（わらわ）すら備えない身の上ですよ」

「ではとても、呪殺の通力どころではありませんね」

　女房たちのからかい口調にもけろりとして、

「そうそう馬鹿にしたものでもないでしょう。私だっていますこし修行を積めば、蟇を気絶させるぐらいのことはできますさ。舐めてかかると祟りますぜ」

おどかすけれど、少年じみた丸顔と小刻みなせかせか歩きのせいで凄みや貫禄が足りない。そこがまた気のおけない陰陽師として、饗庭晴久が人々に重宝がられている点だった。

いまも乳母が差し出した初穂の包みを、うれしそうに受け取りながら、

「ほほう、めでたい相が現れていますよ小市さん」

晴久は小市に向かって追従をならべだした。

「相？　私の顔に？」

「姉上の大市君に劣らぬすばらしい花婿が、遠からずあなたの許へ通ってくると、ありあり相に出ていますぞ」

「いいかげんなことばっかり！」

「私の、相人としての能力を疑ってはいかん。じつは大市君にも、宮仕えにあがる以前から玉の輿に乗る瑞相が現れていたんですよ。よほど父の為時どのに耳打ちしようかと思ったのですが、万にひとつはずれでもしたらがっかりなさるでしょうからね、黙ってたんです」

結果が出たあとで、「じつは相に出ていた、卦に現れていた」と主張するなら、子供にだってできる。

「ありがとう。せいぜい楽しみに待ってますわ」

いいかげんにあしらって小市はその場を離れた。晴久と立ち話をしているまに、先に祓えをすませた御許丸と二人の皇子は河原を走って、はるか上流のほうへ行ってしまっている。あんなに止めたのに言うことをきかず、指貫（さしぬき）の裾をたくし上げて魚掬いをはじめたらしい。たも網を振り廻している姿が、夕近い日ざしの彼方に小さく眺められた。

駄犬とはいえ獅子王がそばにいて、水にとび込んだり出てみたり、はしゃぎ廻っているし、御厨ノ乳母も附いているので、小市はあわてずに人ごみの中を歩きはじめた。

様子をうかがっていたあの男がつかつか寄って来て、行く手を塞ぐように立ちはだかったのは、ともすると踏み返しそうになる石の上を、用心しいしい小市が三、四十間（けん）ほど進んだときであった。

十一

あぶなくぶつかりかけて、小市はよろめいた。すかさず両手で男はその肩を支えながら、

「ずいぶん早足ですなあ」

被衣（かつぎ）の下の顔を覗きこむようにして笑った。ひょろりと背が高く、背に見合って手足も長い。顔面までが馬づらである。

「すみません。粗相いたしました」

非は相手にあるけれど、治安の悪い市中に出て、見知らぬ男と争う勇気はない。あやまって行きすぎようとする小市に、

「私をお忘れですか？　冷たいんだなあ」

馴れ馴れしく男は話しかけてきた。あいかわらず両手はしんなりと肩を摑んだままだ。

「どなたでしょう」

気味わるくなって小市は身体をゆすり、二、三歩あとずさって男の手から逃れた。

「宣孝ですよ。あなたのまた従兄の、藤原宣孝です」

「のぶたかさま？」

「おぼえておられないのも当然かもしれませんな。播磨から上洛したてのころ、父君につれられてうちの親爺のところへ京着の挨拶に見えられた。そのときお目にかかったきりですからな」

たしかにそんなことはあった。近縁遠縁の家々を、父の腰巾着で姉弟はつれ廻された記憶がある。しかし宣孝などという名は、まったくの初耳だった。

「私の親爺の為輔が、あなたのお父さんの従兄ですからね、双方の子である私らは、また従兄妹というわけです」

それにしては年をくっている。小市の目には伯父みたいに老けてうつった。色は白いのだが皮膚に張りがなく、紙さながら乾いて見える。さがり加減な目尻にも、微笑を絶やさ

ぬ口の端(はた)にも、のど首にさえ小皺が寄っていて、そのくせどことなく態度や物の言いぶりに押しつけがましさの匂う男である。

「なにか私にご用でしょうか」

好感が持てないので、小市の言葉づかいもしぜん、そっけなくなった。

「これをね、受け取っていただきたいんです」

いきなりまた、小市の手を掴んで、捻(ね)じ込むように掌に握らせたのは文(ふみ)だった。

「父に渡すのですね？」

「ご冗談言いっこなし。あなたに、私の胸の内を知っていただきたくてしたためた便りですよ」

意味が呑みこめず、小市はぽかんと宣孝の長身を見上げたが、つぎの瞬間、息を荒らげて手の中のものを突き返した。額が冷えて、顔色は青いのに、頭蓋の内側には火の輪のようなものが激しく回転し出している。

「まあさ、そうお怒りになるもんじゃありませんよ」

気が練れているのか図太いのか、宣孝は性懲(しょうこ)りもなくもう一度、文を差し出しながら、

「人が右往左往するこんな場所で、しかも恋する人にじかに、思いを打ちあけるなんて風変りなことを私もするつもりはなかったんです。でもね、やむをえなかった。ご尊父の為時どのにそれとなく申し入れてみたところ、にべもなくはねつけられてしまいましてね。

かくの如き非常手段をとらざるをえなくなったのです」

　いかにも困じはてた口ぶりで言う。そのくせ満面の笑い皺にも上すべりした語調にも、真剣さはまったく感じられない。

「方法など風変りであろうとなかろうと同じですわ。私、このお手紙、受け取りませんもの」

「なるほど。しっかりしていらっしゃる。たいそう学問好きな、頭のよいおかたと聞いてましたが、まさしく噂の通りですな。男の言うなりになる水母みたいな骨無しより、手ごたえのある女性にこそ私は惹かれますよ」

　小市はむかむかした。今の今、すてきな花婿が現れる、相にまではっきり出ていると陰陽師の晴久に占われた、その花婿なるものがこの男なのかと思うと、なまじ心が浮き立ったあとだけに、なおのこと自分がみじめになった。

（たまに観相が当れば、ろくな当り方をしない）

　晴久にまで腹が立って、

「失礼します」

　つれのいるほうへ行こうとするのに、宣孝は前に立ったきり身体をどかす気配さえなかった。

「せっかくの機会ですからもう少し話をしませんか。ね、小市さん。そしてこの文、受け取ってくださいよ」

右へ躱せば右へ動き、左へ寄れば左へ動く。遊戯でも楽しんでいるようなそんな妨げ方にも小市はカッとした。

「からかうのはやめてください。用があるのです私……」

つい知らず語気が鋭くなったが、怒りながら、小市の眼には涙がにじんだ。情なくてたまらなかった。

（こんなはずではなかった！）

異性に思慕を打ちあけられ、恋文を渡されるという生まれて初めての、心ときめく体験……。それを、こんな苦ぐるしい不快感の中で味わわなければならないとは夢想もしていなかった。これまで読んだどの物語にも、男からの最初の求愛を、このような形で拒絶しなければならない可哀そうな女など登場したためしはない。

（作り話と現実はちがう）

そう、おのれを慰めながらも、十七歳の娘ごころには、その落差の、あまりなはなはだしさが我慢なりがたかった。

「小市さーん、どこ？　来てよオ小市さん」

悲鳴とも聞こえる御許丸の声が、不意に耳を搏った。遠いのに、少女特有のカン高いその声はまわりの喧騒をはね返して、霞みがかった晩春の空に笛に似たするどい反響を起こした。

宣孝の鼓膜にもそれは届いたのだろう。さすがにぎょっとして川上の方角を見かえった隙(すき)に、小市は脇をすり抜けて走り出した。

足半(あしなか)の爪先を河原の石にひっかけて、一、二度前のめりに転びかけた。たたらを踏んだだけですみはしたが、喘(あえ)ぎ喘ぎ駆けつけたそこには、厄介な別の悶着が待ちうけていた。

宣孝と同じ年ごろの中年者が、ただならぬ血相でどなり散らしている。鷹に狙われた小兎ながらその怒声の前に居竦(いすく)んでいるのは、両腕に為尊・敦道の二皇子をしっかりかかえこんだ御厨ノ乳母だ。おろおろと近くを歩き廻っていた御許丸は、小市の姿を認めるなり、

「たいへんよ」

わっと手ばなしで泣き出した。

「どうしたの？」

「どうしたもこうしたもあるか。これを見ろよ、これを……」

新手(あらて)の小市を、一行中の主立(おもだ)った者とすばやく見てとったのだろう、向き直って、男は彼自身の顔面を指さした。左眉の上がわずかに切れて血が出ている。さしたる量ではなく、もう止まっているのか血は乾いていたが、

「その餓鬼(がき)どもが石を投げやがったんだ。おかげでこちとらア大怪我じゃねえか。ただ済むと思ったらまちがいだぜ」

二皇子を睨みつけて男は吠える。こそげ取りでもしたように頬がこけ、くぼんだ眼のふちを黝ませた陰惨なその顔に、なぜか小市は見おぼえがあった。

でも、訝しい。商人とも工匠とも、武者くずれの浮浪ともつかぬこんな怪しげな風体の男が知り合いの中にいるはずはないのだ。

たんに陰気なだけではない。男の全身には凶暴な悪意が漲っていた。対する者を戦慄せずにおかないその殺伐とした雰囲気に、乳母たちはわけもなく怯えているのである。

小市もぞっと総毛立った。たも網でいくら水中を掻き回したところですばやい魚影を捕えることなど至難の技だ。あきらめて、飽きて、川からあがった少年たちが、次に狙ったのは雲雀であった。魚掬いよりさらにむずかしいのに、土手下の河原地に土を入れて近くの下民がわずかばかり作っている麦畑から、ピピッと囀りながら一羽二羽と飛び立つのへ、石を拾いざま力いっぱい投げた。

「祓えの日に殺生などしてはならぬと、これほど申しあげているのにわからないのですか」

乳母が叱りつけたときは遅かった。為尊親王か敦道親王か、どちらの仕業とも判然しない。ともかく兄弟が投げた石の一つが叢に寝そべっていた男の額に当ったのだという。

わめき立てるほどの傷でないことは一目瞭然だし、目的は治療代にあるとわかっているので、慄えをこらえながらも小市はひたすら詫びた。

「申しわけありません。子供のしでかしたあやまちですからどうか堪忍してください。償いはいたします。何をさしあげたらよろしいでしょう」

物を惜しんではいられない。投石した兄弟を、ならず者めいたこの男に、もし冷泉上皇のお子と気づかれたら事はなおさら面倒になる。被衣でも懸守りでも、少しばかり持って出た銭の袋でも、よこせと言われたらすぐさま差し出すつもりで小市はたずねた。

十二

「償いか。拒んでも、むろん挘り取るつもりだが、どうせ餓鬼づれの女どもだ。金目の物なんぞ持ってはいまい」

薄い、色の悪い唇を男はニヤリと歪めて、

「この小娘を貰っていくよ」

いきなり御許丸の片腕を摑みあげた。いくらわがままいっぱいに育った怖いもの知らずでも、十一の少女は少女だ。

「嫌ッ、嫌よ」

殺されそうな声をあげて御許丸は男の手の中で暴れ出した。

「じたばたするなよねえちゃん。可愛らしい顔が台なしだぜ」

その手へ小市はむしゃぶりついた。

「やめてくださいッ、そんな……怪我ともいえない怪我の代償に人をつれて行くなんてあんまりですッ、かどわかしだわッ」

「なまいき言うなこの阿魔、話は決まったんだ。さっさと失せろ」

突きとばされて小市はよろめき、御厨ノ乳母にぶつかった。その乳母の羽交いの下から飛び出したのは為尊親王である。

「御許丸をどうする気だッ、ゆるさんぞ」

足蹴にあって、しかし他愛なく少年はもんどり打った。狂ったように敦道親王が泣き出す……。乳母が絶叫した。

「だれか来てッ、助けてッ、人拐いです、かどわかしですッ」

禊の人が集まっている川下との間には一丁ほどの距たりしかない。小市は焦った。男を行かせまいとして御許丸に抱きつき、眼は必死で饗庭晴久・藤原宣孝ら知人の姿を捜したが、彼らが気づいて駆けつけてくる気配は一向になかった。

群集のうち、乳母の悲鳴を耳にしてこちらを見た者は少しはいる。でも追い剝ぎや恐喝、かどわかしなど珍しくない京の町である。

（やれやれ、きのどくに……。女こどもが何ぞ災難に遭っているようだな）

遠目にそれと察しても、巻き添えの厄を怖れて助けになど来ない。かえって、

（用心にしくはなし）

　とばかり、人ごみの彼方へまぎれ込んでしまう始末であった。

　男は御許丸を拉致して逆方向へ逃走しようとしているけれど、小市が少女から離れないので身体の自由がきかない、ずるずる小市ぐるみ御許丸を曳きずりながら、

「畜生ッ、どけッ」

　振り放そうともがく。

「お乳母どの、あなたも手を貸してッ」

　小市に言われるまでもなく乳母は男の後腰にかじりつき、前からは獅子王がすさまじい唸り声をあげて跳躍の構えを見せた。いまや男にすれば小市より乳母より、小型ながら逆毛を立て牙をむいて咽喉もとを狙うこの犬の存在こそ、最大の脅威だった。

「為尊さま、あなたは弟さまをつれて早く皆のいるほうへ逃げなさい。そしてだれでもいい、助けに来てくれるよう頼むのよッ、陰陽師の晴久どのがもとの場所にいたらあの人にも急を告げて。早く早く」

　心得て為尊親王は駆け出し、ころがるようにそのあとを敦道親王も追う。

（人をつれてこられてはまずい）

　礫さながら遠ざかる少年たちへ、男が険しい視線を射つけた刹那、獅子王が襲いかかった。この犬にすればじゅうぶん狙いすましたつもりなのに、訓練などまったく受けず、生

まれつき闘争性にも欠けた駄犬の悲しさか、獅子王は相手の胸にとびつき、わずかにその小袖の衿の一部を咬(く)いちぎったにすぎなかった。

「わッ」

それでもこの攻撃に男はたじろぎ、思わず御許丸の腕をはなした。はずみをくって小市もろとも少女は倒れ、乳母までが仰向けざまに転倒した。

獅子王がふたたび飛びかかった。急に身軽になった男は、

「こなくそッ」

体(たい)を開いてこれを避けた。そして獅子王が三度目の跳躍をこころみたときはいつ抜いたか、懐中に呑んでいた刺刀(さすが)がその手に握られ、夕陽を反してギラッと刃先が一閃した。

血がしぶき、叩きつけられるように河原に落ちた獅子王は、それでも反射的に立ち上り、いかにも痛そうな声で啼きながら土手の向こう側へ逃げ去った。

同じその土手を、

「どうしたんだ斉明(なりあき)」

仲間と見えるいま一人の男が走りおりて来て、小市をひと目見るなり、

「やめろッ、この女たちに手を出すなッ」

叱りつけてくれなかったら、今度こそ御許丸は斉明と呼ばれた先の男に引き担(かつ)がれて、どこかへつれて行かれてしまったにちがいない。

「あッ、あなたは……」

乳母がさけび、小市も息を呑んで相手を見あげた。虚死(そらじに)を装って旅人の衣類持ち物を剝(は)ぎ取った袴垂れ——。あの、藤原保輔と名乗る盗賊だったのである。

そういえば斉明という男は、勧修寺の境内で見かけた袴垂れの仲間だ。二人並べてみるとたちまち、乳母も小市も十年前の夏の日の記憶をよみがえらせることができた。

骨組みの華奢(きゃしゃ)な、見るからに機敏そうだった若者は、当時の印象を濃く残したまま背のすらりと高い、目の底に輝きを潜ませた三十男に変貌していた。

年は一つ二つ斉明のほうが上に見えるのに、保輔の出現に彼はたじろぎ、

「遅かったじゃないか保輔。どこで道草をくっていたんだ?」

てれかくしのように反問した。

「どこだっていい。くだらぬ舌を叩くひまに、とっととその小娘を放してやれ」

「だって、上玉だぜ。まだいくらか乳臭いが、けっこう身体が熟(う)れてらあ。売っとばせばみすみすいい値になるのに……」

「うるさいッ。言う通りにしないか」

威圧のこもる一喝に、斉明はしぶしぶ腕をゆるめた。そして、

「ヘッ、ご大相な口をききやがらあ」

捨て科白(ぜりふ)を吐き吐き人気(ひとけ)のない川上の方角へ、足ばやに遠ざかって行ってしまった。

極度の恐怖からいきなり解放された御許丸は、緊張がゆるみ、かえって喪神状態に陥ったらしい。くずおれるように河原の石に打っ伏した。

「ひさしぶりだなおばさん、前よりまた一段と肥ったじゃないか」

おどけた口ぶりで言いながら、

「さあ、早くその娘、つれてゆくがいいよ」

保輔が御厨ノ乳母をうながしたとき、けたたましい吠え声と一緒に獅子王が駆けもどって来た。置いてきぼりをくって京極の屋敷に居のこっていた御許丸の車の牛飼と従者の童子二人が、こけつまろびつ犬のあとを追ってくる。どうやら獅子王は血だらけの姿で彼らに急を告げ、先導して引き返して来たようだ。〝阿呆犬〟の汚名を返上して余りある働きぶりである。

よく見ると川下のほうからは、為尊・敦道の両親王も陰陽師晴久の手を懸命に引っぱりながら、

「急いでよッ、あすこだよッ」

こちらへ近づいてこようとしている。

「揃いすぎるほど手が揃ったな」

正体ない御許丸を保輔は抱きあげ、牛飼の背におぶわせて乳母の肩をグイッとこづいた。

「百鬼夜行も同然な洛中だ。人の出さかるまっ昼間でも油断すればえらい災難に遭うと、

前にも言ったろう。これからもあることだぜ。気をつけろよおばさん」

「もうもう肝に銘じました。ご恩は一生忘れません。ねえ、小市さま」

くり返し礼を述べて乳母は御許丸に附き添って行き、ぞろぞろそれを取り囲んで二皇子や晴久も立ち去って、もとの川べりには小市と保輔だけが残った。

「ほんとうにありがとうございます。御許丸さんにもしもの事があったら私、生きていられないところでした」

改めて小市は頭をさげた。思い出しても身の毛がよだつ。どんなに感謝してもしきれなかったが、

「なあに、そんなにお辞儀をするほどのことではないさ」

無造作に手をふって、

「それより、すっかりきれいになったねえ小市さん。見ちがえたよ」

保輔は笑った。

髪は乱れ衿もとははだけ、被衣まで落としてしまって、何もかもむき出しの有様なのに今さらながら小市は気づいた。

「どこへやったのかしら……」

どぎまぎ見回す鼻先へ、

「被衣ならここだよ」

突き出されて、いっそう小市はうろたえた。

「あの斉明という男は、おれの甥なんだ」

　土手へ向かってぶらぶら歩き出しながら保輔は言った。

「可笑しいだろ、叔父さんのほうが年下だなんて……。やつは、おれとは三十近く年の離れた長兄の子なんでね、甥のくせに叔父のおれより年が上ってわけさ」

「ご兄弟はたくさんいらっしゃるの？」

　ためらいがちに小市が保輔の背について行ったのには、それなりの理由があった。

「兄が三人、姉が一人いる。みんな腹違いだがね、斉明の父に当る一番上の兄貴は亡くなって、いま家は、二番目の兄の保昌が継いでいるんだ。母親にも、斉明は早死されてね、孤児同然な育ち方をした。それでぐれたんだろうな。一時は従五位下右兵衛尉にまでいったんだが、てんで出仕などしなくなってしまった」

「あなたの手下になって盗みを働くほうが、性に合ったということかしら……」

「おいおい小市さん、人聞きの悪いことを言うなよ。いつぞや街道端で旅の侍の衣服を剝いだのは、できるかできないか、斉明と賭をしたからだと話したろ？」

「でも世間では、あなたのことを袴垂れ保輔と呼んでるわ。富者から奪った物を、貧民に施して回る義賊だとも褒めてますよ」

「おれは盗賊じゃないけど、斉明のやつが目の届かないところで下らん悪事を働くのには弱っているんだ。あんたのつれにもしかけたように、若い女を手ごめにする、かどわかす、年寄りの持ち物をかっぱらう……。見つけしだい怒鳴りつけてやるんだが、生まれつきけちな小悪党なんだな。さっぱり性根(しょうね)が直らないのさ」

「だけど、さっきは命令に素直に従ったわ」

「年下でも、叔父は叔父だからだよ」

斜面の草地に踏みこむと、

「ひと休みしないか」

保輔は小市をうながして、どさッと足を投げ出した。本人はどこまでもしらを切っている。しかしこの男が、袴垂れの異名を持つ賊の張本であることは疑いない。甥の斉明を副将格に据え、おそらくはおびただしい手下を擁して、洛中洛外を荒し廻っている大盗(だいとう)――。いくら急場を救ってくれた恩人でも、そんな物騒な手合いと肩を並べて二人きりでおしゃべりするなど、底気味わるかった。すぐさま追ってくるものと信じて先に帰った乳母たちも、心配するにきまっている。あえてそれでも保輔の言うなりに小市が土手の草地に腰をおろしたのは、彼の身体から漂い流れてくるわずかな薫物(たきもの)の匂いに、強い疑問を抱いたからであった。

蓮の葉の露

一

　薫物（たきもの）は、香木そのものを焚く場合もあるが、伽羅（きゃら）、白檀（びゃくだん）、沈（じん）などの粉末を練りあわせて好みの香りに仕上げるのが楽しい。人工的なものながら、その人独自の〝体臭〟となり、趣味性の、それとない表明ともなるのだ。

　地味な、実際の年よりも老成した外見に似ず、じつは神経質で、とりわけ嗅覚（きゅうかく）の敏感な小市が、花山帝の叔父の中納言藤原義懐（よしちか）を、補佐の良臣としてじゅうぶん認めながらも、感情的になんとなく好きになれないのは、その第二の〝体臭〟が男にしては甘く、濃厚にすぎるからだった。

（なぜ、あんな匂いがお好きなのかしら……）

　小市には、義懐の気がしれない。姉の愛人であり父の恩人なのに、たかが薫物ぐらいでけぎらいしては、

（罰があたる）

と思いながらも、近ごろ姉の衣服や髪までが義懐の移り香に染まってしまっているのが、小市にはたまらなかった。

そこへゆくと藤原保輔がまとうほのかな芳香は、すがすがしく、涼しく、一抹、寂しくはあるものの小市の好みに適している。彼女がそれを、

（訝しい）

と感じたのは、そっくりな匂いを叔母の周防もまた、身にまといはじめていたからである。

香木はほとんどが舶載品だし、価は高い。よほど高貴な階層か裕福な者でなければ、晴れの日でもないのに用いるなどという贅沢は、なかなかできにくい。

周防もむかしは、大切な来客とか親族の集まる日などに、惜しみ惜しみ使ったにすぎない。それがいつごろからか身じろぐたびに、その身体から不断によい香りを放つようになり、しかもそれは、以前のものとは異なるばかりか、

（どこかでたしかに嗅いだことのある匂いだけど、はて、どこで、いつ、だれが用いていた薫物だったか？）

小市を捉えつづける強い疑問ともなっていたのだ。

ゆくりなく今日、河原で再会したことから、疑問は半ば解けた。勧修寺の境内で初めて会ったあの夏の日、

「餅をふるまってもらったお礼だよ」

無造作に、保輔がくれた蝙蝠扇……。ときおり出して眺めていたこの扇に焚きしめられている香りこそが、周防の放つ芳香と同一のものだったのである。

そして当然、保輔自身も扇と同じ香りをかすかながらまとって、いま小市のかたわらに腰をおろしている。

（なぜだろう。保輔どのと周防叔母さまが、なぜ寸分ちがわぬ香気を分け持つことになったのだろう）

匂いの源をつきとめたことで、かえって新たな疑問が湧き起こった。単刀直入、その疑問を小市が口にしかけたとき、保輔も同時に、口を開いた。

「若い叔母さまがいたなあ小市さん、たしか勧修寺で、あの肥っちょの乳母どのが『周防さま』と呼んでいたっけ……。お達者だろうね」

「その周防叔母さまのことだけど、わたし、不思議でたまらないの。あなたからいただいた蝙蝠扇……。いつのころからか、叔母さまがあれとそっくりな薫物を使うようになられたのよ」

「まだ持っていたのか小市さん、使い古しの、あんなボロ扇を……」

「それに今、こうして二尺も離れて坐っていても、風に乗って同じ香りが、ほんのり、あなたのお召物からもただよってくるわ。これはどういうこと？　あなた周防叔母さまに、あ薫物をお贈りになったの？」

「ばかな！」

茜を刷きはじめた片空へ、保輔は中高な、その横顔をそらした。

「周防どのとわたしのあいだに、贈り物をやりとりするような関りなど生ずるはずはなかろう」

「そうよ、あなたは盗賊の首領──。義賊とも言いはやされている袴垂れ保輔ですものね」

「小市さん、それは誤解だといったろう？　でもまあ官職を持ちながら出仕もせず、斉明のような無頼と組んで、京畿のあちこちを塒も定めずほっつき歩いているおれみたいなできそこないが、式部大丞どのの妹君と並べられては可笑しいよな」

「そんな意味ではないけれど、関りなどないはずなお二人が、同じ薫物の香りで結びついているのがわたしには不思議なの。解せないのよ」

「香の合せ方は無限ではないからね、たまたま似た匂いが出来たとしても、不思議でも何でもないさ」

口のきき方は、斉明を一喝したときと変らぬ歯切れのよさだが、いつのまにか保輔の顔色は別人のように沈んで、声までが低い、陰鬱な気配を帯びはじめていた。

「そんなことより、おれは気がかりなんだ小市さん」

香の問題から逃げたいのか、

「為時どののことだよ」

　やや唐突と思える強引さで、保輔は話頭を転じた。

「お父さまがどうしたの？　気がかりって何のことですか？」

　ひきずられて、小市もやむなく問い返した。

「いまの政治は腐りかけている。小市さんの家もおれの家系も、さかのぼれば摂関家と根を同じくする藤原氏だ。しかしげんざい、われわれ枝分かれした族葉の官職など、よくて諸国の受領――。中央の官界ではせいぜい中級の官吏にすぎない。摂関家の家司になりさがり、その頤使に甘んじている例すら少なくないよ」

「そうね」

　ため息まじりに、小市もうなずいた。

「力のない者は仕方がないのかしらね。うちの弟の薬師麿なども、中納言義懐卿のお屋敷に出入りして、使い走りの役をよろこんで勤めているようよ」

「弱体な同族はもちろん、目の上の瘤の他族までをつぎつぎに策を弄して蹴落としてゆき、一方、娘を幾人も皇室に送りこんで、外戚としての地歩を固めてきたのが、同じ藤の木でいながらただ一本、異常なまでに肥大しつつある摂関家だ。小市さんは『安和ノ変』という政変を知っているかい？」

「いいえ」

「安和というと、まだ小市さんが生まれる前だ。為時どの一家が播磨(はりま)の国庁にいた時分だから知らないのも無理はないがね、当時、上下の信任がすこぶる厚く、廟堂での勢力も大きかった源高明(たかあきら)という左大臣が、まんまと藤原氏に足をすくわれた事件だよ」

「源というと、皇胤ですか?」

「そう。醍醐天皇の皇子だ。つまり皇胤源氏だね。ひじょうに学才が高く人格もすぐれた人だから、臣籍にくだってのちも大臣の要職について政界に睨みをきかせていたんだ」

藤原氏にすれば、けむたい存在にちがいない。しかも高明は、冷泉帝の皇太子候補として、そのころもっとも有力視されていた為平親王という人に、息女をとつがせてもいたのである。

「為平親王というかたは……」

「醍醐帝のお孫さま。村上天皇のお子の一人だよ小市さん。つまり冷泉帝には弟にあたる皇子だ。冷泉帝が狂気なのは、あんたも知っているだろう?」

「ええ、院となられた今なお、いろいろ奇行を演じられているそうですね」

「村上帝のあとを受けて即位はしたが、冷泉帝のご在位が長くないことは万人がみとめるところだ。そこで、次の皇太子をだれにするか、水面下での暗闘は熾烈をきわめた。でも、たくさんなお子たちの中で、村上帝がもっとも愛しておられたのが、為平親王だからね、まず、この皇子の立太子はまちがいあるまいと見られていたのさ」

しかし藤原氏にすれば、これは望ましくない人選だった。為平親王が次期の帝位にのぼり、源高明の娘とのあいだに男御子(みこ)が生まれて、この子がさらに皇太子位につけば、外戚の権威は高明の手に移ってしまう。

「そこで、でっちあげられたのが根も葉もない陰謀事件だよ。例によって藤原氏の走狗を買って出た密告者が、『左大臣は一味徒党の者を集め、国家顛覆の企てをはかっております』と官に訴え出たんだ」

「そんなばかげたことが……」

「あるはずはない。理由にもならぬ理由を口実にして、ごり押し同然、有力な他族を排除してきたのが、これまでも藤原北家のやり口だった。こんども使いふるしたこの手を使ったんだが、走狗の役廻りをつとめた卑劣漢の一人が、当時、左馬助(さまのすけ)の微官にいて、さかんに摂関家におべっかを使っていた源満仲さ」

「大江山の鬼退治で有名な、頼光のお父さんね？」

「こいつらも、もとをただせば清和天皇を祖とする皇胤源氏だけれど、はやくから受領層に落ちて諸国の守(かみ)を歴任し、そのあいだにあこぎな領民泣かせでうんとこさ、私腹を肥やした。あげく、溜めこんだ財力にものをいわせ、賄賂(わいろ)攻勢で権門に取り入って、ふたたび中央の官界に返り咲こうとしている典型的な成り上りだよ」

「そういえば、豪奢をきわめた源満仲の屋敷が夜盗の放火で焼け落ちたって、わたしもだいぶ前に聞いたことがあるわ。左京の、一条二坊でしょ、京極のわが家も近いので、火の粉が飛んできてとても怕かったって為頼伯父さまが話してくれましたよ。きっと満仲や頼光は、民衆に憎まれていたんでしょうね」

言ってしまって、小市はいそいで口を抑えた。放火犯人は、目の前にいる袴垂れ保輔とその一味かもしれない――そう気づいたのだ。

「で、どうなったの？　為平親王や源高明どのは……」

狼狽気味の質問に、

「これもお定まりさ」

保輔は動じる色もなく答えた。

「左大臣の職をうばわれて源高明は大宰権帥に左遷され、為平親王にかわって、その弟の守平親王が皇太子位についた。のちの円融天皇だ」

「仕組んだ張本人はだれなのですか？」

「怪しいやつは二人いる。そのころ関白職についていた藤原実頼と、右大臣だった藤原師尹だよ」

「ああ、実頼というかたなら知ってますよ。小野宮とよばれているご一族でしょ」

「すでに七十を超す老体だった」

「それに、とても信心深い人だったそうではありませんか。お屋敷の南面（おもて）から稲荷（いなり）山の神木が見えるのをはばかって、冠なしの無礼な姿では、けっして縁先に出られなかったとか聞きましたわ」

「その通りだよ小市さん。だから実頼ではない。事件の黒幕は右大臣師尹だと、もっぱら評判されていた。でもね、実際に策動したのは伊尹（これただ）や兼通、兼家ら、師輔（もろすけ）のせがれどもだとおれは見ている」

「思い出したわ、わたし……」

　不意に、小市は声をあげた。

「蜻蛉日記にも書かれていましたよ、『安和ノ変』のこと……。筆者はね、源高明卿に同情し、六百何十字にも及ぶ長歌を作って五ノ君という女性に贈っているのです。五ノ君は高明卿の愛人の一人。そして兼家どのの妹だそうだから、おそらく懐柔目的で摂関家のご一門が、高明卿のもとへ送り込んだ姫さまではないかしらね」

「政略だな。五ノ君も親兄弟に利用された犠牲者ということになる」

「その長歌、左大臣家にふりかかった不幸を我が事のように思いやって、ひと文字ひと文字、涙を抑えながら書き綴（つづ）った傑作でした。でもね保輔さま、兼家どのが『安和ノ変』に関（かかわ）っていたとすれば、大勢（おおぜい）の人の目に触れる著述の中で、堂々と高明卿の肩を持ち、その冤罪を悲しんで見せるなんて、とても勇気の要（い）ることではないかしら……。蜻蛉日記の筆者は、兼家どのの想い妻ですものね」

「すべてとは言えないけど、女の心情は男ほど濁っていないからね。義憤を感じれば自分一個の保身や損得など度外視して、不正を糾弾しようとする一途さを見せるんだ」

「お立場からすればあのかたは、ご子息道綱さまの将来のためにも、兼家どのが政敵を屠り、官界での地歩を固めていくのを願って当然でしょ？」

「それなのに平然と作中で、その政敵に同情を示し、暗に兼家らを批判した。なかなかの度胸だよな」

「今までは私、筆者と兼家どのとの愛憎の纏れにばかり興味を燃やして蜻蛉日記を読んでたけど、あなたに『安和ノ変』の話、くわしくうかがった今はあの長歌の悲調がよみがえって、ぱっと頭の中に涼しい、新しい風が吹き通った思いだわ。正義感にうながされれば、自身への不利などかえりみない強い、純粋な一面を持ったかただったのね、蜻蛉日記の筆者は……」

「そういうのって、でも、損な性分かもしれないぜ小市さん。あんたにも似たところがあるからな、早いとこ矯め直したほうがいいんじゃないか？」

と聞きようによっては小意地の悪い言い方をし、

「忠告は、これだけではないんだ」

草の上で、保輔は胡坐の膝を組み直した。

二

その、保輔の判断によると、源高明の失脚を最後に、藤原摂関家の他族蹴落とし工作は終りをつげたのだという。

「彼らの栄達をはばむ強大な氏族の出現は、もはや無くなったんだ。と、なると、つぎに起こるのは同族同士の、しのぎを削る勢力争いだよ小市さん」

「伊尹というかたは、中納言義懐卿の父上でしょ？」

「そうさ。でも、わりと早死してしまった」

「つぎの弟の兼通卿は、毎晩、生きた雉子（きじ）を屠（ほふ）らせて酒の肴にめしあがったとかいうお人ね」

「そして舎弟の兼家とは、犬猿もただならぬ仲だった。瀕死の病床から参内して、弟に関白職が渡るのを妨げた怨念はすさまじい。小市さんも噂は聞いただろ？」

「でも、いまや不仲だったその兄さまも亡くなって、兼家卿の一人天下ね」

「それが、そうではないのさ。今上天皇をだれだと思う？」

「冷泉上皇のお子の、花山天皇」

「ご生母は亡き伊尹の娘だから、兼家とは外戚のかかわりはない。同じく伊尹の子息である義懐卿が、叔父の立場からただ一人、躍起になってお若い花山帝をもりたてている現状だろう」

「そうね、中納言さまは一生懸命だわ」

「兼家にすれば、じれったくてたまらんのさ。なぜかというと彼の孫の懐仁親王が、花山帝の皇太子だからだよ。兼家の息女の詮子が、円融帝の後宮に入って生んだのが懐仁親王だ。花山帝にとっては従弟だよな。一日も早く、兼家はこの孫を帝位につけたい。外祖父の地位を手中にしたいのだ」

「わかったわ」

夕風のせいばかりでなく、小市はぶるッと肩を慄わせた。鋭敏な彼女の思考力は、保輔の長広舌が話の核心に迫ったとたん、つまるところ何を言わんとしているのか、その意図をたちまち覚ったのである。

「花山帝の引きおろしを、兼家卿が画策しかねない、用心しろとおっしゃるのね」

「兼家だけならさして恐るるにたらないが、彼の背後には道隆、道兼、道長などしたたかな息子どもがひかえている」

「蜻蛉日記の筆者に生ませた道綱どのもいてよ」

「いや、道綱は気弱なお坊ちゃんだからたいしたことはない。しかし道隆や道兼、わけてきかん気の強い道長などは、親爺の尻を叩いてでも事を企みかねない悪党だよ」

「悪党⁉」

極端な罵言にいささかたじろいで、小市は思わず反論してしまった。

「言いすぎよ、それは……。いかに何でも」

「言いすぎなもんか。小市さんはおれを盗人だと疑っているようだけど、よしんばその疑い通りだとしたところで、たかが人の倉から米を持ち出すぐらいな可愛い賊徒さ。そこへゆくとやつらは国の政治を壟断し、何十万何百万もの民衆の血と汗を吸いあげてぬくぬくくらす大盗人だ。国泥棒だぜ小市さん。袴垂れなんか束になってもかなわない悪党じゃないか」

「源高明どのを失脚させた『安和ノ変』では、伊尹・兼通・兼家の三兄弟が叔父の藤原師尹公をかげで支えて暗躍したが、今度は兼家卿の子息の道隆・道兼・道長がかつての三兄弟同様、よからぬ策謀の担い手となるにちがいない――そう、あなたはおっしゃりたいのね」

「あくまで予測だよ。でも、足許をすくわれてからあわてたって遅いものな」

「花山天皇には義懐卿がついていなさるわ。わたし、あのかたをあまり好きでないけど、補弼の臣僚としてはあっぱれな手腕家だそうじゃないの。おめおめ政敵の罠になどかかるかしら……」

「義懐やその片腕の左中弁惟成よりも、あぶないのは花山帝自身だよ。冷泉帝のお子だけにあのみかども正常ではない。そこに乗ぜられる危険があるし、義懐だって惟成だって、いざとなったら兼家やその息子たちの悪辣さにとても太刀打ちはできないな。今上天皇の叔父だ寵臣だと気負って、時を得顔にふるまっているけれど、根はこれもやわな若さま育ちなんだ。あまり頼りになる突っかえ棒とは思えんよ」

「花山帝の朝廷が倒れたら、つまり、うちの父も……」

「共倒れはまぬがれまい。なにしろ為時どのは、皇太子時代から花山帝に昵近していた学問の師だし、みかどの引きたてによって式部大丞にまで浮上できた人だからね。大市君とのつながりからいっても義懐派と見られている。巻き添えの悲運を、おれは案じるなあ」

小市は青ざめた。

「打開の道はないの？」

問いかける声が、つい、慄えた。

「油断なさらぬよう父上に忠告してごらん。もっとも小市さんあたりに言われるまでもなく、当の為時どの自身、情勢の不穏は勘づいておられるだろうけどね」

小市には、そうは思えなかった。世事に疎く、交友も限られていて、あいかわらず学者馬鹿の地のままにコツコツ勤めつづけているだけの父である。起こってもいない策謀に対処して、あらかじめ保身の手段を講じておくなどという器用なことができる気質ではなかった。

「小市さまア、どこですか、小市さまア」

呼びたてる遠い叫びに、はっとして顔をあげた小市は、あたりがすっかり暗くなっているのに、いまさらながらびっくりした。

「たいへん。乳母どのが心配して捜しにきたのよ、わたし、帰らなくては……」

草むらから跳ね立ち、五、六歩行きかけたまま小市はふり向いて、

「ありがとう保輔どの。いろいろ教えていただいたし、わたしたち一家のことを心配もしてくださって……」

心からな礼を述べた。

「御許丸(おもとまる)さんを助けてくれたご恩も忘れません。どこかでまた、お目にかかれるかしら……」

「かかれるさ。でも、おそらくそのときは、あんただけが一方的に、このおれの面(つら)を眺めることになるんじゃないかな」

「おかしなことをおっしゃるのね。それ、どういう意味ですか？」

「ははは、なんでもない。仕合せになれよ小市さん、周防叔母さまによろしくな」

言いざま、ざざっと草を鳴らして、河原への下り坂とはあべこべに土手の向こう側へ、保輔の全身はたちまち没してしまった。

松明を手に駆けつけて来たのは牛飼の菊丸爺やと御厨ノ乳母、そのせがれの高志であった。息をはずませながら爺やと乳母は、

「こんなに暗くなるまで、なにをしていらしたんです?」

くちぐちに、こごとの雨を浴びせかけた。

「ごめんなさい。藤原保輔どのと、すこし話しこんでいたものだから……」

「その保輔とやらいう男、世上にかくれもない袴垂れだそうではありませぬか」

爺やは口角、泡をとばして、

「とんでもねえ、そんな盗賊と二人きりでおしゃべりしてたなんぞと、もし殿や前司さまに知れたら、ご勘当だあ」

わめく。

「まったくですよ。すぐあとについておもどりになると思ったからこそひと足先に帰ったのに、待てどくらせどお姿が見えない。あんな災難のあとだし、こんどは小市君が何ぞひどい目にお遭いになっているのではないかと思って、あわてて引き返して来たんです」

と、乳母も目をつりあげる。ただでさえ口やかましい二人に叱りとばされては、言い返すこともできない。

「わるかったわ。かんべんしてよ」

ひたすらあやまって歩き出しながら、

「御許丸さんやご兄弟の親王さまは、どうなさって？」

気がかりを、小市は口にした。

「乗って来たお車で、そそくさご帰邸になりました。まったくあの、腕白（わんぱく）皇子たちにも閉口しますねえ。もとはといえば人の制止もきかずに、お二人の内のどちらかが石を投げたりしたからこそ恐ろしい目をみる羽目になったんですからねえ。すこしは懲（こ）りて、これからはおそばの者の言うことをおききになるようになりますでしょう」

「獅子王の怪我は？」

「薬師麿さまがすぐ手当をしておやりになったけど、たいしたことはなさそうです。前脚のつけ根のあたりに刃物の先が当ったらしゅうございますよ」

上巳（じょうし）の祓（はら）えにあつまった群集はすでに影もかたちもない。河原は暮れきり、松明をかざさなければ足もとがおぼつかないほどだった。

「為頼伯父さまや父さまは、まだ退出してこられないの？」

「はい。今日は遅くなるとか仰せ出されたので、高志と菊丸爺さまだけが、いったん帰邸して来たのです。ですから小市さま、今日のことは前司さまにも殿にも内緒にしておきましょう。無頼の徒に御許丸さまをつれて行かれそうになったなどと知れたら、『乳母がついていながら何たることかッ』と、雷が落ちるに決まってますもの」

「でもねえ、御許丸さんや皇子さまがたが、きっと太后御所でしゃべるわ。伯父さまの耳には、いやでも入りますよ」

「やれやれ、隠してはおけませんか。でも本当に御許丸さんがかどわかされたら、今ごろは大騒動ですよ。わたしなど、川に身を投げなければならない。叱責ぐらいで済むならありがたいとしなければね」

裏門から京極の屋敷へもどると、周防や陸奥ノ御、『ひちりきどの』までが総出で出迎えて、

「河原で、えらい目に遭ったんですってねえ。無事でよかったわ」

ねぎらってくれた。

「すみません。ご心配かけて……」

獅子王は白い布で片脚をぎりぎり巻かれ、薬師麿に抱かれて出てきたが、

「お手柄だったねえお前」

頭を撫でる小市に、短い尻っぽをちぎれんばかり振りたててみせた。

「いまも伯母さまがたと話してたんだけど、こいつの今日の働き、めざましかったそうじゃないか。阿呆犬の汚名は返上だね」

と、薬師麿は笑う。その胸に鼻づらを押しつけて、いっぱし成犬のくせにクィンクィン甘え啼きする姿は、やはりそうは言ってもあまり賢そうには見えない。

「怪我はどうなの?」

「浅手だよ。よく水で洗って薬を塗っておいたからしばらくすればよくなるだろ。陰陽師の饗庭晴久どのも痛みが早くとれるよう禁厭をしていってくれたしね」

その薬師麿の言葉通りやがて獅子王のきず口はふさがったが、肉か皮が癒着のさい引きつれたらしい。一方の肩を落として、ガクッガクッと左のめりに歩行するようになった。

「どうしたんだろう獅子王のやつ……。歩きつきが訝しいぞ」

為頼があやしみ、為時も、

「老いたのでしょうか」

首をかしげた。御厨ノ乳母の口止めが功を奏して、河原での事件を告げ口するお節介は、しかし一人もいない。

「小野の老公の山荘から、生まれたての仔犬のとき貰ってきたんだ。幾年ぐらい前だったかな」

「足かけ十年ほどですよ兄上」

「犬の十歳というと人間の五十かね」

「まだ老耄する年ではありませんな」

「阿呆犬が、珍妙な歩き方をするせいかますます阿呆に見えてきたわい」

と、あの日の活躍ぶりを知らない為頼や為時の評価は、むしろ以前より低くなった。

御許丸も両親や昌子太后に叱られるのをおそれて、かどわかしに遭いかけた事実を伏せているのだろう、太后御所に出仕しながら為頼は何も知らない様子である。

小市は厨子棚の奥から袴垂れ保輔の蝙蝠扇をとり出し、紙に焚きしめられたわずかな残り香が、上巳の日、彼の身じろぎから発したものと同じなのを改めて確かめた。周防の髪や袿からほんのりただよい流れてくる匂いも、まさしくこれと同一だし、東ノ対のその部屋へ行くと、香りはいっそう強くなる。

「父さまに筆を二本いただいたの。とても書きよいから叔母さまに一本さしあげましょう」

口実を設けて周防の住む棟へ出かけると、昔はなんのこだわりもなく、

「おはいり」

と部屋へ招き入れてくれたのに、近ごろのそぶりはちがう。

「あ、小市さん、ちょっと待ってね」

すぐには応じてくれず、几帳をへだてたこちら側によそよそしく敷物など置いて、

「どうぞ」

そこ以外には自由に歩き廻れない雰囲気なのであった。

あまりのいぶかしさに、とうとう小市は我慢しきれなくなって、

「伯母さま、聞いてください」

箏の琴を習いに北ノ対へ行ったとき、わだかまっている疑問を洗いざらい陸奥ノ御に打

ちあけてしまった。

「袴垂れ保輔ですって⁉」

陸奥ノ御の顔から血の気が引いた。

「あの盗賊の使っている薫物と、周防どのの薫物の匂いが同じだとおっしゃるの？　小市さん」

「そうなんです。変でしょう？　ですからあの、御許丸さんの事件があった日、わたし河原に居残って保輔どのにじかに訊ねてみたのですよ」

「どう答えて？」

「香木の合せ方は無限ではない、偶然、似かよっただけだろうと言いましたわ。でも、その言葉つきはぎごちなかったし、考えてみると周防叔母さまの様子も腑に落ちないのです。前は明るい、ものごしもてきぱきした人だったのに、いつごろからでしょうか、表情が翳（かげ）って、わたしたちともあまり話を交さなくなりました」

私室へ行けば屛風や几帳を立て回して、それとなく何かを隠そうとする。高価な香（こう）など、むかしはむやみに使わなかった人の身辺から、不断に嗅ぎ馴れない匂いが立ちのぼるのも理解できにくい。

「あの藤原保輔という男と周防叔母さまとの間に、わたしたちが知らないまになにかつながりが生じたとしか想像できないのですけど……」

くい入るような凝視を陸奥ノ御は小市の目にあてた。負けずに小市も見返す……。弱々しく先に視線をそらせたのは、陸奥ノ御であった。

「小市さん、あなたはこわい人ね」

「こわい？」

「思いちがいしないで……。非難しているのではないの。あなたの勘の鋭さ、納得しがたい事柄をどうしても究明せずにおかない執念の強さを、こわいと言ったのよ」

「では、やはりわたしの推量は当っていたのですか？」

「このことは、当の周防どののほかは文の取りつぎをしている御厨ノ高志と、わたくしのほか知りません。小市さんも、ですからけっして口外しないでくださいね」

念を押した上で陸奥ノ御が打ちあけたのは、差し出し人のわからぬ不可解な恋文のことだった。持参するのは、小ぎれいな身なりをした愛らしい童子……。

「でも、これが、まるで獣の仔のようにすばしこくてね。高志がいくらあとをつけてみても相手の屋敷はおろか、お名前や身分さえ摑めないのです」

料紙は凝ったものだし、筆跡も、能筆な陸奥ノ御が舌を巻くほどみごとだ。

「しかも、その文意が哀れ深いのよ。『自分の命はあすをも知れない。それゆえ、世の常の男女のようにあなたと結ばれることはあきらめている。時おり通わす文がとだえたら、死んだものと思って後世を弔っていただきたい』という主旨なの」

「重く患っている人みたい……」

「周防どの本人も相談を受けたわたくしも、そう考えました。よほどの重病人にちがいないとね、そのうえ『亡き母の形見です。お慕いしているあなたさまに使っていただけるならうれしい』とおっしゃって贈られてくる品々がすべて仏具なのです」

それも舶載品にちがいない白磁の香炉、金無垢の念持仏、壺に入った貴重な練り香、水晶の念珠、紫檀軸に飾り金具をほどこした紺紙金泥の経文など、とびぬけて高価なものばかりなのだと陸奥ノ御は言う。

「惜しげもなく、このような贈り物ができるのは、よほど富裕な家の公達か、さもなければ……」

「賊ですね」

小市のささやきに、陸奥ノ御は苦しげにうなずいた。

「移り香を共にしているという事実を謎解きの鍵に用いれば、答えはまぎれもなく一つね。おそらく小市さんの推量通り、相手の正体は藤原保輔とやらでしょう」

意外すぎる展開に小市は舌がこわばった。甥の伊祐の求愛を頑にしりぞけたのも、この幻の恋人を周防もまた、恋してしまっていたからではないか。

（あなぐり立てなければよかった）

小市は悔いた。

（恋文の主を病人と思ったのは誤りだった。いつ何どき捕えられ、刑場へ送られるか判らぬ身だからこそ、現世での結びつきを避けようとしていた保輔どのなのだ）

とも、いまとなれば察しがつく。

「どういうかた？　その保輔という人」

陸奥ノ御の問いに、小市は重い口をやっと開いた。

「周防叔母さまより二つ三つ年上でしょうか。初めて会ったころは精悍な若者でしたが、今日ひさびさに見たときは、品格も威も、みだしなみまで、申し分ない中年の男性に変貌してましたわ」

「御許丸さんの危急を救ってくださったことからも人柄のたのもしさがわかりますよ」

「大市姉さまには悪いけど、わたしなら中納言義懐卿より保輔どののほうを選びます」

「でもねえ小市さん、たとえどれほどすばらしくても、保輔どのとやらは袴垂れの異名を持つ賊の首領でしょ。万一このことを周防どのが知ったら傷つくのは目に見えています。隠せるかぎり隠し通しましょう、ね？」

言われるまでもない。現実と非現実のはざまに身を置きながら、心理的にはじゅうぶん満たされているらしい周防を、幻滅させる無残は、小市としても防ぎたかった。

陸奥ノ御と二人だけの秘密にし、東ノ対へ近づくことすらできるだけ避けているあいだに、あわただしく春が逝き夏もすぎかけて、寛和二年の六月を迎えた。

「お聞きになって？」

語りかけるような気楽な語調で、そんなある日、小市のもとへ届いたのは御許丸からの手紙だった。

「右大将済時卿のお屋敷で法華八講が催されるそうよ。美僧の清範どのが説法をなさるんですって……。ぜひ一緒に行きましょうよ」

上巳の日の恐怖など、けろりと忘れはてた書きざまなのに、

（なんて性懲りのない人だろう）

呆れはしたけれど、小市も早くから評判を耳にし、聴聞したいと思っていた法華八講である。御許丸の誘いは、一気にその願望に火をつける形になったのであった。

三

藤原済時邸での法華八講に姉の大市もつれ出すつもりで、小市はひさしぶりに鳴滝の山荘を訪れた。身体の具合をわるくしたと聞いていたのでその見舞いも兼ねたのだが、

「よく来てくれたことねえ」

よろこぶ大市の顔からは、さして病人じみた窶れはうかがえなかった。

「お父さまがね、お食気があるようなら召しあがってくださいって……。庭の西の隅に

菊丸爺やが丹精した実生の枇杷の木があったでしょう、おぼえておいでかしら姉さま」

「さあ」

「今年はじめて実がなったのよ。小さいし、すこし酸っぱいけど、さっぱりした口当りなのでお持ちしてみました」

形よく籠に盛りあげてあるのを、

「みずみずしい色だこと」

すぐ手に取って眺めはしたものの、大市は皮をむこうとはしなかった。

「お熱があるの？」

「どうも頭が重くてね、気分がすぐれないのよ。うたた寝しただけでもびっしょり寝汗をかくし、いやな夢を見るのでね、眠るのがつらくって……」

「いやな夢って？」

「女がくるの。枕もとに坐って、じっと私をみつめるんですもの」

「まあ」

「だれだか、見当はついてます。中納言どのの北ノ方さまよ、女房たちが巫女にたのんで祈らせたら、やはり憑坐についたのは女の生霊でしたって……」

ぞくっと、小市は鳥肌立った。ありうることだ。中納言藤原義懐にはすでに三人の男の子がいる。この子らの生母が本妻の立場から、夫の愛を独りじめしはじめた大市に嫉妬し、憎しみの感情を射向けてくるのは自然である。

「中納言さまに申しあげてみた？」

「いいえ、こちらがあべこべに北ノ方さまを妬(や)いて、讒訴(ざんそ)でもするように思われてはいやですもの」

「でも、生霊になってまで恨むなんて、あんまりね、義懐卿の北ノ方は小野の老公のお孫さま――私たち姉妹には母方の大伯父にあたる為雅どののご息女でしょ」

「そうよ小市さん、亡くなった母さまの従妹(いとこ)ですからね、私にはいとこ小母(おば)に当るかたよ」

だからなお、憎いのかもしれないが、本妻の怨魂にとり憑(つ)かれるなどというおぞましい体験に、大市がさほど打ちのめされていないのが、小市には意外であった。

病(やま)い弱いというのだろうか、少女のころからよく腹痛や頭痛を訴え、ひと月二(ふた)月と寝込むことの多かった大市である。小市なら我慢してしまうぐらいの不調にも、大仰なくるしみ方をしてみせるので、親をはじめ周りの者はこぞって大市を、

「病身な娘」

と見、当人もそう思いこんで、ますます神経をとがらせるこれまでだったのだ。

まして生霊の祟(たた)りになど、一日も耐えられるはずはないのに、大市が思いのほかけろりとして、人ずくなな山荘ぐらしから逃げ出そうとしないのも、小市にすれば理解しにくい。

「気味わるくなくて？　姉さま」

「それは、人に恨まれるなんてよい気持ではないわ。でも、正体のわかっている相手ですもの、そんなに怕いとは思いません。私は北ノ方を無視しているのに、北ノ方は生きながら怨霊になるほど私を嫉妬していらっしゃる。もう、それだけであちらの負けでしょ」

自信たっぷりな微笑が小市には眩かった。ながいこと誇りにしていた姉の存在が、一瞬、疎ましくさえ感じられたのは、〝みめかたちの劣る妹〟の立場を、ごく素直に、なんの競争心もなく甘受しつづけてきた小市にしては、珍しいことといえる。義懐の北ノ方同様、小市もまた、生まれてはじめて美貌の姉を、その美しさゆえに憎んだのだ。

「召しあがらないのならこの枇杷、私がいただくわ」

手に取って皮をむきながら、小市は無意識に上巳の祓えの日、河原で会った厚かましい求婚者——藤原宣孝と、中納言義懐の二人を心の中でひきくらべていた。

（雪と墨……）

へだたりの、あまりな大きさに、改めて口惜しさがこみあげてくる。ひそかに日ごろ、

「虫の好かないお人」

と批判していた義懐だが、容姿といい身分といい官僚としての手腕といい、やはり並べてみれば宣孝など、逆立ちしても及ばない相手ではないか。

今をときめくそのような貴公子に見そめられ、風雅な山荘で手の内の珠さながらかしず

かれてくらすのも、大市が美しく生まれついたからである。天与の特権を、なぜ享受できる者と、できない者とがあるのだろう。

男の場合も、容姿のよしあしは軽視できない。げんに小市自身、義懐と宣孝の目鼻だちを秤(はかり)にかけようとしているけれども、けっしてそれがすべてというのではなかった。河原での宣孝の態度や口のききようが、いま少し誠実な、謙虚なものであったら、小市の評価はぐんとよくなったはずである。男の魅力は外見だけではない。もっと複雑な尺度で計られる。たとえば小市から見た中納言義懐のように、貴公子然とした風采が、むしろ、

「嫌味！」

と受けとられる危険もあるのだ。

しかし女はちがう。美しさこそが何にもまして優先する。よほど風がわりな癖でもないかぎり気質はさほど問題にされない。教養や趣味性も、上流の貴族層からして、

「女は、ほどほどでよい」

と見る風潮が強かった。

和歌と、それを書く仮名の手習いは、必須科目だが、どちらも歌人・能筆と世に許されるほどうまくならなくてもよい。詠みかけられたり求められたりしたとき、即興に気のきいた返歌ができれば上乗だし、さらにその上に和琴(わごん)や箏(そう)の琴など、女らしい楽器をひといろ、たしなみ程度に奏(かな)でられれば、あとはかえって邪魔とすら考えられていた。

仮名に対する真名——つまり漢字は、男の文字であり、それで書かれた漢籍は男のまなぶ学問である。女が漢字を解し漢籍を読むのは男の領域を侵す片腹痛い行為なのであった。おぼえの悪い薬師麿のそばにいて、教わりもしないのに史書経書のたぐいを小市がかたはしから暗記し、咀嚼してゆくのを見て、

「姉と弟、入れかわればよかったなあ」

つくづく父の為時は嘆じたけれども、嫂の『ひちりきどの』あたりは露骨に眉をひそめる。いくら頭がよく、本好きだからといって、

「女の子にしちむずかしい漢籍などを平気で読ませる親御の、気がしれません」

というのだ。

「学者娘だなどと評判が立ったら、縁遠くなること受け合いですよ。あなた、それとなく為時どのに忠告なさってはいかがですか？」

夫の為頼相手に気を揉むほどで、たしかにその憂慮も、世間なみな常識からすれば無理ないのである。

「わが家は学者の家筋だ。四書五経を解す娘が出たとて異とするには当るまい」

為頼が小市の肩を持つと、

「あなたまでそんな呑気なことをおっしゃっていていいのでしょうか。小市さんもう、年ごろですからね、同じ立つなら美人の評判でなくては困りますわ」

なおのこと、『ひちりきどの』はむきになる。

「小市だって、捨てたものではないさ」

「きれいですとも。大市君のような華やぎにはとぼしいけれど、きりっと緊った、聡明そうな顔だちですわ。でもね、学者娘と聞いたら恐れをなして、殿がたはだれも寄りつきませんよ」

ちらちらとそんなやりとりは小市の耳にも入る。そのたびに彼女は傷ついた。

美しいものはこころよい。花でも鳥でも虹でも星でも、美しいものが世の中を潤す力ははかり知れないが、人間——ことに女が生きる上で、外貌の美醜が幸・不幸を分ける重大な決め手となっている点が、小市には釈然としないのだ。

(女の仕合せとは何か、不仕合せとはどういうことか)

それを結婚にだけ絞って考えることにも、小市は疑いを抱いている。顔の皮一枚の出来不出来にうきみをやつすのは、化粧を凝らして夜ごと辻に立つ遊女と本質的に変らないのではないか。男の目をよろこばせる玩弄物にすぎないのではないか。

女みずから、そのような男との関り方を愛と信じ、満足しているならかまわない。でも小市は、それでは満足できない気がする。

げんに大市を見ると、その日常を占めているのは義懐の存在だけで、あとは何もない。ひたすらただ、彼との逢う瀬を待ちくらして、とりとめなく日を送るだけである。心を労することといえば北ノ方との愛情のせり合い、義懐に気に入られるための身じまいだけ……。それもあり余るほどいる召使が箸のあげおろしまで手伝うから、当の大市は息をする人形と大差ない。昔はそれでも小市と競って、『古今集』の暗誦に挑(いど)んだりしたけれど、いまは習字の筆すらめったに持たなくなった。

「あなたの筆跡はきれいです。もう上達の必要はないし、古今集全二十巻をそらんじている頭など、わたしにはうす気味わるいだけだ。女というものはなよなよと優しく、男の力と情(なさけ)を信じて、その鬱(うつ)を慰めてくだされればよいのですよ」

との、義懐の好み通りに作られつつあるのだ。だから一人でくらす昼のあいだは、あちこち身体の不調をみつけ出して祈禱禁厭(まじない)に暇をつぶすか、女房相手のむだ話に時間を消すほか過ごしようがない。退屈をもて余しているような大市の明けくれなのである。

（わたしには耐えられないわ）

小市は思う。女が、それぞれ満足できる生き方を選んで、なぜ、いけないのか。知識欲をみたすことをこの上ない喜びと感じるなら、その喜びを求めてもよいはずなのに、『ひちりきどの』によって代表される世間的な常識に照らせば、そんな選択は『学者娘』のすることであり、不幸にこそなれ、女の幸福には結びつかないという。小市には納得できない。藤原宣孝は、口先だけのへらへら口調で、

「たいそう学問好きな娘さんと聞いてましたが、なるほど、しっかりしていらっしゃる。

男の言いなりになる水母(くらげ)みたいな骨無しより、あなたのようなかたがわたしにはぴったりですよ」

そんな意味の言葉を並べたけれども、本心からとはとても思えないし、たとえ本気だとしても宣孝では嫌だった。

(もっと尊敬できる相手、愛情の持てる人から、同じ理解を示されたらどんなにうれしいか)

でも、それは欲ばった望みだろうか。

四

「どうしたの小市さん。小市さんったら」

姉に呼びかけられて、小市はわれに返った。

「枇杷をむいたまま食べないから、ほら、ぽたぽた手からつゆがたれているではありませんか」

「あ、いけない。うっかり考えごとをしていたので……」

「なにを考えていたの?」

「お父さまのこと」

とっさに小市は言いまぎらした。いや、出まかせを口にしたのではない。父にまつわる気がかりも、今日、大市に会って相談したいことの一つではあったのだ。

「花山天皇の引きおろしを、こっそり企んでいる人たちがいるんですってよ姉さま」

「まさか……」

目をみはりはしたが、それがだれなのか、大市は訊こうとしなかった。おっとりしているともいえるし、「政治は男の表舞台。女にはよくわからない世界」と、はじめから投げてかかっているともいえる気乗り薄な態度である。

「わたしも信じたくはないけど、万が一、花山朝が倒れたら、せっかく得られた官職を父さまはまた、失ってしまわれるかも知れないでしょ。それが心配なのよ」

「みかどには中納言さまがついておられるわ」

「でも、義懐卿はまだお若いし、老獪な手段で隙をつかれたら……」

「お年は若くても叔父君ですもの、中納言さまが悪いようには計らわれぬはずよ」

と、話がくいちがうばかりか、

「小市さんも、そんなむずかしいことに聞き耳を立てる癖はおやめなさい。もっと娘らしい、楽しい夢を見るほうが、気持よくはなくて？」

意見めいた言い方までされては、口をつぐむほかない。大市が、彼女もまた父の立場の危うさを憂い、話に乗ってきたのなら『安和ノ変』にまでさかのぼって語り分けるつもりでいたのに、俄雨にあった紙細工の花傘さながら、せっかくの意欲は小市の中でしぼんでしまった。

「ところでお姉さま、法華八講の取り沙汰をごぞんじ?」

仕方なく小市は話題を変えた。

「ああ、小白河の右大将さまがお催しになるとか、女房たちが噂してましたよ」

「わたし、大江家の御許丸さんに誘われたんです。ほら、姉さまがもと、宮仕えなさっておられた昌子太后の御所の……」

「おぼえてます。介ノ内侍の娘さんね」

「あの御許丸さんと聴聞に行くつもりですが、姉さまもご一緒にいかが?」

「わたしはだめ」

「なぜ?　お気ばらしになるでしょうに……」

「この残暑のさなか、ご法話など聞いていたら汗が出て、あくびが出て……」

「それが、そうではないの。壇に登られるのは名説教師と折り紙つきの清範さまだそうよ」

「有名な美僧ね」

「いらっしゃいよ、一日だけでいいから……」

「清範さまでも一日だけでも、ごめんこうむるわ。暑さ当りして、身体の具合がいっそう悪くなりますもの」

甘葛（あまずら）の汁をかけた削り氷（ひ）を、透（す）かし彫りの入った銀碗に盛って、このとき女房の一人が運んできた。

「わあ、涼しそう！」

水気（すいき）をおびて曇っている匙（かい）の冷たさまでが、ほてった手にこころよい。

「この季節に氷だなんて、貴重ねえ。家ではとてもいただけないわ」

「よかったら小市さん、わたしの分も召しあがれ」

と、父からの見舞いの枇杷同様、大市は氷の碗にも手を触れない。都の北郊には何カ所か皇室専用の氷室（ひむろ）があり、上卿たちには夏場、ときおり氷のご下賜がある。大市には珍しくもないのだろう。

「では遠慮なく姉さまの氷もいただきます」

「どうぞ」

「風もよく通って……。ここにいると暑さ知らずね」

「いくらありがたい法華八講でも、わざわざ汗をかきに出る気など毛頭ないわ」

小市はあきらめて、やがて鳴滝の山荘を辞した。

ためしに叔母の周防を誘ってみたが、彼女にもことわられたので、とうとう御許丸と二人だけで行くことにきめた。

法華八講とは、法華経八巻を八座に分けて読誦し、供養する行事である。午前中にひらかれるのを朝座、午後にひらかれるのを夕座といい、四日にわたってそれがつづくので、つごう八座となる。

こんどの催しは、寛和二年の六月十八日から二十一日までおこなわれ、場所は粟田口の北、東山山麓に近い白河の、右大将藤原済時邸——。主催するのも屋敷の主の済時であった。

結縁のために、左右大臣以外の上達部はほとんど参集するし、広大な庭は庶民にまで開放されるので、

「ありがたや、われらも法華経の功徳に浴せるわい」

信心から、行く気を起こす者、

「こんな折りででもなくちゃ上つがたのご邸内など拝見できないぞ」

「どんなふうにめかしこんで来なさるか、お偉い人たちの装束だの女車の出衣を見物するだけでも目の法楽になるなあ」

と、ヤジ馬根性むき出しの輩……。女どもの興味は貴賤の別なく美僧の講師に集中して、前評判がやかましかったから、

「早く行かないと、車の立てどころもなくなりそうよ」

使いの雑色の口を介して御許丸はせきたてて来た。

「よい場所を取るために卯の刻前にお迎えにまいります。お弁当もこちらで用意しますから、小市さんはいつでも出られるよう仕度だけして待っててね」

そして、いよいよ当日となった十八日早朝、口上にたがわずまだ薄ぐらいうちに、もう大江家の牛車は軋みをたてながら京極の家の門内へ入って来た。東の空が淡紅色に染まって、上天気を約束してはいるが、日が出てからの暑さも思いやられる。

御許丸一人のはずだったのに、小市が車に乗ってみると、中には母親の介ノ内侍の笑顔があった。

「娘にそそのかされて、年甲斐もなく出てきてしまいました。お邪魔ではありませんか」

「とんでもない。お供できてうれしゅうございますわ」

小市が加わると、袿の裾や袖が重なりあって下簾の外にはみ出し、いかにも女車らしいあでやかさになったが、御許丸がしきりに、

「いそいでよ、もっといそいで!」

牛飼童をせかす声が外にまで洩れる。いささかそれが色消しなのである。

もっとも、焦るのもむりはない。まっ先に入れると思っていたのに、白河に近づくと人影や牛車がにわかに増え、そのどれもが済時邸を目ざして行く。御許丸ならずとも気が気でない。

(あら、また後の車に抜かれた。牛の追い方が下手だこと!)

小市まで、牛飼の鞭の振りように内心つい、舌打ちする始末であった。

五

混雑を見越して未明から門を開いたのだろう、焚き残りの篝火(かがりび)がまだうっすらと白い煙をたなびかせてい、ようやく昇り始めた朝の日が、淡い光線を斜めにそこへ射込んでいる。白砂の路上には打ち水もされていて、夏の早朝にふさわしく大気の肌ざわりは爽(さわや)かなのだが、さきを争う人々の血まなこは場所取りにばかり向けられていた。

小市たちが車を曳き入れてみると、一番乗りどころか母屋(おもや)の近くはすでにぎっしり先着の車に占められていて、どうやらやっと三列目あたりに場所を確保できたにすぎない。

「でも、このへんなら講師のお説法がじゅうぶん届くわ。お声に張りがありますもの。ねえ母さま」

「そうね、講座が近いから、お顔もおがめますね」

満足げにうなずき合うところをみると、介ノ内侍母娘の目当ても美男の清範講師にあるようだ。

「すこしお詰めください。その車、右へ寄ってください。まだ、ゆとりがあるでしょ」

手きびしい女の声におどろいて、そっと簾越しに脇を見ると、半間(げん)ほどの隙間へあとから来た車が、ぎゅうぎゅう強引に割り込もうとしている。供の雑色を一人つれているのに、車の中の女主人みずから物見の窓をあけて指図がましい声を張りあげるとは、ずいぶんはしたない図である。

牛飼は大江家の童子とおっつかっつの少年で、これも主人に劣らず、

「そちらの轅に、うちの車の轅を、もたせかけさせてください。混んでいるんだから……」

と、厚かましい。

「あの女のかた、わたし、存じあげてますわ。清原元輔さまのご息女ですよ」

小市が気づいて、小声で耳打ちすると、

「へええ、あんな娘さんがいらしたの？　清原家に……」

介ノ内侍も御許丸もがどぎもを抜かれた顔つきだった。

「だいぶ前ですけど、従兄の伊祐の周防赴任に、元輔さまがお口添えくださったことがあります。そのお礼を申しあげに従兄がうかがったさい、わたくしも腰巾着で清原邸へ参上しましてね、ご息女にお目にかかったのです」

曾祖父の清原深養父、父の元輔ら、歌人として鳴らした血族の名を誇らしげにあげて、『古今集』に幾首、収載されているか、それはどのような詠歌か、

「答えてごらんなさい」

試すようにうながされたことまでは、しかし小市は告げなかった。ただ、「古今集を暗記している」というだけの理由で年下の少女に対抗意識を燃やし、大人気なく挑みかかってきた相手の、やみくもな競争心の強さは、いまだに不愉快な滓となって小市の胸の底に澱んではいた。

「清原元輔というかたは、いろいろ剽軽な逸話をまきちらして人に好かれているご老人だけど、あの年で遠国へおくだりになったのはおきのどくねえ」

介ノ内侍が、これもささやき声で言う。

「遠国へ？　なぜ？」

「小市さん、ごぞんじありませんでしたか。この春の除目で、元輔どのは肥後守になられたのですよ。もう今ごろは肥後の国庁で執務なさっておられるのではないかしら……」

「そういえば二月のはじめごろでしたか、父が『清原家の送別の宴に招かれた』と話していたことがあります。それですね」

「わたしの夫の雅致どのも、ご同様、宴席につらなった一人ですけど、『七十九にもなって九州落ちとは、さぞお辛かろう、むごい任官のしかただ』と、他人事ならず憤っておりましたよ」

「七十九ですって？」

「元輔どののご自身もね、『この年で肥後くんだりにまで飛ばされては、もはや再び、生きて都の土は踏めまい。おのおのがたの顔も今夜が見おさめじゃ』とおっしゃって、いつもは冗談ばかり言うかたが、ひどく鬱(ふさ)ぎこんでおられましたって……」

受領(ずりょう)は私腹が肥やせる。領民泣かせの苛斂誅求(かれんちゅうきゅう)をやって取りこむ気なら、任期中ひと財産つくれる旨味(うまみ)のある職だった。

中央官界での昇進にはおのずから限界があるから、中級の官吏はあらそって国司になりたがるが、それも任国により年による。血気さかんなころならばまだしも、八十歳に手のとどく頽齢(たいれい)となって肥後守とは、悲惨以外のなにものでもあるまい。

「かわいそうに……。わたしが娘だったら、そんなよぼよぼなお爺ちゃんを一人で任地へなどやらないわ。九州にだって奥州にだってついて行ってあげるけど、あのご息女は冷たいのね」

隣の車へ顎をしゃくって、いたずらっぽく御許丸は片目をつぶってみせる。

「のうのうと都に居残って、法華八講のご盛儀など見物しに来てるじゃないの。しかも金(かな)切(き)り声をあげて人の車を押しのけてさ、せまい所へ割り込んでくるなんていけ好かない人だこと！」

声をひそめようともしない傍若無人さに、小市ははらはらして、

「聞こえたら大変よ。えらく勝気な人なのだから……」

御許丸の袖をひっぱった。

「それに、お父上とご一緒に肥後へ行こうにも、あのかた、行けないのじゃないかしら……。わたしがお宅へうかがった当時から、橘則光どのが通って来てましたもの。もう今ごろは一人二人、お子も生まれているはずですよ」

「おやおや、橘則光どのが清原家のご息女のお婿さんですって？」

大仰に、介ノ内侍はのけぞってみせた。

「則光どのの母御は、今上天皇の乳母ですよ小市さん、右近とよばれている人です」

「花山帝の⁉　では則光というかたは、みかどの乳兄弟ですか？」

「そういうこと。いま則光どのの官位は何か知りませんが、乳母の息子なら花山朝での出世はまちがいありますまい。そういう有望な人を娘の婿にするなんて、元輔老人もなかなか隅に置けませんわね」

「でも母さま、あの鼻柱の強そうなご息女に、夫としてかしずくのは忍耐がいるわよ。則光どのとやらも、いつまで辛抱がつづくかしら……」

「おやめなさい御許丸、あちらの車で、いまごろくしゃみをしていらっしゃいますよ」

しのび笑いに時を移すあいだにも太陽は容赦なく昇りつづけて、恐れていた通りかんかん照りの暑さとなってきた。

近くに手入れのゆきとどいた大池があり、薄くれないの蓮の花が広葉のかげに見えかくれしている。高くぬきん出て、大輪の花弁をいっぱいにひろげているもの、合掌する乙女の掌(て)さながら、先つぼまりのふっくらとした蕾を恥じらいがちに水面に泛かべるものなど、花の姿態はさまざまだし、水晶の珠に似た朝露を、まだ幾粒となく乗せている葉も、見るからにすがすがしい。車の簾越しに池をながめるときだけ、わずかに暑気を忘れる思いであった。

「はやくはじまってくれないかなあ」

まっ先に愚痴(ぐち)り出したのは御許丸だが、公卿(くぎょう)・殿上人らが続々参集しはじめると、愚痴も暑さも、たちまち忘れた顔になった。

「ごらんなさい小市さん、いま東の妻戸から入ってこようとなさっている上達部(かんだちめ)……」

「二藍(ふたあい)の直衣(のうし)に、同じ色の指貫(さしぬき)を召したかたね」

「左兵衛少将実方(さねかた)さまよ。小一条の左大臣師尹(もろただ)公のお孫さま。このお屋敷のお主(あるじ)済時卿には甥にあたるおかただけど、叔父さまのご養子になられたんですって……」

と、育ちが育ちだけに御許丸は詳(くわ)しい。昌子太后の御所でくらす毎日だから、ご機嫌うかがいにくる貴族皇族を目にしたり、母の同僚の女房たちから噂を聞く機会が多く、小市などより、はるかに公家(くげ)たちの動静を心得ているのである。

寝殿の庇(ひさし)ノ間(ま)は簾が高く巻きあげてあり、その下長押(しもなげし)の上につぎつぎと彼らは居並びはじめている。混雑の中を縫い縫い、

「どうぞ、いま少し奥へ……」

などと周旋の労をとっている四十五、六の、でっぷりと肥えた大柄な上卿が、この家(や)の主人(あるじ)の藤原済時にちがいない。権大納言に右大将を兼ねる顕官で、御許丸の説明によれば、

「村上帝の後宮に、宣耀殿(せんようでん)ノ女御とよばれたかたがおられたけど、済時卿はその女御さまの兄上よ」

登場人物関係略図

- 忠平 ― 師輔・師尹
- 師輔 ― 伊尹・兼通・兼家
- 伊尹 ― 義懐
- 兼家 ― 道隆・道兼・道長
- 道隆 ― 定子（のちの一条帝皇后）
- 定方 ― 女・朝忠・女
- 師尹＝女（定方の女） ― 済時・芳子
- 雅正＝女（定方の女） ― 為頼・為時
- 為時 ― 紫式部（作中では小市）
- 朝忠 ― 女
- 女（朝忠の女）＝（源雅信） ― 倫子
- 道長＝倫子 ― 彰子（のちの一条帝中宮）

という。

「芳子とおっしゃる姫君ね。宮中へあがられるとき、お身体は牛車の内に移りながら、お髪(ぐし)の先はまだ居間の柱のあたりにたぐまっていたって、わたしも為頼伯父から聞いたことがあってよ」

「たいへんな髪長(かみなが)姫さまよねえ」

公卿・殿上人らは紙張りの蝙蝠(かわほり)扇を使っている。骨

は白木のままだったり塗りだったり、さまざまだが、地紙の色は夏なので、だれのものも赤く染めてある。はたはたと、いっせいにそれが動くのが、野づら一面に咲く撫子(なでしこ)の花の上を風が渡ってゆくようだ。

その動きが急にとまったのは、右大臣家の御曹司道隆(みちたか)が入って来たからである。ざわめきさえ、瞬間、鎮まったのは、父なる右大臣兼家の威光だろうか。

道隆のうしろには、弟の道兼と道長が従っている。

「花山帝の引きおろしに、おそらくはひと役もふた役も買いかねぬ男ども……」

と、袴垂れ保輔が名ざしで警告してくれた三兄弟だ。じつをいえば、小市が今日、出かけてきたのは、法華八講そのものの聴聞よりも、かならずや出席するにちがいない三兄弟のかんばせを、貴賤男女入り混(ご)みの無礼講ともいってよい機会を捉えて、じっくり見ておきたかったからである。

もっとも、入り混みとは言っても一般大衆は、遠く引き綱でへだてられて、広い庭園の一隅に寄りかたまっているにすぎない。講座の据えられた殿舎のそばまで牛車を曳き込めたのは、上級中級に属する官吏の妻や娘たちだけだが、右大臣家の三兄弟が入場してきたとたん、心なしか外に控える車の乗り手たちの間にまで、目に見えぬ緊張が走ったのが、小市には衝撃であった。

「ほらほら母さま、三位(さんみ)の中将さまがお越しあそばしたわよ」

「丁子染の帷子に二藍のお直衣はともかく、いまじぶん織物の指貫に濃い蘇芳の下袴というお身なりは、他の公達がたがそろってくつろいだ夏向きの軽装でいらっしゃる中だけにすこし暑苦しく思えるけど、それがかえって威風堂々として見えるのだから、さすがに中将さまの貫禄はたいしたものよねえ」

と介ノ内侍母娘まで讃辞を惜しまない。

三位の中将とは、道隆のことである。長兄がこの程度なら、弟たちの官位官職はもっと下であろう。それなのに列座の上卿らが、なんとなく彼らを憚っていち目おく気配なのは、弱輩ながらこの三兄弟の実力が、卓抜しているということであろうか。

最年少でいながら、道長の印象が中でもきわ立ってあざやかだった。眉の濃い、男らしい風貌なのに、切れながな目は一見、愛嬌を湛えて柔和にさえ受けとれる。済時への挨拶のしぶりもへりくだっているし、二人の兄の背後にかくれて目立たぬように振舞っていながら、天成の気性だろうか、挙措のはしばしに包みきれぬ覇気がにじみ出て、人なつこい微笑を、かえって一種、凄みのあるものにしているのである。

(味方だと、この上なくたのもしいが、いったん敵に回したら恐ろしい人……)

小市は気が重くなった。

朗らかな高声でしゃべり交しながらこのときまた、二、三人の上卿が庇ノ間に姿を現わした。

「あ、権中納言さまよッ」

先頭の貴公子を指して目ざとく御許丸がさけぶ。大市の愛人の義懐であった。

六

このときも、ほんのひと瞬（またた）きのあいだだが、あたりのざわめきがふと、鎮（しず）まった。

義懐の背後には形に添う影のように左中弁藤原惟成がしたがっていた。二人ながら花山朝の推進者……。

「内（うち）劣りの外（と）めでた」

などと、かげでの譏（そし）り口が絶えない帝を、左右の腕となって支えつづける切れ者だから、だれしもが彼らの進退に注目するのはふしぎではない。道隆、道兼、道長ら右大臣家の子息たちが、父の兼家をも引きくるめて威圧感のあるその存在じたい、恐れられ、これという理由もなしに人々に憚られているのとはちがう。内心、

（若造め、肩で風を切りおるわ）

舌打ちしながらも、花山帝の叔父という義懐の立場に遠慮して下手（したで）に出るにすぎない。

じゅうぶん義懐の側もそれを承知しているから、不遜な態度はとらなかった。今日の法会などにも、「いちばんあとから入場する」という行為に、わずかに重みを示す程度で、

「どうも遅れてすみません。来る前に片づけなければならぬ用事があったものだから……」

如才ない言いわけを口にしつつ設けの席についた。しかし水ぎわ立った男ぶりと装束の好みの良さはやはり群を抜いていて、それなりに周囲の目をそばだたせずにおかない花やかな公達(きんだち)ではあるのだ。

「あれほどの殿方に思われるなんて大市君は果報者ねえ。前世で、どんな善根を積まれたのかしら……。ねえ母さま」

早熟な御許丸あたり、しきりに羨(うらや)むけれども、右大臣家の三兄弟とくらべた場合、人物的にはどうしても義懐のほうが小市の目には心もとなく映る。権力の世界で強いのは〝悪〟なのだから、言いかえれば義懐は、道隆たちより人がよい、とも評せよう。

姉の恋人というだけのことなら善人も結構だけれど、花山朝の大黒柱としては、それでは困る。したたかな悪と渡り合って、なおかつ勝を制するほどの悪人であってほしいのである。

「ほほ、お揃いでございますな」

主人(あるじ)の右大将済時(なりとき)が召使どもに合図したらしく、やがて懸盤(かけばん)や高坏(たかつき)、折敷(おしき)のたぐいがつぎつぎに運ばれ、食事がはじまった。むろん精進の料理であろうが、講師の登壇前に、もてなしをすましてしまうつもりなのかもしれない。

「わたしたちも今のうちに頂いておきましょうよ」

介ノ内侍が包みを拡げ、持参の弁当をとり出した。清らかな白木の折敷に笹の葉で包んだ粽飯、蛤の煮物、鶉肉の焙り焼き、鮒の酢押しなど、見るからにうまそうな食べものがぎっしり詰まっている。

「こちらで用意します」

そう、あらかじめ言われていたので、小市は菓子だけ持ってきた。鳴滝の山荘にもとどけた庭の枇杷の実……。それと、ゆうべのうちに丹精して、叔母の周防が作っておいてくれた索餅である。練った小麦粉を縄状に伸ばし、縒り合せて、食べやすい大きさに切り分ける。カラリと油で揚げて、うすく塩をふってもいいし、甘いのが好きなら柿の皮の粉などまぶしてもおいしい。その形から、和風には麦縄とよぶけれど、元来が唐菓子の一種だから、

「まあ、珍しいこと。つまませてもらってもよくて？」

御許丸にも介ノ内侍にも、ひどく喜ばれた。

上達部のあいだに何やらざわめきが起こったのは、そろそろ食事が終りかけたころである。庇ノ間の奥に居並ぶ上卿たちは伸びあがり、若い殿上人のなかにはわざわざ落縁に出て庭を見やる者までいるので、

「なんでしょう」

小市たちも気づいて簾越しにその視線を追った。遅れて来たとみえて、犇き並ぶ牛車の群れから離れて一輛だけ、大池のほとりにぽつんと停まっている女車がある。ま新しい下簾から深紅の単襲に藤むらさきの綾織物、蘇芳色のうすものの上衣がチラチラ透いて見え、うしろには海賦の摺りをほどこした裳を拡げて打ち掛けるなど、いかにもよしありげな、風雅な感じの車だから、当然ひとびとの関心は、中の乗り手に集まっているようだ。

まっ先に目をつけて、

「だれでしょうな、気にかかる女車ではありませんか」

さわぎ立てたのは、権中納言義懐らしい。

「歌を贈ってみましょうか」

「言い出しっぺだ。義懐卿、あなたが詠めばよろしい」

「そいつはご勘弁ねがいたいな。書くのは引き受けるから、右大将どの、だれか心きいた使いの男を貸してください」

がやがや言い合ったあげく、歌も文もなしに、口上だけの使者がつかわされた。済時邸の随身であろうけれど、晴れの役を仰せつかって緊張したのか、ぎくしゃくしたその歩きつきが何とも可笑しい。

女車のそばへ寄って伝言を申しのべている背中へ、他の車からもいっせいに目がそそがれる。固くなるのも無理ないにせよ、使いのもどりのおそいことといったら呆れるばかりだ。いいかげん、だれもが痺れを切らしかけたころ、やっとのこのこ帰りはじめた。

　女車から扇が出て、このとき突然、使者を招き返した。すぐさま小もどりして、またぐずぐずと何やら手間をくっている。ようやく帰って来たときには相当の時間が経過していた。

「さあさあ、なんと答えた？」

「はやく聞かせろよお使者どの、あんまり気どると肝腎なご返事を言いそこなうぞ」

　待ちくたびれて催促するのに、随身は応じようとしない。もったいぶった顔で義懐に近づき、小声で相手かたの挨拶を伝えている。ことごとしげな、まじめくさった素振りが、小市たちの目にさえ笑止にうつった。

　まして上達部たちはじれきって、

「歌を詠んでよこしたのだろう？　だからあんなに手間がかかったんだ」

「義懐卿、とっとと公開ねがいます」

　と、やかましい。

「返歌なんぞ無いよ」

「だって、扇で使者を招き返したじゃないか。言いそこなって訂正したんだろう？」

「いや、こちらからの口上を述べてもウンともスンとも答えないので、あきらめて帰りかけたら、呼びとめてね、ごく変哲のない、通りいっぺんの返事を口頭で伝えただけなんだとさ」

「なんだ、つまらん。さんざん気を持たせておきながら、それきりか」

「やれやれ、骨折り損のくたびれ儲けだな」

大納言藤原為光の大仰な嘆息に、一同、声を合せて笑いころげる。

「もう一遍、こんどはこちらから歌を詠んで持たせよう。いくらなんでも返歌しないわけにはいかないだろうからね」

しつっこい義懐の提案は、でも否応なく打ち切られた。清範講師が入場して来たのである。

もの静かに壇に登るその姿が、女たちの賞讃のまなざしに熱く包まれたのは、説法のうまさ、容貌の端麗さにまして、清範がまれに見る持戒堅固な清僧だからであった。

打ち振る鈴（れい）の、澄みきった音色、朗々と流れはじめた講説に気をとられていた小市が、ふと我れにかえって池のほとりを見やると、いつ出ていったか、あの女車が消えてしまっている。

（いたたまれなくなったのだろう）

心から小市は車の主（ぬし）に同情した。

今をときめく上卿たちに目をつけられ、たとえ退屈しのぎのいたずら半分にせよ使者を差し向けられたのは、無視された他の多くの女車から見れば名誉なことにちがいない。

しかし彼女は愧じたのだ。満座の、ぶしつけな注目を浴び、下賤の者どもにまで好奇のまなざしを向けられたことに耐えきれなくなって、せっかく説法を聴聞に来ながら、いよいよ始まる直前にそっと帰ってしまったのだ。

(きのどくに……)

期待はずれな、通りいっぺんな返事に上卿たちは失望したようだが、法会にそぐわない彼らの無作法、不謹慎ぶりを、味もそっけもない応答の仕方でそれとなくたしなめたのだとしたら、どこの、どのような身分の上臈か知らないけれども、はるかに彼女のほうが思慮深い。

(同じ立場に置かれたらわたしだって思いきり、愛想のない返答をしてやるわ)

心中、共感をこめて小市はつぶやく。姉の愛人の義懐が、くだらないいたずらの音頭を取っていたのも小市には情なかったが、さらにもう一つ、この日の法会で義懐は、面目まるつぶれとなるような失言をしてのけ、あたら男をさげてしまったのだ。

七

それは、朝座の説法が終った直後であった。すぐ隣にいた清原元輔の娘――あの橘則光の妻が、

「すこし通り道をあけてください。帰りますから……」

来たとき同様、あたりの車に声をかけながら、ぎしぎしとむりやりに、自分の牛車を曳き出させにかかったのである。

ぎっしりうしろが詰まっているので中途で出るのは容易でないし、人目にもつく。義懐も気づいたとみえて、よせばよいのに、

「ありがたい説法さなかに退席するなんて惜しいことだ。でもまあ、それもよかろうよ」

聞こえよがしに言い放った。

御許丸には、この嘲弄の意味が理解できなかったようだが、法華経の方便品を読んでいた小市には、すぐわかった。釈尊が法を説いておられたとき、五千人の増上慢が席を立って出ていってしまったことがある。法弟の舎利弗が怒って、制止しかけるのを、

「仏果を得てもおらぬのに慢心して、法に耳を傾けぬような外道は、むしろ退出させたほうがよい」

そう釈尊が訓されたと、経文には書かれていた。この故事に引きかけて義懐はとっさに、帰りかけた女車を皮肉ったのだろう。

（人なみはずれて勝気なあの女が、黙ってすますだろうか。やり返してのけるのではないか？）

小市の予想は的中した。清原家の牛飼童が車中の主人に意を含められて、すぐさま庇

ノ間の勾欄下（こうらんした）へ走り寄って行ったのだ。

主人に劣らずしたたかそうな少年は、義懐の面上をまっすぐ見上げ、よく通る大声で、

「ご返事を申しあげます。『人をやりこめて得意然としておられる中納言さまも、五千人の増上慢のお一人ですね』そうお伝えするようにとの、主（あるじ）の言いつけでござります」

あたりにひびけとばかり言ってのけた。

これには胆（きも）をつぶして、さすがの義懐も絶句する。そのすきに少年は駆けもどり、車はがらがら曳き出されて誇らかに邸内から出て行ってしまった。

「手ひどくやられたなあ」

「義懐卿、顔色なしじゃないか」

と、あとでの取り沙汰は煮え返るほどだった。

「どこの、何者だい？　あの車のぬしは……」

「童子の顔に見おぼえがある。清原家の召使だよ」

「この春の除目（じもく）で肥後守に任ぜられた清原元輔かね？」

「倅の致信（むねのぶ）、為成のほかに、娘が一人二人いたようだから、そのどちらかではないか」

「もしかしたら橘則光が通っている女かもしれんよ」

「ほう、則光は元輔爺さまの婿どのかね」

「何によせ驚き入った気の強さだ。打って返すすばやさで帝の叔父御をやりこめるなんて、

並（なみ）の女には至難の技だぞ」

「おそろしい」

「どんな女傑か、拝顔の栄に浴したいな」

「見るとがっかりだろう。やめといたほうが無事だよ」

「しッ、則光に聞かれたらまずいじゃないか」

「来ていないさ、今日、ここには……」

「ともかく才女だ。則光ごときにはもったいないや」

どっとまた、傍若無人に笑い崩れる。

恥をかかされた当人なのに義懐まで一緒になって、さも面白そうに高笑いしているのが小市には気が知れない。

帝王としての自覚があるのかないのか、それすらおぼつかない花山天皇を、左中弁惟成とともに、ともあれ懸命に補佐しながら理想政治の実現に努力していると聞けば、敬意を払いたくもなるけれど、驕（おご）った、浮薄としか評せないその言動をまのあたりにすると、なんとも興ざめさせられてしまう。

「外戚の地位を獲得できたうれしさから、今のところ張り切ってはいるけれど、しょせん義懐など坊ちゃん育ちのひ弱な貴公子にすぎんよ。老獪な術策を弄されたら、ひとたまりもあるまい」

袴垂れ保輔の言葉がよみがえって、

（大丈夫かしら……）

心ぼそさは増すばかりだけれども、その小市でさえ、わずか五日後に、この日抱(いだ)かされた不安が現実のものになるとまでは、まさか予測していなかった。でも実際には思いもよらぬ形で、そして速さで、花山朝の破局は訪れたのである。気温がゆるみはじめる春さき、今の今、静かに眠っているとばかり見えた山腹の雪がいきなり動き出して、すさまじい雪崩(なだれ)を引き起こしでもしたような寝耳に水の大事件であった。

それは寛和二年六月――。白河での法華八講がすべて終って、まだまる一日しかたたぬ二十三日の明け方だが、宮中から花山帝の姿が不意に見えなくなったのだ。

人々が気づいて、

「どこへ行かれたのだろう」

不審しだしたのは、朝日が昇りはじめてからである。常に起き伏しなさる清涼殿はもとより、建ちつらなる殿舎の内外、宮苑から官衙(かんが)、しまいには厩(うまや)のまぐさ桶、縁の下まで掻きさぐって捜索したにもかかわらず手がかりがない。

父の冷泉院も在位中、急にいなくなり、八方手わけしてさがし廻った末に、番匠(ばんじょう)小屋の屋根にまたがって空を見ておられるところを発見されたことがあった。その血をひく花山帝だけに、常識では考えられないような場所に潜んでいるかもわからない。日ごろは腰痛を理由にはかばかしく出仕もしない関白藤原頼忠までが、

「池を渫うてみよ、万にひとつということがある」

血眼で命じるなど、廷臣こぞっての大騒動となった。

「麗ノ女御」

とまで讃えられた佳人藤原忯子を病魔に奪われて以来、生まれながらの偏執狂的性格に加えて、重い鬱病状態にもおちいり、義懐や惟成がいくら励ましても効果のなかった花山帝である。

「目がはなせぬ」

危ぶんで、彼らはできるだけ宮中に宿直するようつとめてきたが、あいにく二十二日の晩にかぎって義懐は鳴滝の大市のもとに、惟成も愛人の家へ出かけて、天皇のお側にいなかった。

「しまったッ、なんという手抜かりかッ」

賢所にまろび入って義懐は皇祖の神霊にかきくどいた。

「なにとぞ、みかどの御身をお守りください。つつがなく玉座におもどしくださいッ」

二十二日のひるすぎ、藤原為時も仕事を終えて式部省を退出……。夕方から油小路の女のところへ泊まりに行っていた。

大市・小市・薬師麿ら、播磨で亡くなった本妻の所生のほか、油小路の女にも為時が女児をひとり、男の子を二人生ませている事実は、もはや召使どもの間にすら隠れがない。女の子は十二、息子たちはそれぞれ十と七ツになったが、京極の本邸とはきびしく分けて、双方の子供たちを為時は行き来させなかった。

それだけに、日蔭に育つ哀れさを、油小路の家の子にはつねに感じていたし、だからといってそちらにばかり入りびたれば、早く生母に先立たれた京極邸の子らを、みなしご同様の境遇に置くことになる。

（でも、もはや大市は義懐卿の庇護のもとに移り、小市や薬師麿も成人した。父親の口出しなど、うるさく思いはじめる年ごろではないか）

まだいたいけな油小路の子供たちにこそ、親らしい情愛をそそいでやらねばならぬとの判断から、夜はほとんど本邸にいない。三十九歳という男ざかりの生理も、為時を独り寝させない要因の一つとなっている。

女とのまどろみを、しかしこの日、雑色の御厨ノ高志によって為時はけたたましく破られた。

「いそぎ出仕せよ」

との宮中からの触れをたずさえて、高志は本邸から駆けつけて来たのだ。召しがなくても平常通り出勤するつもりでいたが、それにしては時刻が早い。

「なんぞ、事が起きでもしたのか？」

「みかどのご所在が知れぬとか申しております」

「みかどが行方不明？　そんなばかな……」

為時には信じられない。女に手伝わせ、あわただしく装束を着けて、それでも出仕して行ったが、日ごろの静かさとは似ても似つかぬ宮中のごった返しぶりに、

（高志の報告にまちがいなかった！）

唖然となった。一天万乗の大君の、雲隠れ……。前代未聞の大不祥事ではないか。

（ありうべからざることだ。しかし政情不安、人心の荒廃、連年の不作と重税による地方民の困窮など、異常事態が突発してもおかしくない条件はそろっている）

皇居内でさえ賊の手で頻々と放火され、消火のどさくさまぎれに官庫が破られる。女官が担ぎ去られる事件まで発生するほどの治安の乱れだ。

（天子のおん身に賊手が及ぶなどという未曾有の怪事も、いまなら起こってふしぎはない）

為時の背筋に悪寒が走った。いかな〝学者馬鹿〟の為時にも、花山朝の消滅が、自身の官職の消滅につながるぐらいの認識はある。

（どうしてこんなことになってしまったのか）

つぶやきは声をなさず、ただ低い唸りとなって彼の咽喉から絞り出されたが、直後、耳

を搏ったのは、

「みかどがおわしたッ、義懐卿が捜し出されたそうな……」

口から口へ、疾風の早さで伝わってきた朗報だった。

「おお、ご無事であったかッ」

次の瞬間、しかし喜びは潰えた。

「山科の元慶寺で、みかどは出家あそばしたッ、剃髪染衣のお姿を寺内で発見した直後、義懐卿は絶望のあまり、おあとを追ってこれまた遁世なされたというぞッ」

その場にへたへた、為時はうずくまってしまった。気の萎えにともなって足までが体重を支えきれなくなったのである。

やっとの思いで立ちあがり、京極の屋敷へ帰りついたときには、日がとっぷり暮れきっていた。

八

すぐさま公表されたのは、花山帝の譲位、懐仁皇太子の践祚であった。
新帝は七歳――。父は円融院、生母が藤原兼家の娘の詮子だし、新天皇の皇太子には、これも兼家の孫にあたる居貞親王が立てられることに決まった。皇太子は十一だから、天皇よりもその後継のほうが年上という珍現象を現出したのだ。

不条理も不自然も、兼家はまったく意に介さず、花山帝の出家が知れ渡るとただちに太政大臣頼忠を押しのけ、いっさいの采配をふるって新天皇の践祚、居貞親王の立坊を強行してのけたのである。

頼忠は辞表を呈出し、兼家が摂政の地位についた。新天皇と新皇太子の外祖父なのだから廟堂の頂点に立つことになっても怪しむに足らないが、花山帝引きおろしの詐術が明るみに出るにつれて、そのやり口の卑劣さ、悪辣さに、口にこそ出さね、廷臣だれもが舌を巻いた。

麗ノ女御への愛着が断ち切れず、日夜ふさぎこんでばかりいる花山帝の日常を、

（つけ入る好機）

と見て、兼家は隠密裡に行動を開始したのである。道隆・道兼・道長ら息子たちが父の手足となって働いたのはいうまでもないが、中でも蔵人頭の職にある道兼が天皇の側ちかく仕える立場を利用して、まずしきりに、その耳に厭世観を吹き込んだ。

天皇とはいっても年でいえば十九歳の、世間知らずな若者にすぎない。しかも狂疾の遺伝を父から享けつぎ、強度の鬱症状を呈してもいるのだから、持ってゆきようによってはどうとでも思いのままになる他愛ない相手であった。

「女御に逢いたい。もう一度あの柔肌を抱きしめることができたら死んでもいい」

かきくどくたびに、

「死ぬほどのお覚悟があるならば、王位を棄てて出離あそばしませ」

道兼はすすめた。

「遁世すれば女御に逢えるか？」

「もはや生を隔てられたのですから、様を変えただけですぐさまお目にかかるというわけにはまいりませぬ」

「では出家しても無駄だ」

「いいえ、無駄どころか、出家してこそ亡き女御さまに再会なさることができるのでございます。わたくしごときがこう申しても、お信じいただけますまい。しかるべき仏者にそのわけを説いてもらいましょう」

道兼がつれて来たのは、あらかじめ一味に引き込んでおいた厳久という僧侶である。かねがね花山帝の信任もあつく、その玉体安穏を祈願するため、宮中の仏殿に奉仕させていた護持僧であった。

「頭どのの仰せにまちがいありません」

もっともらしく数珠をつまぐりながら、厳久も口裏を合せた。

「他界あそばしたお方を恋うて歎き悲しんでばかりおられますと、往生のさまたげとなるばかりか、涙や執着がかえって災して故人を苦しめ、三悪道に堕とす結果にもつながります。みかどが、この世での絆をすっぱり断ち切り、もろもろの妄執から解き放たれて、専心、仏道修行に打ちこまれれば、それがただちに善根となって女御も成仏あそばすのです」

「でも、それでは逢えないではないか」

「極楽浄土に転生なされば蓮の台の半座を分けて女御はお待ちあそばすはず……。ご寿齢つきて、みかどがそこへ参られたあかつきは、苦もなく悩みもない安楽世界で、女御と永劫にわたって睦み合えるのでございます」

「このまま俗世にとどまっていると？」

「追慕の涙は焔となって心を焼き立て、みかどは生きながら、女御は冥府にて、共に地獄の苦痛を味わいつづけることとなりましょう。出離遁世への一刻も早いご決断こそ、それを救う唯一の手段でございます」

それでも花山帝がためらっていたのは、一方で義懐や惟成が警戒して、機会あるごとに「帝王の責任」を説き、

「まだまだこれからというお若さではありませんか。春秋に富むおん身をいたずらに朽ちさせてはなりますまい。後宮には美女たちが寵を望んでひしめいています。新しい恋を得られ、心身ともに健康をとりもどして、万機親裁の重責をお果しいただきとうぞんじます。不肖われら、身を粉にしてみかどのまつりごとを補佐したてまつる所存でございますから

……」

と、励ましてもいたからである。

忯子は生前、小鳥を愛してたくさん飼っていた。それらは彼女の死後、ほとんど供養のため放鳥されたけれども、異国渡りの鸚鵡(おうむ)だけは、

「野山に帰しては自力で生きられまい」

との配慮から宮中にのこされ、亡き女御の形見としてみかどの慈しみを受けている。

道兼はこっそりこの鸚鵡に、経文の一句を教えこみ、

「奇特なことです。いつおぼえたか、心ない禽類さえが世の無常を観じています」

さも感じ入った顔でみかどに知らせた。

「タイシシンポウギューオーイ」

と、それは聞こえる。

「インメーチュージ、フジーシャ」

とも、つづけて言うのだが、舌たらずな囀(さえず)りなので何のことかよく判らない。道兼は筆を借りて、懐紙に、

「妻子珍宝及王位、臨命終時不随者」

と書いて示した。血族や金銀珠玉などありとあらゆる愛着の対象はもとより、帝王の位ですらいざ臨終となれば、あの世へまで随うことはできず、持って行くこともできない。

身一つでおもむかねばならぬ冥府の闇……。冷厳なその現実を直視し、いっさいの煩悩を断って真理を求めるべきだとの、仏説の一部分である。

「こんな鳥までが、出離を願って経を唱えるのか」

懐紙の文字をみつめたまま花山帝は声をわななかせた。

「女御の菩提のため、そして朕自身の解脱のためにも俗体を捨てたいが……住み馴れた皇居を出るのは心ぼそい。どこで剃髪し、どう修行するものやら見当もつかぬ」

「ご案じあそばしますな、手引きはすべてわたくしがいたします。そしてみかど、わたくしも得度を受けましょう」

「えッ、ほんとうか道兼、そなたも朕に従って出家してくれるというのか？」

「いたしますとも。僧形となってもわたくしは陛下の臣。どこへでもお供をして、生涯おそばを離れません。ご心配は無用でございます」

「ああ、うれしい。それで安心したよ」

「ご決意なされたのなら、ただ今からでも」

「今夜、これから？」

「さいわいの月夜。善は急げと申します。えてしてこのような発心には魔物が障礙をなすものですから、だれにも気づかれぬようお仕度あそばしませ」

せきたてられて、みかどはとまどった。どうしてよいかわからない。

「神剣神璽(しんじ)の御筺(みはこ)を、東宮にお渡し申します」

と言われながら、それがどれほど重大なことか判断さえつかぬほど気が上(うわ)ずってしまっていた。

大殿油(おおとなぶら)が一基、ともっていたが、かぼそいその光は隅々にまで届かず、御座所(おましどころ)は暗い。音も立てずに壁代(かべしろ)の陰から人が現れたのにもぎょっとして、花山帝は立ち竦(すく)んだ。

「気づかいなされますな、舎弟の道長でございます」

なるほど目を凝(こ)らしてよく見ると、黒い、影だけのような姿は道長であった。

「新しきおん門出(かどい)を、祝(しゅく)し奉ります」

ふだんのそれとはまったく違う押し殺した声に増して、じろりと見上げた双眸の鈍(にぶ)い、鉛色のかがやきが恐ろしく、みかどは怯(おび)えて道兼にしがみついた。

「怕(こわ)いことなど少しもありません。さあ、まいりましょう」

肩に腕を回して抱きかかえながら、

「あとをたのんだぞ弟」

道長に、道兼が目くばせしたのは、神器の譲渡を迅速に、ぬかりなくやりおおせよとの合図であった。主権の象徴である三種の神器——。天皇それじたいよりも、神器がだれに所属するかが大事なのだ。「神器在る所に帝位あり」の感覚が支配的だったから、右大臣兼家は、孫の懐仁皇太子の手に、まちがいなくそれを渡すという今度の計画の中でもとりわけ重要な役どころを、道長に命じていたのだろう。

かすかな道長のうなずきになど、むろん花山帝が気づくはずはない。呪術にでもかけられた足どりで、無我夢中のまま藤壺の局までともなわれて行き、妻戸から一歩、足を踏み出しかけた。しかし夜気の冷たさに触れた刹那、さすがになかば覚醒して、

（朕はいま、取り返しのつかぬことをしようとしているのではないか。義懐に知れたら叱られるのではないか）

唐突な思い立ちを反省する気になった。

「忘れ物がある」

あとずさりし、吃りながらみかどは言った。

「女御のお文を文筥ごと置いてきてしまった。命より大切な宝だ。取ってくる」

目を、道兼は怒らした。

「あれほど申しあげたのに、この期に及んでまだ、そのような未練なことを仰せられるのですか。なりません。お出ましください」

「でも……でも月が、明るすぎる」

たしかに籬に植えられた草花の葉脈まではっきり見えそうなほど、月は冴え返っていたが、みかどが立ち淀むまに薄い浮き雲が流れ寄って月面を覆い、一瞬、あたりは暗くなった。

「さ、今のうちです」

手を摑まれ、曳きずり出されたみかどは、一輌の網代車がそこに待機しているのを見た。同時にむくむくと、地から湧き出しでもしたように立ち上ったのは送りの武者らしいまっ黒な武装集団である。

恐怖のあまり泣きだしたみかどを、

「これはしたり。道兼がお供しているではありませんか。ご一緒に出家するとお約束したでしょう?」

子供をあやしでもするようになだめすかしながら道兼は車へ押し込んだ。見すまして、

「よし、行けッ」

低く武者どもに命じたのは、これも、いつのまにここに来ていたのか、三人兄弟の長兄の道隆であった。

内裏の北の朔平門から外へ出た車は、土御門大路を東へ向かい、賀茂川堤にさしかかったが、武者の群れはここにも配置されていて、厚く車を囲繞しながら山科の元慶寺境内へ曳き入れた。御所から寺まで約三里……。強盗の出没する物騒な夜道だ。邪魔者の妨害を懸念し、腹心の源満仲・頼光父子に命じてその配下の郎党どもを警固に当らせる役は、道隆が分担したのだろう。

得度の用意をととのえて待ちかまえていたのは、厳久だった。有無を言わさずみかどの

髪を剃りこぼち、法衣を着せかけたとたん、道兼の姿が見えなくなった。逃げ失せたのである。

「共に出家すると誓ったではないかッ、兼道、道兼ッ、どこへ行った。朕を騙したなッ」

やっと詭計にかかったと気づいて叫び立てたが、この時はもう、道兼ばかりか武者たちも厳久も、車や牛飼までが煙のように消え失せ、がらんとした本堂に花山帝はたった一人、取り残されてしまっていたのであった。

冬の季節

一

翼をもがれた鳥同然である。皇居へもどろうにも方角さえわからない。人に問うすべも知らない。野路にしろ町なかの道にしろ、乗物なしに往来したことすらなかった。花山院が途方にくれ、こころぼそさに一人、元慶寺（がんぎょう）の本堂で慄（ふる）えているところへ、死もの狂いで行方を捜し求めていた義懐（よしちか）と惟成（これしげ）が、やっとたどりついた。

白衣の肩をすぼめ、不安げに目をきょろつかせているみすぼらしい青道心（あおどうしん）……。それを花山院と気づいた瞬間、義懐は思わず怒声を張りあげてしまった。

「ええ情ない。何という浅ましいありさまに成りさがられたのですかッ、私があれほど申しあげたのに……」

「かんにんしておくれ。出家すれば亡き女御に逢えると厳久が言った。道兼も朕と一緒に入道すると誓ったものだから……」

「いっぱいくわされたのです。それが証拠に、彼らはさっさと逃げ失せたではありませんか」

「口惜(くや)しい。どうしたらいいのか……」

「こうなっては万事休すです。兼家父子の策に嵌(は)められ、みかどはおんみずから墓穴を掘っておしまいになった……」

「わるかったよ、朕がばかだった」

泣きじゃくられると、それ以上は責められない。惟成がとめるひまもなく、その場で義懐は自身、もとどりを切り払ってのけた。前途に望みを失ったのである。

彼らは騎馬で来たのだが、帰路は惟成が駆け廻ってどこからか粗末な車を調達し、花山院をそれに乗せて引きあげた。

宮中での総指揮権は、はやくも右大臣藤原兼家の手に移り、その命令で諸門はきびしく閉じられていた。

「先帝が還御あそばされた。開けよ」

懸命にこらえていたつもりなのに、惟成はつい、涙声になった。衛府の兵を動員して宮門を固めさせたのは、右兵衛権助(うひょうえごんのすけ)の職権をふりかざした道長であろう。

(努力のいっさいが水泡に帰した)

惟成はくちびるを噛む……。なが年つれ添った糟糠(そうこう)の妻を捨て、じつは半年ほど前から、彼は源満仲の娘のもとへ通いはじめていたのだ。美人ではけっしてない。それどころか衣裳や部屋の飾りつけなどけばけばしく、成りあがり者にありがちな高慢な女で、機嫌をとるのさえいまいましかったけれど、源氏武者の武力富力を花山朝側に取り込みたいとの下心から、目をつぶって接近したのであった。

しかし惟成は、まんまと舅（しゅうと）に裏切られた。機を見るに敏な満仲は、新参の婿（むこ）への親愛よりも、長年月、走狗の役に甘んじてきた右大臣家の繁栄に、これまで通り自家の未来を賭けたのである。

（我がこと終れり！）

花山院に殉じ、義懐にならって、自分も様を変えようと惟成は思い定めた。

——翌二十四日。

これも兼家の采配によって権僧正尋禅が宮中に召された。改めて花山院の得度式がおこなわれ、院には『入覚』の法名が授けられて、ここに正式に、その出離は確定したが、義懐、惟成らも同じ日、あいついで剃髪……。それぞれに『悟真』『悟妙』の僧名を得て、世捨て人の仲間に入ったのであった。

花山朝の命脈は断たれた。派閥閨閥の力関係でのみ成り立っている官界の宿命とはいえ、深浅さまざまな縁故で先帝につながっていた廷臣たちも、いっせいに転落を余儀なくされたのである。

京極の屋敷では為時が、せっかく手にした式部大丞の職を失い、ふたたび冷めし食いの散位に転落してしまっていた。

ながいながい日蔭ぐらしのあげく、やっと人並な職につけたのが、世俗の欲に疎い為時にもさすがにうれしかったのだろう、

　遅れても咲くべき花は咲きにけり
　　身を限りとも思ひけるかな

と詠じて、喜びを披瀝したのに、わずか一年と八カ月しか、その満足感を味わうことはできなかったのだ。

浮き草にひとしい官吏生活のたよりなさ……。それを痛感したのは当の為時ばかりではない。大市・小市・薬師麿、妹の周防や兄の為頼までが、権門の政権争いに翻弄されなければならぬ弱小氏族の悲哀を、いやというほど思い知らされた。

中でも家族が心を痛めたのは大市の身のふりかたである。ほとんど衝動的といってよい遁世の仕方だったから、義懐はしみじみ大市と別れの言葉一つ交していない。鳴滝の山荘に現れたときは、もはや僧形に変ったあとだったから、ひと目、その姿を見るなり大市は気を失って周囲をあわてさせた。袴垂れ保輔に忠告され、ある程度、破局を予測してい

た小市とはちがう。大市の場合はまったく不意打ちだし、それだけに驚愕も衝撃もが大きかったのだろう。

義懐は大市を介抱して正気づかせ、嚙んで含めるこまやかさでわけを話して聞かせたあと、

「この山荘はあなたのものです。短いあいだではあるけれど、おたがいに愉しい思い出を分かち合えたのは仕合せでした」

懐中から地券らしい書類を出して渡した。

「これから、どこへ？」

そう訊くのが、大市にはせいいっぱいだったが、

「飯室の奥に、旧知の僧が庵を結んでいます。しばらくそこにいて経など読み習い、あとは修行の旅にでも出るつもりです。死んだと思って、もう今日かぎりわたしのことは忘れてください」

言いすてて去ったあとは、正体なくただ泣き崩れるばかりで、かしずきの女房たちも手のほどこしようがなく、ただ、右往左往するばかりだった。

家司と見える老人にひきいられて屈強の男どもが十人余り、ことわりもなく入り込んで来、山荘の召使が制止するのもかまわず調度のたぐいを運び出し、几帳、壁代まで剝ぎ取って行ったのは、その夜の内である。大市を憎んでいた北ノ方の、悪質な嫌がらせだと

後日わかったけれども、騒ぎにまぎれてだれが持ち出したか、大切な山荘の地券まで紛失してしまっていた。

見切りどきと判断したのか、一人去り二人去り女房たちも逃げ出して、みるみる荒れはじめた山荘に大市だけが残されたと聞き、とるものもとりあえず伯父の為頼が迎えに走った。牛飼の菊丸爺や、めっきり大人びてきはじめた薬師麿、それに雑色頭の御厨ノ高志が加わり、半病人のありさままで打ち臥している大市を牛車に搔き乗せ、京極の屋敷へつれて帰ったのである。

家の中はすっかり滅入った。悪夢でも、朝がくれば醒めるのに、こんどの不幸ばかりはいつそこから脱け出せるのか、見当もつかない。

粉を吹いたような青磁色の蓮の広葉の上に、丸い大きな露の玉が幾粒となく乗って、射しそめる朝の日ざしに輝き揺れていたあの、法華八講初日の情景を、小市は信じがたい気持で思い返す。

（あれから何日たったというのか）

十日と経過していないのに、花山帝を頂点とするおびただしい人々の運命が、一挙に暗転してしまったとは……。

（生きてゆくうちには、こういう激変にも遭わねばならない）

しかも抵抗の手段は封じられている。ひたすら耐えに耐えて、再浮上の機会を待つほかないのだ。派閥同士の権力の消長……。多かれ少なかれそれに影響されずには生きられないのが中級官吏というものだと、小市は痛感させられたのであった。

――このまにも、右大臣藤原兼家を中心に、新政庁の基礎づくりは着々と進んでいた。

七月十六日、皇太子居貞（いやさだ）親王が外祖父兼家の南院邸で元服。二十二日には新帝一条天皇の即位の大礼が、宮中の大極殿でおごそかにおこなわれるはずだったが、直前になって、言語に絶する不祥事が突発した。少年天皇が腰をおろす高御座（たかみくら）の御倚子（ごいし）の上に、だれのものともわからぬ血まみれな生首（なまくび）が置かれていたのである。

それからの騒動といったらなかった。女官の中にはあまりのぶきみさに悲鳴をあげて卒倒する者が続出したし、列座の高官も一人として動顚（どうてん）しない者はなかった。国家の行事中、最重要と見なされ、めでたい上にもめでたかるべき即位式の玉座が、物もあろうに生首で汚されるなどという大珍事は、いまだ聞かない。

あざとすぎた花山院引きおろしの謀計に腹を立て、兼家一族にひと泡ふかせる目的で何者かが仕組んだ嫌がらせにきまっているけれども、では、どうすれば大極殿へ忍び込み、血のしたたる生首を高御座に乗せるなどという放れ業が可能なのか、当の曲者（くせもの）はもちろん、首の素性はだれなのか、この日、首無し屍体がどこかに転がっていたかいないか、こまかい詮索となるといっさいが五里霧中だった。

人々はやたら、あわてふためき、

「早くこの、忌まわしいものを片づけよ」

「いやいや、手を触れてはならぬ」

「ご即位式は？」

「取りやめにきまっておろう」

「ともかく穢れを祓(はら)わねば……」

「陰陽師を呼べ。急いで！」

足を空に惑うばかりだが、このごった返しのさなか、なんとも腑に落ちかねたのは今日の立役者である兼家の態度であった。

一条帝の摂政となった彼は、定めの席に腰をおろしたまま騒ぎをよそに、こくりこくり居眠っていたのだ。

「もしッ、お目をおさましください摂政どの」

大声で呼びさましても起きようとしない。気持よさそうに鼾(いびき)をかきつづけている。

「御寝(ぎょし)なさる場合ではありますまい。お指図いただかねば困ります」

しまいには肩に手をかけてゆさぶり立てたのに、それでも目を閉じたままなのは、異様としか言いようがなかった。

長男の道隆が走り寄って来て、しつっこく兼家を起こそうとしている廷臣たちを、

「おどきなさい」

なかば力ずくで押しのけた。

「すでにご母后のご先導にて、みかども入御あそばしておられます。高御座の敷物を替え、即刻、ご即位の式を挙行なさるべきです」

「でも、触穢の憚りが……」

「たわごとを仰せられるな。穢れなどどこにもない。ためらう理由は寸毫もござらぬ」

ようやく廷臣たちも真意を覚った。兼家は空眠りをしていたのだ。聞かぬふりを装って降って湧いたこの不祥事をやりすごし、是が非でも孫の即位を強行しぬく肚を固めたのである。

父の心中を察知した道隆も、すぐさまその意に添って、現に血まみれの生首を目にしながら、

「そのような事実はない」

と言い切っている。摂政父子の思惑が事件の無視にあるなら、廷臣だれ一人それに逆らうことはできない。

「なるほど、おっしゃる通りでした」

やむなく迎合し、とりあえずその場を取りつくろっただけで、予定通り式を進行させてしまった。

首が片づけられ、幼天皇が御倚子に着座したとたん、兼家は両眼をゆっくり開いて、

「これはしたり。場所柄もわきまえずつい、うとうとしてしもうた。年は取りたくないものじゃな」

不敵なほくそ笑みを、クスッと洩らした。

二

行幸の道すじに鼠の死骸が一匹転がっていた、節会がおこなわれる殿舎の縁の下で犬が仔を生んだ、係りの役人の家族に病人が出た、それぐらいのことにすら忌みだ穢れだとこだわって、祓えをしたり、行事そのものを取りやめる世相下である。それなのに高御座に生首が運びこまれるなどという前代未聞の大触穢に目をつぶり、むりやり即位の大礼をあげてのけた暴挙は、事が事だけに隠蔽のしようもなく、ぱっと民間にまでひろまって、

「いったい、だれの仕業だろう」

「恐ろしいやつがいるものだなあ」

寄るとさわると、その噂で持ちきりとなった。

「一条天皇の即位をぶちこわしてやろうと企むのは、罠にはめられて退位に追い込まれた花山先帝か、一蓮托生の憂き目を見させられた側近の朝臣だが、長袖の公卿連中に、生首を持ちこむなどという大胆なことができるはずはないよな」

「おれは袴垂れ一派の所業だと睨んでいるんだ」

「あッ、袴垂れ！　やつらならやりかねないぞ」

「政治を私（わたくし）しすぎる摂関家の態度に、怒りを抑えきれなくなったのではないか」

「でも、袴垂れ以上に凄いのは、兼家公だよ。みかどといえば現人神（あらひとがみ）。高御座は神のご座所だぜ。清浄であるべき場所を人血で汚されながら、平然と押し切ってのけた権力欲には神も魔もかなわない。忌みを犯しても、災厄のほうがしっぽを巻いて逃げ出すだろうよ」

その下馬評通りだった。七歳の幼帝の後見として万機を統（す）べる身となった兼家は、言いかえればこの国の主（あるじ）の地位についたも同然だから、いまや権勢は並ぶ者がない。一族一門をあげてわが世の春を謳歌しはじめたのである。

永延元年七月には、広大な東三条の旧地をさらに拡げて、善美をつくした豪邸が落成――。自今、兼家を人々は、

「東三条どの」

と呼ぶようになったが、この屋敷の造りは禁中の清涼殿を模したもので、すでに兼家自身、意識の上ではまったく帝王をもって任じていた。

むりはない。天皇も皇太子も彼の孫だし、国母は彼の娘にすぎぬ。天皇を膝にのせて菓子をたべさせ、皇太子の遊戯の相手をし、国母の日常のこまごました相談ごとに口を出す立場にいながら、公私・君臣のけじめを明確になどできるわけはないのだ。僭上（せんじょう）の譏（そし）り

は的はずれであり、廷臣たちも事実上、兼家を〝帝王〟とあがめて怪しまなかった。

亡兄兼通にとことん憎まれ、ながいこと不遇を喞ってはきたものの、兼家にも神仏の恵みはあった。それは、娘たちがどれも美人な上に頭がよく、そろって後宮に入って男児を生んだことである。

超子は冷泉帝の女御となって居貞・為尊・敦道の三親王を、また詮子は円融帝の后に配されて懐仁親王を生んだ。

為尊・敦道の二人は昌子太后の御所に引きとられ、大江家の御許丸と遊び廻ったりして、まだ、からきし他愛ないけれども、居貞親王は一条帝の皇太子となって次期の帝位を約束されたし、げんに懐仁親王は即位して一条帝となっている。

おかげで外祖父の地位を手中にできた兼家なのだから、早くから抜かりなく後宮に播いておいた種が、みごとみのって、今ようやく持ちおもりするほど甘い果実を、彼にもたらしたといえるのである。

ことにも『今上陛下の母』となった詮子の身分が、にわかに重みを加えだしたのは当然で、昌子太后の格を一段押しあげて太皇太后とし、新たに詮子を皇太后とするとの詔がくだされた。

道隆や道兼、道長らとは一つ腹の同胞だけに、もともと詮子は、ひじょうに気性が激しい。国母の地位を獲得してからは発言力も目に見えて強くなり、一門の繁栄の、背後からの支え手として重きをなしはじめてきている。

したがって詮子を敵に回した者はみな、ひどい目にあわされた。好悪の感情が片寄っていて、ささいな遺恨を根に持ち、忘れずに仕返しをとげる。まず槍玉にあげられたのは大納言藤原公任(きんとう)であった。

彼は、兼家の擡頭にともなって急速に政界の表舞台から脇へ押しやられた関白頼忠の子息だが、父親がときめいていたころは鼻息がなかなか荒かった。

頼忠には遵子(のぶこ)、諟子(あきこ)という二人の息女がい、遵子は円融帝の後宮に、また諟子は花山帝の後宮に入った。でも、不運なことに二人ながら子を生まず、おかげで頼忠は天皇の外祖父になりそこねてしまった。

諟子の場合は、例の『麗(うるわし)ノ女御』に魂をうばわれて、花山帝の他のいっさいの女御・更衣に目もくれなかったのだから仕方がない。しかし遵子の場合は、先に入内した詮子が、すでに円融帝のお子の懐仁親王を生んでいたから、

「わが家の妹だって、かならず懐妊するにきまっている」

楽観し、思いあがったのか、公任はばかな放言をしてのけた。遵子が中宮に冊立(さくりつ)されて宮中へ参るとき、その行列を守護して意気揚々、兼家邸の門前を通りすぎながら、

「このお屋敷の女御は、いつ后になられるのかな」

聞こえよがしに当てこすったのである。

当時、兼家の官位は頼忠に及ばなかった。このため娘たちの身分にも差がついて、懐仁親王の母でいながら詮子は遵子に先を越され、女御にとどまっていた。公任の言葉はその無念を、逆撫でしたわけだから、

（おのれ……）

詮子は怒り心頭に発して、報復を誓った。

そしてその機会は、やがてめぐってくる。懐仁親王が花山帝の皇太子となり、ついで践祚して一条帝となったとき、詮子は国母ということで立后の宣旨（せんじ）をこうむり、さらにその即位にともなって先々帝の后、すなわち皇太后の尊位にまで昇ったのであった。

大納言公任を、この詮子皇太后宮の次官に任じたのは、兼家らしい皮肉な人事といえよう。しかも意地悪はこれだけにとどまらなかった。皇太后に冊立されて詮子が参内するさい、行列のお供に加わっていた公任を、扇を出してさし招いた者がある。詮子附きの女房たちが乗っている女車の内の一輌だ。

「なにかご用ですか？」

そばへ寄って行った公任へ、中から、

「お妹御の素腹（すばら）の皇后さまは、いまどちらにおひきこもりですか？」

痛烈な一撃を浴びせたのは、進（しん）ノ内侍という名の女房だった。素腹とは、石女（うまずめ）の謂（いい）である。

（いつぞやあなたは、無礼な当てこすりを口にされたけれど、子を生まない后では何の役にも立ちませんわね。詮子さまは懐仁親王を儲けられたおかげで后位に昇り、あまつさえ先々帝の皇太后と仰がれて、一天下に威をかがやかす国母にまでなられましたよ、いかが？）

いうまでもなく進ノ内侍を使って公任に一矢を報いたのは詮子だし、兼家の意志もそのうしろに働いていたと見てよい。

上げ潮に乗り切った一族の、得意満面ぶりがうかがえる話だが、花山院引きおろし劇にひと役買った息子たちも、むろん兼家のお手盛り人事同然な除目で、長男の道隆は三位の中将から中納言、つぎの道兼は蔵人頭から参議、末子の道長も従五位下右兵衛権佐の微官から一躍、従三位左京大夫に抜擢された。

それもこれも、一条帝なる持ち駒を手の内に握った結果である。わが娘ながら、兼家さえ詮子には頭があがらなくなった。

東三条邸の落成を祝い、詮子太后は一条帝とともに新邸へ行幸……。三日にわたる盛大な宴遊に臨んだ。でも、このような場合も、まだ何のわきまえもない少年天皇などたんなるお飾りにすぎず、かたわらに附き添う母の詮子こそが、宴席での主賓と見られ、兼家はじめ座にはべる人々すべての、尊崇の対象となったのであった。

三

翌年の三月、兼家の六十の賀が、法性寺ではなばなしく挙行された。

これもまた、目をみはるばかりな盛儀で、十六日から二十八日の後宴まで、十三日間にも亘（わた）った。六十の数にちなんで六十カ所の寺々で経典の諷誦（ふじゅ）が修され、宮中からは諸大夫が勅使に立った。いまは出家して太上（だじょう）法皇の尊号を受けている円融院と、詮子太后からの施入の金品を奉じ、彼らは寺へおもむいたのである。

この賀を祝って、兼家には朝廷から輦（てぐるま）の宣旨がくだされた。人力で曳く唐車（からぐるま）に似た華麗な輿で、特別の許可がなくては用いられない乗物だが、それでなくても一条帝の即位後、宮中と我が家の区別などほとんどしなくなってしまっていた兼家だった。参内のさい、牛車が北の陣をすぎるとたんに、装束の入紐（いれひも）をはずし、袍（ほう）の衿もとをだらしなくくつろげて平気な顔をしているし、残暑のさかりに催される相撲（すもう）の節会（せちえ）の日など、いくら孫たちとはいっても天皇や皇太子の前で、

「暑い暑い。わしはすぐ汗疹（あせも）をつくるたちでな、ご免をこうむらせていただきますぞ」

なにもかも脱ぎすて、冠に肌着だけというあられもない恰好になる。

「礼儀知らずもはなはだしい」

と怒る声は、しかしまったく聞かれない。その威光を恐れ、扇の風を送って追従する者ばかり目立った。

一条帝の主催で宮中の常寧殿（じょうねいでん）でも祝賀の式がおこなわれ、左右大臣以下、公卿・殿上人のことごとくが列席したが、この日は舞楽があり、兼家も楽しみにしていた。それというのも、彼の孫の一人が舞人（まいうど）として登場する予定だったからである。

この子は道兼の長男で、名は福足（ふくたり）といい、ふだんからまわりに手を焼かせているわがまま育ちの駄々ッ子であった。

「お祖父さまの六十の賀をお祝いするめでたい日なのだから、上手に舞わなければいけないよ」

道兼は倅をなだめすかし、いやがるのを無理に師につけて習わせなどしたけれども、なお不安に思ったか、

「つつがなく福足が舞いおおせますように……」

僧に命じて加持祈禱までさせたあげく、どうやらおぼえ込ませて当日を迎えた。きらびやかな衣裳を新調し、舞台にあがらせて、さていよいよ伶人たちが楽器の調子を合せはじめたとたん、やはり危ぶんでいた通り福足は、額にのせていた角髪（びんずら）をめちゃめちゃに引きむしり、

「いやだよッ、まろは舞わないよッ」

じだんだ踏んで暴れだした。満座の中での醜態に道兼は度を失い、舞の師匠も手をつけられず赤面する……。つかつかとこのとき席を立って、舞台へあがって行ったのは道隆である。

（言い訓すおつもりか、それとも憎さのあまり衿がみ取って曳きずりおろすか）

廷臣たちがかたずをのむうちに、道隆はこの甥の両手を掴み、グイッとその腰を自分の身体に引きつけて、相舞懸りに、上手に舞わせてしまったのである。

おかげで潰れかけた面目を道兼はかろうじて保つことができ、子供の欠点も拡大せずに祝賀の場を収拾できたわけで、

「さすが道隆、ようやったな」

長男のとっさの機転に、兼家も目を細めた。

このやんちゃ坊主は、しかし結局、一人前の成長をとげなかった。蛇をいじめ殺し、その祟りだろうか、頭部に悪性の腫物を発して、まもなく命を落としたのだが、常寧殿での騒ぎのさいももっぱら交されたのは、子供のわがままに増して、

「甘やかして育てた親がわるい」

との囁きだった。

三人兄弟の中で、道隆と道長が世間に重んぜられているわりに、道兼の評判はいま一つ、かんばしくない。

「花山院をたぶらかして出家させたのは、おれの手柄だよ」

そんな、公表を憚るような口走りを、平気でしてのける思慮のたりなさが道兼にはある。

「福足君みたいな恥さらしな息子ができても、道兼卿ならばおかしくはない」

とする思いはだれもの胸にあったし、

「おきのどくに……。今どうしておられるか」

花山院のその後を案じる声も、巷には少なくなかった。

「叡山に登り天台座主について受戒あそばしたそうな……」

「微行して播磨の書写山におもむかれ、性空上人のお弟子になられたとも聞いたぞ」

噂はとりどりに交されたけれども、はっきりとはその所在さえつかめぬまま歳月が経過してゆき、花山院の名はいつとはなく人々の記憶から薄れた。

畿内には事が多い。地震や旱魃、洪水や火事、疫病の流行など年中行事さながら天災人災はくり返されている。権門貴族の栄華とはうらはらに、働いても働いても庶民のくらしが楽になる見通しはなかった。

子捨て、かどわかし、傷害、売春、脅し、騙り……。貧苦にうながされての犯罪や悶着も日常茶飯事だから、たいていのことには驚かない連中が、

「見たかッ」

「見た見た。でもなあ、涙で目がかすんじまって、ろくさまお顔をおがむこともできなか

ったよ」

「世も終りだなあ、ちくしょうッ。嫌なやつばかりのさばって、生きていてほしい人は逝っちまうわ」

くちぐちに愛惜したのは、袴垂れ保輔の死であった。

彼は権中納言藤原顕光の邸内にひそんでいたところを密告によって急襲され、追いつめられて咽喉を突いた。しかし死に切れず、縄打たれて獄に投ぜられたが、傷がもとで、その夜のうちに獄死したのである。

藤原顕光はいまは亡き関白兼通の嫡男だ。摂政兼家には甥にあたる顕官の屋敷に、生首事件以来、検非違使庁が官の威信にかけて捜しまわっていた賊の頭目が、ゆうゆう隠れていたというのも、おおかたの意表を衝くできごとで、まさに「灯台もと暗し」の観があった。

保輔は、中納言邸に召し使われている女房の一人としたしくなり、その兄という触れこみで邸内に潜入……。雑用など手伝いながら何くわぬ顔で雑色溜まりに寝起きしていたという。他日、配下を手引きし、盗みに入るための下見を兼ねて、追及の手をのがれる作戦だったのだろう。

知らぬこととはいえ、顕光側からすれば屋敷の中に狼を放し飼いしていたも同じで、危機一髪のあやうさだったが、からくもそれを回避できたのは、先にほかの家へ押し入って

捕えられていた賊の片割れ——あの、保輔の兄の子の藤原斉明が、

「袴垂れの居場所を白状すれば、おまえの一命を助けてやる」

取調べ役人の甘言に乗せられ、

「じつは、偽名を使って権中納言邸に……」

べらべら喋ってしまったためである。

だからといって、まじめに約束など守る役人たちではなかった。斉明も斬首され、保輔の首級と一緒にその首は獄門にさらされた。

囚獄司が所管する獄舎は、左右両京に造られ、保輔らが入れられた左獄は、近衛の南、西洞院の西にあって、東獄とも呼ばれている。門前に樗の大木がそそり立ち、縦横に枝を伸ばしていた。二個の首は、枝の一本に並べて梟けられたのである。

義賊と慕われた保輔に、かつて米か銭でも恵まれたのだろうか、涙を流し、一心に口の中で仏名を唱える老人、摘んできた野の花をそっと木の根もとに置く女など、連日、絶えることのない人だかりの中に、ある日、小市の姿があった。

つれは北ノ対に住む伯母の陸奥ノ御、供には御厨ノ高志ひとりをつれただけの徒行歩きで、被衣の上にふかぶかと、二人ながら日よけの市女笠をいただいている。洛中洛外に名をとどろかした大盗とはいっても、獄門にかけられたその首級を見に行くなどといえば、不審されるにきまっていたから、為頼にも為時にもことわらずに、彼女らは京極の屋敷を

脱け出したのだ。

（せめてひとこと、別れを告げたい）

そう思って来たものの変りはてた相貌を、小市は正視できなかった。陸奥ノ御も樗の木に向かって合掌瞑目すると、すぐ、

「さ、もういいでしょう。帰りましょうね」

群集のざわめきから小市を引き離してしまった。若い娘が見るものではなく、長居する場所でもないと判断したのだろう。

二人の胸をやるせなく去来したのは、

（周防の恋も、これで終った……）

との感懐だった。

ついに相手の正体を、どこの、何者とも知らぬまま周防は満たされて今日に至った。一方的な愛の便りは、死を予告して暗く、それだけにすがやかな虚無観を漂わせて周防を捉えた。これかぎり文使の訪れがとだえることで、彼女もまた、やがては男の死を認めざるをえなくなるのではないか。

（でも、その名を袴垂れ保輔と結びつけることはなく、その死をむざんな獄死とも、夢にも知らずに、ふしぎな、物語めいた恋を閉じることができるのは、仕合せかもしれない）

と、小市は思う。

目もあやなかずかずの法具、情（じょう）のこもった幾通もの文、そして何よりは、男の体臭そのものといってよい清涼な薫物（たきもの）の香りを、思い出の中に人しれず封じこめて、これからの生をひっそり生きる周防が、むしろたまらなく小市はうらやましかった。

ところが帰ってみると、邸内はごった返してい、かしずきの女房たちの間から泣き声まで洩れていた。家人にいっさい相談せず、菩提寺の僧を私室に呼んで、小市たちの留守のまに周防が出家をとげたのであった。

肩のあたりで切り揃えた髪、いつのまに調えたか、鈍色（にびいろ）の衣裳など、周到すぎる用意におどろき呆れて、

「そこまで決心しながら、なぜ兄たちに、事前に打ちあけてくれなかったのか」

為頼も為時もがかきくどいた。

「左手が人並みでなくなってから、いつかは尼になろうと思い通してきました。兄さまがたに申しあげたこともあるはずです。様（さま）を変えたとは言っても寺へ入るわけではなし、この家にいて今までと同じにくらすのですもの、どうかお歎きにならないでください」

周防は柔かな笑顔を見せるだけだが、あまりといえば保輔の死と符合しすぎる出家である。

（叔母さまは、何もかもご存知だったのでしょうか）

血の気の引く思いで小市と陸奥ノ御は、たがいに目を見交してしまった。周防自身なにも言わないのに、でも軽々しく、保輔の名を口に出すわけにはいかない。ぎごちない沈黙と、忍びやかな嗟嘆の気配がじっとり澱み、為時の失職、大市の帰邸など、不祥事つづきで湿りがちな家の中が、さらに目に見えて陰気になった。

四

自然界は春を迎え夏を送り、秋に移ってゆくのに、京極の家だけは冬の暗さのままだった。氷の下に閉じこめられでもしたように、四季の変化とはかかわりなく家族の気持は冷え冷えと重い。

現金に、客の訪れは絶え、口実をもうけて罷めて行く奉公人が続出した。この家に骨を埋めるつもりで勤めつづけているのは、牛飼の菊丸爺やと御厨ノ乳母、その倅の高志ぐらいで、あと、残ったのは、ほかに行きどころがなかったり老いぼれて身体の弱っている女房など、一人前の役には立ちかねる者ばかりだった。

当然また、だだっ広い屋敷は荒れはじめた。手がたりなくなったのである。庭木は茂りほうだいとなり、落葉の腐れが溜まって大池の水は濁った。種が飛ぶのか、檜皮葺きの屋根にまで草が生えては、いかにも貧乏たらしくて、人はますます寄りつかなくなる。

そんな明けくれの中、家の者たちの気分をいっそう滅入(めい)らせたのは獅子王の死であった。

「来てくださいッ、犬の様子が訝(おか)しいですッ」

高志の急報に薬師麿があわてて、

「どこにいる？　小屋か？」

駆けつけたとき、みずからの吐物(とぶつ)に鼻づらを突っこみ、獅子王は横倒しの状態で四肢を痙攣(けいれん)させていた。

「しっかりしろッ、どうした獅子王ッ」

着衣がよごれるのもかまわず薬師麿が、その上体をかかえあげると、それでもうれしげに目をあけて、いつもの甘え啼きに似た声を咽喉(のど)の奥から絞り出した。

「何か食べものに当ったんだ。薬を持ってこい高志、いや、その前に水だ。桶で水を運んできてくれッ」

小市まで加わって吐物を洗い流し、口をこじあけて薬を嚥(の)ませるなど、介抱の手を尽くしたが、そこまでの寿命だったのか翌日の明け方、薬師麿の膝に半身をもたせかけたまま獅子王は息を引きとった。

「かぞえ年十三……。もう老犬よ。あきらめましょう。ね？」

小市の慰撫にも薬師麿の歎きはおさまらず、

「ならず者に河原で疵(きず)を負わされたときでさえ命を拾ったやつなのに……残念だッ」

はては手放しで泣きじゃくるのを、だれもがなぐさめかねて、共に涙を流すほかなかった。

――心は稚くても身体は育つ。永延三年正月、十八歳になったのを機に薬師麿は元服し、惟規と名を改めはしたけれど、このときも烏帽子親に、伯父の為頼をたのむ始末で、祝いの宴すら、はかばかしくはおこなわれなかった。

母方の曾祖父の、あの小野の文範老公が、祝辞に添えて、

「若いころ、わしが晴れの日に用いた思い出の品じゃよ」

と、中央に白玉を嵌めた玉帯をひとすじ、贈ってくれたにすぎない。

元服したからといって、父の為時が失職中なのに、惟規がすらすら官途につけるわけはない。大学の課程もまだ終了してはいないありさまだから、背丈ばかりひょろりと伸びた男姿で家の中をうろうろされると、童形のときよりもかえって鬱陶しかった。

愛人の中納言義懐に出家され、鳴滝の山荘からもどって以来、大市はほとんど床についたきりだし、周防も写経にあけくれている。俗体を捨てたのだから、これも致し方ないとは思うものの、昔はよく笑い、ほがらかに喋りもした叔母だけに、引きこもりがちな毎日が小市は淋しい。

気になって、そっと東ノ対を覗くと、周防は小声で経を誦していたり、ぼんやり柱によりかかって庭面に目を放っていたりする。

（保輔どののことを回想しておられるのか）

そう思うと、つい声をかけそびれて、すごすご自室へ引き返してしまうのだった。

変化も、刺激もない来る日、来る日……。容赦なく流れてゆくのは歳月だけである。失意の父、病床に臥す姉、遊び仲間のところへでも出かけるのか、めっきり家に寄りつかなくなった弟など、会話の相手さえろくにない古屋敷で、十八、十九、二十といたずらに小市は年をかさね、花ならば開ききった娘ざかりを、むなしく見送っていた。

「このままでは婚期を逸してしまう。なんとかせねば……」

為頼や為時があせっても、恋文ひとつ送られてこないのでは、どうしようもない。もともと交際範囲のせまい学者の家である。為時が出仕をしなくなってからは、いっそう人づきあいが少なくなり、しぜん、縁談など持ちこむ者も絶えた。

小市がまた、浮いたところのみじんもない、華やぎに乏しい性格で、近ごろは外出さえろくにせず書物にばかり目をさらす日常だから、年ごろの娘が邸内にいることを世間はだんだんと忘れてゆく。懲（こ）りずまに、時おり便りをよこすのは、あのまた従兄（いとこ）の藤原宣孝ぐらいなものだ。絡（から）まるものを求めてたよりなく風に揺れる蔓草（つるくさ）の先のような、ふらふらと腰のすわらぬ悪筆を目にするたびに、しかし小市は腹が立ってしまう。

（いくら、字になどこだわらないのが男だといっても、これではあまりにひどい。習字ぐらいしたらいいのに……）

舌打ちしたくなるし、愛を告白しているのやら単なるひまつぶしの雑談なのやら、手紙の内容じたいはっきりしない書きざまなのにも不快がつのって、こんな男にしか関心を持たれない自分への、哀れみばかりがおもくるしく澱んだ。

はじめ、小市以上に宣孝を毛嫌いしていた為時が、しだいに心弱くなって、

(ぜひにと言うなら仕方がない。彼を受け入れてもよいのではないか)

そんな素振りを見せ出したのもくやしい。

(正妻のほか、通う相手を幾人も持ち、腹々に子までたくさん儲けている宣孝どのが、十七も年のちがうわたしに、なぜ、いつまでもしつこく求愛してくるのか)

小市には解(げ)せない。はねつけられたために、かえって意地になったのかもしれないが、意地や負けん気で言い寄ってくる男を許したとて、さきざき、うまくゆくとは考えられなかった。征服欲を満たしたとたん、目もくれなくなるのはわかりきっている。

(そんな結婚なら、しないほうがまし……)

そう思う反面、恋文めいたものが一通も来ないと仮定したら、どれほど自分の青春は索漠としたものになるか、とも、小市は惧(おそ)れる。その意味からすれば、宣孝の熱心さはありがたく、軟化しはじめた父の気持が小市にも理解できてくるのである。

反撥しながら、いつのまにか待ってもいる宣孝からの文……。しらずしらず、彼にまつわる噂に聞き耳を立てる癖もついたが、あいかわらずそれは、酒の上での失敗だったり、

同僚下僚との、愚にもつかない口喧嘩など、感心できないものが多かった。

ただ一つ、永祚二年の春三月、宣孝が御岳精進に出かけたときの話だけが評判よく、小市を人しれず、ほっとさせた。御岳精進というのは、潔斎して吉野の金峯山に入山参詣することで、服装なども麻の浄衣ときまっている。それなのに宣孝は、

「くだらん習わしじゃないか。いくら霊場に参るからって、だれもかれも薄よごれた白一色……。これじゃあ神さまだってつまらんだろ。ぱっとしたなりで行こうや」

あえて異をとなえ、派手やかさを通り越してけばけばしくさえ見える装束を着用……。大いばりで登山したのだという。

それだけのことなら例によって、宣孝らしい内容空疎な奇行にすぎない。石ころ道でつまずいて、生爪一枚はがしても、

「そらみろ、神罰が当ったわ」

嘲笑されるぐらいがおちなのに、帰洛してまもなく宣孝が筑前守に任官したことから、周囲の目はがらりと変った。

「たいしたやつだ。無茶をやりおって、かえって神慮にかなうとはなあ」

栄転を、神の恩寵と見、かえって御岳精進での宣孝の行為を賞讃したのである。

昇進・栄達への競望が、官吏の社会ではそれだけ熾烈な証左だが、伯父の為頼までが、

「話してみると、思いのほかおもしろい男だよ。ちと押し太いのと大酒飲みが瑕だがね、

磊落だし、物にこだわらない。うちの小市に気があるとみえて、さかんに褒めちぎっていた。『無知無教養な女ぐらい始末にわるいものはない、漢籍をすらすら読みこなす小市さんみたいな女性こそ、わたしの理想なのです』なんてね、しきりに世辞を言う。わしに仲立ちでもさせるつもりかな」

と好意的な口をききはじめたのも、小市には気にかかる。なんにせよ、宣孝にかかわる褒貶に、虚心でいられなくなったみずからの心の在りようが、歯がゆいのだ。

（知らん顔をしていよう。何を聞いても、平気で聞き流してしまおう）

そう思うことじたい捉われている証拠なのを、怜悧なだけに小市は承知していた。そしてその自覚が、彼女の憂鬱をいっそう助長するのであった。

父ゆずりの非社交性から、小市には女友だちもごく、少なかった。したしくしているのは大江家の御許丸ぐらいなもので、父方母方の親戚には、同じ年ごろの娘もいなくはないのに、強いてつき合いを求める気が起こらない。煩わしさばかり先に立って、ともすると独り居の気さんじを選んでしまう。われながらふしぎなほど琴の稽古にしろ読書にしろ、独りきりの没頭が小市は苦にならなかった。他人がそばにいると、個性のぶつかり合いを避けようとして遠慮したり気をつかったりしなくてはならず、けっく独りのほうが何ごとにも集中できて愉しいのだ。

そんな小市に、新しい女の友人ができたのは、ちょっとした本の貸し借りがきっかけだった。これまでほとんど家同士の行き来がなかった相手だが、系譜をたどれば小市とも血のつながる従姉妹の一人で、橘為義という受領層の娘である。

親たちには、いまだに万奈児という童名で呼ばれているけれど、

「北ノ対の、日当りのよくないいちばん隅の一画を自分ごのみにしつらえて私室に使っているので、召使たちはこっそりわたしのことを、隅の君なんて言っているようです。まるで継母にいじめられている姫君みたいな名でしょう？」

などと書き送ってくる。年は三ツ四ツ小市より下らしいのに、なかなか達筆だし、筆まめでもあった。いささかまだ、乳くさくはあるものの、おめず臆せず歌を詠んで、

「ご添削、おねがいします」

五首も十首も、手紙の端に書きつけてきたりする。小市とうまが合うのは物語好きという点で、文通しはじめたのも、

「筆者の姉上が書き写された蜻蛉日記を秘蔵しておられるとか……。おさしつかえなかったら、ぜひ拝見したいのですけど」

と言ってよこしたことからだった。

五

そのうちに万奈児は、方違(かたたがえ)などの口実をもうけて時おり遊びにも来だした。京極の小市の住まいとは、家がだいぶ離れているようなのに、出歩くのが苦痛ではないのか、ひるまなど車にも乗らず、ほんの一人か二人、供の雑色をつれただけでやってきたりする。大市の噂も耳にしていたようだ。

「お加減がよくないとか聞きましたので……。これ、お見舞いです」

きれいな髭籠(ひげこ)に季節のくだものを盛ってきたりして、いつのまにか大市とも口をきき合うようになった。

貴公子に恋され、別邸にかくまわれてくらすのさえすばらしいのに、政変に遭(あ)って男は失脚……。出離遁世(しゅつりとんせい)という劇的なかたちで破局を迎えねばならなかった大市を、万奈児は物語の女主人公に対するような興味と憧れの目で見ていたし、小市に向かっては、

「内典外典(げてん)のほか、日本書紀みたいな国史のたぐいまで読破しておられるのですってねえ。すばらしいこと！」

もっぱら学力をほめちぎる。世辞でも皮肉でもない。しんそこからの讃美とはわかるけれども、学者娘などと評判されるのを極度に警戒している小市とすれば、ありがためいわ

くな言葉であった。

「むずかしい書物など手に触れたこともありません。父の蔵書を一、二冊、ひろい読みしただけよ」

否定を、かえって奥床しがって、

「白氏文集（はくしもんじゅう）ぐらいは、わたしもすらすら読みこなしたいんです。教えてくださいね」

と万奈児は大まじめである。

手紙のやりとりだけだったころは、「姉さまとお呼びしていいかしら」などと甘えたり、現実と物語の区別があやふやだったりして、いかにも若い娘らしい夢想家肌の印象を受けたのだが、実際に会ってみると遠慮ぶかいはにかみ屋だった。口のききようもおっとりと静かだから、話していて疲れない。活潑すぎるくらいよく喋り、時には手に負えないほどの駄々ッ子ぶりを発揮したりもする御許丸とは、だいぶ気質にへだたりがあった。

万奈児は『蜻蛉日記』に心酔しているらしく、

「いま、この筆者は、お幾つぐらいになられたのでしょう」

と、詮索したがる。

「五十をなかば、越えられたのではないかしらね」

「そんなに？」

「おつれあいの、東三条どのの六十の御賀（おんが）が、おととし祝われたくらいですから……」

「蜻蛉日記が書かれたころは、おたがいにお若くもあったし、兼家卿の官位も低くていらっしゃったけど、いまは帝のおんうしろ見という重々しい身分になられ、お年も召してしまわれました。女君との愛憎も、お二人ながらもはや、遠い遠い昔の思い出にすぎなくなったわけでしょうか」

「さあねえ。たとえ年をとっても、また、東三条どのが一の人となられても、男と女であるかぎりお二人の心の葛藤が、まったく消え失せたとは言い切れますまい。むしろおたがいに老いれば老いるで、あるいは男君の権威が増せば増すで、とり残されてゆく寂寥に女君は悩むかもわかりませんよ」

「お子の、道綱さまの成長だけが、中年すぎての生き甲斐だと思っておられたのに、やがておとなびてこられれば、秘蔵のお子も母上のお手から離れていっておしまいになる……。蜻蛉日記の終章あたりには、その悲哀が滲んでますね」

「道綱卿は、源雅信どのの婿になられたそうだけど、本当でしょうか」

「いまをときめく東三条どのの公達ですもの、そのほかにもあちこちに、通う相手は多いでしょうね」

「でも、同じ東三条どのを父に持つご子息がたの中では、道綱卿は穏やかなお生まれつきのようですね、時姫さま腹のご兄弟たちにくらべると……」

　ひそひそ声で、そんな寸感を洩らすのは、父兼家に力を貸して、花山院引きおろしに暗躍した道隆、道兼、道長ら三兄弟の辣腕ぶりを、万奈児が内心、よく思っていないからだろう。

時姫は、摂津守藤原中正の娘で、三兄弟のほかに、冷泉院の女御となって現皇太子居貞を生んだ超子、円融帝に配され、一条天皇の母后となった詮子を生んでいる。羽ぶりはしたがって、兼家の愛人中だれよりもとびぬけてよい。世人の尊崇も、

「天皇と皇太子の外祖母」

ということで、おのずから時姫に厚い。

父の権勢の余光をこうむって、道綱もいま正三位中宮権大夫に任ぜられてはいるけれども、この一人子だけを頼りに生きる『蜻蛉日記』の筆者の、もはや老境にすら入った日常など、時姫の栄光のきらきらしさとは較べようもあるまい。

「でも、あのかたは蜻蛉日記を世に送り出しましたわ。あのかたが逝き、あのかたにかかわった有縁無縁のいっさいが過去となったのちも、男の多情に泣く女が絶えないかぎり、あの日記は読み継がれ写しつづけられて生き残るでしょう。はたしてそれが、あのかた自身の願いかどうかは別ですけれど、時姫さまがいま現身でだけ味わっておられる満足などより、わたくしにははるかにそのほうが、すばらしいことのように思えますよ」

この万奈児の言葉は、小市を搏った。それが特長にも魅力にもなっている真剣な、たじろぎのない大きな眼で、小市は万奈児をみつめた。

女同士でもあったし、二人の間にははじめから他人行儀なへだてを置かなかった。大市の病間に集まるときだけ、あからさまなその寝姿を几帳で隠す程度だが、灯火はさすがに少し、遠ざけてあるので、部屋はうすぐらい。万奈児はそれでも日ごろのたしなみから、灯にそむいて坐ってい、髪がさらに顔をなかば覆っている。うつむいて、視線を膝の上の草子に落としてもいるため、小市の凝視に気づいていない様子だった。

草子は万奈児が話題にした『蜻蛉日記』である。返却しにきたそれを、めくって見ながらの何げないつぶやきだとは、気楽なその姿勢からも想像できた。

しかし小市の受けた衝撃は大きかった。本気で愛し合える異性との運命的な邂逅を求めながら、機会がめぐってこないまま年をかさねてゆく苛だち……。かといって、姉の大市や『蜻蛉日記』の筆者のように、男の社会的地位の変転、愛情の消長に翻弄される受け身一方の結婚にも踏み切れないし、女の理想像への、男の要求の身勝手さ、次元の低さ、女の側までがそれに合せようとして髪かたち、衣裳や化粧にばかりうきみをやつす安易さにも、批判が疼く。そんな胸の中のもやもやのいっさいが、万奈児の言葉を耳にしたとたん、生木のいぶる竈に風が吹きこんだように、さっと焔に変じて燃え尽きたのだ。

全身が、いきなり軽くなりでもしたかと思う爽快感に、小市は呆然となったが、考えてみればそれは別に、事あたらしい発見ではなかった。官撰私撰を問わず、故人が詠みのこしていってくれたおびただしい秀歌によって、げんにどれほど、心の渇きを癒されている小市か。物語や絵巻のかずかずで、どれほど実世界での幻滅を補われ、慰めを与えられてもいる小市か。

（創って、書きとめる……）

歌にせよ文章にせよ、創作し記述する作業によって後世にまで影響し、伝承される力は、はかりしれず大きい。いまさらながら、小市はそこに気づかされたのである。

（創って、書きとめる……）

口の中で彼女はくり返した。物語は手に余る。せめて歌の上手になりたい。女流でも、『古今集』の序で、

「古の衣通姫の流なり。あはれなるやうにて、強からず。いはば、よき女の、悩めるところあるに似たり」

と、その手弱女ぶりの詠み口の優婉さを、紀貫之に讃えられた小野小町をはじめ、いまなお残る秀歌の作者は少なくない。

（まして我が家は学問の家、そして詩の家・和歌の家として、世に許された家系ではないか）

賀茂川の堤に沿ってこの京極の屋敷を建て、『堤中納言』の美称で呼ばれた曾祖父兼輔は、三十六歌仙の一人だし、祖父の雅正、伯父の為頼、父為時にいたるまで代々、詩作ばかりでなく和歌の上手としても認められてきている現実が、改めてずっしり実感された。

愛唱歌の中でもとりわけ好きな堤中納言の作を、声に出さずに小市はくちずさんでみた。

　　みかの原わきて流るる泉川
　　　いつみきとてか恋しかるらむ

そういえば『蜻蛉日記』の筆者も、当代屈指の詠み手として人の口の端にのぼる一人だ。長い夜離れのあと、思い出したように訪れた兼家の気まぐれを怒って、ついに門をとざしぬいた翌日、

　　歎きつつひとり寝る夜の明くるまは
　　　いかに久しきものとかは知る

と詠んで贈った一首など、ことにも高い評価をうけている。

（おそらくずっとずっとのちまでも、その評価は変るまい。この先どれほど、同じ歎きを歎く同性たちの心を、ゆさぶりつづけてゆく詠歌か）

そう思うと、詠み手以上な気持の昂りを小市はおぼえる。わずか三十一文字にすぎぬ歌が、これも貫之が書いたように、天地を動かし、鬼神をすら哭かす力を発揮するふしぎさ、

めでたさ……。

(先祖から享けついだ血の中に、わたしもその力を秘めていると信じよう。信じて精進してみよう。せめて、生きた証を残すために……)

黒い煙か霧のようなものにとじこめられ、息ぐるしさに耐えきれずに手さぐりでさがし廻っていた出口が、ぼんやりとではあるが見えてきた気がして小市は目をこらす。それは心理面ばかりでなく、彼女の健康な肉体が、閉塞状態の悶えから脱出しようとする生理的なあがきでもあった。

六

小市が黙りこんでしまったので、万奈児は几帳越しに大市と話を交していた。

「拝借させていただいたこの蜻蛉日記は、筆者の姉上が書き写されたものだそうですね」

「亡母の伯父に、藤原為雅というかたがいます。その為雅伯父のつれあいですわ」

「では、亡き母上の、義理の伯母君ですね」

「このご夫婦の娘にあたる女性に、わたし、呪詛されましたの」

「えッ? なぜ?」

「中納言義懐卿の、北ノ方ですもの」

「まあ、お母さまの従妹さんが？」

「中納言さまとのあいだに、お子も二人生まれてましたし、縁者だけになお、わたしを許せなかったのでしょう。殿が遁世あそばすとすぐさま、鳴滝の山荘に荒くれた男どもを寄こして、家具調度、壁代や畳まで運び出させてしまったのですよ」

「ひどいかたねえ」

「山荘の地券を、中納言さまは形見にくだされたのだけど、それも持っていかれました」

「官に、訴えてやればおよろしいのに……」

「いりませんわ。地券など……」

　虚勢ではなく、大市の応答はおっとりしていた。咳と、ときどき出る微熱に悩まされるほかは、全身のだるさを訴えるだけで痛みどころはない。『ひちりきどの』に呼ばれて、あの出入りの陰陽師饗庭晴久が十日二十日に一度ぐらい祈禱しにくるが、

「しつっこい物怪ですな。中納言どのの北ノ方が、いまだに大市君を憎んでいるのでしょう。憑坐にかけて、ひとつ徹底的に責めたててやろうじゃないですか」

　息まいても、大市はやはり、

「そっとしておいてあげてください。中納言さまにゆかりのあるお人なら、生霊でもなつかしいわ。とり憑いていてくださるほうが、賑やかですもの」

　と、なよなよした打ち見に似合わぬ胆の太いことを言う。少し鈍いのかもしれず、ある

った。

いはしんそこ優雅な、おおらかな気質なのかもしれないと晴久あたり、首をかしげるのだった。

万奈児を相手に話している今も、

「北ノ方の母上は、よいかたなのよ」

為雅夫人への弁護を、大市は忘れない。

「少女のころお逢いしただけなので、どんなご様子だったかおぼえてはいませんけど、『当代三美人の一人』と囃された蜻蛉日記の著者の姉君ですから、きっとおきれいだったにちがいありませんよ」

「だけど筆跡から推すと、ちょっとやぼったい、家刀自といった感じですわ」

「ずばずば、おっしゃることねえ」

鷹揚に笑って、たしかにあまり上手な字ではないけれど、物語好きな小市のために、妹君の著作を丹念に筆写してくれた親切は忘れられないと、大市は思い出を語り分ける。

実家へもどり、周防や陸奥ノ御、『ひちりきどの』ら、身内の手あつい介護をうけたせいか、立ち上ることすらおぼつかなかったひところから見れば大市の表情はいくらか明るくなった。

でも、それは気力だけで、身体にはどことなく弱りがきざしはじめている。医師に診せ、薬を飲ませていても、じりじり痩せ細るばかりで一向に験が現れない。白かった肌は、青味をおびるまで透きとおり、熱が出ると頰は上気して、目にうるみがさした。紅を用いもしないのに唇は赤く濡れて、美しさの底に、あきらかな頽れの気配がうかがえる。芯を蝕まれた花に似て痛々しいが、几帳があるので万奈児には見えない。もつれないよう中ほどで束ねて、枕上の匣に入れた髪の端が、わずかに覗くにすぎなかった。

「蜻蛉日記には、妹君が登場しますね」

「ええ、菅原孝標さまの室となられた女性ね」

「為雅夫人を加えると、では三人姉妹というわけですか？」

「そうね、ほかにも異腹のご同胞がいらっしゃるかもしれないけど、そのお三人は、一つ腹のお生まれではないかしら……」

「父上は藤原倫寧さまでしょ？」

「倫寧どのの北ノ方は、源満仲の妹さんです」

「あら、源の新発意の⁉」

扇を口にあて、身をよじって万奈児が笑うのは、満仲への軽蔑からである。

曾祖父までさかのぼれば清和天皇に行きつくれっきとした皇胤源氏なのに、ともすると源満仲の名が、嘲りをこめて人々にとりざたされるのは、財力武力にものを言わせての権門への追従ぶりが、あまりにもあくどすぎ、成り上り的すぎるからだろう。

「鼻もちならぬおべっか使いめ」

嫉み半分、なにかにつけてすぐ、この一族は悪口の対象になったたし、兼家の子の道兼が花山院を騙して宮中からつれ出すさい、元慶寺までの道すじの要所要所に、満仲とその子息の頼光が配下の武者を配置し、邪魔者排除の任に当った一件なども、

「番犬が駆り出されおったわ」

かげで、思うさま譏られた。

武門だけあって神経が太いのか、まわりのやっかみなど意に介さず、満仲父子はせっせと摂政にとり入り、東三条邸につづいて二年ほど前、二条京極に兼家が豪邸を新築したときは、

「なんと頼光どの、領所の牧から逸物揃いの駿馬を三十頭も曳いてこさせ、鞅・鞦・鞍・鐙まで美々しく装わせて、みずから贈りとどけたそうだ。やるよなあ」

と、だれもが目をむく金満家ぶりを見せつけたが、つい先ごろ兼家が病気になり、平癒したい一心から、せっかく建てたこの豪邸を『積善寺』という寺に造り替えて出家入道したさいも、満仲はへつらって一緒に頭を剃ってしまっている。

「今日からわしは、入道殿下の法弟じゃよ」

これだけでも、なかなかのごますりぶりなのに、さらに満仲は、頼光ら周囲の者に、

「まちがってもわしを、『入道どの』などと呼んではならんぞ。入道どのは殿下お一人。わしなど青道心の『新発意』でたくさんじゃ」

そう申し渡したという。

万奈児が、この呼び名に嘲笑を隠さなかったのも、由来を知っているからで、

「満仲どのの妹が、蜻蛉日記の筆者の母上だなんて、がっかりですわ」

そんな、ひどいことまで口走る。

「わかりませんよ。ご生母がどなたかは……。でもね、蜻蛉日記の著者が兼家卿の愛人になられた裏に、満仲どのの画策がなかったとは言い切れません。妹の子なら姪ですもの。伯父の満仲どのが恋の仲立ちをしても、おかしくはないでしょう」

「三人姉妹には、男のご兄弟はいませんの？」

「おられますよ。藤原長能（のぶとう）さま理能（まさとう）さま」

「あ、藤原理能ってかた、評判の歌人ね。清原元輔（もとすけ）どのの娘婿とか……」

「よくごぞんじだこと」

「元輔どののもきのどくに、とうとう亡くなられましたねえ」

この、万奈児の嘆息に、小市ははっと物思いから醒め、あわてて姉たちの会話の仲間入りした。

「清原元輔さまが、他界なさいましたって？」

「知りませんでしたか小市さん。ついこの間よ。うちの父が話してましたわ。八十三のご高齢ですって……」

「帰洛なさっていたの？」

「いいえ、肥後の任地で病気にかかって……」

「任地で？」

元輔の冥福を、小市は祈らずにいられなかった。他人を笑わせて、自分もまた愉快がる陽気な老人だったと聞いている。幼いころ、たった一度会っただけだが、山羊さながら顎に垂らした疎な髯の白さを、小市は今なお忘れていない。ひどく元気がよく、声も大きい人なのに、八十近い頽齢で肥後守に任ぜられたときは、さすがに心ぼそかったのだろう、

「生きてふたたび都の土は踏めまい。おのおのがたと語り合うのも、もはや今宵が最後であろうな」

送別の宴でそう言って、ふさいでいたと、御許丸の母から小市も聞いたおぼえがある。

　　契りきなかたみに袖をしぼりつつ
　　　末の松山浪越さじとは

人口に膾炙している元輔の歌を、大市が忍びやかにくちずさんだのは、彼女もまた、哀悼の思いにせきあげられたからではあるまいか。

老人を思い起こすことは、いやおうなくその次女の記憶を、よみがえらせることでもあ

った。藤原理能の妻の妹……。橘則光とのあいだに子を儲けたと聞くあの、勝気な女性の噂は、法華八講の日以来、寄るとさわると公卿・殿上人の口にのぼっていた。

「増上慢の君」

あまりありがたくないそんな仇名で、彼女を呼ぶ者があるのは、言うまでもなく当時、とぶ鳥落としていた中納言義懐を、

「あなたもまた、五千人の増上慢のお一人ですわね」

満座の中で、恐れげもなくやりこめた度胸を買ってのことである。

(遠い九州で老いた父を死なせたのを、気性の強いあのかたも、きっと悲しんでいるにちがいない)

と、その心情を思いやりはしたけれども、小市は口に出さなかった。則光の妻に話が及べば、かならず法華八講の日の彼女の〝武勇伝〟も、話題にならずにいまい。それほど世間に喧伝された事件だが、それが大市に、義懐の名を思い出させるよすがともなるのを小市は警戒して、

「そろそろ寝(やす)みましょうか万奈児さん、今夜も泊まっていってくださるのでしょう?」

やんわり、会話を打ち切った。

「ごめいわくでなければ……」

「めいわくどころか、あなたに来ていただくと気が晴れるの。ねえ、お姉さま」

「そうよ。遊びにいらしてね。これからも」

姉妹の言葉に嘘はなかった。女友だちのおとずれでもないかぎり、あまりといえば淋しく無聊な、変りばえのなさすぎる毎日なのであった。

七

遠く、任地の肥後で、清原元輔が孤独な死をとげてまもなく、都では藤原兼家が病歿した。六十の賀を、盛大に祝った二年あとである。

病に倒れてすぐ、兼家は上表して摂政を辞し、長男の内大臣道隆にそれをゆずり渡した。実質的にはすでにこの時を境に、新しく〝道隆の時代〟が開幕したのだといえよう。

道隆は息子を八人、娘を三人持つ子福者だが、高階貴子（たかしなたかこ）の所生になる伊周（これちか）・隆家・定子の二男一女が、ことにも大切にされていた。

貴子は大和守高階成忠の息女で、もと宮中に勤め、典侍（ないしのすけ）にまでいった女官あがりの賢夫人であった。

道隆が摂政、ついで関白に任ぜられると、伊周をはじめ彼の息子たちの官位は急速に進み、貴子の実家の高階一門までがめざましい昇進をとげるに至ったけれども、彼らの希望の星は、なんといっても一条帝の後宮にあがった定子である。

定子は帝より四ツ年上の姉女房で、祖父兼家が他界した年の冬、女御から中宮に冊立さされた。十五歳だった。

「あとは一日もはやく、日嗣の皇子がご誕生あそばすように……」

父の道隆はじめ族のだれもが首をながくして待ち望んだ。しかし夫の一条帝がまだ十一の弱年にすぎず、男としての成熟をとげていないのでは、いかんともしがたい。

布石はしてあるのだから、あせらずに待つほかなかったが、永祚の年号が正暦と改元されて三カ月後、こんどは円融上皇が崩じた。宝算三十三——。

兼家の娘の藤原詮子は、父の物故につづく夫帝の死に、こころ弱ったか、日ごろの気性に似げなく病み臥して、そのまま飾りをおろしてしまった。皇太后職も、したがって解かれ、以来彼女は『東三条院』の院号で呼ばれる身となったのである。

権勢の絶頂期にいたころは、父親の威光を背に負って人を泣かせもし、恨みを買ってもきているから、病気を、それらの祟り、もしくは報いとみる通念からすれば、延命策は出家のほかない。皇太后としての立場上も、円融院の崩御、髪を切るのは礼儀であった。

でも、尼になったとはいえ、東三条院詮子が今上一条帝の生母であることに変りはないし、いまをときめく摂関家の、重要な構成員の一人であることにも、いささかの変化もなかった。彼女の、官界での発言力は、陰からのものではあったが相かわらず強く、まだほんの少年にすぎない一条帝はもちろん、摂政道隆すらが妹の存在を重視していた。

近ごろ宮廷での、女房たちの耳こすりは、その東三条院詮子と、中宮定子の間柄が、

「なんとなく、しっくりいっていらっしゃらないようですね」

という点にあった。

定子は道隆の娘だから、詮子とは濃い血のつながりで結ばれた姪と叔母である。しかし一方、下世話にいう嫁と姑の関係でもあった。一条帝を溺愛している詮子とすれば、まだ、形だけの夫婦にすぎなくても、やはり、

（息子をとられた）

そんな妬みに駆られるのだろうか。

「それもありましょうけど、女院さまが嫌っておいであそばすのは、ご本人よりも、中宮さまの母君なのですよ」

「なるほどねえ」

と、この意見に、一言の反論も出ないのは、だれもが心の中で思い当るふしがあるからだろう。

定子中宮の母の貴子は、幼いころから父親の高階成忠にみっちり漢学の素養をたたきこまれた女性で、

「幾人もいる子供らのうちでも、ぬきん出た学才の持ちぬし……。わしの作った最高傑作じゃ」

とまで放言してはばからぬ自慢の種だった。

「めったな男にはめあわせられぬ。いっそ女官にして宮中に出せば、釣り合った相手が現れるかもしれぬぞ」

その目算にたがわず、貴子は典侍にまで進み、やがて摂関家の御曹司道隆に見初められて、伊周・隆家・定子ら母親似の頭脳優秀な子に恵まれるという幸運をつかむ。

道隆は大酒飲みで、牛車の中へ酒器を持ちこみ、内裏（だいり）への行き帰りや行幸供奉の途上でまでチビリチビリやる男だが、女漁りでも人後に落ちなかった。そんな道隆が、貴子にはまったく頭があがらず、数多い愛人のだれよりも大切に扱って、彼女所生の子供らを、これも段ちがいに優遇するのが、はた目には腑に落ちかねる現象とうつる。

けっして醜くはないけれども、貴子は光りかがやくほどの美貌でもない。彼女自身、けっこう標緻（きりょう）を鼻にかけているようだが、学識ゆたかな上に権高（けんだか）な、ツンと澄まし返った顔つきは、内侍づとめをしていたころから同僚下僚の顰蹙（ひんしゅく）を買って、

「つきあいにいくいお方ですこと」

「わたしたちが馬鹿に見えて仕方がないのでしょうよ」

ややもすると敬遠されがちだったのだ。

結局、悧口な貴子は、道隆を上手に操縦して正妻の位置を確保したのだろうし、その生みの娘が中宮の尊位に昇りつめたいま、重みはますます加わって、もはや押しも押されも

せぬ一条帝の〝お姑さま〟である。

父親の高階成忠も、もともとは諸国の守を歴任した受領層にすぎないのに、孫の定子、婿の道隆、娘貴子のおかげをこうむって位階がずんずんあがりはじめたから、

「どうじゃ、わしの目に狂いはなかったろう。貴子はすばらしい宝の子であった」

自慢の鼻をいよいよ高くする有頂天ぶりだ。宮中での評判は、したがってこれもかんばしくない。

「ばかにあの爺さま、近ごろ出しゃばりだしたじゃないか」

「くだらんことに偉ぶって、嘴をはさむよ」

かげで交される悪口が、東三条院詮子の耳にも入り、高階一族への嫌悪、ひいては定子中宮への不快感につながってゆくらしい。

定子その人は立ち居に気品のある、言葉つきなどもしとやかな、高雅な雰囲気をまとった娘で、それとなく少年天皇をいたわる仕草など、仲のよい姉と弟に見える。

顔だちも、生母の貴子よりむしろととのって難が少ない。背丈は並よりやや高いが、髪の長さ、つややかさはみごとというほかなく、肌理がまた、珍しいくらいこまやかだった。たんに白いというだけではない。象牙細工の内側から灯をともしでもしたように、頬などほんのり血の色が透けて、桜貝を並べたかと思う手指の爪までが、精巧な作り物を見るように繊細なのである。

「いずれ、ご夫婦らしい営みがはじまり、お子でも誕生あそばせば……」

「それはもう、陛下のご寵愛は、中宮さまにそそがれつくすことになるでしょうよ」

「女院がいくらお憎みになっても、こればかりはどうにもなりませんよねえ」

女房同士のささやきは、つまるところ、気だてまでもやさしく思いやり深い、定子中宮への肩持ちに終るのであった。

八

主の為時が職を失って以来、小市たちの住む京極の古屋敷に朝廷内部の噂が伝わってくることは、まれになった。

昌子太皇太后の御所に出仕している為頼の口を通して、わずかに話を聞く程度だが、そんな中で小市の興味をひどくそそったのは、

「亡くなった清原元輔の、二番目の娘が、定子中宮附きの女房となって、おそば近く仕えはじめたそうだよ」

との、伯父のなにげないひとことだった。

「ははあ、あの『増上慢の君』が、女房勤めにあがったのですか」

為時が相槌を打つ。ひっこんでばかりいるせいか、ますます世事に疎くなってしまった

為時ですら、清原家の次女の〝武勇伝〟は知っていて、その渾名を口にしたのだ。

「うん。どうやら増上慢事件が摂政どののお気に入って、『定子中宮の側近に置くには、打ってつけの目から鼻へぬける才女だ。召し出せ』ということになったようだな」

御厨ノ乳母に教わりながら、そのとき、几帳一つへだてたすぐ脇で女物の切袴を仕立てていた小市は、思わず針を持つ手をとめて、

「だってあのかた、橘則光どのと結婚していますよ。たしかお子もいたはずですわ」

伯父と父の会話に口を出してしまった。

「それがね、則光とは別れたらしいのだよ。子供はどうしたか知らんが、たぶん乳母にでも預けて出仕に踏み切ったんだろうな」

と、為頼も几帳越しに返事をする。

「乳母といえば、橘則光の母の右近とやらも、花山先帝に乳をさしあげていた女だそうですよ」

うっそり、為時がつぶやく。

「いわば花山院とは乳兄弟……。わたくし同様、やはりいま則光も、不遇を喞っているくちではありますまいかな」

「離婚の原因も、そのへんにあるのかもしれんよ。なにせ法華八講の日、衆人環視のまっただ中で中納言義懐卿をやりこめたほど鼻っぱしの強い女だもの、則光みたいな好人物で

は食い足らんだろう」

この手のやりとりを、黙って聞いている御厨ノ乳母ではない。

「捨てたのではなく、では則光どのとやらのほうが、妻に捨てられたわけですか?」

仕立物など掻きのけて、たちまち身を乗り出してきた。

「彼女はね、増上慢問答の評判が得意でたまらなかったらしいんだ。もともと家の中にくすぶって子育てなんぞしているより、派手やかな場所へ出て才気縦横に振舞ってみたい社交家なんだろうな。則光とのつきあいも鼻についてきたし、彼は不景気な失職の身でもある。『別れどきだ』と思いはじめていたやさき、今をときめく摂関家から召し出しの誘いがかかったのだから、こりゃあ、とびつくのもむりはないよ」

「そうでしょうとも。今上陛下の中宮のお側だなんて、いまどき、上を越すご奉公先はございませんもの」

うらやましげな御厨ノ乳母の言葉に、為時は鼻じろむ。うだつのあがらぬ主人に仕えて不如意な日を送るのも、権家の余光を享受しながらにぎにぎしくくらすのも、同じ一生というものなのに、

(召使にも、運不運はあるのだなあ)

いまさらながら面目なくて、為時はこの、飼い殺しにもひとしい老女の顔をまともには見られない。御厨ノ乳母にすれば、不遇な主人を当てこするつもりなど少しもないのだが、

（すまない乳母。高志までを、ただ同然にこき使って……。勘弁してくれ）

為時は気弱く、うつむいてしまうのである。弟の、その心情を察してか、

「則光ほどの男を袖にするなんて、もったいない話だよ。わしの婿だったら、よしんば娘が別れたがったって許しはせんだろうなあ」

それとなく為頼が話題を変えた。

「顔だちも苦みばしった、なかなかの好漢だし、武家の出でもないのに腕が立つ。夜道で追い剝ぎに襲われて、二人だか三人だか斬り殺したことがあるそうじゃないか。なあ為時、この噂、おぬしは聞かんか？」

「聞きましたよ。でも則光自身は、『ちがう、おれじゃない』とさかんに否定しているようですね」

「手柄をひけらかさないところも立派だよ。どれほどの才女か、美人かしらんけど、摂政どののお召しに目がくらんで、子まで生んだ仲なのに則光と別れてしまうとは、『増上慢の君』もどうかと思うな。元輔老人が健在だったら承知しなかったろう」

「ちっとも美人ではないそうですよ」

とまた、口を出したのは御厨ノ乳母だ。

「ねえ小市さま、あなたはまだ童髪（わらわがみ）でおいでのころ、従兄（いとこ）の伊祐（これすけ）さまにつれられて清原家にいらしたことがおありでしょ？　それからあの、法華八講の日もすぐ近くで、増上慢

問答を耳になさったそうですもの、どんなかたか、ご存知のはずですわね」

「でも、お顔は見ないわ。お屋敷へ伺った日は几帳をへだてていたし、法華八講のときはおたがいに車の中ですもの」

「わたくしが耳にした評判では、お若いころから髢（かもじ）を使っていなさったくらい髪の嵩（かさ）なども貧弱な、十人なみのご縹緻（きりょう）だそうですよ。ですから前司さまがおっしゃったように、橘則光どのとやらは『増上慢の君』には過ぎた夫だったにきまってます。それを自分から縁を切るなんて、高慢な女ですわ。中宮のお側にあがっても、きっと何やかや出しゃばって仲間の女房たちの鼻つまみになるでしょう。長つづきなどしっこないとわたしは断言しますね」

やきもちが言わせる酷評にしても、御厨ノ乳母の予測は辛辣すぎる。

「すごすご里へもどって、さて、もう一度よりをもどそうとしたって、こんどは則光どののほうが相手にしますまい。虻蜂（あぶはち）取らずになるのは目に見えていますよ」

「あながち、しくじるとはかぎらんさ」

苦笑まじりに為頼が否定したのは、あまりといえば無遠慮な乳母の口ぶりに、辟易（へきえき）したからにちがいない。

「清原元輔という人は陽気な、愉快なことばかり言う爺さまだった。その娘だから、『増上慢の君』も芯は思いのほか人のよい、単純な楽天家なのかもしれないよ。頭が切れる上に負けん気ときているので、言動が目立つ。そのために誤解され、高慢ちきの何のと陰口をきかれるのではないかな。宮仕えに出たら案外おもしろおかしく、父親ゆずりの話術の妙を発揮して、定子中宮のお気に入りとなる公算も大きいぞ」

「そうでしょうか。小市君が古今集の歌を暗誦なさったのを憎らしがって、大人げなく躍起になった女ですからね。人がよいなんて思えませんわ」

と、どこまでも乳母は不服顔を隠さない。

「まあさ、他家の娘さんはどうあれ、気がかりなのはこの、我が家の姫さまだよ」

為頼はまた話題を転じて、どうやら小市に聞かせる語調になった。

「一条帝はまだ、少年気(ぎ)の失せぬお年ごろだ。後宮にもいまのところ定子中宮が参りのぼったにすぎないが、もうすこし成人あそばせば、争って上卿がたが息女を宮中に入れることになるだろう。気のきいた女房を召しかかえようとする気運も一段と盛りあがるはずだよ。どうだ小市、そなたは『増上慢の君』になど負けないくらい学問の素養があるし、歌や字も上手だ。箏(そう)の琴だってひところよりぐんと上達している。もし、しかるべきところからお召しの口がかかったら、ご奉公に出るかい？」

小市は身ぶるいした。とんでもない。父にもまして敬愛する伯父の問いかけだが、こればかりはこんりんざい承知する気が起こらなかった。しかしその通り言っては味も素気(そっけ)もなさすぎるので、

「自信がありません」

とだけ、かんたんに答えた。

「そりゃあ、だれだって始めのうちは自信などないさ。元輔の娘あたりは別だろうがね。でも馴れるよ、すぐ……。なあ為時、父親のおぬしはどう思う？」

「さあ。小市はわたしに似て人見知りのつよい引っこみ思案な性格ですからな。宮仕えなど性に合わんでしょう」

と、為時の意見も消極的だ。

人中に出していらざる気苦労をさせるのはかわいそうだし、宮中の場合、風紀の乱れも気にかかる。縁遠い娘なら縁遠いまま親の庇護のもとに置いて、成りゆきに委せるのがよいと為時は思っているのだが、

「おおぜいの女房に立ちまじって働くうちには、上達部とのつきあいも生じる。大市みたいに、思いがけぬ幸運をつかむ機会にだって恵まれるかもわからんぞ」

為時の考えは正反対だった。

「この古屋敷にとじこめておいては、あたら蕾の花が、開かぬまま朽ちてしまうよ。残念じゃないか。乳母、お前だって心配だろ」

「正直いって気が気じゃないんです。だけど宮仕えにしろ結婚にしろ、かんじんの小市さまの気が進まないかぎり、はたがいくらやきもきしてもどうにもなりませんからねえ」

「そうだよ。小市も元輔の娘みたいに元気を出して、このさい女房勤めに挑(いど)んでみてはどうだろう。嫌なことがあるかわりに、面白いことにもぶつかる。なによりも見聞が広くなるし、友人もたくさんできるよ。もし出仕する気ならわしが一生懸命、よい口を探してやるが、どうかね?」

　返事をする気になれなかった。無言でいるのが、小市にすれば答えのつもりだが、伯父は伯父でその沈黙を、羞(はにか)みと取ったようだ。

「何ごとであれ、むり強(じ)いするつもりはけっしてない。好きにしてよいのだよ小市。ただ、わしとすればお前に仕合せになってもらいたい……。それだけなんだ。まして父親の為時は、なおさらだろう。なあ?」

「はい」

　くるしげに声がかすれた。小市だけではない。病床に臥す大市、元服後の今なお身分の定まらぬ惟規、油小路に待つ三人の庶子とその母親ら、幾つもの手に縋(すが)られながら、人なみな充足感をすら与えてやれぬ腑甲斐なさが、重い自責となって為時の胸を圧(お)しつけるのである。

九

『増上慢の君』の宮仕えを話題にしてまもなく、こんどは大江家の娘の御許丸が、昌子太皇太后の御所に女房勤めにあがった。

小市にそれを知らせてきたのは、御許丸自身の便りだった。

「――もっとも、わたしの場合、両親が太后御所に勤める身でしょう？　だからわたしも、御所をわが家のつもりにして成長しました。舌もろくに回らぬチビのうちから太后さまのお膝にまつわって、子供なりの小間用を弁じていたのですもの、こと新しく改まってご奉公というのもおかしな話だけれど、いままではまあ、遊び半分の童勤めでした。でも、これからは正式に女房の一人としてお仕えするわけよ。遊びにきてくださいね」

――そんな経緯が、いつものしたしげな調子で語りかけるように書いてある。

(そうか御許丸さんも出仕したのか)

小市は動揺した。つぎつぎに友人や知人が宮仕えに踏み切るのを見ると、頑に自分ひとりそれを拒んでよいものかどうか、不安になってくる。同じ御所に勤める為頼に、御許丸の女房名を訊くと、

「大江家の娘なので、江ノ式部と呼ばれているよ。年は小市より、少し下だろう？」

伯父はすぐ、話に乗ってきた。

「五ツ六ツ下です。だからいま、十八か九ではないかしら……。乙女ざかりね」

「切りさげ髪の時分からえらく早熟な子だっただけに、なんだかだ男との噂が絶えないようだ。父の大江雅致（まさむね）や母の介（すけ）ノ内侍（ないし）らが見かねてね、時おり訓戒を垂れるらしいんだが、持って生まれた性分かなあ、匂いの濃い花にしぜんと虫が集まるように、男どもが寄ってくる。小市みたいにまじめすぎるのも伯父としては気が揉めてならんがね、御許丸のような娘も親泣かせだよ」

冗談まじりの言い方さえ、近ごろ小市は、無心に聞けなくなってきている。

「太皇太后の御所には、かわいらしい皇子さまが二人おられたでしょう？」

たずねたのも、自分にかかわる話から逃げ出したいためだった。

「為尊さまと敦道さまかい？」

「ええ、御許丸さんの腰巾着で、うちにも遊びにこられたことがありましたね」

「かわいらしいなんてもんじゃない。お身体が一人前に育ちきらんうちから女房たちが玩具（おもちゃ）にして、手取り足取りけしからんことばかりお教えするので、ご兄弟ともに、これもすっかりませてしまわれたよ」

「もう元服なさいましたの？」

「為尊親王は初冠（ういこうぶり）をすませた。弟の敦道さまも、そろそろ男姿に変えられるのではないかな」

「垢ぬけした貴公子になられたでしょう」

「まだ嘴(くちばし)の黄色い小冠者さ。でも、なかなかの美男子だから、あと二、三年もすればお二人ながらいっぱし色好みの評判をおとりになると思うな」

「おん兄の花山院は、あんなおきのどくな有様で出家遁世してしまわれたのにねえ」

「お腹がちがうよ小市。同じ冷泉院のお子でも、花山先帝の母君は一条摂政伊尹(これただ)公のご息女じゃないか」

「中納言義懐卿の姉上ですね」

「だから伊尹公亡きあと、義懐卿は父上や姉上になりかわって、甥の花山帝をご教導申しあげたわけだよ」

「では、為尊さま敦道さまのご生母は……」

「故兼家公のおん娘超子(ゆきこ)さまだもの、早逝はなされたが、今となれば摂政道隆卿をはじめ、道兼・道長、さらには東三条院詮子さまら錚々(そうそう)たる伯父伯母をうしろ楯に持つ皇子だよ。花山院のご境遇とはくらべものにならんだろう」

「皇太子居貞親王も、超子さまのお子ですね」

「そうさ。二皇子は、東宮(とうぐう)と一つ腹の弟君でもあるのだ。そのくせなんの責任もない。一生のんきな宮さまぐらしを保証され、名ばかりの官職について暇と財をもて余すわけだから、遊び好きにならなければどうかしているよ」

「昌子太后が甘やかしすぎたのでしょうか」

「いくぶんは、それもあるなあ」

西ノ対の自室にもどって、小市はいま一度、御許丸からの手紙を読み返してみた。歌が添えられている。

語らふ女ともだちの、世に在らんかぎりは忘れじと言ひしが、音もせぬに、

と前書きして、

消えはつる命ともがな世の中に
あらば問はまし人のありやと

そう、恨みっぽく詠んだ一首は、むろん小市への不満の表明である。「世に在らんかぎりは忘れじ」と、たしかにおたがいに、言い交したおぼえはあるけれど、「音もせぬ」というのは極端だ。手紙のやりとりは続けているし、歌の贈答もしている。一緒にどこかへ出かけたり、訪ね合ったりしなくなったぶんだけ、むしろ文通は繁くなったはずなのに、まったく便りが絶えはてたような言い方をするところが、いかにも御許丸らしかった。

小さいころから表現が大げさで、約束の時刻にほんのわずか遅れても、

「待ちこがれて、気が変になりそうだったわ」

と、じれてみせる。あるいは、たくさん友人を持っているくせに、

「わたしの仲よしは小市さんだけよ。心から語り合える相手が一人もいないなんて、可哀そうだと思わない？」

などと同情をひく癖もある。


言動に表裏がなく、けじめのきっぱりした潔癖性(しょう)の小市が、御許丸の嘘やいいかげんさを許せたのは、どこまでも相手がむじゃきで、たとえ嘘をつくにしろその嘘のうしろに、邪悪な毒も、為にする底意をも、感じ取れないからであった。

言葉と実際とがちがったり、前に言ったことと次に言ったことが相違したりするのはしょっちゅうだが、御許丸にすればそのどちらもが本気なのだから、承知していてつく嘘よりかえって始末が悪いかもしれない。しかし嘘と本当、現実と非現実のあいだを自在に浮游して、さして罪悪感など持とうとしない奔放さは、まったく小市には欠けた資質だった。


時に眉をひそめながらも、そんな御許丸がうらやましく、

（わたしはこせこせと、ささいなことにこだわりすぎる。御許丸さんみたいに思うまま心を解き放てたら、人間や自然に対する眼も、かえって展(ひら)けてくるのではないか）

自己批判めいた感情まで、つい小市は抱いてしまう。

それというのも、詠みっぱなしのまま、ほとんど推敲の跡さえない御許丸の歌に、天成の才が看取できるからであった。今回の「消えはつる命ともがな」の一首もそうだし、半年前、知人の家へ方違で泊まりに行ったとき、どうやって知ったのか、

　　早う語らひし女ともだちの、近き所に来てあるをみて、

と詞書きして贈りつけてきた一首、

　おほかたは恨みられなむ古へを
　　忘れぬ人はかくこそは訪へ

にしても、心に泛かぶまますぐ筆をとって、即興にしたためたらしいのに、やがての開華がどれほどみごとなものか推しはかれる底力を、もう今から備えている。

(そこへゆくとわたしは……)

気持が、小市は暗くならざるをえない。見たことと感じたことを、三十一文字にまとめあげる技倆はあるのだが、言い回しの細部を気にしてあれこれいじっているうちに、

「詠もう」

と意欲した最初の感動が薄れ、結果的にはいつもいつも、妙に理の勝った、作りものめ

いた凡作に堕してしまうのである。

「わが家は詩歌の家すじ……。せめて生きた証を、その伝統の中で輝かしたい」

そんな望みを抑えかねていただけに、才能の欠如をみずから認めるのは辛かった。

(まだ、わからない)

自身を、小市は鼓舞する。噴出する泉に似た天分……。御許丸が生まれながらそれを持っているなら、自分の内部にも、渇れることのない泉があると信じよう。

(信じて、詠みつづけるほかないではないか)

八方塞がりの息ぐるしさの中で、やっと見つけかけたたった一つの出口なのに、それさえ行き止まりというのでは、われながらあまりにみじめすぎた。

小市の、そんな感情におかまいなく、先の便りからいくらもたたぬうちに御許丸はまた、雑色に手紙を持たせてきた。つき合い方にむらがあり、小一年も音信不通をつづけるかと思うと、いきなり筆まめになって三日にあげず便りをよこしたりするので、小市もかくべつ驚かずに、早咲きの紅梅に結びつけた薄様を花を散らさないよう用心しながら開いてみた。

内容は、例によって他愛ない誘いであった。いまは亡き摂政兼家が、六十の賀を祝った直後、身体の不調を訴え、健康をとりもどしたい一心から二条京極に新築した豪邸を法興院という寺にし、さらにその寺域に『積善寺』なる一宇を建立したのは、小市も知っている。

御許丸の便りによると、この積善寺が年明け早々、御願寺に指定され、摂関家をあげて華やかに、一切経の供養会がおこなわれる予定なのだという。

関白道隆、その妹の東三条院詮子、息女の一条帝中宮定子をはじめ一族をあげての参列となるはずだから、行粧のすばらしさはおそらく前代未聞だろう、道すじに車を立てて、ぜひとも拝見しようではないか——そう、御許丸は言ってよこしたのであった。

小市は気がすすまなかった。やはり御許丸と誘い合せ、介ノ内侍まで同行して、白河の藤原済時邸へ法華八講の聴聞に出かけた日のことが、ありあり思い出された。花山先帝の在位時代であり、父の為時は式部大丞の職にあって、当時、家族の日常は充実しきっていた。

(わたしも若かった。十七だった)

指を折って数えるまでもない。いつのまにかあのときから、七年もの歳月が流れ去ってしまったのに、今なお主の逼塞だけは変らず、邸内には荒寥の気配がいよいよ濃くなってきている。さぞや混雑するであろう路上の群集……。そんな中に、うきうき立ちまじって、権門の盛儀をながめる気などとても起こらない。ただ、御許丸が手紙の中で、

「法華八講の日、むりやり狭いすきまに車を割りこませてきた『増上慢の君』——。有名な清原家の娘が、ながの年月つれそった橘則光と別れて宮仕えにあがった噂は、小市さん

もお聞きでしょう？　女房名は『清少納言』というそうだけど、定子中宮のお供をして彼女もきっと行列に加わってくるわよ」

　と書いてきた個所には、気持をうごかされた。

清少納言……。『清』は、姓から取った一字であろうが、『少納言』とは、どんな理由で附けたのだろう。清原家の系譜のなかに、納言級の官職に昇った近親者でもいるのだろうか。

　短いあいだだが、昌子太后の御所に勤めた経験を持つ姉の大市に訊くと、

「たぶんそれは、正規の待遇は下臈(げろう)でも、中臈なみの扱いを受ける人という意味よ。『少納言』の呼び名を持つ女房には、そういう地位の婦人が多いようね」

　と教えてくれた。

「つまりそれだけ、あのかたは中宮さまのお気に入られ、大切にされているということかしら……」

「そうでしょうね。『弁』とか『侍従』とか附く場合も、下臈ながら中臈として遇されている女房なのよ」

「清少納言は、中宮職(しき)の職員になったわけですか？」

「それはわかりません。一口に宮廷女房といっても、官に採用され、役人として働いている女官(にょうかん)と、中宮さまなら中宮さまが、ご自身の経費でまかなわれるいわば個人傭いの女

房の、二通りありますからね。でも清少納言は、おそらく中宮のお手許金で賄(まかな)われている召使でしょうよ」

彼女らが、どのような美しい牛車(ぎっしゃ)をつらね、目もあやな出衣(いだしぎぬ)に、どれほどの妍(けん)をきそって練ってくるか、思い描いているうちに、

（行ってみるのもわるくない。気ばらしになるかもしれないな）

小市はふと、御許丸の誘いに応じてもよい気持になった。

死神

一

中ノ関白家をあげての、積善寺供養——。

定子中宮のおそばに宮仕えにあがって、『清少納言』の女房名をいただいたとかいうあの、清原家の次女も、

「お供して出るにきまってますよ」

との、御許丸（おもとまる）の誘いに、引っこみ思案な小市までが、

（行ってみようかしら……）

そそられかけたやさき、京極の家を、思いがけない不幸が襲った。伯母の『ひちりきどの』が倒れたのだ。

「がみがみと箸のあげおろしに子供らを叱りとばしてばかりいる。うるさくてかなわん。篳篥（ひちりき）の吹奏をのべつ聞かされているようだぞ」

つれあいの為頼が、苦笑まじりにこきおろしたことから、いつとはなく陰ではこっそり

『ひちりきどの』などと言いならわしていたけれど、表向きは『前司さまの北ノ方』、あるいは単に『北ノ方』と呼んで、召使の末までが頼りにしていた家刀自である。それだけに、

「たいへんですッ、どなたか手を貸してくださいッ、早く……」

御厨ノ乳母の絶叫を耳にしたときには、だれもが顔色を変えた。東ノ対からは周防が走り出てきたし、箏の琴の稽古中だった小市も、陸奥ノ御ともども母屋へ急いだ。

一月半ばの、まだ余寒のきびしい朝だったから、人のいる部屋には火桶が置かれている。『ひちりきどの』は、洗って糊張りした袙に火のしを当てるべく、御厨ノ乳母に手伝わせながら炭をいけようとしたとたん、火桶におおいかぶさる形で前のめりに倒れたという。

「どうなされました北ノ方さま、もし……」

かかえあげ、ゆすぶっても声をかけても、返事がないのに仰天して、悲鳴ともとれる叫びを乳母は張りあげたのだが、寝所へ移しても状態は同じだった。

かかりつけの加持僧が呼ばれ、陰陽師の饗庭晴久も駆けつけてきた。太皇太后御所に御厨ノ高志を走らせたのは、あいにく昨夜、為頼が宿直して、家を明けていたからである。

「父さまは？」

痩せ細った片肘をつき、やっと病床から半身を起こした大市が、気を揉んで女房にたずねるけれども、為時までが油小路の女のところに泊まって今朝は姿が見えなかった。

「菊丸爺やが迎えにまいりました」

「肩を貸して……。伯母さまを見舞いに、わたしも母屋へ行きます」

「それはご無理でございます。いま懸命にご祈禱が修されていますし、どうやら物怪なども憑坐にかかったらしゅうございます。おっつけ正気にもどられるでしょう。姫さまも重いお患いなのですから、どうか寝んでおいであそばしませ」

　しかし、御所から為頼がとんで帰り、追いかけて為時ももどったけれども、『ひちりきどの』の意識は混濁したままだれの呼びかけにも答えることなく、その日、夕刻には息を引きとったのである。

　息子たちは成人し、長男の伊祐は周防に、次三男も地方の国庁に微官を得てそれぞれ任地へくだっている。元服前に僧籍に入り、さる大徳のもとで学侶となるべく勉学していた四男だけが、かろうじて死顔に対面できたにすぎず、野辺送りも人ずくなだった。里方の上毛野公房家からは兄夫婦と弟が顔を見せたにとどまり、葬儀が終ると服喪の家の気落ちは、一挙に深まった。

　昌子太皇太后が、御許丸の母の介ノ内侍に哀悼の御歌をことづけて寄こされたのが、ただ一つの栄誉といえたが、そんなさなかだけに、伊祐の不意の帰洛は家族をよろこばせもし、おどろかせもした。

　三十歳を越して伊祐はどっしり肉が附き、見ちがえるばかりたのもしげな男に変貌していた。史生という地方官の最下位を振り出しにしながら、目、権掾を経て掾にこぎつけ、従七位上の官位ならびに一町六段ほどの職田を支給されるまでになったのは、上卿(しょうけい)の子弟たちの急速な昇進ぶりとは較ぶべくもないけれども、ともかく伊祐の、職務精励のたまものであった。

　門まで出迎えた召使の中から、

「おお、爺やじゃないか」

　菊丸をまず、見つけはしたものの、口やかましいいっこく者だった老人の、衰えかたのいちじるしさに衝撃を受けたのだろう、

「達者で何よりだな」

　肩を叩きながらも伊祐の声はかすれた。

「おぼえていてくださいましたか」

「忘れるものか」

「病気はいたしませねど、足腰が弱りましてなあ、牛を追うのも、やっとの有様になりはてました」

「いやいや、顔の色つやなどとてもいい。弱気を起こすのは禁物だよ爺や」

　雑色頭(ぞうしきがしら)の御厨ノ高志には、寄り添って立つ若い女を指さして、

「新妻かい？」

　笑いかけるのを、伊祐は忘れなかった。

「ご当家の水仕で……稲手と申します。三年ほど前に一緒になって……。もう赤ン坊が生まれてます」

口の重い高志にどもりどもり引き合わされた妻が、これも頰を赧らめながらぺこりとお辞儀する脇から、

「この子なんですよ伊祐さま、さいわい男の子でしたから、六ツ七ツになればお庭の草むしりぐらいさせられるでしょう。どうぞお見知りおきくださいませ」

抱いていた乳呑み児を突き出して見せたのは御厨ノ乳母だ。

「かわいい坊やじゃないか」

「親子三人、雑色長屋の片隅に住まわせていただいております」

「おかげでお乳母どのも、お祖母と呼ばれる羽目になったわけだな」

「手塩にかけてお育てした薬師麿坊ちゃまが、元服して惟規と改名なされてからは、ろくろくわたしになど声もかけてくださらなくなりました。その代りに孫を授かったのですから、世の中はうまくできていますね」

あいかわらずのおしゃべりにうなずきながら、荒れの目立つ邸内を、それでもなつかしげに伊祐は眺め回した。

西ノ対と母屋の寝殿をつなぐ透渡殿には、為時や陸奥ノ御、小市や惟規ら親族たちが寄りかたまって、こちらへ笑顔を投げかけているのが見える。

「あの若者が惟規かい？　乳母」

「そうですよ」

「そのとなりの、扇でなかば顔を隠しているのが……」

「小市さまです」

「目を疑うなあ、二人とも、もうまったくの大人じゃないか」

「子供のころのお姿しかおぼえていらっしゃらないのだから無理もありませんけどね、小市さまは二十五、惟規さまだって二十三におなりですよ」

　小走りに近づいて、一別以来の挨拶を交し合ったが、伊祐がだれよりも逢いたいと念じている父の為頼は、痩せ我慢して仏間で待ち、叔母の周防はこれも、

「見ぐるしい尼姿を、お帰り早々伊祐どののお目にさらすのは憚（はばか）られるので……」

との理由から、やはり東ノ対の自室に引きこもっているという。

「では、のちほどこちらから伺いましょう」

　そう言い置いて、伊祐はまず、まっ先に仏間に直行した。

　貞元（じょうげん）元年夏の大地震で倒壊したきり、粟田の山荘はもとより邸内の仏堂も再建されていない。本尊は母屋の塗籠（ぬりごめ）へ移され、そこが仏間にしつらえられている。なきがらはとうに埋葬され、本尊のお前には『ひちりきどの』の遺髪が置かれてあった。

「伊祐か」

と、入って来た嫡男に為頼が声をかけた。十数年ぶりの帰宅をよろこんで、口もとには微笑をうかべていたが、その両眼はまっ赤だった。

「ただ今もどりました」

「びっくりしたろう」

「お手紙を拝見しても、とっさには信じられませんでした。まだ、本当に亡くなられたとは思えません」

「わしもだよ。ふだん風邪ひとつ引かない丈夫な女（ひと）だったからなあ」

「働き者でしたね。忙しそうに髪を耳挟みして、しょっちゅう何かしら手をうごかしておられたお姿が目に灼きついています」

「若い時分からまめなたちでね、わしが国司として摂津に赴任していたころもそうだった。受領（ずりょう）の北ノ方などというものは十人が十人、田舎貴族にでも成り上った気でそり反るのに、お前たちのおふくろは下司（げす）女に立ちまじっての家事雑用を、少しも厭（いと）わなかったな」

「子供らがまた、四人とも男の子でしたからね、腕白ざかりにはずいぶん母上に叱られたものです」

「あんまり鳴り方がはげしいので、わしは『ひちりきどの』などと渾名（あだな）で呼んでいたが、あのおふくろの奮闘のおかげでお前たちは一人前に育ったのだよ」

「これからゆっくり休んでいただき、孝養の真似事をしたいと思っていましたのに……」

仏前に進んで香を拈じ、伊祐は小声で法華経の普門品を誦した。うなだれて聞き入る為頼の小鬢が、年齢よりはるかに白くなっているのも伊祐を悲しませる。

いつのまにかそっと、為時が仏間ににじり入って来、陸奥ノ御や小市、惟規も背後に居並んで、低い誦経の声に耳をかたむけた。

二

亡母の喪に服するために、伊祐は職を辞して帰京したのである。抛って惜しいほどの身分ではなかったし、忌が明けてのち再び地方へ出る気なら、同程度の官職を得るのは周防国庁での実績から推しても、さして難事ではなかった。

家を出て行ったときと同じく、伊祐は独りきりでもどって来てもいる。父の為頼に、問わず語りに語ったところでは、二人ほど任地で女とかかわりを持ったらしい。うちの一人とは、女の子まで儲けた仲だったが、親たちが娘を手許から離したがらず、子供の養育も引き受ける気がまえでいるので、そのまま預けてきたのだそうだ。

母となっても、生まれた子ぐるみ実家の庇護のもとでくらすのが、女の場合、結婚というものの原則なのだから、男の帰洛にともなって自然に縁が切れるのもいたし方ないことだけれど、伊祐の側は残してきた子供に未練があるのだろう、

「便りにことづけて、何か贈ってやりたい。小市さん、四、五歳の女の子がよろこびそうなものを考えてくれないか」

そんな相談を口にした。

「愛ざかりですね」

「訪ねるたびに胸にすがりついてきたんだ。小さなその手の感触が忘れられなくてね」

「母なるお人も、どんなにか別れをつらく思われたでしょうに……」

「いや、彼女は泣きもしなかったよ。親の言うなりに、すぐほかの男を迎え入れるのではないかな。それぐらいの、淡い契りだったのさ」

「もう一人のかたは？」

「これはなお、ひどい。多情な女でね、わたしなど、幾人もいた男の中の一人にすぎなかったようだ。さようならとも言わずに引きあげて来てしまったが、おそらく向こうだってわたしの消滅など気にもとめていないだろうよ」

苦笑まじりの述懐からも、任地での従兄の私生活が、あながちに満たされたものではなかったらしいと想像できる。

「底なし」

と言いたいほど酒量がふえ、しかもその酒にめっきり強くなったのも、かつての伊祐からは想像できない変化だし、ふっと見せる表情の暗さに、隠しようのない荒廃の気配がにじむ。それも小市の、新たな気がかりの一つとなった。

もともと逃げ出しでもするように、伊祐が地方へ赴任したのは、叔母の周防への、かなうあてとてない彼自身の片想いに加えて、従妹大市から示される一方的な慕情の煩わしさなど、三人三様の感情のこぐらかりに疲れきったためである。

歳月は、しかし女たちの境遇をすっかり変えてしまった。大市は中納言藤原義懐（よしちか）と結ばれ、愛のよろこび、別離の苦しみという病弱な心身には苛酷すぎる体験に消耗し尽くして、いま枕もあがらぬありさまでいる。

「ごめんなさい。お迎えにも出られなくて……」

病室を見舞った伊祐に、うすくほほえみかけた大市は、へだてを一つも置こうとせず、痩せ細った病軀をありのまま男の視線に晒（さら）すことで、死への、静かな覚悟を、それとなく語っているかに見えた。

「やっともどったよ」

「うれしいわ。もう逢えないと思っていた伊祐どのに、こうしてまた、お目にかかれたのですもの、元気を出さなくてはね」

「そうとも。思っていたより声にも張りがある。安心したよ」

慰めも、それへの受け答えもが空しいことを、双方が知りながら口にしている。こみあげてきた涙を、大市にさとられまいとして、

「またくる。これからはしょっちゅう見舞えるからね」

あわてて伊祐は座を立ったが、父からの詳細な便りであらかじめ肚を据えていただけに、むしろ周防との対面のほうが取り乱さなかった。

こちらは庇ノ間にみちびかれ、叔母のいる部屋とは簾と几帳をへだてての、他人行儀な会い方で、それはそれなりに周防の意思表示と受けとれた。

そばにはどうやら、かしずきの女房までいる気配である。どこまでも、もはや住みどころの異なる俗と尼、しかも叔母と甥でもあるけじめを明確にしようとしている様子が察せられた。ふたたび一つ屋根の下でくらしはじめる以上、当然の配慮と伊祐も思う。そのくせやはり、簾越しにうかがえる鈍色の法衣、こればかりは昔と少しも変らぬ周防の声に伊祐の胸ははげしく掻き乱された。

袴垂れ保輔と周防の関連を、

（もしや？）

と疑っているのは小市と陸奥ノ御だけで、為頼も為時も、妹の唐突ともいえる出離の動機を、いまだにその言葉通り、

「左手が人なみでないので、いつかは様を変えようと念願し、実行したのだ」

と信じている。したがって伊祐も、そのほかの原因にはまったく考えが及ばなかった。

それだけにこの、一つ年上の叔母の出家が、くやしく、惜しく、

（恨めしい）

とさえ伊祐には思えてならない。

結局、歳月は、女二人を別人格ともいってよいほど変えてのけたのに、伊祐だけは炎になり切ることのなかった火種を、今なお、ぶすぶす燻らせつづけたまま帰って来たといえよう。

ただよい流れてくる清楚な香の薫り、やはり簾越しでしか窺うにすぎないけれども、いかにも尼僧の居間らしくしつらえられた品のよい仏具、調度など、五官に感じるすべてが、あの明るく、気さくでさえあった往年の周防とは結びつけにくい。冷ややかな拒絶の雰囲気にむらむら腹が立って、浴びるほど酒を飲んだ夜など、

（踏みこんで、何もかもめちゃめちゃにしてやろうか）

自暴自棄ともいえる荒々しい衝動に突きあげられる。そんな自分が恐ろしく、伊祐は東ノ対に足を向けるのをつとめて避けようとした。

『ひちりきどの』がいなくなって以降、だだっ広い古屋敷は芯棒が抜けて、正常な回転すらおぼつかなくなったため、主婦役は陸奥ノ御が引きうけなければならなくなっている。万事に控え目なこの伯母を助けて、小市も家政を支えざるをえず、例の積善寺の一切経供養についても、

「どうなさる？　いらっしゃるの？　やめるの？」

御許丸の催促に動揺はしたものの、

「伯母の急死で取りこんでもいるし、喪中でもあるので……」

そう、ことわりの状を書いて、高志に届けさせた。

でも、正暦五年二月二十日、供養がおこなわれたその日のうちに、にぎにぎしい女人行列の次第は、細大洩らさず小市の耳に入った。見物し終るとすぐさま現場から車を回して、御許丸が京極の家へ報告しに寄ってくれたからであった。

『ひちりきどの』の死を悼んで、

「このたびはご愁傷さまでございます。ご冥福を念じます」

一応、殊勝にくやみを述べたのは、それだけ成長した証拠だが、小市と二人きりになるとたちまち、

「ちょっとでも見に出ればよかったのに……。すばらしかったわよ」

いつものあけすけな調子にもどって御許丸は喋り出した。興奮の余波だろう、瞳がかがやき、頰が紅潮して、美人とはけっして言えないまでも、若ざかりのいきいきとした魅力に溢れている。

「あのね、定子中宮さまは今日のお催しに備えて、如月初めにはもう、宮中から二条御所へお移りになっておられたんですってよ」

「二条の御所？」

「父君の関白道隆公が、わざわざ中宮のお里帰り用に、ご自邸の北どなりに新築なさった御殿よ」

「では、積善寺へのお行列も、そこから練り出したわけね」

「そうなの。だから見物人の車も、二条御所の近辺にいちばん多かったわ。わたしも御所の前通りに車を立てて拝見したのよ」

どこで声を聞きつけたのか、このとき、

「にぎやかだな」

ところどころ板の腐れが目立つ渡殿を踏んで、伊祐がふらっと姿を現わした。

手入れが悪いなりに花樹の多い庭は、とうに白梅が散りつくし、いま遅咲きの紅梅がさかりをやや過ぎて、廊の軒近く甘い匂いを放っている。そろそろほころびはじめようとして蕾をふくらませきった桜も、春の夜気をほんのり明るませていた。

「おもしろそうなお話ですね。仲間入りさせてもらっていいですか」

いいともいけないとも言わないうちに簾をはねあげて躙(にじ)り入ってきたばかりか、伊祐は酔っているのか、息まで酒臭かった。

三

小市の、咎めるような目つきとは逆に、

「あら、惟規さまかと思ったのに、ちがいましたわね」

伊祐のぶしつけな闖入を、御許丸は歓迎するそぶりを見せた。

「あてがはずれましたか？」

「ちょっと意外だっただけですわ。このお屋敷の西ノ対にいらっしゃる若い殿方は、小市さんの弟君お一人のはずですから……」

「わたしは惟規の従兄ですよ」

「ぞんじていますとも」

まるっこい肩をよじって、御許丸は笑い出した。

「あなたは亮どののご嫡男の、ええと……たしか伊祐さま」

からかい口調で言いながら流し目にじっと見る。男ならだれしも、

(特別な関心を持たれたのではないか)

そう、うぬぼれたくなるような媚をにじませたみつめ方だった。

「愛らしいえくぼだな」

伊祐も急にしどけなく行儀を崩して、

「食べてしまいたい」

御許丸の頰に指を触れようとする。酔いまぎれのふざけ心とはいえ、生母の喪服中にあるまじき不謹慎さだ。

「まあ嫌ッ、人を食べるなんて鬼みたい」

馴れているのか、御許丸も上調子にあしらう。

「まだ、独り身なの？」

「むろんよ、昌子太后の御所に出仕してるの、これでも……。姓が大江でしょ。だから江ノ式部と呼ばれてます」

「江ノ式部かあ。言い寄る男が、夜な夜な御所のまわりをうろつき歩いているにちがいない。わたしもへたな恋歌を贈らせてもらっていいかな」

「どうぞ。どうせ本気にはしませんから……」

愚にもつかないやりとりが際限なくつづきそうな気配に、小市はうんざりして、

「積善寺供養のお話はどうしたの？」

つい、顔つきが苦々しくなった。

「そうそう、そのご報告に来たのに……伊祐さまが悪いのよ、いきなり脇から割り込んでくるんですもの」

「ごめん。もう邪魔はしない。謹聴謹聴」

どこまでも茶化しにかかるのを、相手にせずに、

「よい場所を取ろうと思って早く行きすぎたせいか、ずいぶん待ったわ」

御許丸はふたたび話し始めた。

「最初に練って来たのは、定子中宮附きの女房たちの車よ。この日のために中ノ関白家が新調なさったのかしら、漆（うるし）も金具もぴかぴかでね、牛は飼い肥らせた逸物（いちもつ）、牛飼まで屈強の若者ばかり……。今日を晴れと着飾ったらしく、どの車からの出衣（いだしぎぬ）も派手やかで、その美しさといったらないの」

「清少納言は？」

「どれに乗っているのか、そこまではわからなかったわ。女房たちの車は二条大路に曳き出されたあと轅（ながえ）を榻（しじ）に打ちかけてずらりと並んでね、中宮の出御（しゅつぎょ）を待つわけだけど、まわりには四位、五位、六位などおびただしい官人たちが行き来しているし、中にはさも用ありげに、女房車のそばへ寄って話しかけたりしている人もいたから、きっとあの清少納言あたり、目立った振舞いをするとか、きどった受け答えでも返すのではないかとわたし気をつけて見ていたのよ。でも、さすがにおじけづいたらしく、牛車の中で小さくなっていたようだわ」

「だれだい、その清少納言というのは……」

と、伊祐が口を挟んだのは、さしも有名な『増上慢事件』も、周防の国庁にまでは聞こえていなかったせいだろう。

「亡くなった清原元輔（もとすけ）さまの二番目の娘さんですよ、周防へくだる前に挨拶に出向いたとき、お目にかかったでしょう」

小市の注釈に、

「うん、思い出した。橘則光が通っていた相手だね」

伊祐は膝を叩いた。

「あのかたが則光どのと別れて、定子中宮のおん許へ宮仕えにあがったんです。清少納言というのはその女房名よ」

ついでに御許丸が『増上慢事件』についても面白おかしく語り分けたので、

「あの勝気な女なら、満座の中で中納言義懐卿をやりこめるぐらい平気でしてのけたろうな」

ますます伊祐は、興をそそられたようだった。

「だけど、何といってもまだ、新参ですもの、いくら清少納言が図々しくたって出しゃばるわけにはいきませんよ。小市さんはごぞんじ？ 高階明順（たかしなあきのぶ）とおっしゃるかた……」

「たしか、中宮の母上の……」

「そう、高階貴子（たかこ）さまの兄君よ。つまり中宮の伯父上だけど、妹の縁で、中ノ関白家の一門につらなれたのが、よほどうれしいらしいのね、日本晴れの上機嫌で、女房車のまわりをにこにこ歩き回っておられたわ」

それはいいが、肝腎の中宮のお出ましがひどく遅い。日が高くなり、いいかげん待ちくたびれたころ中宮の出御に先立って、東三条院詮子の行列がしずしずと練り出して来た。

関白藤原道隆の妹、そして故円融院の后、今上一条帝の生母。定子中宮には叔母であり姑にもあたる詮子の立場は、一族中のだれにもまして重んぜられている。

関白はじめ、その息子の大納言伊周、三位中将隆家ら中ノ関白家の上卿たちが一人のこらず御所まで迎えに参上したことからも、詮子がいかに大切に扱われているか、周囲は印象づけられた。

「お召し車を入れて、行列の車の数は十五輛……。しかもまっ先に進まれる女院のお車は、屋根を破風造りにした唐車なのよ小市さん。もうもう、そのきらびやかさ気高さといったら、拝見してるだけで気持がぼうっとなってしまったくらいよ」

さぞかしと、小市にも思い描かれる。女院が出家しているから、侍女にも尼僧がいて、この人々の車が四輛、唐車のすぐあとにつづく。裾にゆくほど濃く染めた薄むらさきの下簾から、鈍色の裳、色を抑えた表衣、袈裟や水晶の数珠などがこぼれ出ているのも、さぞかし優美に見えたであろう。

「うしろに従う十輛は、俗体の若い女房衆を乗せているので、打ってかわって華やかなの。

桜の唐衣、藤色の裳、深紅の香染めやら薄紅の表着やらが、うららかな春の日ざしに照り映えて目を奪われる見ものだったわ」

「中宮のお出ましは？」

「それが、まだなのよねえ。あとで洩れ聞いたところによると、関白さまの弟君に道長卿というかたがいらっしゃるでしょ？」

「ええ、中宮の大夫ね」

「あのかたが、以前女院のお供をしたとき着た下襲を、今回もまた着用しては恥かしいとおっしゃってね、新調なさったのだけど、その仕立てが遅れたため、中宮のご出仕までが押せ押せに遅くなってしまわれたんですって……。ずいぶん、おしゃれねえ男のくせに」

「中宮職の長官だから、今日を晴れとばかりおめかしなさったんでしょう」

取りなしながら、亡き兼家の子息中わけても俊敏と折り紙つけられている道長の面ざしを、小市は思い起こしていた。

藤原済時邸で催された法華八講の日、道隆・道兼ら同腹の兄たちとつれ立って設けの席についた道長の、目立たぬように振舞いながら、そのくせどことなく凄みをたたえたきわだった雰囲気を、小市はいまだに忘れかねている。花山院引きおろしのさい、父や兄と力を協せて暗躍したと聞いたときは、

（さもあろう、あの人ならば……）

当然のことのように首肯できたけれども、その道長が、たかが下襲ぐらいにこだわって、同じものを二度使うのをためらったという話には、なぜかすらりと納得できないものを感じた。人目を気にする年ごろならともかく、道長はすでに三十近い。

（しゃれ男めいた行為の裏に、定子中宮の出立を、わざと遅らせてやろうとの底意が働いてはいなかったか）

われながら考えすぎと思いながらも、小市は疑いを捨て切れなかった。

今や完全に他族の進出を封じこめ、政界の枢軸に坐った藤原摂関家だが、つぎにくるのは、同族内での主導権争いに、

（いかにすれば勝を制するか）

しのぎを削るその、策謀であろう。

兄弟で関白の座を奪い合った実例は、父兼家・伯父兼通の凄絶な闘いの課程で道長もすでに見てきたはずである。

（兄道隆の栄光……）

いつの日か、それを自分の手にと、道長が野望してもけっしておかしくはない。

道隆はまだしも、子息の伊周や隆家が、自分よりはるかに弱輩でいながら父の羽ぶりにおぶさって、急速な昇進をとげ、いずれは摂関の権位を手中にするかもしれない現状に、

（辣腕家）と目されている道長が、内心、おだやかならぬ思いを抱いたとしても、無理からぬ話であった。

道長にも娘がいる。まだ裳着もすまぬ幼さだから、今のところけぶりにも見せぬのであろうけれど、もし成長のあかつき、この息女を一条帝の後宮に納れるべくひそかに画策しているとすれば、姪の定子中宮もまた、道長の目にはうっとうしい邪魔者としか映っていないのではないか。

しかも中宮と東三条院のおん仲は、とかく円滑を欠いている。噂では、

「女院が嫌っておいでなのは、道隆卿の北ノ方高階貴子さまですよ。坊主憎けりゃ袈裟までの譬で、母君への悪感情が、定子中宮に向けられているのです」

ということだが、道長は東三条院詮子と格別、仲がいい。女院の側も男同胞のうちだれよりも、弟の道長に目をかけて、大小となく相談相手にしていると聞いた。

（でも、それにしても……）

小市は苦笑した。

（下襲の件は、わたしの勘ぐりかもしれない。少しばかりの刻限の遅れなら大目に見られるにせよ、それ以上の失態が万一、起こったら、責任は中宮の大夫である道長卿の肩にすべてかかってくるのだもの……。職務上からもあのかたが、中宮を困らせるような馬鹿な

ことをなさるはずはない）

このまにも御許丸の舌はなめらかに動きつづけて、とうとう待ちに待った中宮出御のくだりにさしかかったのだが、

「ごらんなさい小市さん」

いきなり話を、彼女は中断してしまった。

「これから佳境に入ろうというのに、伊祐さまったらこのありさまよ」

指さされて小市が見ると、なるほど柱のかげにながながと身体を横たえて、いつのまにか伊祐は眠りこけている。その寝顔を隈取る窶れの痛々しさが、いまさらながら、強く小市の胸を搏った。

四

その夜、御許丸は西ノ対に泊まった。洛中の治安はあいかわらず悪い。少しばかり供をつれていても、若い娘がひとり、深夜に帰宅するなど無謀きわまりなかった。

東が白むまでしゃべり交し、ほんの手枕で仮寝して、日が昇りはじめるとすぐさま、

「湯漬けでも召しあがっていらっしゃいよ」

ひきとめる小市の手をふりきるように、

「近ごろ母がうるさいの。昨夜は小市さんと一緒だったからいいけれど、いちいちわたしの行状に目くじらたてて文句を言うのよ」

愚痴(ぐち)をこぼしながら、御許丸はそそくさ立って行ってしまった。

「待って。ではせめて、車まで送るわ」

と中門廊へ出ると、これもいつのまにか自室へ引きあげて、ひと眠りして来たらしい伊祐が、洗顔し終ったあとの水を漆(うるし)のはげた角盥(つのだらい)ごとかかえあげ、前栽(せんざい)の草に撒(ま)いてやっているのが見えた。

「おはようございます。ゆうべはご機嫌でしたことね」

萎(な)えて、皺の目立つその直衣(のうし)の背へ、とめるひまもなく御許丸が、朗らかな声を投げたのには、そういう性格とは知っていても小市は辟易(へきえき)せずにいられなかった。朝の、明るすぎる日ざしの下に、瞼(まぶた)の腫れた寝不足な顔を曝(さら)す勇気は、小市にはなかったし、たとえ従兄でも男の目に、寝起きの姿を見られるのは嫌だった。

「やあ」

のろのろ振り返って、伊祐はうなずいたが、それきり何も言わず、眉をしかめて突っ立っている。光線が眩(まぶし)いのか、御許丸のはしたなさが不快なのか、はっきりしない。どちらにしろ、えくぼが可愛い、食べてしまいたいなどとふざけかかった昨夜の酔態とは、手の裏返した不愛想ぶりである。

飲めばだらしくなくなり、醒めると人が変りでもしたように鬱々とする……。はなはだしいその落差も、帰洛後、伊祐が見せはじめたかんばしからぬ徴候の一つであった。

御許丸も鼻じろんで、

(どうなさったのかしら……)

けげんそうに小市を見たが、

(かまわないほうがよくてよ)

これも無言のままかぶりをふって、廊のはずれの階を、さっさと先に小市はおりた。御許丸の車は、すでに車宿りから曳き出されて、中門のきわに寄せかけてある。

「じゃあ、またね。大市さんによろしく」

乗りこむのを見送って、小市が廊の柱のかげにたたずんでいると、どこからか朝帰りをして来たらしい弟の惟規が、雑色の御厨ノ高志さえつれず、たった一人、西門を入ってくるのが見えた。

女車に気づいて立ちどまった惟規は、牛飼はじめ見おぼえのある従者の顔から、乗り手がだれか、とっさに推量したのだろう。

「これは江ノ式部さま、もうお帰りですか」

御許丸の女房名を口にしながら、愛想よく笑いかけた。伊祐の仏頂づらとは似ても似つかぬ如才ない口のききようである。

「話しこんでいるまに夜がふけたので、小市さんのお部屋に泊めていただきましたのよ」

「そうと知っていたら、宿直をさせてもらうのだった。惜しいことをしましたなあ」

「お顔が見えないので、わたしももの足りのうございましたわ。惟規どのはどちらからおもどりですの？」

「文章生仲間と夜っぴて作詩を競い合いましてね、男ばかり、殺風景なごろ寝のまま朝を迎えたという次第です」

「嘘おっしゃい。まじめぶったって知ってますよ。惟規どのって、なかなかの艶福家だそうじゃありませんか」

「だれがそんな、でたらめを言い触らすんだろう。官職にもありつけない貧書生など、相手にする女がいるとお思いですか」

「それがいるのだから、たいしたものだと世間では申しておりますわ」

「あなたこそ、和泉守橘道貞と今、熱々の仲だとか……。昌子太后の御所では、だから女房たちはだれも、あなたを江ノ式部とはいわずに、『和泉式部』と呼んでいるって聞きましたよ」

「まあ、それこそいいかげんな風評よ。橘道貞どのなんて、ただのお友だちにすぎません」

「などとシラを切っているうちに、道貞の子をみごもったりなさるのでは？」

「失礼ねえ。なんて憎いお口でしょう」

「焼きもちが言わせる雑言ですからあしからず。あなたに恋して、ひそかにわたしも胸を焦(こ)がしていた一人なのでね」

すがすがしい早朝の大気の中で、よくまあくだらない会話に飽きもせず興じられるものだと、小市は呆れて、西ノ対へもどって来てしまったが、和泉守橘道貞との新しい関係を、当の御許丸ではなく、弟の軽薄な饒舌ではじめて知ったのは、毎度のことながら気分のよいものではなかった。

童女のころから人なみはずれて早熟だった御許丸は、正式に太后御所に出仕するようになって以後、いっそう〝恋多き女〟の評判をとり、廷臣だれかれとの噂が絶えない。父の大江雅致(まさむね)、母の介ノ内侍らが心配して、うるさく娘の身持ちに干渉するのも、

「むりはない」

と陰口(かげぐち)をきかれる現状なのに、語るにたらぬ相手と見くびってでもいるのか、小市の前ではぷっつりとも、彼女は男の話題を口にしなかった。

聞きたいとも思わないし、たとえ聞かされても、恋愛経験を持たぬ小市には、満足な相(あい)槌(づち)ひとつ打てないかもしれない。しかし数えきれないほど読みふけった恋物語は、感受性のつよい小市に、なまなかな体験では追いつけないほどの、ゆたかな想像力を植えつけてくれていた。悩み、喜び、悲しみ、愁い……。成就にしろ破局にしろ、恋愛にかかわるさ

まざまな形を、組み上げたり崩したりして、それなりの答えを出すのを、近ごろ、ひそかに愉しみにしている小市にすれば、

「あなたになんぞ、なにを打ちあけたからってわかってもらえっこないわ」

そう言わんばかりな御許丸の態度は、肚に据えかねた。

「これでも年上なのよ。相談役ぐらい勤まるわ。それとも御許丸さん、あなたは人に語り分けずにいられないほどの、恋の歓喜を味わったことがないのかしら……」

と言い返してやりたい。

でも、御許丸の水臭さを怒るのは、小市の僻みで、もしかしたら彼女は、小市の無垢な、まじめな人柄を、大切に思うあまりに、肉欲の匂いのする色恋沙汰など、その耳に入れたくなかったのかもしれない。獲物の生血とぬた場の泥にまみれた獣たちが、汚れを灑ぐための泉を守り合うように、御許丸も自身を浄化してくれる清冽な流れと見て、小市の存在を貴重視しているのかもしれなかった。

部屋へもどった小市は、しばらくぼんやり机に寄りかかって考えこんでいたが、二間ほど距てた大市の病室へ、陸奥ノ御らしい人影が入って行くのを見ると、いそいで立ってあとを追った。

粥を煮て、陸奥ノ御は運んで来たのである。介添えのために、東ノ対から周防もきていて、大市の上半身をかかえ起こしている。

年あけとともに、大市の衰弱は一段とはげしくなり、しばしば血まで吐くようになって、もはやだれの目にも、

（この夏は越せないのではないか）

と危ぶまれた。

塩味だけの薄い粥を、小さな匙に掬って、

「大市さん、少しでも召し上ってね。精がつくから……」

懸命にさとす陸奥ノ御に、

「すみません伯母さま、ご心配かけて……」

礼を言いながら、そのくせ三口とは食べられず、ぐったりと大市はかぶりを振る。寝汗もひどい。明けがた御許丸が眠ったあと、小市が替えにきた下着が、もうしっとり湿っていた。いま一度、周防に手伝ってもらって着替えさせながら、あまりといえば痩せてしまった姉の身体を、小市は正視しかねた。

こみあげる嗚咽を聞かれまいとして、あわてて次の間へ走りこむと、そこでは父の為時が低く経を誦していた。持仏を前にしての朝の日課ではあるけれども、うなだれきったその姿から推すと、大市のために涙ながら、延命を祈念しているのはあきらかであった。

周防も火断ちをし、今年の春からは、さらに塩断ちまではじめて、姪の本復を祈っている。火にかけたもの、味つけしたものをいっさい口にせず、雑穀の粉を水に溶いて啜りこ

むだけだから、

「気持はありがたいが、そんなことをつづけていたらお前まで倒れてしまうよ」

為頼や為時は気を揉んだし、

「なまぐさ物はともあれ、せめて果物ぐらいは食べてください。お願いしますよ」

家族はもとより御厨ノ乳母ら、召使までが説得に顎を疲らせた。でも周防は、

「形だけでもわたしは出家です。修行と思えば、口腹（こうふく）の欲を制することなど何ともありません」

耳をかさない。陰陽師の饗庭晴久も連日、熱心に祈禱しにきてくれるなど、大市を救うべくだれもが心を砕いている今日このごろである。それだけに小市には、惟規の夜遊びが許せなかった。情なくもあった。

五

元来が気弱な、優しい面を多分に持ち合せてもいる生まれさがだった。芯の強靭さ、負けん気の激しさを較べれば、惟規より、むしろはるかに小市のほうが上だろう。子供のころ、家の芸の学問を習得するのに、四書も五経もが身に沁みて頭に入らず、そばで聞いている小市のほうが先にすらすら呑みこんでゆくのを歎いて、

「姉が男児、弟が女児に生まれればよかったものを……」

父の為時が吐息をついた状況は、今もって変らない。たとえば学業にしても、小市に先を越されれば、

「なにくそッ」

意地にでも、逆転の努力を傾けるのが嫡男たるものの責務なのに、惟規の場合、

「だめだ、とても……」

すぐ投げ出してしまう。

「小市姉さんに限らない。だれにだって何かしら長所があるのに、おれはばかだ。なに一つ取りえのない屑だよ」

小市にはそれが、怠け者の逃げ口上としか聞こえない。卑下に似た図太さとも取れる。努めることは苦しい。いくじなしを標榜して体よく苦しみを回避し、無責任の安易さの底に、惰眠をむさぼろうとしているのではないか。

（考えてみれば、しかし弟も可哀そうだ）

小市は同情したくもなる。身内の甘やかしと言ってしまえばそれまでにしろ、中級・下級官吏の子弟にとっては、じつに生きるに辛く、努力の甲斐もない官界の現状なのである。

ほんのひと握りの権力者の、一顰一笑に左右されて、出世も昇進も、左遷も没落もが決まってしまう仕組みの歪さ……。表向きは公卿僉議がおこなわれ、衆議による人事の形

をとっているけれども、実際はそんな議決など無きにひとしい。最終の決定権はなにごとによらず、天皇と、『一の人』たる関白もしくは太政大臣にある。

ところが、その天皇たるや、おむつをあてていたり玩具を手に這い這いしていたり、せいぜいよくて蹴鞠に興じる九ツか十の少年にすぎない。血脈でいえば太政大臣の孫か甥……。その膝に抱かれてむずがるだけの幼稚さだから、この国を牛耳る真の統治者は、たった一人の『一の人』のみということになる。一応、公卿僉議で決まった案が、

「いかんいかん。こうせい」

摂政関白・太政大臣の鶴のひと声で、根こそぎひっくり返ることなどざらだった。だからこそ、藤原北家を頂点とする上卿たちは、目の色かえて権力行使の快味をわが手にもぎとろうと躍起になる。競争相手を追い落とすためなら、誣告、讒言、中傷、離間、ありとあらゆる汚ない手を用いてはばからない。皇室に娘や姉妹を送りこみ、天皇の外戚になることが、そもそも第一条件だから、そのための政略にも鎬を削り合う。

そんな高望みの、埒外に置かれた中級以下の貴族や官吏は、

「権力闘争に、だれが勝つか。どの派閥につくことが、官界での自分の浮上につながるか」

それればかりを一心に考えて、手づるの獲得や有力者への胡麻すりに、うき身をやつす。一方、この手の才覚を持たぬ者、あるいは少しばかり骨のある者は、中央での出世を断

念――。地方へ飛び出して、上司らの賄賂稼ぎをせっせと見習い、百姓いじめで私腹を肥やすのだが、

「知らぬ他国へくだるのは心細い。一生うだつのあがらぬ下積みぐらしを強いられても、親兄弟のいる洛中から離れたくない」

などと弱音を吐く連中はどうするか。

風雅の名をかりた詩歌管絃の遊び、恋愛といえば体裁はよいけれども、その実は夜な夜な相手を変えての女漁りで、万年下吏の悲哀をみずから癒すほかないのである。

惟規もさしずめ、この仲間に入る。従兄弟たちはそれぞれ各地の国衙に職を得て、親もとを巣立って行ったし、地方官庁の微官でよければ勤め先ぐらい見つかるのに、

「田舎ぐらしは、おれの性に合わない。だいいち女が泥くさい」

もってのほかな大口を叩き、京極の古屋敷に貼りついたまま動こうとしない。

父の為時が職を失い、失意に沈む毎日なのだ。働きざかりの息男にまで無官の散位でごろごろされては、家中、気が滅入るばかりなのに、そんな惟規でもそこそこに似合いの相手がみつかるのは、美人のほまれ高かった大市の弟だけあって、顔だちがととのっているせいだろう。

もの柔かな、やさしい口のききざま、ともすると羞みが先に立つ弱々しげな微笑など、女の保護本能をくすぐる型の優男だし、いつのまにどこで習ったのか、小器用に笛など

弄ぶ。恋愛遊戯には欠かせない即興歌のやりとりにまで、結構たけていると評判されていた。つまり当世風な、軟派の一人だし、惟規自身も、いっぱしみやびおをもって任じているらしい。

小市にすれば片腹いたい。

「それどころか」

と言ってやりたくなるけれど、惟規をぐうたらな蕩児に仕立てた一半の責任は、官界の体質にもあると思わずにいられなかった。

（頼りない弟、いくじない弟……）

でも、他人を陥れてまで出世しよう、這い上ろうとする執念や闘争性が、はじめから欠けていては、どうしようもない。落伍者の烙印に甘んじて生きるよう運命づけられている惟規だとしても、姉の自分までが今からあきらめてしまうのは、小市の気質として、いかにも無念だった。

伯母の喪中であり、大市の命すら危ぶまれる状況の中で、夜ごとふらふら出歩くのは、家の空気の重苦しさが、ひ弱な惟規の肩に、たまらない圧迫感となってのしかかっているからだともいえる。一日一日、目に見えて大市は窶れはじめ、家族の不安も日ましにつのった。鉄板の上でじりじり身内を焙られでもするようなつらさであった。

（それに耐えられずに逃げ出すのか）

そう善意に、小市が弟の外泊を解釈したくもなるのは、在宅しているときの気のつかいようが痛々しすぎるからである。足音はおろか、息をするのさえ憚るほど緊張したおももちで、惟規は病間の隅にかしこまり、大市の寝顔をじっと見守ったり、宝物のように大事にしている唐三彩の小鉢に、惜しげもなく土を盛り、根こじの菫を寄せ植えして、そっと枕もとに置いたりする。

何度目かの喀血で大市が絶え入り、介護のだれかれを狼狽させた日も、蝙蝠の飛びはじめた夕風の庭で、薬師麿と呼ばれていた少年のころをそのまま、惟規が背を波打たせながら泣きじゃくっているのを、小市は遠目に見たことがあった。

惟規は惟規なりに、姉の容体を案じているのだ。それならせめて、嘘でもいいから、「女遊びではないよ。おれ、病魔退散を念じて、峰の薬師へ夜籠しに行くのだ」殊勝な、そんな言葉を、弟の口から聞いてみたい。どんなに心が晴れるだろうと小市は思う。

でも、やはり現実には、神詣でも仏参りもしてはいまい。ただ、女との同衾中すら、ともすると大市の苦闘に気をとられ、居ても立ってもいられなくなって、明けるやいなや家へもどってくる弟なのではあるまいか。

結局だれ一人、大市の恢復を願わぬ者はないのに、家族たちの涙も手当も祈りもが、届かなかった。正暦五年夏の初め大市の呼吸はついに止まった。二十七歳であった。

最後まではっきりしていた意識も、死ぬまぎわには混濁し、

「しっかりしてくれ大市さんッ」

伊祐の励ましを、中納言義懐と錯覚したのか、その手を握りしめて、

「帰ってきてくださったのですね殿、うれしいわ」

喘ぎともとれるつぶやきを洩らした。一瞬、たじろいだ伊祐も、だれとまちがわれた自分なのか、すぐ覚ったのだろう、

「ああ、帰って来たよ。だから……だから元気になるんだ」

涙声をふりしぼった。

「よかった。もう、どこへも行かないで……。おねがいよ」

口許に刻んだかすかな笑みが、そのまま凍りつき、満足げな表情で逝ったのが、残された者の、わずかな心やりとなった。

『ひちりきどの』につづく大市の他界である。だれもが、たやすくは立ち上れないほどの打撃を受けた。

死神の跳梁は、しかし京極の家だけにとどまらなかった。暑気とともに、九州から痘瘡が拡がって来たのだ。四国の一部を巻きこみ、山陽地方を席捲しつつ都へ入って来たこの疫病で、みるみるおびただしい死者が出はじめた。

年寄りと子供の罹患率が、ことにも高く、京極の家では牛飼の菊丸爺やが犠牲になった。

「かかったらしい」

気づくとすぐ、菊丸は自分から屋敷を出、裏の河原に蓆囲いの小屋をつくって、とじこもってしまった。

「そんな用心は無用だよ爺や。饗庭晴久にたのんで、疫神除けの禁厭をしてもらったから、もうだれにもうつりはしない。どうか帰ってきておくれ」

為頼がすすめ、為時もさいさい迎えに行ったけれども、

「ここのほうが気楽でござりますじゃ」

老人はどうしても首を縦にふらず、

「それならわたしが、泊まりがけで看病しにまいりましょう」

焼き米持参で出向いた御厨ノ高志までを、

「だめだ。そばに寄るな。あのへなちょこ陰陽師の禁厭など当てにはならぬ。疫神めが、おぬしの肩におぶさってお屋敷に入りこんでしまったら、おおごとじゃぞ」

高熱にのた打ちながら追い返し、それでもこっそり覗きに出かけたある朝、小屋の片隅で冷たくなっていたのであった。

六

さしもの疱瘡も、霜がおり雪が舞いだすころになると勢いがおとろえて、人々をいくらか安堵させたが、次に待ちうけていたのは火災の恐怖であった。

年が明けると早々、内大臣藤原伊周の二条の本邸も、鴨院とよばれる別邸もが前後して焼け失せ、それからまもなく、こんどは故太政大臣藤原為光邸が焼亡の厄に遭った。

どの火事もまが悪く烈風の晩に起きたため、縦横に焔が吹きちぎられ火の粉が散って、下民の住む小家が幾町も巻きぞえの憂き目を見るはめになった。疫病に痛めつけられた上に、さらに寒む空の下、大勢が路頭に迷う惨事を現出したのである。

そんなさなかだけに、

「鴨院の火災は、冷泉上皇の附け火から発したものだそうだぞ」

巷を飛び交った喚きに、

「ひどいことを！　いかに狂気の上皇じゃとて、してよいこと、よくないことの分別ぐらいつきそうなものじゃ」

罹災民たちは怒った。

冷泉上皇はこのとき四十六歳――狂疾はまったく好転せず、在位時代よりむしろ悪化して、これまでにも何度となく御所での放火さわぎをくり返している。

鴨院も、火を出したとき冷泉上皇が住まっておられたし、

「げんにこの目で、灯（ひ）を御障子（みそうじ）や几帳、壁代（かべしろ）の布などに笑い笑い、つけて歩いておられるお姿を見た」

証言する舎人（とねり）どももいて、

「また、なさったか」

火災そのものにはさして驚く者はなかったが、放火のあとの冷泉院の態度に、だれもが腹を立てたのである。ご自分がつけた火だけに、燃え上ると同時にいちはやく上皇は現場から脱出し、三条の町尻にまで逃げのびたあと、四ツ辻のまん中に牛車をとめて愉快そうに火事を見物しておられたというのだ。

「お若い時分から調子はずれの胴間声（どうまごえ）で、はやり唄など唄う癖がおありだったけど、この晩はなんと、神楽歌（かぐらうた）の『庭燎（にわび）』よ。手拍子打ちながらお車の中で、あたりに響けとばかり唄っておられたのさ」

深山（みやま）には　ハレ　深山には
霰（あられ）降るらし　外山（とやま）なる
柾（まさき）のかづら　色づきにけり

「まっ赤な焰光（えんこう）を、山の紅葉にお見立てなすったんだろうよ。でも駆けつけた廷臣がたは、院ののんきさ加減に呆れはてたらしい。高階明順卿だったかな、定子中宮の伯父上の……。あのかたなども、ほとほと閉口のおももちで『火災よりこちらの庭燎のほうが猛烈じゃ。手に負えぬわ』と苦笑しておられたし、逃げまどう焼け出されの中からは『石を投げてやれ、あの車に』と罵（のの）しる声も聞こえてな、いやはや、えらい混雑だったよ」

冷泉院だけにとどまらない。同じ夜に見せつけた花山院の狂態も、民衆の口から口へ伝えられて、

「なんたるざまか。おん父子揃って……」

批判の対象となった。

もともと冷泉院のお子だけに血筋をひいて、花山院も異常性格の持ちぬしと在位中から噂されていた人である。堂上堂下には、むしろ、

「冷泉院の狂いより、花山院の狂いこそ術（じゅつ）なきものなれ」

つまり父君よりご子息の狂気のほうが、さらに始末が悪いとの見方が根づよく、外見の正常さとは逆に、内面が病んでいるとも評判されていた。いわゆる「内（うち）劣りの外（と）めでた」であった。

『麗ノ女御』に先立たれた衝撃から、いっそう日ごろの鬱気が昂じて、藤原道隆・道兼・道長らの口車にのせられ、よる夜中、皇居をぬけ出すなどという突飛な行動にも、病気なればこそ走ったのだろう。

出家遁世ののち、しばらくの間は、

「こうなったのも宿業」

いさぎよくあきらめ、書写山の性空上人はじめ諸国の霊場や大徳たちを訪ね歩いて、修行に励もうとしたようだ。

「中納言義懐・左中弁惟成らも、朕に殉じて世を捨てた。二人の志に対しても、りっぱな僧にならなければ……」

純に、むきに、そう思いつめた期間は、しかし短かった。花山院はやがて都へもどり、法衣にも円頂にも憚りなく、放埒な生活をはじめたのである。まだ十九か二十の若さだから無理もないが、藤原三兄弟の詐術にかかって一天万乗の位をみずから捨てた愚かさが、我が身ながら無念でたまらなくなったのだ。

「おのれ道兼、共にもとどりを払うなどと誓いながら、まんまと朕を寺に置き去って逃げうせた痴れ者……。なぜ、あのような悪人の言にのめのめたぶらかされたのか」

思えば思うほど口惜しく、耐えがたく、つらい修行に打ち込む気など雲散霧消してしまったということらしい。

還俗はしないまでも、俗より俗な生活が復活——。奇行も当然、目立ちはじめた。豪邸を造営し、手回りの調度に善美を尽くすのはまだしも、

「桜は花がきれいなのに、幹はぎくしゃくして醜い。てっぺんだけでたくさんだ」

築地の外に植えさせて、梢の花を邸内から眺めたり、土塀の峰にすきまもなく撫子の種を播かせ、屋敷のまわりを花で囲ってよろこぶなど、世間の常識とはかけ離れた風変りな趣向を楽しんだ。

こうなると取り巻きにも、奇妙な者ばかり集まってくる。なにせ花山院が僧形なので、側に仕えるのは稚児・喝食・法師のたぐいが多く、彼らが人もなげに、異形な風態をして都大路をのし歩くのだ。高帽子の頼勢、平足駄の古兎丸、鼠釣りの慶佑阿闍梨など、賊徒と見まごうおどろおどろしい二ツ名前の悪僧ばかりだから、通行人は道を避けて逃げ走る。

それが面白くて、花山院は神輿さながら彼らに担がれ、お山の大将の快感を味わっているのだろうが、自分を騙した者たちへの、せめてもの抗議を、こうした嫌がらせめいた行為に籠めてみせたのなら、

(まだしも、無理はない)

と肯定できる。むろん幾分かはそれもあったであろうけれど、奇行の根が、先天的な狂疾から発しているのでは、抗議にも抗弁にもならなくなってしまう。策にはめられ、花山

院が退位に追いこまれた当座、

「むごい話だよなあ」

同情した民衆も、もう今では、

「元来、頭がまともでないから、やることなすことが訝しいのだ」

百鬼夜行とも言いたくなる異形集団の横行に、非難の舌打ちを隠さない。

去年、賀茂の祭りの日も、斎王還御の行粧を見物すべく、花山院は従類どもを引きつれて紫野へくり出した。車の下簾からながながと外へ垂らしたのは、柑子で作った大数珠である。小さめの柑子を何十個となく紐でつらぬき、母珠に大柑子を用いて房までつけた破天荒な数珠を、指貫の裾と共にこれ見よがしに曳きずり廻ったばかりか、藤原公任・斉信ら上卿たちが相乗りしていた車に言いがかりをつけ、例の悪法師らが轅を折るやら車輪を溝へ押しこむやら、制止しかかる相手方の牛飼をなぐるやら、乱暴狼藉のかぎりをつくしたのには、眉をひそめない者はなかった。

だれの通報か、おっ取り刀で検非違使が駆けつけて来たときには、だからヤジ馬はいっせいに、

「ふんじばっちまえ、化け物ども」

庁の下部らに加勢し、

「役人につかまってはまずいぞ、引きあげろ」

主人の花山院を置いてきぼりにして逃げ出した悪僧ばらの背に、馬の糞や泥草鞋をぶつけて溜飲をさげた。

冷泉上皇が鴨院に放火した晩も、頂きに鏡をはめこんだ大笠を、ぼんのくぼにずり落ちるばかり阿弥陀にかぶって花山院は現場へ出かけて行った。このときは馬だった。皇太子のころから乗馬好きで、一日中飽きもせず皇居の厩舎に入りびたっていた花山院だから、手綱さばきは巧みである。鞭を小脇にかいこみ、

「父上はどこだ？　ええ？　どこにいらっしゃるな？」

逢う人ごとに尋ね尋ね、ごった返す大路を走り廻ったあげく、やっと冷泉院の牛車を見つけて、まるで随身か車副いの舎人のように両袖をかき合せながら一緒に火の手を見物していたというのだが、鏡笠の奇抜さが、冷泉院の神楽歌にもまして評判になり、

「親が親ならお子もお子。ご病気とはいえ困ったものだ」

世人の失笑や反感を買った。

七

この火事さわぎが鎮まりもしないうちに、ふたたび悪疫流行のきざしまで現れはじめた。前年は痘瘡……。こんどは赤斑瘡である。

蔓延ぶりはものすごく、爆発的といってもよい罹患率を示しはじめたため、朝廷ではあわてて二月二十二日、改元を令した。正暦六年は、長徳元年に変ったのだ。

でも改元などで、疫神の跳梁がやむはずはない。洛中洛外は病人の呻きで埋まり、放置された死骸に塞がれて道はどこも通行不能に陥った。

公卿・殿上人のあいだからも、ばたばた死者が出はじめた。あっというまに、中納言以上の高官が八人、鬼籍に入ったのには、

「あすは我が身か？」

だれもが慄えあがったが、四月に入ってまもなく、

「関白どのにまで病魔がとりついたらしい」

ぱっと噂が立ち、人々をいっそうの恐慌に突き落とした。つい先年の春、妹の東三条院詮子、娘の中宮定子をはじめ、伊周・隆家ら愛息愛嬢多数にかこまれて花やかに積善寺の供養に臨んだときは、わずか一年あまりのちに病床に臥すことになろうなどと当の道隆はもとより周りのだれ一人、予想してはいなかったのである。

日ごろから自他ともに許す大酒飲みだから、具合がわるくなってからも、

「酒のせいだ。疫病などであるものか」

道隆自身、強いてのように楽観を口にしていた。しかし病勢は日に日につのる。さすがの道隆も不安になったか、苦しさをこらえて参内し、

「わたくしの病中、息男伊周に内覧の宣旨を賜りますよう……」

一条帝に奏請した。内覧というのは、上奏や勅令の文書を事前に閲する職で、任務じたいほとんど関白と変らない。この宣旨を得ておけば万一の場合、関白職が伊周に渡りやすくなろうとの、布石であった。

「そうしよう」

娘婿である一条帝は、すぐさま道隆の願いを聞きとどけ、頭弁源俊賢をつかわして伊周に内覧を許すむね、伝えさせた。

道隆は伊周を愛していた。伊周だけではない。その弟の隆家、妹の定子ら正室高階貴子所生の三人を、他の腹々の子供にくらべて格段に重視したのは、つまるところ、母なる貴子への寵が、だれにもまして深かったからである。

伊周より先に、じつは道隆には、伊予守守仁の娘の腹に道頼という男児が生まれていた。この子こそが、まぎれもなく跡取りの嫡男なのに、道隆は道頼を、赤ン坊のうちから父兼家の養子にしてしまっている。長男でいながら道頼は、『お祖父さまの家の子』として育てられ、高階貴子の生んだ伊周が、次男であるにもかかわらず関白家の後嗣におさまったのだ。

ひとえにこれは、貴子夫人の政治力と魅力の結果にほかならないが、息子たちの昇進にも、したがって当然、差がついて、道頼が大納言でいるとき、伊周ははやくも異母兄を追い抜き、内大臣に任官した。まだ弱冠二十一……。道隆の強引と、伊周への偏愛ぶりを露骨に見せつけた人事であった。

「内覧を許す」

との宣旨は、だからどれだけ道隆をほっとさせたかわからない。瀕死の床から彼は這い出し、もはや正装の袍はつけられないので、略式の直衣に、それでも懸命に着替えて、勅使と対面した。

「ありがたき恩命……。なにとぞみかどへ、よしなに奏上を……」

横長押から下り悩みながらも、かずけ物の女房装束ひと襲ねを、わななく手で源俊賢に渡し、たったそれだけのことに精根を切らしたか、どっと前のめりに倒れて気を失った。病間に詰め合っていた親族たちが、あわてふためいて介抱する。僧侶らの加持祈禱にもひときわ熱が加わったせいか、かろうじて正気をとりもどしたものの、見舞いにきた定子中宮の憂い顔を仰いで口もろくにきけず、とめどなく涙を流すだけだった。

伊周の件は解決したけれど、いま一つ大きな気がかりが残っている。皇子にしろ皇女にしろ、定子はまだ、一条帝のお子を生んでいない。願わくば皇子誕生の吉報に接し、その男御子が皇太子位につくのを見とどけてからこの世を去りたいのが道隆の望みだが、関白・氏の長者の権威をもってしても、定命だけはいかんともしがたかった。

「ご安心ください父上。定子はかならず東宮のおん母になりますよ。そして皇太子の後見には、不肖伊周がついています。隆家もおります。いまはあれこれお気を労さず、専心、療養におつとめあそばすことです」

伊周の言葉にうなずくうちに、意識はみるみる混濁してきて、うつつなく最期につぶやいたのは、

「あの世とやらへ行けば……飲み仲間の朝光に逢えるかな」

いかにも酒豪らしい囈言めいたひとことであった。享年四十三。まだ、老い朽ちたという年ではない。

藤原朝光は道隆より少し前に歿し、彼らの死よりやや遅れて、いつぞや法華八講を邸内で催したあの、小白河のおとど藤原済時も亡くなっている。上卿たちいずれもが赤斑瘡の犠牲となったのである。

いまや死神の猛威は目もあてられぬほどで、餌食の対象に貴賤の別はなかった。かつて一世を風靡し、いまなお女たちのあいだに写し継がれ読み継がれている『蜻蛉日記』の著者——前摂政藤原兼家の室・右大将道綱の母の死までが、

「疫病だったそうですよ」

「もう六十歳ですってね。よいお年はお年だけれど、惜しいこと」

病因を赤斑瘡に結びつけて語り交されるほどだった。

「淑景舎ノ君も、どうやら父の関白さまと同じご病気とか……」

「えっ？　居貞皇太子の妃に召されて花やいでおられた姫さままで？」

「定子中宮のお妹君ですから、こちらはまだお若い。十八か九でしょう。きのどくに」

「人ごとみたいにおっしゃいますな。わたしらだとて疫病退散の祈禱禁厭に精出さねば、いつ何どき同じ目に遭うかわかりませんよ」

　ささやかれる取り沙汰は、どれも恐ろしいものばかりだから、

「大江家の御許丸が、とうとう正式に和泉守橘道貞と結婚したようだよ。あいかわらず昌子太皇太后の御所に勤めてはいるけれど、江ノ式部というこれまでの女房名を口にする者はもう、いない。太后も朋輩たちも道貞の職名にちなんで、彼女を『和泉式部』と呼びはじめているからね、向後はお前も、そう呼んであげなさい」

　伯父の為頼がもたらした知らせは、近ごろ滅入りがちな小市の気分を久しぶりに明るませ、同時にふと、寂しくもさせた。小市は今年二十六――。一人一人友が去って、夕闇の野中に取り残されでもするような、うすら寒い孤立感が身に沁みるのだ。五年前、筑前守に任ぜられて九州へ去ったまた従兄の藤原宣孝の噂を、

「つい先ごろ、任期を終えて帰京したよ。うちに遊びに来たがっていたっけ……」

　弟の惟規がもたらしたとき、いくじなく胸の動悸が高まったのも、心細さのせいかもしれない。

　宣孝といえば、任官して二年目に、仕事上の報告をたずさえて一度、上洛して来たこと

がある。そして再度、任地へもどろうとした前の晩、方違(かたたがえ)を理由に訪ねてきて、

「ご厄介になります」

母屋(おもや)に泊まった。夏のさかりだった。

旅立ちするさい、方角が悪いと家から直接、出発できない。陰陽師らの言う天一神という神が行く手を塞いでいるからで、やむなくこんなときは差し障りのない家にいったん泊まり、そこから出て行く。旅とは限らない。ちょっとした外出にも方違の面倒はついて回るから、日ごろ懇意な親戚や知人は、おたがいにそれぞれの家を利用し合うのである。

これまで一度として、しかし宣孝が、方違などで京極の古屋敷へ来たことはなかった。こちらからも行きはしないのに、なぜ唐突ともいってよい現れ方をしたのか。

小市にはわかる。小市ならずとも、同じ立場に置かれた娘なら本能的に察しがつく。言い寄りはじめて以来かれこれ十年にもなろうというのに、宣孝はまだ、小市への興味を捨て切れずにいるのだ。

その執念ぶかさが薄気味わるい。しつこい男だとも、疎(うと)ましくなる。もっとも、いつまでも忘れ切れずにいるというのは、小市への愛着がそれだけ深い証拠ではないか。そう思えばさほど嫌な気もしないし、相手の一途(いちず)さが少し可笑(おか)しくすら感じられてくる。

病臥中ではあったものの、このころはまだ姉の大市が在世していたから、

「きっと話をしにこちらの対ノ屋へ来ますよ。からかってみましょうか姉さま」

「おもしろそうね、やってごらん」

悪戯ごころを起こして待ちかまえた。

そんなこととは知らず、宵のうちは為頼を相手に酒をくみ交して筑紫の話でもあろうか、しきりに喋っていたのに、家中が寝静まった真夜中すぎ、案の定、宣孝はこっそり西ノ対へ忍んできたのだ。

大市の病間で添い臥ししていた小市は、生まれてはじめての経験に緊張し、怖さと好奇心にせき上げられて息ぐるしくさえなってきた。どうやら手引きしたのは、弟の惟規らしい。宣孝に口説き落とされてでもしたにちがいない。そういえば大市が、太后御所に宮仕えしていたときも、御許丸と組んでその局へ藤原義懐を案内したのは惟規だった。

（いっぱし姉たちの、恋の橋渡し役を勤める気なのだろう。なまいきな……）

小市にはそれも可笑しい。

でもさすがに、中納言義懐とは身分や人品に懸隔のありすぎる宣孝では気乗りがしないのか、

「たぶん今夜は、ここに臥せっているはずですよ」

いいかげんな教え方をして、すばやく惟規は消えてしまったようだ。

あいにくの闇夜だし、勝手のわからぬ暗がりに一人、とり残された宣孝は、まごつきながらも持ち前の図々しさで、

「小市さん、わたしです。お話ししたいことがあるのです」

押し殺した声で言い言いにじり入って来た。やたら焚きしめたらしい薫物(たきもの)の匂いに、酒くささが入り混り、気配だけでも暑くるしい。宣孝自身、汗になっているらしく、

「どうにもこれでは暗すぎますな、蒸(む)されそうです。妻戸を一枚、開けてよろしいでしょうか。記憶に灼きついているご様子の床しさを、いま一度、拝見もしたいので……」

手さぐりで夜着の裾をつかんだとたん、几帳の陰に潜んでいた小市がぱっと放ったのは、御厨ノ高志に言いつけてあらかじめ捕えさせておいたおびただしい蛍であった。

八

思いもよらぬ光の乱舞に、

「わッ」

仰天して宣孝は跳びのく。その驚き顔へ大市が、わざと極端な、弱々しい慄え声で、

「おまちがえあそばしますな。わたしは姉の大市……。あすをも知れぬ病人ですのに……」

陰々滅々、浴びせかける。青白い蛍の明滅の中に、半ば乱れ髪に覆われた横顔が幽霊さながら浮かび上ったから、

「失礼しました、大市さん、お、お大事に」

ほうほうの体で宣孝は逃げ出し、あとには姉妹の忍び笑いが、いつまでも続いた。

そればかりかあくる朝、小市は庭から瑠璃色の朝顔の花を一輪、高志に摘んでこさせ、

おぼつかなそれかあらぬか明ぐれの
　空おぼれする朝顔の花

嘲弄の歌まで贈りつけたのである。

「昨夜、少々あわて者の男のかたが、わたしを訪ねてこられたようですけど、どなたかしら？　お顔がはっきりしませんでしたわ」

むっとしてよいところを腹も立てず、

いづれぞと色分くほどに朝顔の
　あるかなきかになるぞわびしき

返しを寄こすところは憎めない。

「小市さんだったのか姉上の大市君だったのか、どうも、どちらとも判然せぬほどのぼせ

てしまってお恥かしい。不首尾に終ったのが残念です」

うろたえぶりを素直に認めた点も、悪く取りつくろうよりは感じがいい。しかしそれにしろ、何という下手（へた）な歌だろうと小市はうんざりする。ふらふらした、そのくせ乱暴な悪筆も、昔のまま一向に上達していない。姉にさえ見られたくないので、こまかくたたんで手筥（てばこ）の底に突っ込んでしまったが、三年たった今なお、

「任はてて、やっと帰って来たそうだよ」

したり顔な弟の報告を、人ごととして聞き流すことはできなかったし、

「遊びに伺いたいとも言ってたな」

と聞けば、いつのまにか心のどこかで、宣孝の訪れを待ちはじめてもいる小市であった。

（やはりわたしも、あのかたに関心を持ちつづけていたのだろうか）

もう今となっては、宣孝の求愛を受け入れるほかない自分なのか、それとも今までそうだったように、気づよくこれからも独りで生きつづけようかと、小市は迷う。迷うおのれが哀れにもなる。そして、ひさしぶりに取り出して見かけた朝顔の歌の返しを、手荒くもと通り、手筥へもどしてしまうのであった。

そのうちに、書状が届けられた。なんとはなしに小市はほっとした。愛情ではない。かろうじてでも、誇りをきずつけられずに済んだからである。蛍と大市に妨げられたとはいえ、いったんは閨（ねや）まで忍んで来た男が、ながい留守のあげく帰京して、なんの音沙汰もな

いままでは小市の自尊心が許さない。あの夜のことが本気だったのなら、文にしてももっと早く、帰るとすぐにでも寄こすのが当然だが、まったくこないみじめさに較べれば、遅れてもまだ、書いてきただけましと考えてよさそうだった。

相も変らぬみみずののたくり跡に眉をしかめながら、読みづらさをこらえて文字をたどるうちに、小市はいきなり目まいを感じて、身体中の力が抜けそうになった。

「わたしの帰洛は、弟御からお聞き及びとぞんじます。でも病気だとまではご存知ありますまい。召使にも口止めしていましたから……。でももう、隠しても詮ないことなので打ちあけます。あの忌まわしい赤斑瘡に、どうやらわたしもやられたらしいのです。手紙を差しあげられなかったのはそのためです。思えば永い永い片想いの歳月でした。死神に誘われて冥府とやらへ行けば、苦しみとも縁が切れるでしょう。ついに優しいお言葉を聞くことはできなかったけれど、小市さん、命のある限りあなたのことは忘れません。お幸せを祈ってますよ」

あの人までが？

（うそッ、うそよッ）

叫び出しそうになって、小市ははっと口を抑えた。なぜ宣孝の罹患に、これほどまで取り乱しかけた自分なのか。はからずも覗き見てしまった心の淵……。底に棲むものの正体の思いがけなさに、我れながら呆気にとられたのだ。

上卿のあいだにも病者死者は続出していた。内覧の宣旨を手にしていたにもかかわらず、前関白道隆の歿後、関白職はその子の伊周(これちか)に渡らなかった。内覧は関白の代行だが、関白そのものの資格ではない。それなのに、次期の関白職を約束されでもしたように安心しきっていた伊周は、迂闊(うかつ)だったといえよう。

道隆が亡くなって十七日経過した四月二十七日、関白の宣旨は舎弟の道兼にくだった。

「なにッ、叔父上に宣旨が⁉」

伊周は一条帝を恨んだ。

「ひどい、ひどいッ。あんまりななされようだ。日ごろ定子を、ただならぬまで愛しておられながら、寵妃の兄のわたしに煮え湯をお飲ませになるとは……」

じつは定子中宮の兄だからこそ、伊周は疎外されたのである。十六歳のみかどに、何をする力もない。伊周の関白職就任を阻止すべく裏に回って画策したのは、かねがね兄妹の生母高階貴子に反感を抱いていた東三条院詮子だったのだ。

一条帝の生母であり、道隆や道兼の妹でもある詮子は、たんに高階貴子の気質や学才を、けぎらいしていたわけではない。

「定子中宮がいずれ皇子を生み、その子が東宮に立ち帝位につけば、藤原氏にとって代って、高階一族が皇室の外戚たる地位を獲得してしまう。どのような手段にうったえてでも、それだけは未然に防がねばならぬ」

詮子の真意はそこにあった。

道兼が同調し、弟の道長もむろん、姉の意図に手を貸す気がまえでいたが、道隆が関白の権位にい、夫人貴子、娘の定子、息男の伊周や隆家ら、いわゆる『中ノ関白家』の一門がときめき栄えて、わが世の春を謳歌していたときは、いかに歯ぎしりしても手は出せなかった。

ところが病魔は、突如、道隆を襲い、その命をうばい去った。中ノ関白家は芯柱（しんばしら）を失ったのである。二十一か二の伊周が一家の主（あるじ）では、いくら官職が内大臣でも、官界への睨みはきかない。

一条帝も、いとしい定子の兄たちだから伊周や隆家に内心、厚意を持ってはいるが、なんといってもまだ、年が若く、母の詮子、伯父の道兼・道長らに結束されれば、手も足も出なかった。

「道隆卿のあと釜には、ぜひ粟田どのを……」

との詮子の意向に抗しかねて、伊周に同情しながらも関白の宣旨を、道兼に与えてしまったのだ。

道兼は狂喜した。

「伊周にきまっておるわ。やつはすでに亡父の愁訴で、内覧の聴許を得ておるし、妹の定子を通してみかどに働きかけてもいる。関白はまちがいなく、あの嘴（くちばし）の黄色い甥めに掠（さら）

われるだろう」

なかばあきらめながらも未練に曳きずられて、願望成就の祈禱よ加持よと走り廻っていただけに、棚からぼたもちの有頂天ぶりで、

「ただちに参内し、任官のお礼を申し上げねばならぬ」

それ、牛車を、前駆を、装束をと大さわぎをはじめたけれども、運命の皮肉といおうか、すでにこのとき禍々しい死神はこっそり邸内へはいりこみ、目に見えぬその手で、道兼の首筋を摑みあげていたのであった。

だから供揃えにまで気をつかい、みめよい随身を着飾らせて出かけたときから、道兼の容体はおかしくなりはじめた。いつも乗りつけている車になぜか酔って、胸のむかつきを抑えるのに苦しんだし、全身がだるく、顔面がほてって、眼まで充血し、うるんできたのは、熱があがりだしたためであった。

一世一代の晴れの場なので、それでも必死に不快をこらえ、拝謁を終えて退出しようとしたが、もうこのときは自力で立っていられず、その場に膝をついてしまった。

「あ、どうなさいました関白どの」

寄ってたかって周囲の者が抱き起こしたけれども、尋常に殿上ノ間から出ることができない。荒い息をつき、歩行も困難に見えたので、左右から支えて御湯殿の馬道の戸口まで運び出し、北の陣から車を曳き出して帰邸するという異例の珍事となったのである。

そんなこととは知らないから二条の町尻一帯に広大な敷地を占める邸内では、つめかけてくる祝い客のための馳走づくりにてんてこ舞いを演じていた。そこへ肝腎の道兼が、束帯の紐という紐をだらしなく解き放ち、冠までずり落ちかけた浅ましい恰好で、喘ぎ喘ぎもどって来たのだから家族の驚愕はひととおりではなかった。はやくも召使のあいだには、

「まさか疫病ではあるまいな」

「まさかどころか、てっきりそうだよ」

電光の速さでささやきが走った。

薨じたのは五月八日――。お礼言上の参内からかぞえて、わずか七日の在任にすぎない。文字通り『七日関白』で終ったのである。

「やれやれ、とんだ糠よろこびだったな」

「お年もまだ三十五。死んでも死にきれまいぜ」

下司の口にまで嗤われたのは、花山院引きおろし劇に主役を勤めた過去が、いまなお蔑まれていたからだろう。

道兼が亡くなった同じ日に、左大臣源重信・中納言源保光も他界した。すべて死因は赤斑瘡であった。悪疫の跋扈のすさまじさに、

「このままでは、いずれ人種が絶えはてよう」

怯えない者はなかったし、

「またぞろ、宙に浮いてしまった関白職……。こんどは伊周さまと道長卿の激突だぞ」

「どちらが勝つにせよ、一つしかない権力の座を叔父と甥で奪い合うのだ。血の雨だけは降らしたくないな」

廟堂の雲行きを案じる声も絶えなかった。

夏ごろも

一

小市が、しんそこまた従兄の藤原宣孝に愛想をつかしたのは、疫病にかかって今夜にも死にそうだと告げてよこしたその、当の本人が、五、六日のちに、けろりと京極の屋敷へ現れたからだった。

「姉さん、宣孝どのが来たよ」

弟の惟規に告げられたとき、小市ははじめ、聞きまちがいかと思った。

「のぶたか？　何のこと？」

「だからさ、前の筑前守だよ。詫びを言いに来たんだって……」

「嘘よ、あのかたは赤斑瘡で……」

言いかけて、小市は息を呑んだ。

（騙されたのかもしれない。あの男のやりそうな詐略だ）

気づいたとたん怒りにつきあげられて、全身の血が小市はカッと熱くなった。

……思えば永い永い片想いの歳月でした。死神に誘われて冥府とやらへ行けば、苦しみとも縁が切れるでしょう。ついに優しいお言葉を聞くことはできなかったけれど、小市さん、命のある限りあなたのことは忘れません。お幸せを祈ってますよ。

信じた自分が馬鹿だったとはいえ、こんな手紙を受けとって、ほろりとしない女がいるだろうか。小市は悔いた。これまでの仕打ちのつれなさ……。いつぞや方違(かたたがえ)の晩に、亡き姉の大市としめし合せ、蛍を放って宣孝をうろたえさせた悪戯(いたずら)を、とりわけ反省せずにいられなかった。

(同じ拒(こば)むにしてももっと穏便なやり方があったものを……)

おまけにあくる朝、朝顔の花に添えて嘲弄めいた歌まで贈りつけたのに、気が練れているのか、腹も立てなかった相手ではないか。

(いますこし真剣に、あのかたとの交際を考えてみてもよかった。そうすればどちらも心残りなく別れられたのに……。気づくのが遅かった。あのかたはもう、この世から去って行ってしまうのだ)

誠実な性格だけに、おのれを責める思いも切実だった。小市は筆をとって、はじめて宣孝あてに、手紙らしい手紙をしたためた。正直に自身の気持をつづり、嫌悪と、あざけりの感情ばかり示しつづけてきた思い上りを詫びたのである。

「それなのに……」

小市は慄(ふる)えた。許せなかった。

おそらく宣孝は、心のうちで凱歌をあげたにちがいない。お高くとまって、返事どころか渡した文さえ封のまま突きかえした女が、死ぬと言ってやっただけで他愛なく折れた、ツンツンしていたのは虚勢だった……。

（本心では焦っていたのだ。こちらの誘いを待っていたにきまっている）

そう、うぬぼれたからこそ、平気な顔で訪ねて来たのだろう。

「会うなんて、とんでもないわ。帰ってもらってください」

片開きの形であけてあった妻戸を、音たてて小市は閉めた。

「だって、ついそこの細殿(ほそどの)まで来ているんだよ。なんだかひどく恐縮して、可哀そうなくらいしょげてるんだ。几帳をへだててなら話を聞いてあげたっていいじゃないか」

「あなたの指図は受けないわ惟規、会わないと言ったら会いません」

部屋の中へ走り込んで、御厨ノ乳母(みくりや)を呼び立て、

「いいこと？　だれが来ても入れないでよ」

襖の向こうへ身を隠した。

「姉さん、小市姉さんたら……」

無神経に妻戸を叩く惟規までが憎い。しびれを切らしたのか宣孝もやって来て、

「ほんとに病気だったんです。信じてください小市さん、たのみます」

弟に劣らぬ大声でかきくどきはじめたのには、耳を塞ぎたくなった。あたりは暗かったが、まだ更け渡ったわけではない。灯台を囲んで、夜なべ仕事の繕い物に精出している召使たちまでが、

(何ごとか?)

と聞き耳立てるにきまっている。

「お願いよ乳母。あの人を黙らせて……。そして帰ってもらってちょうだい」

小市の哀願に、

「いいではありませんか。取って喰おうというではなし、せっかくお越しになった殿方を追い返すことはございませんでしょう」

御厨ノ乳母がとり合おうとしないのももどかしい。二十六にもなりながら今まで男気なしにすごしてきた小市に、この老女は気を揉みぬいている。だれであれ恋人らしい相手が忍んできたのなら、手引きすらしかねない身構えでいる。

「あなたのご返事には感激しました。あなたにあたたかな、しみじみとしたお文を頂けるなんて、思ってもいませんでしたからね」

簀の子では宣孝が、臆面もなく喋りつづけている。

「でたらめを言って、ご返事をせしめたわけではないんです。十日ほど、実際に床についてしまったんですよ。あとから思えば風邪だったんです。でも熱は高いわ咳は出るわ、てっきり今はやりの赤斑瘡にやられたと勘ちがいしましてね、すっかり世をはかなんで、小市さんに最後のお別れを申しあげたわけでした」

もうやめてッと小市は叫び出したかった。言う通り、風邪を引いたのかもしれない。その症状を疫病とまちがえて、感傷的になったのかもしれないが、弁明を聞いたところでどうなるものでもないではないか。

死んでゆく人と思えばこそ、小市は宣孝に同情し、冷淡だった仕打ちを悔いもしたのである。それなのに元気な顔でやってきて、

「まちがいでした」

と訂正しながら、なおかつ同情を要求するのは虫がよすぎる。二人の関係は、もとにもどったのだ。いや、すくなくとも小市の気持からすれば、前よりさらに、こじれてしまったと言ってよい。誠意をこめて書きつづった手紙……。それはしかし、その時のもので、現在の感情とはかけはなれすぎている。そして、宣孝がぴんぴんしている限りその乖離はつづく。

（だから、返してください。さしあげた文）

そう、できれば言ってやりたい。

「どうしたのだ宣孝どの。何ぞ、小市に用でもあるのか？」

読書をさまたげられたらしく、紙燭を手に、不機嫌な顔つきで為時が出て来た。

酒の上で失敗ばかりしている宣孝を、もともと為時はきらっている。通う相手を幾人も持ち、腹々に子を生ませて、その子らの中には二十を越した息子や娘までいるのに、小市に言い寄りつづけるしつっこさが、為時にすれば不愉快でならない。こんなところへ父親が出しゃばるのも異なものとは思うが、小市が迷惑がっている気配なので、あえて追い立てにかかったのだ。

宣孝はおどろいたらしい。何やら二こと三こと言いわけめいた言葉を口にしながら、そそくさ帰ってしまった。にがにがしげにあとを見送って、

「ちょっとこい」

庭に突っ立っている惟規を、為時が自室へ呼び入れたのは、小市と宣孝の仲立ちなど、向後してはならぬと戒めるつもりだろう。

小市は東ノ対へ走った。仏間に駆けこみ、周防の顔を見るなりその膝に打っ臥して、わっと泣きだした。

「どうしたの小市さん」

周防は目をみはった。

「なにかあったの？」

口がきけなかった。ききたくもなかった。身悶えて小市は泣いた。父にも召使の女房たちにも、顔向けできない気がする。羞恥と怒りに身体が燃え、鎮めようとすればするほど気が昂った。

この姪にしては珍しい取り乱しようを周防は怪しんで、写経の筆を擱き、無言のままその肩を抱いた。

（何ごとであれ、いま無理に訊き出そうとしないほうがよい）

そう判断したのか、はげしく波打つ黒髪を周防は静かに撫でさするだけだったが、泣くだけ泣くと小市の興奮はやや収まって、

「あたし……あたし」

きれぎれに口をききはじめた。涙に濡れた頰をまっ赤にほてらし、しゃくりあげながら物を言う姿は、童女のころそのままで思わず周防の微笑を誘った。

「あたし、けっして男の人を選り好みしてるわけではないんです。夢中になれる相手が現れないから一人でいるだけなのに、他の人はそうは思わないみたい……。大市姉さまのような美人でもないのに高慢な女だって、内心、爪はじきしてるにちがいないわ」

「高慢なのではなくて、あなたは恋を遊びごととして気楽に愉しめない気質なのよ。相手をも自分をも大切にしようとするから、本気で愛し、愛されもしたいと願うわけでしょう？　非難するほうがまちがっていますよ」

「でも、御厨ノ乳母や女房たちは、宣孝どのの求婚を拒むなんて身のほど知らずだと思っているらしいわ。親戚ではあるし、家柄だって受領同士ですもの、釣り合っているのだから意地を張らずに宣孝どのを受け入れて、身を固めればいいのにと言いたげな顔つきよ。弟の惟規もそう思えばこそお節介な仲立ちを買って出たのでしょう」

「人の思惑に振り回されて、気の進まない相手と結ばれるなんてばかげています。小市さんの中に、少しでも宣孝どのへの愛情が芽生えたのなら別だけれど……」

「自分でも、それでとまどっているの。あの人が『疫病で死にかけている』といういいかげんな手紙を寄こしたとき、わたし本気にして、息ぐるしくなるほど我が身を責めたわ。自分の冷たさや思い上りを悔いたのよ叔母さま」

「それなのに、疫病ではなかった……」

「ただの風邪だったんですって……」

「小市さんの真意を試そうとしたのかもしれないわね」

「それが口惜しいんです。だけど、騙されたにせよ永別と聞いて、ひどく心が乱れたのは、宣孝どのの根気のよい求愛に、気持の底ではほだされかけていたからでしょうか。もう、ここらで折れるのが、むしろ自分自身への正直な答えでしょうか」

二

「さあ、ねえ」

　周防は嘆息した。

「身内の身びいきからすれば、小市さんほどの娘を宣孝どのなどにくれてやるのは、いかにも残念な気がするわ。でもね、物語の世界ならともかく、現実には難のない男なんていないのではないかしら……」

　それはわかっている。難のない男などいないし、難のない女もいない。小市自身、自分を難だらけだと卑下していたから、容姿や性格や身分や教養などで相手を計るつもりはまったくなかった。ただ一つ、夢中になれる男、同量の愛を分かち合える男を求めているにすぎないのだが、それすら欲ばった願望なのだろうか。

「そうよね」

　まるで、小市の心の中を見すかしでもしたように、周防はうなずいた。

「世俗の尺度でいう難など、問うつもりはない、愛情の持てる相手、愛し返してくれる相手――。それだけでいい、大事なのはそこなのだと、小市さんあたり純粋に思いつめているのでしょうけど、それだってある程度、折れ合う覚悟を持たなければならないと思いますよ」

「愛情さえも？」

「ええ。たとえば大市さんと中納言義懐（よしちか）卿は、おたがいに深く愛し合っていたわ。北ノ方の嫉妬など無視できるほど、義懐卿の愛情を信じていられたんですもの、大市さんはじつに仕合せな人だった。でも、その仕合せは長つづきしなかったわね。なまじ身分が高く、政争に巻きこまれたために、男が失脚し遁世するという悲惨な形で、せっかくの結びつきははかなく断たれてしまった。心のきずながどんなに強くても、それにまさる力が外から加われば、たちまち愛情などこわれてしまうのよ」

小市には肯（うべな）いかねる。形の上ではこわれても、死にぎわまで義懐を慕いぬいていた大市である。義懐の側もまた、終生大市との恋を忘れなければ、二人の結びつきは切れたと言えないのではないか。

「宣孝どのの場合は、あべこべね」

かまわず周防はつづけた。

「北ノ方と呼んでいい女のほかにも、女の噂は絶えないし、大きな息子だの娘までいるのに、小市さんにまで求愛するなんて不誠実きわまりないようだけど、どんなにつれなくされてもあきらめずに十年間もねばるのは、やはり容易ならぬ執着ですよ。おろそかに考えてはいけないと思うわ。形の上でははじめからこわれてしまっている例……。そんな例からも、もしかしたら真実の愛が見つけ出せるかもしれないのよね」

「男の人って、幾人もの女を同じように愛せるものなのでしょうか」

「わからない」

うっすら周防の耳たぶが染まるのを、小市は見のがさなかった。藤原保輔（やすすけ）との不思議な愛情の交流は、盗賊である一方の存在が、非現実な幻に似ていたから、生身（なまみ）の男の生理や精神にかかわる点となると、周防の理解を越えるのも当然であった。

「わたし、そこがどうしてもすっきりしないんです。大市姉さまだってそうでしょ？　中納言さま一人を守っていたのに、あちらには北ノ方はじめたくさんの愛人がおられたようですわ」

「御許丸（おもとまる）さん……あ、いまは和泉式部とおっしゃるのね。あの人みたいに、女の側が殿方幾人もを侍（はべ）らせている場合だってありますよ」

　小市には、そのどちらもが納得しがたい。男にしろ女にしろ、おたがいをしんそこ大切なものと思い合っていたら、愛情を他に振り分けることなどできないはずではないか。それをするのは浮気ごころというものだ。かえって庶民のほうがくらしに追われて、夫婦親子、水入らずの団欒を味わっている。身分が高く、財と暇を持て余す貴紳たちは、愛人をたくさん持って性の快楽をほしいままにできるかわりに、一人の男を奪い合う女たちの、相剋（そうこく）の渦の中に身を置かなければならない。

その刺激もまた、男によっては快楽の一部なのかもしれないが、恨みや嫉(ねた)みに苦しむのは女たちである。

「不公平ですよ叔母さま」

小市の不満顔へ、

「苦しむのも恋の醍醐味でしょうけどね」

薄い、淋しげな笑顔で周防は言った。

「難のない人間はいず、不条理や不公平を伴わない愛もない。それが現実ならば、せめて物語の中ででも、理想の男性像を求めるしかないわね。小市さん、書いてみたら？」

「わたしが⁉」

「あなた自身、『これこそ完璧』と思える男の人を創(つく)り出して、その主人公をめぐるさまざまな恋の在り方を綴(つづ)ってゆく……。物語を読むのが小さい時から大好きだった小市さんなら、書くことだってできるのではないかしらね」

そそられて、ふと小市の胸はざわめいた。やれそうな気がした。やってみたい意欲が動いた半面、とても自分などには不可能にも思えた。

めっきり言葉数(かず)が少なくなってしまった近ごろの周防が、話相手をつとめてくれたことで、ともあれいささか、小市の胸は晴れたが、思いがけなく年あけ早々、さらに一層うれしい知らせがとび込んできた。父の為時が、越前守に任ぜられたのである。

家中が、どっと歓声に包まれた。御厨ノ乳母など、倅の高志と抱き合って涙をぽろぽろこぼす始末だし、女房たちも喜び泣きに泣いた。花山朝消滅の巻き添えをくって、式部大丞の職を失い、冷やめし食いの散位のまま逼塞しつづけて十年……。やっと再び、為時は日の目を見ることができたのだ。

「よかったよかった。ああ、これでどうやら命を保てるねえ」

とは、召使どもの陰での耳こすりだが、じじつ長すぎた浪々ぐらしのあいだには、家計もじりじり窮迫してきて、それでも京極の古屋敷にしがみついていたのは、御厨ノ乳母や高志のような子飼いのほかは年老いたり身体が弱かったり、他に行き場がなく、行こうにも傭ってくれ手のない奉公人ばかりだったから、主人の任官に胸を撫でおろしたのも無理はなかった。

この年——長徳二年正月の除目で、為時は初め淡路守に任ぜられたのである。しかし、淡路では下国にすぎて、いかにも情ない。任国には都からの遠近や領土の大小、物産の多寡、地味が肥沃か痩せているかなどの基準によって、大国・上国・中国・下国の格差がある。隠岐・壱岐・対馬、そして淡路も島なので下国に属していた。

（ようやく浮かび上れたのに、淡路とは……）

為時は落胆し、中文を作って一条帝に愁訴してみた。願望や訴えがあるさい、官吏に許された上告の一つの方法だが、その文章の中に、「苦学ノ寒夜ハ、紅涙巾ヲ盈シ、除目ノ春ノ朝(アシタ)ハ、蒼天眼(マナコ)ニ在リ」という一節があった。漢詩人として名を得た為時らしい名文なので、一条帝のお目にとまり、

「可哀そうに……。先の決定を、なんとかできないものだろうか」

折りふし御前に伺候していた藤原道長に下問された。

「そうですなあ。すでに朝議で決まったことですから、むずかしいとはぞんじますけれど、さいわい私の乳母の息子が今回の除目で、越前の国司に任ぜられています」

「源国盛(くにもり)だな」

「彼ならば乳兄弟ですので、なんとか因果を含めて泣き寝入りさせられないこともありますまい」

「越前は大国だ。国盛は承知するだろうか」

「これもさいわいなことに、恰好(かっこう)の理由がございます。越前のどのあたりでしたか、ともかく入江のどこかに先ごろ宋人の船が漂着したそうで、ひとまず敦賀(つるが)の役館に抑留中との報告がまいっております」

「宋国の使臣かな。それとも交易を求めに来た商人か、もしくは単なる漂流民だろうか」

「何ともそのへんは判りかねます。しかし為時を国の守として越前へおつかわしになれば、宋語こそ操(あやつ)れなくとも、筆談で立派に意思の疎通はできるでしょう」

「なるほど。漢詩漢文の名手だものな」

「相手次第では外交問題にまで発展しかねない宋人対策です。このさい為時以外に国司の適任者はいないと説得すれば、国盛も首を縦に振るほかあるまいとぞんじます」

　このように日ごろの学力を認められて、最下級の淡路から二段階も飛び越し、最上級の越前守に振り替えられたのだから、為時の喜悦はひとしおであった。

「めでたい、めでたい」

　兄の為頼はじめ、小市や惟規、陸奥ノ御や周防までが吉報に酔った。

　名利に恬淡な為時も、散位で十年間も捨て置かれるとさすがに参って、「家旧ク門閑ニシテ只、長蓬アリ。時ニ謁客无クシテ事、条空タリ」などと、鬱情を作詩に洩らしていたが、いざ、任官が本ぎまりになったとたん、足しげく客が訪れだし、これまで寄りつきもしなかった顔ぶれで、京極の古屋敷は現金に賑わいはじめたのである。

（手の裏返すとは、このことだな）

　苦笑しながらも為時にすれば、悪い気持はしなかった。

三

　為時の任官がきまり、京極の古屋敷がよろこびに包まれているころ、藤原摂関家の内部では、熾烈な権力闘争がくりひろげられていた。史上いうところの『中ノ関白家事件』

——。右大臣道長と内大臣伊周の、叔父・甥、鎬をけずる激突が開始されたのである。

赤斑瘡の犠牲になり、『七日関白』の呆気なさで道兼が死去したあと、権大納言にすぎなかった道長は一躍、右大臣に昇進し、内覧を許されて、廟堂の首座につくことも夢ではなくなった。

懸命に道長のあと押しをしたのが、その姉の東三条院詮子だったのはいうまでもない。伊周・隆家・定子らの母、高階貴子の存在を忌み、高階家の勢力の伸びを極端に警戒した東三条院詮子が、息子の一条帝に圧力をかけ、道長の内覧を実現させたのはだれの目にもあきらかだが、迷惑がって避けるのを寝所まで追いかけ、夜っぴて泣きつ諫めつくどき立てる詮子の強引さに、若いみかどが抗い切れなくなったのも当然であった。

伊周にすれば、おもしろかろうはずはない。道長との仲は一気に険悪化し、とうとう二人は、上卿の会議の場である左近衛ノ陣で大衝突を起こしてしまった。もともと道長は、歯に衣着せぬたちの男で、貴族社会の生まれにしては骨っぽい。年も三十の壮年だから、嘴の黄色い甥の伊周が亡父道隆の七光りで叔父の自分を乗り越え、従二位内大臣の高位にまで駆け登ったのが片腹いたくてたまらない。

「あんな弱輩に、政治などとれるものか。このままでは国が乱れるぞ」

平気で放言するのも、伊周にすれば不快この上なかったから、ささいな言葉尻をとらえて喰ってかかり、おたがいに激昂の極、摑み合いの大喧嘩にまで発展しかけたのだ。

まわりにいた公卿(くぎょう)たちが胆をつぶして引き分けたが、それで納まるはずはなかった。三日後、こんどは伊周の弟の中納言隆家が道長側と悶着を起こした。もっともこれは主人同士ではなく、たまたま七条大路の四ツ辻で行き合った双方の従者が、左近衛ノ陣での喧嘩を根に持ち、二つ三つ口論のあげく、いきなり矢を乱射し合ったのである。勝って凱歌をあげたのは隆家の従者——。しかし相手方に死傷者が出ては、穏便には済まない。

隆家は主人としての責任をとらされ、

「下手人を差し出せ。拒むに於ては、参内を停止させる」

との命令を受けた。

「何を言うか。先に手を出したのは向こうじゃないか。射返さなければこっちがやられる。防ぎ矢してどこが悪い」

隆家も若く、道長以上と定評されていた荒公達だから、犯人の引き渡しになど応じようとしない。

押し問答のさなか、奇怪な噂が流れた。高階成忠の邸内で、道長呪詛(じゅそ)の修法がおこなわれているというのだ。成忠は貴子夫人の父、伊周や隆家には母方の祖父に当る。

「ばかなッ、そんなくだらんことをしているかいないか、家探(や)しでも何でもやってみればわかるだろう。根もない誹謗を言い触らすやつらこそ、ひっくくって処断すべきだ」

兄弟は怒ったが、高階家を狙い撃ちしはじめた東三条院詮子の意図が、裏面に働いているのはたしかであった。

寒風吹きすさぶ師走の巷（ちまた）が緊張で凍りつき、日ましにその度合いが強まる中で長徳二年の新春を迎えた。そして正月十六日夜半、こんどこそ中ノ関白家の死命を制する大事件が突発したのだ。

世に『法住寺ノ大臣（おとど）』の名で呼ばれていた藤原為光は、道長には叔父、伊周らには大叔父にあたり、すでに四年前に物故している。

なかなかの子福者で、腹々に子息を七人、息女を五人儲けていたけれど、この中の三番目の娘と伊周は近ごろ恋仲になっていた。ところが彼女のすぐ下の妹の四ノ君のもとへ、前後して花山法皇が通いはじめたのである。

奇行が目立つばかりでなく、皇太子時代から花山院には、女性とのいざこざがついて廻っていた。『麗（うるわし）ノ女御』藤原忯子（ていし）に夢中になっていた在位期間中は、生来の偏執狂的気質から他の女に目もくれなかったが、忯子が入内する前は女官相手の艶聞を取り沙汰されたり、出家後も院内で召し使っている女房の、母と娘に同時に手をつけて妊娠させるなど、とかく素行に難があった。

忯子も亡き為光の息女だから、四ノ君は腹こそちがえその妹にあたる。花山法皇にすれば『麗ノ女御』のよみがえりとも思えて、四ノ君への恋情をつのらせていったのではないか。

それを伊周が誤解した。粗忽にも彼は、花山院の行動を、

「三ノ君のもとへ忍んで来られるらしい」

と勘ちがいしいてしまったのだ。

「どうしよう隆家。いくら常識はずれなお方とはいえ、人のものと決まっている女を横取りするなんて、ひどいと思わないか」

弟に愚痴ると、血気に逸る気性だから伊周以上に隆家は腹を立てた。

「取り巻きがよくないんですよ。法皇ご自身は兄さんも知っての通り頭がまともじゃない。そこへもってきて悪僧ばらや稚児・喝食など異形の者どもがお側にいてそそのかすのだから、ろくなことをしでかしません。一度いやというほど脅かしてやって三ノ君にちょっかいを出すのをやめさせるほかありませんな」

ここまでは、兄弟のあいだで実際に交された会話である。

しかし、その先がすこぶる訝しい。まるで隆家の言葉を裏書きするかのように、十六日の晩、月の明るさに誘われて四ノ君の部屋へ出かけて行った花山院が、ものかげから何者かに矢を射かけられたのだ。直衣の袖を、その矢は射ぬいた。

「ひッ」

馬に乗っていた院は鞍壺から転げ落ちんばかりに驚き、あわてふためいて御所へ引き返

してしまった。

「けしからん。太上天皇を狙撃したてまつるなど、大胆不敵な痴れ者。すぐさま検非違使に命じてご糺明なさるべきでしょう」

扈従の法師どもは息まいたけれど出家の身で女のもとへ通い、未遂とはいえ傷害事件に巻きこまれるなど、さすがに恥かしいと思ったのだろう、

「黙っていろ。表沙汰にはするな」

法皇自身は口止めした。でも、いつとはなく評判は拡まり、しかも証拠もないのに、

「隆家卿が手だれの侍に言いつけて襲わせたのだよ。まさかお命までは奪えないので、袖を射させて懲りさせようとしたのだ」

まことしやかなささやきが流布しはじめたから、隆家とすれば黙視できなかった。

「心外千万だ。なるほどおれは、花山院のやり口を批判した。兄貴の思い違いをまに受けて、三ノ君を口説きに通っていると信じ込んだからだが、玉体に矢を射るなんて乱暴を、いくら何でも仕でかすものか。えらい騒ぎになるのは目に見えているじゃないか。脅すにしたって、別の手段を考えるよ」

躍起になったのもむりはないし、その抗弁は正しい。下民ならともかく、不敬罪に結びつくような無茶を、中納言の地位にある公卿がやってのける道理はないのであった。

「こんども呪詛の流言とおなじだ。法皇への、おれたち兄弟の立腹をうまく利用して、道

長叔父が腹心の者に命じた策謀にきまっている。それなのに罪をこのおれになすりつけるとは、なんという腹黒さか」

くやしがっても、無実を立証する手だてはない。噂ばかりが尾鰭をつけて拡がり、法皇を射させた黒幕は九分九厘、隆家に決まりでもしたような理不尽な状況に追いこまれてしまった。

恒例の春の除目は、正月二十五日におこなわれる。小市たちの父の為時が、越前守に任ぜられた除目だが、公卿僉議の座に、内大臣であるにもかかわらず伊周の席は用意されていず、二月に入ると早々、検非違使庁の役人が踏みこんで来て、その家司の家を捜索するという行動に出た。

「武装の兵を多数、隠しているとの密告があったからです」

そう説明したけれども、もとよりそんな事実はなく、捕えたのは家司の家人七、八名にすぎない。

「けしからぬ。だれの命令で家宅捜索など強行したのか」

憤るだけで、防禦の手段を何ひとつ講じようとしなかった伊周兄弟にくらべると、道長の手の打ちようははるかに敏捷だし、陰険かつ周到でもあった。姉の東三条院詮子とし めし合せ、加減の悪いところなどどこにもないのに、

「気分がすぐれぬ。頭も痛む」

さも病気にかかりでもしたように装わせ、あげく、にわかに重態に陥ったと世間に披露して、

「女院のおんいたつきの、原因をつきとめた」

その寝殿の床下から呪いに使う禁厭(まじない)の品を幾つも掘り出して見せたのだ。

あらかじめ埋めておいて仮病を使わせ、伊周たちが詮子の呪殺を謀(はか)ったがごとく見せかけたわけで、子供だましの工作といえばいえるものの、藁(わら)を束(つか)ねた人形(ひとがた)、板に釘づけされた蠑螈(いもり)、幣(へい)や独鈷(どっこ)など、おどろおどろしい品を目にすると、だれしも気味わるさに声を失った。

それを追いかけて、とどめを刺すように登場したのが、道長側に買収された密告者である。

「申しあげます。内大臣藤原伊周さま中納言藤原隆家さまよりの密々のご依頼にて、わたくしども、大元帥法(だいげんのほう)を厳修するよう命ぜられました。しかしこの法は国家の安危にかかわる禁制の秘法であります。内大臣のお言いつけとはいえそら恐ろしく、不審にも存ぜられますので、一応お知らせにまいりました」

法琳寺の僧侶たちのこの訴えは、真偽をたしかめもせず受理されて、ただちに上達部(かんだちめ)の召集がおこなわれた。

とるものもとりあえず馳せあつまって来た諸卿の中に、中ノ関白家の兄弟の顔だけが欠

けている。召しの使いが行かなかったからである。皇居の諸門は閉じられ、出御した一条帝のおん前で、伊周と隆家の左遷が宣せられた。

「伊周を内大臣から大宰権帥に、隆家を中納言から出雲権守に移す」

というもので、内実は配流である。

十七歳の一条帝は、母と叔父の力に圧服させられて何ひとつ口出しできず、自身の名によって宣せられた流罪の宣命を、道長が勝ち誇った顔で読みあげるのを黙ってただ、聞いているだけだった。

四

兄たちが罪人に堕とされるすこし前に、中宮定子は禁中を退出し、実家へもどった。一条帝のお子をみごもったので、慣習にしたがって親里で出産するためである。

夫帝の寵愛ただならぬ女性——。身分も後宮最高の中宮位にいる女性の、初産に備えての宿さがりともなれば、それこそおびただしい数の公卿殿上人が、われもわれもと供に立つのがこれまでの例だった。

それなのに、定子の退出を二条の自邸まで送って行ったのは、近親の公卿がわずか三人……。あとは全員「よんどころない所用で」だの「急病のため」などと口実を設けて、姿を見せようとしなかった。

官界政界に身を置く者ほど、保身の嗅覚が鋭い。形勢を、

（中ノ関白家に不利）

と見て取ったとたん、現金に寄りつかなくなったわけで、先代道隆在世中の、あの積善寺供養の盛儀をまざまざ記憶している庶民たちのほうが、

「中宮さまのお里帰りの、行列を見たか？」

「ろくさま、車副いの随身すらおらなんだ。なんというお痛わしさであろう」

「有為転変の世の中じゃな」

かえって無常の実感を深め合った。

下層民の同情に反して、道長を頂点とする朝廷の出方に、仮借や手控えは寸毫もなかった。公卿僉議で伊周兄弟、さらには高階信順・道順らその伯父たちの処分が決定すると、ただちにものものしい警備態勢がとられた。

街道を扼す三関には、関所を閉ざすべく固関使が派遣され、近衛府には源平の武者が甲冑に身をかためて馳せ参じた。万一に備えて皇居の守りにつくためだった。

宮中の馬寮からは鞍置き馬が続々曳き出され、兵どもの叱咤や怒声がとび交った。源氏武者を統率するのは、富力と武力で摂関家に取り入り、ことにも道長に信頼されて、忠実な番犬役を買って出ている源頼光である。

一兵すら持たぬ中ノ関白家・高階家の人々を捕えるのに、まるで反乱軍の鎮圧にでもおもむくさわぎで検非違使庁の役人らは二条邸へ向かったが、召使はおおかた逃げうせ、邸内は空き家にひとしかった。わずかに寝殿の中で人の気配がするので、厳重にまわりを包囲し、

「おあけくださいッ」

しめ切ってある蔀(しとみ)や格子を叩きたてた。

息をころしているらしく、返事する者はいない。女たちの忍び泣きが洩れてくるだけなので、逮捕護送の総指揮官に任ぜられている惟宗允亮(これむねのただすけ)は苛立って簀(す)の子(こ)の縁にとびあがり、流罪の宣命を大声で読みあげた。高階信順は伊豆、道順も淡路への配流が宣せられていたのである。

「ただいま、どなたもご病気で、この場を一寸も動けませぬ」

女房とみえる慄え声でかすかな応(いら)えが聞こえたけれども、言い逃れなのは明らかだ。

「この期(ご)に及んでご未練です。おあけにならないと、打ち破ってでも踏み込みますぞッ」

忍び泣きが、わッと諸声(もろごえ)の号泣に変り、どうやら男の声さえ混って聞こえる。

惟宗允亮があぐねはてたのは、中に定子中宮がいるからである。中宮は公(おおやけ)の罪人ではない。それどころか一条帝のお子をみごもり、産のために宿さがりしておられる立場にある。おそらくは一族一門、中宮を中心に寄り固まり、そのお手をしっかり握りしめている

はずのところへ、土足で踏み上るわけにはいきかねる。

「いかがつかまつりましょう」

宮中へ伺いを立てさせると、道長から、

「かまわぬ。中宮がいようといまいと斟酌は無用。どしどし任務を遂行せよ」

折り返し、きびしい督促が届いた。もはや一刻も猶予は許されない。さしも善美をきわめた庭園も検非違使庁の放免や下部、もの見だかい町家の雑人どもが混み入って、見るもむざんに踏み荒してしまっている。この上ぐずついていたらヤジ馬の数はふえる一方となるだろう。允亮は意を決して、

「戸を破れッ」

号令した。

たちまちすさまじい修羅場が現出する。悲鳴をあげて逃げ惑う女こども……。その中から定子中宮の身柄を抑えて勾欄ぎわに寄せかけた牛車に、ひとまず移し、高階信順・道順の二人をとりあえず塗籠に押しこめた。

観念したか、隆家はなんの抵抗もせずに役人どもに腕をつかまれ、妻戸のきわから、これも検非違使庁があらかじめ用意してきた粗末な網代車に乗せられた。

はげしい鞭の音が牛の尻に鳴り、すぐさまガラガラ車は動き出して出雲の配所へ向かう。

それはいいが、允亮らが狼狽したのは、肝腎の伊周がどこへ隠れたかかいもく姿が見えな

いことであった。

「家さがししろッ」

言われるまでもなく床板を引きはがす、天井を破る。襖も障子も壁代もめちゃめちゃに
裂かれ、贅を尽くした調度のたぐいが片はしから戸外へ抛り出された。

獲物にむらがる野犬さながら、それらの品々へどっと細民がとびつく。人気のない納
殿や台盤所、しもじもの寝起きする雑舎・厠・車宿りなどにはすでにとっくに掠奪の手が
伸び、庁の役人の制止もきかばこそ、手当り次第に物を運び出している。

「北のおん方もおられぬ」

伊周兄弟の母の、高階貴子である。

「どこへ行かれたのか」

邸内には潜んでいないと判って、女房どもの尋問が始まった。

「ぞんじません。昨夜からお二人とも、姿を消してしまわれたのでございます」

いち早く脱走したのだ。捜索の兵が八方にくり出された。ことにも愛宕山中が怪しいと
いうことで、虱つぶしに山狩りまでおこなわれたが、母子の行方はまったく知れない。

あせりだしたやさき、一つ車に抱き合うように乗って貴子と伊周が二条邸へもどって来
た。貴子は尼になり、伊周も出家姿に変っている。どこでどうしておられたのか、との問
いに、牛飼の童は、

「木幡にまいられ、亡き父君の墓前にひれ伏して祈念あそばしたあと、洛中にもどって北野天神の一坊に、じっとつぐなんでおられました」

そう証言した。

たぶん、言う通りであろうし、真偽などもはやこのさい、どうでもよかった。伊周もただちに護送の車に身柄を移され、配地へと出発させられかけた。

「わたしも……わたしも一緒につれて行って！」

貴子夫人が息子の腕にすがりついて叫んだけれども、むろん同行など許される道理はない。役人どもの荒けない手でもぎ離され、床に打ち倒れた夫人が、

「伊周ッ」

涙声をふりしぼったとき、

「ああッ、だれか来てッ、中宮さまが……」

定子を軟禁し直した西ノ対の方角から、女房とおぼしい悲鳴があがった。

はばもうとする庁の役人を突きのけて伊周は車からとびおり、まっしぐらに西ノ対へ走った。貴子夫人もよろめきよろめき伜のあとを追う。

「どうなされた中宮」

部屋へとび込みかけて、二人はその場に棒立ちになった。揉み合いでもしたらしく几帳が倒れ、櫛匣、火取り、泔坏のたぐいが散乱する中に、女房たちが定子を囲んで泣き

悶えている……。

「そのお姿は⁉」

「なんという早まったことをされたのじゃ定子、みかどのお子をお生みあそばす大切なお身体なのに、遁世などなさるとは……」

母と兄の、くちぐちの歎きも当然であった。鋏を握って、みずから切ったのだろう。定子の身丈に余るほどみごとな黒髪は、肩のあたりでぎざぎざに乱れ、突っ伏したその背の慄えとともにはげしく波打っていたのである。

傍若無人な足音が人々の耳を搏（う）った。庁の役人どももまた、伊周を逃すまいとして西ノ対へ殺到して来たにちがいなかった。女房たちの泣き顔が、怯（おび）えを刻んで引きつった。いくじなしな、そんな朋輩どもを掻きのけて、勢いよく立ち上ったのは清少納言であった。手ばやく几帳を立て回し屏風をかこって、定子中宮のむごたらしい尼姿を人目から隠すと、

「近寄ってはなりませぬッ」

下長押（しもなげし）のきわに仁王立ちになり、闖入（ちんにゅう）しかけた役人どもを彼女は押し返した。

「それ以上ひと足でも踏み出したら、中宮への無礼。みかどに奏上し、あなたがたを罪科に処していただきますぞッ」

五

気迫に呑まれて、先頭を進んでいた惟宗允亮が五、六歩、我しらずあとへ退る。

(だれだ、何やつだ？　この鼻っぱしの強い女は……)

一瞬の、たじろぎのあと、允亮は気づいた。

(そうだ、思い出した。清原元輔老人の忘れ形見——。白河での法華八講当日、花山院の叔父の中納言義懐卿を、満座の中でやりこめた橘則光の先妻だな)

記憶を引き出すことは、さらにいっそうこの検非違使を怯ませることにもなった。電光の迅さで、さまざまな場面が允亮の脳裏を通りすぎた。中でも鮮明に浮かびあがったのは、積善寺供養の日の光景である。

思えばあのころが、中ノ関白家の絶頂期だった。関白道隆の一顰一笑で、天下が動いてでもいたような威光の、まぶしさ……。目も眩むばかり華麗だった一門の行粧の中でも、きわだって高雅に拝されたのが定子中宮の葱花輦だが、屋根の上に揺れる花型の、金の飾りを朝の日ざしに輝かして、しずしずとそれが進む路上に、阿呆づらして突っ立ち、警固の任についていた允亮が、今日はその中宮の私室へ履き物のままなだれ入ろうとしている。

腕をねじり背をこづいて、なさけ容赦なく引っ立てにかかった伊周や貴子夫人でさえ、全盛時代は、ぶしつけに仰ぎ見るのも憚られる存在ではなかったか。

（人間の運命ぐらいわからぬものはない。道隆公の存命中は、その沓を捧げんばかり足下にひれ伏しもした道長卿が、いま牛頭馬頭の役に回り、中ノ関白家の人々に地獄の笞を打ちおろしておられるのだからなあ）

骨肉相はむ権力闘争のすさまじさ、敗者の側に立たされたさいの、転落のすみやかさ儚さに思い至ると、柄にもなく気がくじけて、清少納言の一喝に遇うまでもなく允亮は足が竦んでしまう。だから大手をひろげて立ち塞がる清少納言の、並の女に較べるとだいぶ小作りに見える袿の肩を、

「もう、よいよ清少、脇へおどき」

伊周が出て来て、やんわり押しのけてくれたときは、しんそこ、ほっとした。

「いつまでぐずついていたところで仕方がない。わたしは行くからね。くれぐれも中宮のお身を頼む。つつがなくご出産あそばすよう、お前たちが手をつくして介添え申しあげておくれ」

涙と洟で、愛らしい顔をぐしゃぐしゃにしながら、

「ここにいてようお父さま、どこへも行っちゃいやだあ」

伊周の腰にむしゃぶりついたのは、松君と呼ばれている幼い長男だし、死んでも離すまいと言いたげな血相で、その袖を掴みながら出て来たのは貴子夫人であった。

「着替えの召し物を、早くッ、早くッ」

うろうろする仲間の女房どもを頭ごなしに叱りつけながら、清少納言は錦を縫い合せた餌袋に、大急ぎで日ごろ伊周が使っていた食器を入れる。高坏に盛ってあった果物までぎゅうぎゅう詰めこんだのは、旅の途上での渇きを懸念したからにちがいない。

このまに西ノ対に車が廻されてきたが、それは見るも浅ましい蓆張りの、罪人用の板車だった。

もはや躊躇なく伊周はそれに乗り、遅れじとばかり貴子までが狭い車内に老体を割りこませてしまったから、

「困ります。母君はお下りください」

允亮はこんどは泣き落としにかかった。

「帥ノ君だけをお送りせよと命ぜられているのに、ご一緒なされては手前の失態となります。職を免ぜられるだけならまだしも、罰をこうむるかもわかりません。どうか微臣を助けるとおぼしめして、同行はお諦めいただきとうぞんじます」

膠で貼りつけでもしたように、でも貴子は車から出ようとしない。弱りはてて、允亮はまた使いを宮中に走らせ、道長に指図を乞うた。

「力ずくででも引き離せ」

というのがその答えだったが、

「山崎まででよい。かならずそこからは帰るから、山崎までつれて行っておくれ」

かきくどかれると、まさか腕力はふるえなかった。やむをえず母親を乗せたまま車に牛がかけられ、裸足(はだし)で階(きざはし)を駆けおりた清少納言が、着替えの包みと餌袋を蓆すだれの裾から車中に押し入れた。

曳き出されて行ってまもなく、牛の手綱にすがってただ一人、とぼとぼ二条邸へもどって来たのは、ひと足先に屋敷を出た隆家の車の牛飼である。

その報告によると、隆家は山城と丹波の国ざかいで車をおりてしまったという。

「馬がいい、これから先は馬にすると仰せられ、ながいことまめに奉公してくれた礼に、お前に牛をやる、わたしの形見と思えとも御意あそばして、この逸物(いちもつ)をおかずけくださいました」

話を聞いて、邸内の者たちは新たな涙にかきくれたが、手ぐすねひいていた貧民が餓狼の貪欲さで牛飼を襲い、半時(はんとき)もたたぬうちに、せっかく貰った牛を奪い去ったとまでは知らなかった。

伊周兄弟が京を追われた直後、二条邸が放火され、半焼けの無残な姿をさらすことになったのも、どさくさまぎれの火事場盗人をもくろんだ雑人どもの仕業である。

一方、伊周の一行はその日のうちに山崎につき、関戸の院へ入った。

「さあ、ここまでのお約束です。母君は京へおもどりなされませ」

やむなく貴子が立つと、別れの辛さに胸がせきあげたのか、今度は伊周の側が母の袖をとらえてむせび泣きしはじめ、ついには咽喉をかきむしりながら悶絶してしまった。大さわぎになった。験者が呼ばれ、医師が駆けつけた。手当ての効果は、しかし少しも現れない。そのまま病み臥して、伊周は危篤状態に陥った。とても九州までくだれる容体ではないので、

「いかがいたしたらようございましょう」

またまた都へ伺いの急使が差し立てられ、折り返し、指令が届いた。まだ正式のものではないけれども、刑をゆるめるとの令達であった。

あまりといえば苛酷すぎる中ノ関白家への弾圧に、一条帝もさすがに耐え切れなくなって、

「伊周と隆家の配地を、いま少し近くにしてやってもよいのではないか」

抑えつけていた憤懣の一端を、口にされたらしい。

「花山法皇は、ご自身の夜遊びが今回の悲劇の引き金になったことに驚きもし、慚愧もしておられるようだ。『中ノ関白家の人々にすまぬ』とすら洩らしていると聞いたが、昔から『積善の藤家』を標榜している藤原氏が同族同士、怨恨の種を播き合うなど、よいこととは言えまい」

東三条院詮子の胎を介して、その藤原氏の血を濃く分け持つ一条帝にすれば、偽りない

気持の表出だけに、道長は恐懼した形で甥たちの刑量の軽減に踏み切り、

「伊周は播磨、隆家は但馬、そして高階信順は、これも重病とのことなので伊豆への配流を見合せる」

との決定をくだしたのだ。しかし、つまるところ彼の目的は、中ノ関白家と高階家の、廟堂での勢力を叩きつぶすことにあったわけで、配所の遠近など、じつは二の次の問題にすぎなかったといえよう。

「よかった。九州の大宰府とちがって、播磨や但馬ならこっそり逢いにも来られますね」

やっと安堵して、貴子夫人は洛中へもどってゆき、さしもの大事件もひとまず終熄……。中央の官界は道長の意のままに左右されることとなったのである。


お手盛り同然な人事で彼は左大臣に昇り、従兄の顕光を名ばかりの右大臣に据えて、思うまま朝政を切って回しはじめた。就任する気ならつける関白職をあえて見送ったのも、はるかに左大臣のほうが実務上の権限を行使できるからで、つまりは名を捨てて実を取った結果であった。

貴子夫人の父の高階成忠は、法体ながら『高ノ二位』と呼ばれ、中ノ関白家が栄えていたころはたとえば積善寺供養のときなど、道長の上座に坐るほどの威勢を誇っていたけれど、貴子が出家し定子も尼となり、息子たち孫たちが根こそぎ罪人の悲境に呻吟する今と

なっては、

「長生きしたればこそ、かような憂き目にも遭わねばならぬ。なまじすこやかなこの身体がうらめしい」

　夜ごと朝ごと、喞ちなげくだけの無力な老人にすぎなくなったし、関白道隆の北ノ方として才色兼備の評判をとり、高官連中を足下にひざまずかせた貴子にも、もはやかつての光彩はない。打ちつづく心労に痩せ細って、帰洛後は病床に横たわる身だという。

「みごと、勝ちましたね道長」

「姉上のお力添えがあったればこそです」

　東三条院詮子の手を取って、喜び合ってよいはずなのに、その道長にもたった一つ、どうにもならぬ泣きどころがあった。それは、定子中宮を追い払い、入れ代りに一条帝の後宮へ入れるべく、掌中の珠さながらに大切にかしずき育てている娘の彰子が、まだ九歳にしか達していない事実である。伸ばせる背丈なら、引き伸ばしてでも大きくしたいところなのに、いくらもどかしがっても、これぱかりはどうにもならない。

　まるで、その隙を狙いでもしたように、大納言藤原公季の息女義子が女御となり、つづいて右大臣藤原顕光の娘元子まで入内したから、道長の焦燥ぶりは他目にも笑止なほどとなった。

六

京極の家の人々も、中ノ関白家を襲った悲劇に無関心ではいられなかった。いや、無関心どころか、女房や雑色、牛飼の末までが寄るとさわると、

「高階貴子夫人が尼になられたって、本当なの？」

「おん娘の定子中宮もよ。むざんねえ、ご懐胎の身で、遁世あそばすなんて……」

事件の噂で持ちきっていた。

しかし所詮どれほどの不幸も、我が身にふりかかった災難ではない。引きくらべて同情するには、あまりにもかけ離れた上層での権力争いであった。

家の者たちの心情は、正直なところ唄でも口ずさみたいほど弾んでいた。散位のまま長いこと捨て置かれ、貯えも底を尽きかけて、

（どうなることか）

あすの糧を心配しはじめるどたんばまで追いつめられていたやさき、主人の為時がやっと国司に任官したのだ。それもはじめ、下国の淡路だったのを、みいりのよい越前に振り替えられたのだから、家人の満悦はひとかたではないのである。

期待通りの官位官職につけなかったり、叙任の対象からはずされたりするくらい、官吏

にとってみじめなものはなかった。春の除目は、毎年正月末におこなわれる決まりだが、なんとか昇進の沙汰にあずかりたい、しかるべき職を得たいとだれもが焦って、まだ霜や雪に閉ざされた冬の内から申文をしたため、役所の上司や要路の顕官に提出する。つまりいえば、自薦他薦の推薦状だ。「だれそれには、どのような能力がある、日ごろ仕事に精励している」などと文章を凝らし、大いに宣伝につとめて、昇進希望の申請を認めさせようとするわけである。

この申文は、摂関の手をへて天皇の叡覧に供され、蔵人頭が仕分けして太政官の外記にさげ渡す。ここで内容のごまかしなどが検討され、付箋がつけられて、除目の審議に、参考資料として回されるのだが、こうした正規の手つづきのほか、つてのある者は直接、権力者の屋敷を訪ねて、女房たちの住む曹司の前庭などに立ちつくし、

「わたしは日ごろ、ご当家の殿に眷顧をこうむっておる何のなにがしにござります。なにとぞかたがたから、ご前よしなにお取りつぎを……。北ノ方さまにも、叙任の件、しかるべくお口添えを……」

胴ぶるえをこらえながら哀訴の声をふりしぼる。

血気ざかりの若者なら寒中の夜の、憐れななかにもどこやら滑稽味のまじる年中行事の一つとして、笑って見すごすこともできるけれど、足許の霜よりも鬢の毛など白くなった老吏が、洟水をすすりすすり、

「衷情、お察しくだされ女房衆、たのみますッ、おとりなし、たのみますッ」

勾欄の下にひれ伏す姿は、みじめを通り越して凄惨ですらあった。

十年間も冷やめし食いの窮境に呻吟しながら、小市らの父の藤原為時が、ついに痩せ我慢を押し通して、無情に閉め切られた蔀や遣戸の外に立たなかったのは、その内側の曹司でぬくぬく火桶を囲みながら、

「まだ、かきくどきつづけてるわ」

「無駄なあがきなのに、しつこい人ねえ。夜明かしするつもりかしら……」

女房連中が冷笑しているのを知っていたからである。

権門の屋敷や禁裏の後宮に仕えて私用を弁じる女房たちは、たとえ宮中に住んでいても女官ではない。彼女らの主人が、おのおのの財力で傭っている私的な使用人にすぎないし、その出自は大部分、中級・下級官吏の娘や妻なのであった。

実家の男たちの、叙位任官に燃やす執念……。悲哀も歓喜をも、骨に刻んで生きてきたはずなのに、いったん権力の側に身を置くと、たちまち主人の威勢を笠に着て人もなげな高慢ぶりを発揮する。

（だれが、そんな女どもに頭をさげるものか）

意地を張る性格だからこそ、なかなか為時に、再浮上の機会が回ってこなかったのだともいえる。

若い殿上人などが抜け目なく恋歌を贈りつけ、あげく局に這い込んで女房相手に性的な関係を結ぶのも、愉楽だけが目的ではなかった。恋人を譏る女はいない。陰に陽に肩持ちして、それぞれの主人の耳に男の長所美点を吹聴する。それが除目の査定での、裏面からの大きな力になるのである。

官界に生きる男たちは、だれしもその事実を知っているから、発言力の強い女房にむらがり、世辞や金品、あるいは肉欲の魅力で籠絡して出世につなげてゆこうとする。女のほうも彼らの打算を承知の上で、ちやほやされる快味をむさぼり、単調な明けくれの刺激にしているというのが、宮廷での恋愛の実態なのだ。

堅物の為時には、じたい縁のない話だし、不得手な作意など弄する気も起こらなかった。派閥と、女の口出しで、じつのところは左右される人事――。流れの外にはじき飛ばされてしまった以上、じたばたしてみても仕方がないではないか。それに、

（じっと待っていれば、流れはいつか変る）

その見通しが、為時の辛抱を支えつづけてもきたのである。

花山天皇が、藤原道隆・道兼らの策にはまって退位すれば、肩で風切る勢いだったその叔父の中納言義懐もたちまち失脚してしまった。では道隆や道兼の権勢が永久不変かといえば、あながちにそうでもない。道兼など、『七日関白』のはかなさで疫神に命を奪われたし、つぎに天下を取ったかに見えた道隆の子の伊周と隆家も、道長との抗争に敗れてい

まや流人の境涯に堕ちている。

（わしがようやくこの春の除目で、越前の国司に返り咲けたのも……）

時の流れが変ったからだと、為時は思う。派閥の動向が〝道長の時代〟の招来を告げはじめたことで、十年もの穴ごもりから為時までがぬけ出せたのだ。中ノ関白家の人々にひそかな同情を寄せながらも、為時とすれば時勢の変化をよろこばずにいられなかったし、

（淡路から越前への変替えに、口をきいてくれた左府の恩……。忘れてはならぬ）

と感謝してもいる。

口べた社交べたが年とともに昂じて、ながい蟄居生活のあいだに一層、人嫌いにさえなってしまった為時が、

「いいや、左大臣邸にだけは何をさておいても挨拶に伺うべきだよ。恩を謝しているならばなおのこと、丹心を披瀝して向後のお引き立てを願っておかねばいかん」

兄の為頼にせきたてられて道長の屋敷へ出かけたのは、やはりそうするのが礼儀だと考えたからだった。

ふつう除目についての口添えをしてくれた相手には、官職なら任料、位だと叙料の名目で米など持参するのが常識となっている。やりくり算段して、だから為時も何俵か、米をととのえ、道長への礼物としたが、世間相場から見ればいかにも量が少なかった。

（なまじ、こればかりの物を持参しては、機嫌をそこなうだろうか）

それも気が重く、会うまではひどく億劫(おっくう)だったのに、いざ対面してみると道長は気さくで、策士の、やり手の、といった評判とはうらはらな、カラリとした人柄にさえ見えた。

「ずいぶんながいあいだ逼塞(ひっそく)させられていたんだってなあ。きのどくなことをした」

道長自身の責任でもないのに詫びとも聞こえる言い方をし、

「一族だよなあ、あんたとおれの妻とは……」

蝙蝠扇(かわほり)の要元(かなめもと)を、系図を書くように床板にすべらせた。

「ええっと、あんたの母御は三条の右大臣定方卿の息女。そうだろ?」

「はい。贈太政大臣藤原高藤公の孫に当るそうで……」

「なかなかの家系じゃないか。定方卿の息男の一人、つまりお宅の母者人の兄の娘が、源雅信卿の北ノ方に迎えられ、おれの妻の倫子(のりこ)を生んだとか聞いているが……」

「わたくしも、そのように承っております」

「とすると、あんたと倫子の母は、従姉弟(いとこ)同士ということになるじゃないか」

思いがけぬ縁の近さに、道長よりも、為時のほうがおどろいたくらいであった。

湧きあがるよろこびの実感を、為時は改めて噛みしめ直した。道長が首座に坐るこれからの廟堂――。それがつづくかぎり、縁につながる身に悪い結果がもたらされることは、

(まず、ない)

と確信できる。

積極的にその縁を生（い）かして、権力中枢に接近するほどの才覚や俗気には乏しかったが、道長の闊達な人となりに接していると、

（よかった！　もう今までみたいに、不遇を喞（かこ）つことはあるまい）

安堵の思いがじわじわ胸中に拡がって、凍りついていた体内の血が、ゆるやかに解けてゆくのを感じるのだ。

廷臣の頂点に立った道長が、これから鋭意、力を入れるのは、派閥づくりであろう。偏（へん）屈（くつ）者の学者先生を日のあたる場所に曳きずりあげ、あまつさえ、わがままとも評してよいその愁訴を聞き入れて、越前の国守に任じ替えてくれたのも、微力ながらその存在を、盤面を固める持ち駒の一つになりうると判断したからにほかなるまい。北ノ方の近縁に連（つらな）る幸運が、やっと頭上にほほえみはじめたのだし、

（しかもこの幸運は、めったなことでは壊（つい）えぬぞ）

とも、為時は予測した。

中ノ関白家の一門を葬り去った手ぎわからも、いったん握った権勢をむざむざ奪い返される道長でないのは明らかだった。政敵はつぎつぎに現れるにちがいない。危機にも見舞われるかもしれないが、おそらくは力ずくででも障害を排除しつつ顕栄の持続をはかる凄（すご）腕（うで）の持ちぬしだろうと、為時は道長を見ていた。

肌合いからすれば、好きになれる型ではなかった。心の底の底には、伊周兄弟の没落を

傷む思いも潜んでいたけれど、道長閥の一員に加えられ、その政局の流れに棹させる時節の到来が、やはり為時にはありがたい。子供らの行く末のためにも、慶賀せずにいられなかったのである。

七

だから話題が、家族のことに及ぶと、口の重い日ごろに似げなく訥弁ながら真剣に、為時は受け答えした。

「昌子太皇太后御所の亮を勧める藤原為頼は、たしかあんたの兄だったな」

「長兄でございます。そして次兄は……」

「うん、思い出した。陸奥守為長だろう」

「任地で病歿いたしました」

「未亡人はどうしている？」

「一つ屋根の下に身を寄せて、もっぱら家政を見てくれております」

「そうだ。倫子が話していたよ。為頼もあんたも、つれあいに先立たれたそうじゃないか」

「鰥夫と寡婦の、寄り合い世帯でございます」

「淋しい家庭だな。もっとも適当な息ぬきの場所はあるのだろうが……。お子は何人いる？　正室腹の……」

「倅が一人、娘が二人」

「そうそう、これも倫子からの受け売りだけど、息女は大相もない美人だってね。義懐卿に見初められてその愛人になったとか」

「病死しました。二年ほど前に……」

「それは惜しいことをしたなあ。もっとも、中納言どのが出家遁世してしまっては生きる張り合いもあるまい。気落ちだけでも若い娘など、病いづくものだよ」

　義懐出離の原因となった花山帝の引きおろしにひと役買いながら、他人(ひと)ごとのように道長は言う。

「いま一人は、亡くなった息女の……」

「妹でございます」

「これもさぞかし縹緻(きりょう)よしだろう」

「上は亡妻に似、下はわたくしに似ましたので、みめ形はよくありませぬ」

「だれとめあわせた？」

「まだ独り身でおります」

「年は？」

「二十七になりました」

「惜しんで、秘蔵しているわけか」

おかしくもないことに道長は高笑いし、もはや興味を失ったか聞いてほしい惟規については、ひと言も触れずに、

「いやあ、国盛のやつに恨まれてね。さすがのおれも弱りきったよ」

いきなり話頭（わとう）を転じた。源国盛はこんどの除目ではじめ越前守に任ぜられながら、為時にそれを回すため因果を含められ、泣く泣く辞退させられた道長の乳母子（めのとご）である。

「申しわけござりませぬ。国盛どのの無念いかばかりか、お察しするだに身のちぢむ思いでございます」

小心律儀な為時は、しんそこ恐縮して道長に詫びた。よろこびが大きいだけに、それを取りあげられた国盛の落胆ぶりが痛いほど想像できるのだ。

「なにもそんなに恐れ入ることはないさ。あんたが主上にお目にかけた詩は、出色（しゅっしょく）の出来だったもの。『苦学ノ寒夜ハ、紅涙巾（キン）ヲ盈（ミタ）シ、除目ノ春ノ朝（アシタ）ハ、蒼天眼（マナコ）ニ在リ』か。特にこの一節がよかった。主上ならずともホロリとさせられる真情がこもっていたなあ」

「汗顔の至りでございます」

「敦賀（つるが）の津に抑留中の漂流民……。宋国の使者か、たんなる漁民か商人か、とにかく来日の目的を質（ただ）さねばならぬ。そのためには宋語をあやつれなくても、せめて筆談で意志が通

じ合える博学の士が必要だ。そこで急遽、あんたの越前赴任が決定したわけなのだから、済まながることなど毛頭ないのさ」

「でも……」

「おれはね、国盛に言ってやったんだ。『お前に為時ほどの、漢文漢詩の素養があるか。宋人と筆で会話する自信があるか』とね」

「わたくしにも、じつのところ可能かどうかわかりかねます」

「だけど国盛よりはるかにましだろう。花山帝の副侍読（じどく）をつとめた学者じゃないか。国盛も宋人の件を持ち出されると黙らざるをえない。ぶつくさ言いながらも諦めたが、よほど失望したんだな、病気になってね、寝ついてしまったよ」

「や、病床に⁉」

「この秋の除目には播磨に空（あき）が出るから、『待っていろ』と慰めておいたがね」

　一つ職を競い合って、敗れた側が病いに倒れたというのでは、望みがかなったにしてもあと味がよくない。それでなくてさえ国盛に対して、忸怩（じくじ）とした感情を拭（ぬぐ）いきれずにいた為時は、いっそう気が滅入った。

　淡泊な道長の態度が、せめてもの救いだが、性格の反映か口調がずばずばと高圧的な上に、どことなく恩着せがましさも匂う。本来なら北ノ方の倫子にも目通りを願い、息子や娘たちの身のふり方をも含めて先々の引き立てをたのみたいところではあるけれど、為時

は居づらくなり、

「一献祝って、飲んでいってはどうかね？」

すすめられたにもかかわらず道長邸を辞去してしまった。

しかし帰宅すればするで、不得手な客あしらいに忙殺されなければならなかった。任官が発表され、

「それも左府のお口ききで大国の越前にきまったそうだ」

ぱっと評判が拡まると、これまで便りひとつ寄こさなかった親戚知友はもとより一面識もない人々までが挨拶に押しかけ、追従（ついしょう）とも聞こえる言葉を並べて、何がな、福分けの余禄にあずかりたげな素振りを見せはじめたのであった。花山朝の初め、式部大丞に任ぜられたときの賑わいと同じである。

奉公人たちにすれば、そんな多忙もよろこびに思えるらしい。御厨ノ高志などさっそく匠（たくみ）を入れて踏み抜きしかねまじい床板の腐れを張り替えさせたり、雑色どもを指図して遣水（やりみず）の芥（あくた）を掻き出させるなど、いそいそ働いている。

為時にしても、ろくさま訪客がなく、門に蜘蛛（くも）の巣がかかる寂寞さにくらべれば、昨今の身辺の華やぎは長い悪夢から醒めて、夜明けを迎えでもしたように受けとめられた。でも、心のどこかには、世人の打算に眉をしかめる気持も疼（うず）く。

（軽佻な人間どもだ。よくまあ手の裏返す現金さで、狎（な）れ寄ってこられるものよ）

批判が顔に出て、つい応対が無愛想になっても、運が開けると爪はじきされない。しかも面さえ善意に解釈され、

「肚ができている。有頂天になっていいところなのに、為時どのの落ちつきぶりを見ろよ。名利に恬淡な文人は、さすが違うなあ」

かえって褒められる始末なのであった。

道長邸ばかりでなく、こちらから謝辞や別辞を述べに出向かなければならぬ相手もあり、中ノ関白家事件による政局の大変動をよそに、連日、京極の家ではごたごたと人出入りがつづいた。

合間には出立のための準備がある。為時が単身で赴任するか、家族のだれかが附き添って行くか。一応、国司の任期は四年だが、

「独りでもよいよ。附属の召使がいるはずだから、官舎ぐらしの面倒ぐらい見てもらえるよ」

そうは言うものの為時はもはや五十歳になっている。老いの坂にさしかかっての任地生活を、支え木なしで送らせるのはだれの目にも酷だった。

例の油小路に住む介ノ御が、同行者としては最適なのに、あいにく彼女は去年の秋なかばから病み臥して、長路の旅になど耐えられる状態ではなかった。男女合せて三人の子持ちでもあり、末子は出家が望みで早々に寺入りしたけれども、残る娘と息子の一人はまだ

年が若く、置きざりにしては行けぬ事情もあった。

本妻腹の子らのうち、惟規はいちはやく京に残りたいと宣言してしまっている。

「田舎住まいは苦手なんだ」

口癖に、そう言い言いしていた日ごろだし、そのために従兄弟(いとこ)らが、それぞれ地方の国庁に職を得て親もとから巣立って行った今なお、惟規だけは京極の古屋敷でぶらぶら徒食している始末なのである。年は二十五。身分はまだ、文章生(もんじょうのしょう)……。

「なかば修行中の身だからね、父さんにはわるいけどさ、都を離れるわけにいかないんだよ」

それは口実で、じつのところ恋人への未練から離京に踏み切れないのだと、小市をはじめ周防も陸奥ノ御も睨んでいる。

職もない貧書生でいながら惟規の艶福は相かわらずだった。通う相手をあちこちに持ち、けっこうどの女にもちやほやされて、貢(みつ)いですら貰っているらしい。身なりなどいつも小ざっぱりしていた。

夜はむろん、めったに家に寄りつかない。遊び仲間から好き者扱いされるのが、内心では得意なのか、

「気苦労が絶えない。どうしてこう、あとからあとから、いざこざが起こるのか……」

高志相手にぐちりながら、いっぱし恋窶(やつ)れを誇っているふしがある。

歌の巧拙は恋の成就に大きく響くから、それなりに切磋琢磨（せっさたくま）してなかなかの詠み手となったけれど、家業の学問には身がはいらず、学力は停滞したきり一向に伸びる気配がない。酒量が増え、いったん盃を手にしたが最後、沈酔して腰が立たなくなるほど飲む。酒の魔力に惟規をひきずりこんだのは、また従兄（いとこ）の藤原宣孝だった。

なかば匙を投げたのだろう、為時は惟規を叱らなくなり、むしろ望みを、油小路の倅につなぎはじめている。この子は惟通（のぶみち）といい、日かげ育ちの陰気さはあるけれど、学業の筋

紫式部・宣孝・倫子略系図

- 宮道弥益（山科の大領）—列子
- 藤原良門—高藤、利基
- 高藤＝列子 — 胤子、定方（三条の右大臣）
- 宇多帝＝胤子 — 醍醐帝
- 定方 — 朝忠、朝頼、女
- 朝忠—穆子
- 源雅信＝穆子 — **倫子**
- 藤原道長＝**倫子**
- 朝頼—為輔—**宣孝**
- 利基—兼輔—雅正
- 雅正＝女 — 為頼、為長、為時、周防
- 為時 — **小市**（のちの紫式部）、惟規

は惟規などよりはるかによかった。

近ごろは姉娘とつれ立って、時おり京極の屋敷へ顔を見せるようになり、小市たちとも口をききはじめたが、遠慮ぶかいたちなのか、それとも生来、無口なのか、おとなしすぎる挙措が痛々しい。姉弟（きょうだい）ともに若者らしい活力にはいちじるしく欠ける気質だったから、

「いっそ惟通を越前へつれて行こうか」

為時のつぶやきに、

「それは可哀そうよ父さま」

小市は同調できなかった。

「男の子では、こまごました身の回りのお世話は無理でしょうし、ご病人の看病もしなければならないでしょ」

「母親は惟通を頼りにしきっているからな」

「わたしがお供します」

「お前がか？」

「迷惑ですか？」

「なにを言う。小市が来てくれれば願ったりかなったりだ。わしは大助かりだよ。でもなあ、娘ざかりのお前を、四年ものあいだ雪深い鄙（ひな）に閉じこめてしまうのは、どうかなあ」

「娘ざかりは、とっくに過ぎましたよ」

だからこそ都ぐらしから離れてしまっては、いよいよ縁遠くなるばかりだろうというのが、為時の懸念だった。しかし、そうあからさまに口には出せない。地方へ移る不利を、だれよりも承知しているはずの当人が、「行く」と言い出した裏には、それなりの事情があり、為時にはそれが何なのか、察しがついていたから、いちがいに、

「いかんよ小市、お前はここに残れ」

とも言えないのである。

八

それは、いまだにしつっこくつづいている宣孝の、小市への求婚であった。

すでにあきらかに婚期を逸してしまった小市の年齢を考えれば、周防や陸奥ノ御や御厨ノ乳母ら、行く末を案じる女たちが、

「もう、このへんで折れ合って、宣孝どのの乞いを容れてもよいのではありますまいか」

「そうですとも。年に開きがあるといったって、女君（おんなぎみ）が上というのではないし、十七、八の差ぐらい世間にはざらでございますよ」

強くすすめ出したのも、むりはない。

だが、小市以上に、為時はこの結婚に気乗り薄だった。感情的との非難は甘んじて受け

る。ともかく宣孝という男に、為時は好感が持てないのである。反りが合わない。気性も生活態度もまったくちがう。年長者の度量で理解してやろうと努めても、努力する前に反撥してしまう。つまりは虫が好かないのだろう。

家同士の格は、ちょうど釣り合っていた。宣孝は為時の、従兄の子だから、左府道長の北ノ方倫子ともまた従兄妹の関係になる。道長が全盛期にさしかかった現在、これは見すごせない条件の一つといえた。

それでなくても、不器用な為時などよりまだしも宣孝のほうが世渡りは巧みだった。有職故実にくわしく、歌舞にも長じているので、上卿たちの諮問にあずかったり、しばしば賀茂の祭りの舞人や神楽の人長などに選ばれる機会もある。酒の上でのしくじりを責められながら、一方では注目されて、これまでに備後、周防、山城、筑前など上国の国司ばかりを歴任……。相応に財を溜めこんでいると評判されてもいた。

けっして悪い縁談ではない。やみくもに嫌い通しては、勿体ない相手かもしれないけれど、大酒飲みなのと度のすぎた女狂いが、為時には許せないのだ。世事に疎い為時の耳にすら下総守藤原顕猷の娘だの讃岐守平季明の娘、中納言藤原朝成の娘など、幾人もの噂がはいってくる。当然、腹々に子女が多く、顕猷の娘に生ませた長男の隆光は、すでに二十六にもなると聞いた。

(小市と一つしかちがわぬ倅ではないか)

それでも本人の小市が、よいと言うなら反対はしない。少しでも小市が宣孝に、愛情めいた気持を抱いているのであれば、何事にも為時は目をつぶるつもりでいた。

　ところが小市もまた、この執拗な四十男の求めを迷惑がっている気配ではないか。文がとどく。宵あかつきに押しかけてもくる。部屋の外に居すわって、ひと晩中かきくどきつづけたりもするようだから、女なら動揺せずにいられまい。しかし、ほだされて、なびく様子など小市にはなかった。男の片想いを持て余し、ほとほと対応に苦慮しているようにすら為時には見える。

（越前への同行を望むのも、宣孝から逃げ出したいためだろう）

　それならば、むしろ願ってもない好機であった。いくら妹とはいっても尼姿の周防をつれて行くわけにはいかないし、嫂の陸奥ノ御を伴うのも訝しい。娘の小市が主婦代りになって官舎での日常を取りさばいてくれれば、為時にとってもこの上の好都合はないのである。

「では、一緒に行ってくれるか？」

「まいりますとも父さま。越前の国府ってどんな所かしら……。生まれ故郷だし、六歳まで住んでいた土地だから、播磨の風物はまだかすかに憶えているのよ」

「飾磨に、賑やかな市が立ったなあ」

「店棚を一つ一つ見て歩くのが楽しみでしたね。いろいろな品物を山と積み上げて、商人たちが客と値の押し合いをしていましたっけ……」

「たまたま飾磨の市立ちの日に生まれたので、お前の姉には大市の名がついたのだ」

「わたしは市の日の誕生ではないけれど、姉さまが大市なので、しぜんと小市……」

「ははは、弟の惟規が、薬師麿の幼名で呼ばれていたわけを知っているか？」

「知ってますよ。上が二人とも女の子なので、父さまと母さまが志深の薬師如来に願掛けして、授かった男の子だからでしょう？」

「母さんが生きていたらなあ。お前たちも若ざかりを、いま少し華やかにすごせただろうに……」

「今だってじゅうぶん仕合せです。国司になって赴任する父さまに従って、越前へ行けるのですもの」

　そのくせ、ほほえみの底にふっと翳りがよぎるのを、為時は見逃さなかった。都を出てしまえば、宣孝との縁は切れる。そこまで忌避されながら、なお追い慕ってくるほどの誠実さは、まさか持ち合せていまい。

（もともと本気ではないのだ。行きがかり上、意地になって気強い小市を攻め落とそうと、好き者らしい興味を燃やしているにすぎぬ）

　その不純さも、宣孝への不信の大きな拠りどころとなっている。

（よい折りだよ小市。あんな男とのかかわりなど、きっぱりこのさい、断ち切ってしま

え）

為時は、だから強いてのように明るく、

「さあ、お前がついてくるとなると大事だぞ」

おどけてみせた。

「やれ着る物だ化粧道具だ、本だ琴だと大荷物になるだろう。さっそく仕度に取りかかってくれよ」

「そんなに持ってはいきませんわ」

それでもぽつぽつまとめているうちに、運ぶ品数は増えてゆき、為時が言う通りだいぶの嵩になりかかってきた。周防や陸奥ノ御、惟規までが荷造りを手伝ってくれているけれど、為時の分まで加わるから気ばかり急いてはかがゆかない。

「それはそうですよ小市さま、一家の主のお引き移りですものね。引越しと同じでございますよ」

縄からげなど手伝いながら御厨ノ乳母も言う。

伯父の為頼は、もともと父親以上に小市の資質を買っていたから、

「一つ所を動かずにいると大海を知らぬ蛙になるぞ。井戸の底から飛び出して、大いに見聞をひろめておいで」

出京をそそのかしたばかりでなく、

「餞別だよ。『ひちりきどの』が存命だったら彼女が引き受けるところだけれど、わしにはよしあしがよく判らん。やむなく陸奥ノ御に布地を見立ててもらい、周防に縫わせた。気に入るかな」

紅梅襲（がさね）の小袿（こうちき）まで贈ってくれた。

「まあ、うれしい。雪の日に着たら、どんなに映（は）えるでしょう」

抱きしめて頰ずりした小市が、伯父が出て行ったあと袿の袖をさぐると、

夏ごろも薄き袂（たもと）をたのむかな
祈る心のかくれなければ

濃紫（こむらさき）のみちのく紙にしたためた別れの歌が、さりげなく潜ませてあった。

（下巻につづく）

散華

初出　『婦人公論』昭和六十一年三月号～平成二年一月号
単行本　中央公論社（全二巻）、平成三年二月刊
文庫　中公文庫・上巻、平成六年一月刊
全集　中央公論社版『杉本苑子全集 第十六巻』、平成九年十一月刊

『散華　紫式部の生涯（上）』一九九四年一月　中公文庫

改版にあたり、『杉本苑子全集　第十六巻』（一九九七年一一月

中央公論社刊）を参照しました。

中公文庫

散華(さんげ)
――紫式部の生涯(むらさきしきぶのしょうがい)(上)(じょう)

1994年1月10日　初版発行
2023年9月25日　改版発行
2024年3月30日　改版3刷発行

著　者　杉本苑子(すぎもとそのこ)

発行者　安部順一

発行所　中央公論新社
〒100-8152　東京都千代田区大手町1-7-1
電話　販売 03-5299-1730　編集 03-5299-1890
URL https://www.chuko.co.jp/

DTP　ハンズ・ミケ
印　刷　三晃印刷
製　本　小泉製本

Published by CHUOKORON-SHINSHA, INC.
Printed in Japan　ISBN978-4-12-207416-3 C1193

各書目の下段の数字はＩＳＢＮコードです。978－4－12が省略してあります。

中公文庫既刊より

す-3-1
華の碑文　世阿弥元清
杉本苑子

時は室町時代、大和猿楽座に生まれた世阿弥が、暗い世俗の桎梏に縛られながらも辛苦して能を大成してゆく感動の生涯を描く。〈解説〉小松伸六

200462-7

す-3-6
檀林皇后私譜（上）
杉本苑子

闇に怨霊が跳梁し、陰謀渦巻く平安京に、美貌のゆえに一族の衆望を担って宮中に入り、権勢の暗闘の修羅に生きた皇后嘉智子の一生を描く歴史長篇。

201168-7

す-3-7
檀林皇后私譜（下）
杉本苑子

飢餓と疫病に呻吟する都、藤原氏内部の苛烈な権力争いの渦中に橘嘉智子は皇后位につく。藤原時代の開幕を彩る皇后の一生を鮮やかに描く。〈解説〉神谷次郎

201169-4

す-3-31
竹ノ御所鞠子
杉本苑子

鎌倉幕府二代将軍源頼家の子であるがために、非情な権力抗争の波に弄ばされた美しい姫鞠子。その数奇な運命を描く歴史長篇。〈解説〉末國善己

207139-1

な-12-3
氷輪（上）
永井路子

波濤を越えて渡来した鑑真と権謀術策に生きた藤原仲麻呂、孝謙女帝、道鏡たち――奈良の都の政争渦巻く狂瀾の日々を綴る歴史大作。女流文学賞受賞作。

201159-5

な-12-4
氷輪（下）
永井路子

藤原仲麻呂と孝謙女帝の抗争が続くうち女帝は病に。その平癒に心魂かたむける道鏡の愛に溺れる女帝。奈良の都の狂瀾の日々を綴る。〈解説〉佐伯彰一

201160-1

な-12-5
波のかたみ　清盛の妻
永井路子

政争と陰謀の渦中に栄華をきわめ、西海に消えた平家一門を、頭領の妻を軸に綴る。公家・乳母制度の側面から捉え直す新平家物語。〈解説〉清原康正

201585-2

な-12-15
雲と風と 伝教大師最澄の生涯
永井路子
苦悩する帝王桓武との魂の交わり、唐への求法の旅、空海との疎隔——。最澄の思想と人間像に迫った歴史長篇。吉川英治文学賞受賞作。〈解説〉末木文美士
207114-8

な-12-16
悪霊列伝
永井路子
古来、覇権争いに敗れ無惨に死んでいった者は、死後〝悪霊〟となり祟りを及ぼすと信じられた。心と歴史の闇を描く歴史評伝。〈解説〉宮部みゆき・山田雄司
207233-6

た-30-19
潤一郎訳 源氏物語 巻一
谷崎潤一郎
文豪谷崎の流麗完璧な現代語訳による日本の誇る古典。日本画壇の巨匠14人による挿画入り絵巻。本巻は「桐壺」より「花散里」までを収録。〈解説〉池田彌三郎
201825-9

た-30-20
潤一郎訳 源氏物語 巻二
谷崎潤一郎
文豪谷崎の流麗完璧な現代語訳による日本の誇る古典。日本画壇の巨匠14人による挿画入り。本巻は「須磨」より「胡蝶」までを収録。〈解説〉池田彌三郎
201826-6

た-30-21
潤一郎訳 源氏物語 巻三
谷崎潤一郎
文豪谷崎の流麗完璧な現代語訳による日本の誇る古典。日本画壇の巨匠14人による挿画入り絵巻。本巻は「螢」より「若菜」までを収録。〈解説〉池田彌三郎
201834-1

た-30-22
潤一郎訳 源氏物語 巻四
谷崎潤一郎
文豪谷崎の流麗完璧な現代語訳による日本の誇る古典。日本画壇の巨匠14人による挿画入り絵巻。本巻は「柏木」より「総角」までを収録。〈解説〉池田彌三郎
201841-9

た-30-23
潤一郎訳 源氏物語 巻五
谷崎潤一郎
文豪谷崎の流麗完璧な現代語訳による日本の誇る古典。日本画壇の巨匠14人による挿画入り絵巻。本巻は「早蕨」から「夢浮橋」までを収録。〈解説〉池田彌三郎
201848-8

お-10-3
光る源氏の物語（上）
大野晋
丸谷才一
当代随一の国語学者と小説家が、全巻を縦横無尽に読み解き丁々発止と意見を闘わせた、斬新で画期的な『源氏論』。読者を難解な大古典から恋愛小説の世界へ。
202123-5

各書目の下段の数字はISBNコードです。978－4－12が省略してあります。

お-10-4
光る源氏の物語（下）
大野晋
丸谷才一

『源氏』は何故に世界に誇りうる傑作たり得たのか。詳細な文体分析により紫式部の深い能力を論証する。『源氏』解釈の最高の指南書。〈解説〉瀬戸内寂聴

202133-4

は-31-4
窯変 源氏物語1
橋本治

千年の時の窯で色を変え、光源氏が一人称で語り始めた——原作の行間に秘められた心理的葛藤を読み込み壮大な人間ドラマを構築した画期的現代語訳の誕生。

202474-8

は-31-5
窯変 源氏物語2
橋本治

平和な時代に人はどれだけ残酷な涙を流すことが出来るのか。最も古い近代恋愛小説の古典をこの時代に再現してみたい。〈著者・以下同〉（若紫／末摘花／紅葉賀）

202475-5

は-31-6
窯変 源氏物語3
橋本治

光源氏という危険な男の美しくも残酷な、孤独な遍歴ドラマを今の時代に流行らないようなものばかり集めて華麗にやってみようと思った。（花宴／葵／賢木）

202498-4

は-31-7
窯変 源氏物語4
橋本治

源氏はJ・フィリップ、葵の上はR・シュナイダー……フランスの心理小説と似通った部分があるから、配役はフランス人で構想。（花散里／須磨／明石／澪標）

202499-1

は-31-8
窯変 源氏物語5
橋本治

横文字由来の片仮名言葉を使わず心理ドラマを書くのは辛い作業だ。でもこれが今一番新鮮な日本語ではないかと自負している。（蓬生／関屋／絵合／松風／薄雲）

202521-9

は-31-9
窯変 源氏物語6
橋本治

源氏物語の心理描写は全部和歌にあり、それを外すと何もわからなくなる。だから和歌も訳したし当時の歌謡も別な形で訳している。（朝顔／乙女／玉鬘／初音）

202522-6

は-31-10
窯変 源氏物語7
橋本治

源氏物語をただの王朝美学の話ではなく、人間の物語にしたかった。『赤と黒』のスタンダールでやろうと思った。（胡蝶／螢／常夏／篝火／野分／行幸／藤袴）

202566-0

は-31-11
窯変 源氏物語8
橋本 治
口絵はモノクロ写真。50年代ヴォーグの雰囲気でいきたかった。エロチックで、透明度がありイメージ通りの出来上がりだ。（真木柱／梅枝／藤裏葉／若菜上）
202588-2

は-31-12
窯変 源氏物語9
橋本 治
執筆中は光源氏が僕の右手の所にいて、それをコントロールする僕がいるという感じ。だから源氏物語を書いている万年筆で他のものは書けない。（若菜下／柏木）
202609-4

は-31-13
窯変 源氏物語10
橋本 治
日本語の美文はどうしても七五調になるが、平安朝のものはどこか破調が必要。七五調になる前の際どい美しさ。（横笛／鈴虫／夕霧／御法／幻）
202630-8

は-31-14
窯変 源氏物語11
橋本 治
女の作った物語に閉じ込められた男と、男の作った時代に閉じ込められた女――光源氏と紫式部。虚は実となり実は虚を紡ぐ。（雲隠／匂宮／紅梅／竹河／橋姫）
202652-0

は-31-15
窯変 源氏物語12
橋本 治
平安朝の美人の条件は、身分が高いこと。後ろ楯がしっかりしていること。教養が高いこと。だから顔の造形は美人の第一要素にはならない。（椎本／総角／早蕨）
202674-2

は-31-16
窯変 源氏物語13
橋本 治
僕には古典をわかり易くという発想はない。原典が要求するものしか書かない。古典に対する変な扱いを取り除きたい、それだけのこと。（寄生／東屋／浮舟一）
202700-8

は-31-17
窯変 源氏物語14
橋本 治
美しく豊かなことばで紡ぎ出される、源氏のひとり語り。現代語訳だけで終わらない奥行きと深さをもって構築された「橋本源氏」遂に完結。（浮舟二／蜻蛉／手習／夢浮橋）
202721-3

さ-74-1
夢も定かに
澤田 瞳子
翔べ、平城京のワーキングガール！　聖武天皇の御世、後宮の同室に暮らす若子、笠女、春世の日常は恋と友情と政争に彩られ……。〈宮廷青春小説〉開幕！
206298-6